Marie Louise Fischer

Flucht aus dem Harem

Roman

VERLEGT BEI
KAISER

Schutzumschlag: Volkmar Reiter unter
Verwendung eines Fotos von Bildagentur Buenos Dias, Wien
Satz: Context OEG, St. Veit/Glan
Gesamtherstellung: Mladinska Knjiga, Slowenien

»Übrigens«, sagte Irene Heinzel, »du brauchst morgen Mittag mit mir nicht zu rechnen, Mutti! Ich werde zum Essen nicht da sein!«
Sie hatte diese Bemerkung so beiläufig wie möglich hingeworfen, aber wer sie genau beobachtet hätte, dem wäre es nicht entgangen, dass sie mühsam eine starke innere Spannung zu verbergen versuchte.
Sie hatte lange darauf gewartet, diese Mitteilung in das Familiengespräch einfließen zu lassen. Ihre schmalen Wangen hatten sich gerötet, und sie vermied es bewusst, ihre Eltern anzusehen.
»Aber wieso denn?«, rief Frau Heinzel. »Höchstens einmal im Monat kommst du übers Wochenende nach Hannover herüber, und ausgerechnet dann musst du ...«
»Ach, lass sie doch!«, fiel ihr Klaus, der fünfzehnjährige Sohn des Hauses, ins Wort. »Dann essen wir eben das Kassler alleine... wer nicht will, hat schon gehabt!«
»Würdest du uns vielleicht auch verraten, Irene, was du morgen Mittag so Wichtiges vor hast?«, fragte Landgerichtsrat Dr. Heinzel. »Oder hältst du das für eine indiskrete Einmischung in deine Privatangelegenheiten?«
»Aber gar nicht«, sagte Irene. »Ich möchte nach Herrenhausen fahren. Mit einem Freund!«
Irene zwang sich, den Blick zu ihrem Vater zu erheben, sah ihn aus ihren klaren Augen offen, fast herausfordernd an.
»Mit einem Freund!«, schrie Klaus. »Nachtigall, ich hör' dir trapsen!«
Die Eltern tauschten einen Blick.
»Mit einem Studienkollegen?«, fragte die Mutter.
»Nicht direkt«, erwiderte Irene, »er studiert Maschinenbau. In Clausthal-Zellerfeld.«
»Und woher kennst du ihn?«
»Von einem Studienball in Göttingen. Sag mal, Mutti, soll das eigentlich ein Verhör sein?« Sie warf sich mit einer Kopfbewegung das blonde schimmernde Haar in den Nacken.
»Durchaus nicht, Irene«, sagte Landgerichtsrat Dr. Heinzel ruhig. »Deine Mutter wundert sich nur... genau wie ich... dass du uns bisher nie ein Wort von dieser Bekanntschaft erzählt hast!«
»Wenn ich euch von jedem Boy berichten wollte, den ich kennen lerne ...«
»Nur von denen, die dich zum Sonntagmittagessen ausführen!«, warf Klaus dazwischen.
»Ach, halt doch du den Mund!«, parierte seine Schwester nervös. »Im Übrigen, damit ihr alle auf eure Kosten kommt... er wird mich morgen früh hier abholen. Dann könnt ihr ihn in Augenschein nehmen und ihn selber alles fragen, was ihr wissen wollt!«
»Oh, fab!«, rief Klaus. »Das wird die reinste Volksbelustigung!«
»Still, Klaus«, sagte die Mutter, »ärgere deine Schwester nicht! Du hast es gerade nötig... mit deinem Fünfer in Mathematik!«
Klaus seufzte theatralisch. »Herrje, wie oft werde ich das noch zu hören bekommen?!«
»Bis du eine bessere Note mit nach Hause bringst«, sagte der Vater.

Irene bemerkte mit Erleichterung, dass das Interesse der Eltern sich von ihr abwendete. Sie stand auf, wollte sich zurückzuziehen. »Seid mir nicht böse«, sagte sie, »aber ich muss noch ein bisschen büffeln!«
»Immer noch?!«, schrie Klaus. »Ich dachte, jetzt, wo du das Physikum geschafft hast ...«
»Das ist ja erst der Anfang«, erklärte Landgerichtsrat Dr. Heinzel, »bis Irene fertige Ärztin ist, wird sie noch eine Menge lernen müssen. Hast du dir schon überlegt, auf was du dich später spezialisieren willst, Irene?«
Irene zuckte die Achseln. »Wahrscheinlich auf Ophthalmologie ...«
»Was ist denn das nun schon wieder?«, fragte Klaus.
»Augenheilkunde. Aber ich bin mir noch nicht ganz sicher.«
»Lass dir ruhig Zeit damit. Bis du so weit bist, dauert es ja noch ein paar Jährchen ...«
»Falls sie nicht überhaupt vorher heiratet«, warf Klaus vorlaut ein.
»Quatschkopf«, sagte Irene.
Sie wollte ihrem Bruder einen Puff in den Rücken geben. Aber Klaus bückte sich rechtzeitig.
Irene beugte sich über ihre Mutter, die mit einer Kreuzstichdecke beschäftigt war. »Gute Nacht, Mutti... also, ich verzieh' mich. Darf ich das Telefon nach oben stellen?«
»Erwartest du denn noch einen Anruf?«
»Vielleicht!«
»Von dem jungen Mann, mit dem du morgen verabredet bist?«, fragte Klaus.
Irene hielt es nicht für nötig, darauf zu antworten. Sie küsste auch ihren Vater, strich ihm zärtlich über das dichte, kurz geschnittene braune Haar, in das sich schon die ersten grauen Fäden mischten. »Schlaf gut, Papa ...«
Im Vorbeigehen gelang es ihr, Klaus beim Ohr zu zupfen. »Und du auch, Flegel!«
»Aua!«
Irene lachte und ging zur Tür.
»Wie heißt er!«, rief Klaus hinter ihr her.
Irene drehte sich noch einmal um. Sie wusste nicht, warum ihr das Herz weh tat, als sie ihre kleine Familie so friedlich im goldenen Licht der Stehlampe zusammensitzen sah - den Vater mit dem strengen und doch gütigen Gelehrtengesicht, ihre junge fröhliche Mutter und Klaus, den trotz allem geliebten Frechdachs mit dem ständig verstrubbelten blonden Schopf.
»Wer?«, fragte sie.
»Na, du weißt schon... der junge Mann, der dich morgen abholen kommt. Wie heißt er?«
»Hassan!«, sagte Irene, und dann hatte sie es plötzlich sehr eilig. Sie war schon in der Diele, ehe ihr irgendjemand eine weitere Frage stellen konnte.
Landgerichtsdirektor Dr. Heinzel ließ seine Zeitung sinken und starrte mit gerunzelter Stirn seine Frau an. »Hassan?«, wiederholte er. »Ein merkwürdiger Name, findest du nicht?«
Seine Frau lächelte ihm beruhigend zu. »Ach, das wird nur so ein Spitzname sein! Die Boys... entschuldige, die jungen Burschen meine ich ... nennen sich

doch alle so komisch! Pit und Mecki und Pfeife ... das sind so ihre üblichen Späße!«
»Ich weiß nicht recht ...« Landgerichtsrat Dr. Heinzel betrachtete angestrengt die weiße Asche seiner Zigarette.
»Du glaubst doch nicht etwa, dass es ein Neger ist, Paps?«, schrie Klaus. »Mensch, das wäre was... Irene und ein Neger!«
»Red doch nicht so dummes Zeug«, sagte seine Mutter ärgerlich.
»Wieso ist das so dumm? Lest ihr denn keine Zeitungen? Das gibt's doch unbedingt, dass ein weißes Mädchen sich in einen Neger verliebt. Und warum denn nicht! Auf dem Fußballplatz ist einer, kohlschwarz wie ein Schornsteinfeger, aber ein Klassespieler und ein feiner Kerl... einfach fab!«
»Klaus«, sagte Landgerichtsdirektor Dr. Heinzel, »ich glaube, es ist Zeit für dich ins Bett zu gehen.«
»Jetzt schon? Es ist ja noch keine neun... und außerdem Samstagabend!«
»Stimmt! Aber du scheinst übermüdet zu sein. Du weißt nicht mehr, was du redest.«
Klaus begriff, dass er zu weit gegangen war. Er sah die Sportübertragung im Fernsehen, auf die er sich seit Tagen gefreut hatte, ins Wasser fallen. »Entschuldige schon«, sagte er kleinlaut, »ich hab's nicht so gemeint!«
»Das will ich auch hoffen, mein Sohn!«
»Auf jeden Fall«, sagte Frau Heinzel, »scheint es sich bei diesem Hassan oder wie immer er auch wirklich heißt, um mehr als eine oberflächliche Bekanntschaft zu handeln!« Sie hob die Decke nahe ans Licht und wählte sorgfältig einen Faden von einer anderen Farbe.
»Wie kommst du darauf?«, fragte ihr Mann beunruhigt.
»Nun, Irene war sichtlich verlegen, als sie über ihn sprach... und du kennst sie, das kommt selten bei ihr vor. Es ist überhaupt das erste Mal, seit sie aus der Tanzstundenzeit heraus ist, dass sie das Bedürfnis hat, uns einen jungen Mann vorzustellen.«
»Du glaubst, das soll eine offizielle Vorstellung werden?«
»Ja«, sagte Frau Heinzel ruhig, »diese gemeinsame Ausfahrt nach Herrenhausen ist nur ein Vorwand. Hast du das denn nicht durchschaut? Sie möchte uns diesen jungen Mann vorzeigen... oder auch uns diesem jungen Mann, was am Ende auf dasselbe herauskommt.«
»Vielleicht will sie testen, ob er in unsere Familie passt?«, fragte Klaus; es gelang ihm selten, länger als eine Minute den Mund zu halten.
Seine Mutter nickte ihm zu. »Kann schon sein, Klaus. Also, ich hoffe, du weißt, was das für dich bedeutet... anständiges Benehmen morgen früh, keine deiner dummen Bemerkungen ...«
»Aber wenn er euch nicht gefällt, dann darf ich ihn doch hinausgraulen?«
»Das wird absolut nicht nötig sein«, sagte der Landgerichtsdirektor, »wenn er mir nicht passt, so werde ich ihm das klipp und klar zu verstehen geben.«
»Irene ist großjährig, Heinrich«, mahnte seine Frau, »sie hat das Recht ...«
»Bitte, Magdalene, versuch du jetzt nicht, mich über die Rechte meiner Kinder aufzuklären! Wenn du mich fragst... Irene hat die verdammte Pflicht weiterzustudieren und ihre Examen abzulegen, nachdem wir jetzt schon so viel

Geld in ihre Ausbildung gesteckt haben! Ein begabtes Mädchen wie sie! Es wäre doch ein wahrer Jammer.«
»Wer sagt dir denn, dass sie etwas anderes vor hat?«, gab seine Frau zurück. »Die jungen Leute von heute denken sehr realistisch. Ich kann mir nicht vorstellen, dass Irene ihr Studium an den Nagel hängen wird... aber, wenn es so wäre, Heinrich, dann musst du dich damit abfinden!«
»Das sind ja sehr erfreuliche Aussichten«, erklärte ihr Mann erbittert.
Frau Heinzel lächelte. »Ich finde schon. Ich war zwar immer sehr stolz auf meine studierende Tochter, aber sie glücklich verheiratet zu wissen, Enkelkinder zu haben... entschuldige schon, ich weiß, ich bin sehr altmodisch... aber das würde mir mindestens ebenso viel Freude machen!«
»Auch wenn sie gescheckt sind?«, fragte Klaus; er duckte sich gleichzeitig, als erwartete er eine Ohrfeige.
Aber Landgerichtsdirektor Heinzel blieb bemerkenswert ruhig. »Über solche Dinge, Klaus«, sagte er, »sollte man wirklich keine Späße machen. Zum Glück kenne ich meine Tochter. Sie ist nicht nur intelligent, sondern ein hochanständiges Mädchen und, da bin ich sicher, sie hat ein sehr ausgeprägtes Gefühl für Rasse. Und damit, denke ich, ist dieses Thema erledigt. Ich möchte kein Wort mehr darüber hören, verstanden?«

»Du bist also ein richtiger Prinz, Omar?«, fragte Lizzi; sie legte ihren Kopf an die Schulter des saudi-arabischen Studenten und himmelte ihn aus ihren großen blauen Augen schwärmerisch an.
Omar Sidi warf ihr einen lächelnden Seitenblick zu, sah dann aber rasch wieder auf die Straße. Sie fuhren in dem roten Mercedes-Sportcoupé, das ihm und seinem Bruder Hassan gehörte, durch die schöne Umgebung von Clausthal-Zellerfeld in den lauen Sommerabend hinein.
»Zweifelst du etwa daran?« Er sprach ein sehr klares Deutsch, nur sein Akzent verriet den Ausländer.
»Ach wo denn! Gleich, als ich dich vor vierzehn Tagen in den Tanzschuppen habe kommen sehen, habe ich zu meiner Freundin gesagt: ›Du, der sieht wie ein richtiger Prinz aus!‹«
»Gratuliere zu deiner Menschenkenntnis!«
»Dein Vater ist also Ibn Saud?«
»Ja«, behauptete Omar Sidi unverfroren, »König Saud Ibn Abdul-Aziz Ibn Abdul Rahman. So heißt er richtig.«
»Das ist mir zu kompliziert. Ich werde ihn weiter Ibn Saud nennen. Du, warum fährst du eigentlich nicht zu ihm nach Baden-Baden?«
Omar trat auf die Bremse. Der Wagen tat einen Ruck, dass die beiden nach vorne flogen. »Was sagst du da?«, fragte er.
Omar Sidis hübsches braunes Gesicht wirkte eine Sekunde lang ganz verzerrt vor unbeherrschtem Ärger. Unwillkürlich wich Lizzi erschrocken bis an die rechte Tür des Vordersitzes zurück. »Ich dachte doch nur«, stotterte sie, »weil... heute Morgen stand in der Zeitung, dass... dein Vater ist doch augenblicklich in Baden-Baden, wusstest du das denn nicht?«
Omar Sidi hatte sich schon wieder gefasst. »Natürlich«, log er, »klar, dass ich

das weiß!«, – »Und warum fährst du dann nicht hin? Stell dir vor, er hat eine ganze Etage im besten Hotel gemietet, fünfzehn von seinen Frauen reisen in seiner Begleitung... ach, Omar, das muss ein richtiges Märchen aus Tausendundeiner Nacht sein!«
Der Motor war abgestorben, Omar bemühte sich fluchend, ihn wieder in Gang zu setzen. Endlich hatte er es geschafft. Er gab so viel Gas, dass er aufheulte und der Wagen mit einem Satz vorwärts schoss. Er war ein schlechter Autofahrer, ungeduldig und rücksichtslos.
Aber Lizzi achtete nicht darauf. Sie war völlig zufrieden damit, in einem solch tollen Auto durch die Gegend zu fahren, wie, das war ihr Nebensache. »Es muss herrlich sein, so zu leben«, schwärmte sie.
Omar Sidi zuckte wegwerfend die Achseln. »Wenn man es gewohnt ist, weißt du, dann macht man sich gar nicht mehr viel daraus!«
»Er isst mit goldenen Löffeln von goldenen Tellern... ach, Omar, warum fährst du nicht mit mir zu ihm nach Baden-Baden? Wir könnten eine herrliche Zeit haben!«
»Und dein Vater... was würde der dazu sagen?«
»Och, der braucht es ja gar nicht zu erfahren! Irgendeine Ausrede wird mir bestimmt einfallen! Bitte, Omar, bitte, tu mir die Liebe! Meine Freundinnen würden platzen vor Neid und Eifersucht!«
»Kommt nicht in Frage, schönes Kind... oder glaubst du, ich möchte, dass du meine Stiefmutter wirst?«
Lizzi riss die großen blauen Augen auf. »Das ist doch nicht dein Ernst?«
»Aber ja. Du kennst die orientalischen Sitten schlecht, Kleines! König Saud Ibn Abdul-Aziz Ibn Abdul Rahman heiratet jedes Mädchen, das ihm gefällt. Er darf das. Dafür ist er ja König.«
»Und du?«, fragte Lizzi gespannt. »Darfst du auch so viele Frauen heiraten?«
Er lächelte über ihre Naivität. »Nur vier«, sagte er, »leider.«
»Das ist ja schrecklich«, sagte Lizzi; ihr milchweißes Gesichtchen war um noch eine Spur blasser geworden.
»Warum denn?«, neckte er sie.
»Ich könnte es nicht ertragen, dich mit drei anderen Frauen zu teilen!«
»Aber, Schäfchen! Das sollst du doch auch nicht!«
»Eben hast du noch gesagt ...«
»Dass ich darf! Aber deshalb brauche ich es doch nicht zu tun! Sobald ich meine Prüfungen hinter mir habe, werden wir heiraten und dann kommt keine andere Frau mehr für mich in Frage!«
»Schwörst du mir das?«
Er legte lächelnd eine Hand aufs Herz. »Bei Allah!«
»Du bist süß!«, rief Lizzi hingerissen.
Omar Sidi fuhr in einen Waldweg hinein und bremste. »Bitte nicht«, sagte Lizzi sofort, »bitte nicht hier! Mir ist... unheimlich! Wenn uns jemand beobachtet!« Sie suchte ängstlich das schattige Grün des Unterholzes mit den Augen zu durchdringen; hier unter den Bäumen war es schon sehr dunkel.
»Du weißt ja nicht, was ich vor habe!« Omar legte den Arm um ihre Schultern, versuchte, sie an sich zu ziehen. Sein braunes Gesicht mit den breiten

dunklen Augen bekam einen faunischen Ausdruck. Sie stieß ihn heftig zurück.
»Oh doch! Und ob ich das weiß! Ich bin ja nicht von gestern!«
»Sieh mal an! Schon Erfahrungen?«
»Schließlich bin ich siebzehn Jahre, alt genug, um zu wissen, was ein Mann von einem Mädchen will, wenn er sie in eine einsame Gegend bringt!« Sie öffnete die Wagentür und wollte hinausspringen.
»Lass das«, sagte er, »du brauchst keine Angst zu haben!«
»Hab ich aber doch!« Lizzi riss sich los und stieg aus.
Er zog eine Taschenflasche aus dem Handschuhfach, drehte den silbernen Verschluss ab und reichte sie ihr. »Da, nimm einen Schluck! Dann wird dir gleich besser!«
Sie schnupperte misstrauisch. »Whisky!«, sagte sie.
»Echter schottischer!«
»Kann schon sein. Aber der ist doch bestimmt lauwarm. Nein, Whisky mag ich überhaupt nur mit Eis und Wasser. Sonst wird mir bombensicher schlecht.«
»Dann eben nicht!«
Omar Sidi nahm ihr die Flasche aus der Hand und nahm selber einen kräftigen Schluck. »Donnerwetter«, sagte er, »das hat gut getan! Mohammed war doch ein alter Esel!« Er wischte sich mit dem Handrücken über den Mund.
»Wieso?«, fragte sie verständnislos.
»Weisst du denn nicht, dass er uns verboten hat, Alkohol zu trinken?«
»Hat er denn das Recht dazu? Dir irgendetwas zu verbieten, meine ich.«
Omar Sidi lachte auf. »Mir scheint, du weißt nicht mal, wer Mohammed ist! Ein großer Prophet, der Gründer unserer Religion und glücklicherweise schon seit fünfzehnhundert Jahren tot.«
Lizzi sah ihn ernsthaft an. »Dann darfst du ihn aber doch nicht Esel nennen!«
»Es hat ja niemand gehört... außer dir! Willst du jetzt nicht doch wieder ins Auto kommen?«
Sie schüttelte sehr entschieden die braunen Locken. »Nein. Erst wenn du wieder auf die Straße zurückgefahren bist.«
»Sei nicht albern, Lizz!«
Sie bemühte sich, eine überlegene Miene aufzusetzen, was ihrem stupsnäsigen Gesichtchen einen sehr drolligen Ausdruck gab. »Du sprichst mit deiner zukünftigen Frau!«
»Stimmt. Das hätte ich beinahe vergessen!«
Er ließ den Motor an, schaltete den Rückwärtsgang ein und fuhr so scharf an, dass Lizzi beinahe unter die Räder gekommen wäre. Sie schrie auf und sprang beiseite.
Er lachte, raste weiter rücklings der Straße zu, während sie ihm auf ihren hochhackigen Sandaletten nachstolperte. Mit Entsetzen sah sie, wie er das Steuer am Rande des Waldes scharf herumriss und in Richtung der Stadt davonbrauste.
Als sie die Hauptstraße erreichte, war weit und breit keine Spur mehr von Omar Sidi und dem roten Sportcoupé zu sehen. Sie biss sich auf die Lippen und kämpfte mit den Tränen - bis zum Ort waren es gute sechs Kilometer zu

laufen, und ihre Füße in den unbequemen Schuhen taten ihr jetzt schon weh. Aber es blieb ihr nichts übrig, als sich humpelnd auf den Weg zu machen.
Sie war noch keine zwanzig Schritte gegangen, als das rote Sportcoupé wieder in der Ferne auftauchte, an ihr vorbeiflitzte, wendete und scharf neben ihr bremste.
Omar Sidi grinste sie an. »Na so etwas!«, sagte er. »Hätte ich dich doch beinahe vergessen!« Sie hatte es eilig, bei ihm einzusteigen. »Das war richtig gemein von dir!«, schmollte sie.
»Nur eine kleine Lehre für ungezogene Mädchen!« Er legte seinen Arm um sie, zog sie an sich. »Nicht mehr böse sein«, bettelte er.
Sie sah in seine breiten dunklen Augen, sah auf seinen lächelnden roten Mund, und ihr Zorn verflog. »Wohin fahren wir?«, fragte sie.
»Du wirst schon sehen!«

Irene Heinzel gelang es an diesem Abend nicht, sich wirklich auf das Kollegheft, das sie sich durchzuarbeiten vorgenommen hatte, zu konzentrieren. Immer wieder schaute sie nervös auf ihre Armbanduhr. Gewöhnlich rauchte sie wenig, aber jetzt zündete sie sich schon die fünfte Zigarette an, seit sie sich auf ihr Zimmer zurückgezogen hatte. Dabei schmeckte es ihr gar nicht. Ihr Mund war ausgetrocknet. Sie drückte die Zigarette nach wenigen Zügen wieder aus, ging ins Badezimmer hinüber und trank ein Glas Wasser.
In diesem Augenblick klingelte das Telefon.
Irene wusste nicht, wie sie das Glas schnell genug aus der Hand stellen sollte und hätte es beinahe fallen lassen. Sie verschluckte sich, musste husten, rannte ins Schlafzimmer der Eltern hinüber, wo der Zweitapparat stand. Sie nahm den Hörer ab, meldete sich, heiser vor Erregung. Dann hörte sie die warme melodische Stimme Hassan Sidis, und im gleichen Augenblick fühlte sie sich besser. Sie glaubte ihn vor sich zu sehen, schlank und schmalhüftig, mit dem braunen, gut geschnittenen Gesicht, den breiten glänzenden Augen, dem blauschwarzen dichten Haar.
»Hassan!«, rief sie. »Endlich!«
»Entschuldige, Liebling, dass ich dich so spät erst anrufe ...«
»Das macht nichts... macht gar nichts!«
»Alles in Ordnung bei dir? Hast du mit deinen Eltern gesprochen?«
»Ja. Sie erwarten dich!«
»Hast du ihnen wirklich alles gesagt?«
»Hassan, ich... ich glaube, es geht leichter, wenn sie dich erst sehen!«
Einen Augenblick blieb es ganz still in der Leitung.
»Hassan!«, rief Irene. »Was ist! Bist du noch da?«
»Ja, Irene ...«
»Warum sagst du denn nichts?«
»Ich überlege nur ...«
»Es ging nicht, Hassan, es ging wirklich nicht! Ich hatte es ja vor, aber ...«
»Ich mache dir doch keinen Vorwurf, Liebling, ich weiß, wie schwer es für dich ist, nur... wäre es nicht dann besser, ich würde meinen Antrittsbesuch noch aufschieben?«

»Das würde komisch aussehen! Ich habe ihnen doch nun schon gesagt ...«
»Bei dieser Gelegenheit könntest du ihnen doch alles erklären!«
Jetzt war es Irene, die schwieg. Er wartete geduldig.
»Ich habe Angst«, gestand sie, und ihre Stimme klang plötzlich ganz klein.
»Wir müssen es durchstehen!«
»Ja, aber zusammen, Hassan! Wenn du bei mir bist, dann fühle ich mich stark, dann traue ich mich zu allem!«
»Und ich dachte immer, ihr deutschen Frauen wärt so selbstbewusst, so überlegen! Ihr hättet keine Vorurteile, dürftet euch den Mann, den ihr heiraten wollt, selbst aussuchen ...«
»Lach mich nur aus«, sagte sie, »du hast ganz recht. Ich bin wirklich ein jämmerlicher Feigling.«
»Nein, das bist du nicht. Ich merke nur... auch eine europäische Frau ist nur eine Frau!«
»Würdest du mich lieben, wenn ich keine wäre?«
Jetzt lachten sie beide, und Irene fühlte sich wie von einem Albdruck befreit, obwohl sich an ihrem Problem nichts geändert hatte.
»Also, es bleibt dabei! Ich komme morgen und hole dich ab! Und wenn deine Familie mich hinauswirft ...«
»Ich werde dich nicht aufgeben, Hassan, nie! Das weißt du doch!«
»Ich liebe dich sehr, Irene!«
Sie hörte Geräusche aus dem Hintergrund seiner Wohnung.
»Ich muss Schluss machen, mein Liebling«, sagte er hastig, »ich glaube, Omar kommt!« – »Dann also... bis morgen!«
Aber es kam keine Antwort mehr; er hatte schon aufgelegt.

Die beiden Brüder Hassan und Omar Sidi bewohnten gemeinsam ein elegant möbliertes Apartment am Stadtrand von Clausthal-Zellerfeld. Omar, dem es gelungen war, Lizzi zum Mitkommen zu überreden, verbarg seine Enttäuschung nicht, als er sich Hassan gegenübersah.
»Du bist zu Hause?«, fragte er. »Ich dachte, du wolltest ...«
»Ich bin auch noch da!«, sagte Lizzi keck. Sie schlüpfte an Omar vorbei, stellte sich vor Hassan auf. »Möchtest du mich nicht vorstellen, Omar?«
»Das ist mein Bruder Hassan«, sagte Omar mürrisch, »und das ist Lizzi ...«
Sie reichte Hassan lächelnd die Hand. »Lizzi Müller, von Beruf Handelsschülerin! Sie sind also auch ein Prinz?«
Hassan warf seinem Bruder einen zornigen Blick zu. »Nein«, sagte er ruhig.
Lizzi riss die Augen auf. »Aber... das verstehe ich nicht! Wenn Sie Omars Bruder sind ...«
»Lass, Lizzi«, sagte Omar hastig, »das verstehst du nicht! Die orientalischen Familienverhältnisse sind sehr kompliziert. Ich werde es dir später erklären ...«
Lizzi sah bewundernd zu Hassan auf; er war einen Kopf größer als sein Bruder und besaß eine gelassene Würde, die Omar völlig fehlte. »Komisch«, sagte sie, »dabei sieht er noch viel prinzlicher aus als du!«
»Das hast du davon«, sagte Hassan auf arabisch, »warum musst du auch immer wieder solche dummen Geschichten erzählen!«

»Es kostet nichts und macht den Mädchen Spaß«, erwiderte Omar, jetzt auch in seiner Heimatsprache.
Lizzi verstand natürlich kein Wort, aber sie schaute fasziniert von einem der beiden Männer zum anderen.
»Du schadest damit dem Ansehen unseres Volkes«, sagte Hassan scharf.
Omar lachte auf. »Bei einem Mädchen wie Lizzi?«
»Ja. Auch bei solchen Mädchen. Du hast keine Achtung vor den Frauen.«
»Vor solchen bestimmt nicht.«
»Warum lässt du dich dann erst mit ihnen ein?«
»Soll ich dir das etwa erklären?«
»Nein, danke«, sagte Hassan.
»Na also. Dann frag auch nicht so dumm. Sieh lieber zu, dass du so schnell wie möglich hier verschwindest. Oder merkst du etwa nicht, dass du störst?«
Hassan trat einen Schritt näher auf den jüngeren Bruder zu. »Omar, ich muss ein ernstes Wort mit dir reden!«
»Schon wieder? Kannst du dir das nicht bis morgen sparen?«
Hassan roch den Alkoholdunst aus dem Munde seines Bruders. »Du hast getrunken«, sagte er angewidert.
»Ist das etwa ein Verbrechen?«, gab Omar frech zurück.
»Der Koran verbietet es!«
»Na, wenn schon. Wir sind in Deutschland. Hier gilt der Koran nicht als Gesetz.«
»Wo du auch bist, du bleibst Mohammedaner.«
»Du hast es gerade nötig, mir Vorschriften zu machen!«, rief Omar gehässig.
»Immerhin würde ich mich nie so weit von dem Glauben meiner Väter lösen, um eine ernsthafte Verbindung mit einer Christin auch nur in Erwägung zu ziehen. Was glaubst du, was unser Vater sagen würde, wenn er von dieser Geschichte mit Irene erführe?«
»Ich werde es ihn rechtzeitig wissen lassen.«
»Von mir aus. Aber dann mach dich auf was gefasst! Willst du jetzt nicht endlich gehen?«
»Schick das Mädchen fort!«
»Ich denke ja nicht daran!«
Eine Sekunde lang sahen sich die beiden Brüder fast hasserfüllt in die Augen.
Dann senkte Omar den Blick. »Du könntest wirklich mehr Verständnis für mich aufbringen«, sagte er, »in ein paar Monaten kehren wir nach Hause zurück, dann ist sowieso alles vorbei. Keine Mädchen mehr, kein Alkohol... warum lässt du mich nicht wenigstens jetzt noch meine Jugend genießen?«
Hassan beantwortete diese rhetorische Frage nicht. Stattdessen sagte er: »Weißt du, warum ich zu Hause geblieben bin? Ich habe zufällig einen Blick in deine Diplomarbeit geworfen ...«
»Zufällig?«, warf Omar ein. »Du solltest dich lieber um deine eigenen Angelegenheiten kümmern!«
»Sei froh, dass ich mich für dich verantwortlich fühle. Du hast ein paar ganz grobe Fehler in deinen Berechnungen gemacht... soll ich sie dir zeigen?«
Hassan machte einen Schritt auf den Schreibtisch zu.

Aber Omar dachte nicht daran, ihm zu folgen. »Bist du sicher?«, fragte er. Seine Stimme klang jetzt doch ein wenig kleinlaut.
»Du kannst es nachrechnen«, sagte Hassan kühl, »und ich würde dir dringend raten, das zu tun. Wenn du die Arbeit so einreichst, wirst du nie ein Diplom bekommen, ganz davon abgesehen, dass du ja immer noch nicht über das erste Drittel hinausgekommen bist.«
Omar machte eine wegwerfende Handbewegung. »Wenn ich mich erst einmal richtig dahinterklemme ...«
»Dazu wird es höchste Zeit. Schick das Mädchen fort. Ich werde dir dann helfen.«
»Das ist sehr nett von dir«, sagte Omar zögernd, »aber so einfach fortschicken kann ich Lizzi doch nicht. Das wäre ja beleidigend. Darf ich sie nicht wenigstens nach Hause bringen?«
»Von mir aus. Aber fahre vorsichtig. Ich brauche den Wagen morgen.«
»Selbstverständlich«, sagte Omar erleichtert und wandte sich Lizzi zu. »Komm, Kleines«, sagte er, jetzt in deutscher Sprache, »hier können wir nicht bleiben. Mein Bruder muss noch studieren. Er hat ein paar schwere Fehler in seiner Diplomarbeit gefunden.«
Er lächelte bei dieser faustdicken Lüge seinem Bruder entschuldigend zu, und Hassan lächelte zurück. Er konnte Omar niemals auf die Dauer böse sein.
»Ja«, sagte er, »und Omar hat mir versprochen, mir zu helfen. Deshalb wird er Sie jetzt rasch nach Hause bringen, Lizzi!« Er sah den Bruder mahnend an. »Ich warte auf dich, Omar!«
Omar nahm Lizzi bei der Hand und zog sie rasch zur Türe. »Nicht böse sein, Kleines!«
Draußen, im Treppenhaus, blieb Lizzi stehen, zog einen Spiegel aus ihrem weißen Täschchen, begutachtete ihr Make-up, und strich sich ein paar Löckchen zurecht. »Wenn ich das gewusst hätte«, sagte sie schmollend, »ausgerechnet heute, wo ich länger ausbleiben darf!«
»Pech«, sagte Omar.
»Musst du deinem Bruder denn unbedingt helfen?«
Er sah sie nachdenklich an. »Eigentlich nicht!«
»Na, siehst du, dann lass ihn doch seine alberne Diplomarbeit alleine machen! Wir könnten doch noch tanzen gehen!«
Er gab ihr einen raschen Kuss auf die Nase. »Recht hast du«, sagte er vergnügt, »du bist doch gar nicht so dumm, wie du aussiehst! Schließlich... Hassan ist ja nicht mein Vormund!«
Sie liefen nebeneinander die Treppe hinunter.
»Aber er scheint sehr streng mit dir zu sein«, sagte Lizzi, »ich habe zwar kein Wort verstanden... aber der Ton, in dem er mit dir redete, sprach Bände!«
»Er ist ein alter... wie sagt man doch in deutsch? Ein alter ...«
»Muffel«, ergänzte Lizzi.
Omar lachte unbekümmert. »Ja, Muffel ist das richtige Wort! Hassan, der Muffel!«
»Aber er sieht fantastisch aus!«
»Verguck dich bloß nicht in ihn!«

»Hat er etwa schon vier Frauen in seinem Harem?«
»Das wäre nicht weiter schlimm. Er könnte ja eine davon wieder nach Hause schicken. Nein, es ist etwas anderes ... er ist so gut wie verlobt. Mit einer Medizinstudentin, und die duldet keine anderen Frauen neben sich.«
»Ob er sich auch danach richtet?«
»Das tut er. Seit er Irene kennt, schaut er kein anderes Mädchen auch nur an.«
»Das muss schön für das Mädchen sein!«, sagte Lizzi träumerisch. »Wie heißt sie?«
»Irene.«
Omar schwang sich in den offenen Sportwagen. »Aber jetzt Schluss damit. Was gehen uns Hassan und Irene an? Sollen sie doch selber zusehen, wie sie glücklich werden! Kümmere dich lieber um mich, Kleines ...«
Sie setzte sich neben ihn, hauchte ihm einen Kuss aufs Ohr. »Das werde ich, mein Prinz«, sagte sie verheißungsvoll.

Am nächsten Morgen stand Irene Heinzel am Fenster ihres Zimmers und blickte angestrengt auf die Straße ›Im goldenen Winkel‹ hinunter, um nur ja nicht Hassans Ankunft zu verpassen. Als sie das rote Sportcoupé vorfahren sah, rannte sie zur Treppe.
Aber sie konnte nicht darauf verzichten, noch einen letzten Blick in den Spiegel zu werfen - sie hatte für diese Gelegenheit ein neues Kleid angezogen, ärmellos, aus grasgrünem Leinen mit einem großen weißen Pikeekragen, das ihre schlanken braunen Arme vorteilhaft zur Geltung brachte und den anmutigen Zauber ihrer Jugend betonte.
In diesem Augenblick klingelte es auch schon, und so sehr sich Irene bemühte, die verlorenen Sekunden aufzuholen, ihr Bruder Klaus war schneller. Er hatte die Wohnungstür schon aufgerissen, ehe Irene die Diele erreichte.
Sekundenlang stand der Junge fassungslos und starrte den eleganten jungen Herrn mit den breiten glänzenden Augen, der braunen Haut und dem blauschwarzen Haar entgeistert an.
Hassan Sidi hielt seinem Blick mit einem leichten Lächeln stand. »Guten Morgen«, sagte er höflich, »Fräulein Heinzel erwartet mich.«
»Sie sind... Hassan?«
»Hassan Sidi, ja. Und Sie sind Irenes Bruder Klaus?«
Klaus hatte sich schon wieder gefasst; er grinste. »Stimmt auffallend«, bestätigte er, »aber Sie können ruhig Du zu mir sagen, ich bin erst fünfzehn.«
Hassan Sidis Augen suchten Irene, die hinter dem Bruder erschienen war. »Hallo, Irene!«
»Guten Tag, Hassan!« Es gelang ihr nicht, ihre Verlegenheit zu bekämpfen; es war zu ungewohnt, Hassan in der elterlichen Wohnung zu begrüßen.
»Mein Freund ist gekommen, Klaus«, sagte sie.
»Das habe ich gemerkt.«
»Grins nicht so albern! Sag lieber den Eltern Bescheid.«
Klaus ließ sich das nicht zweimal sagen. Er sauste in die Küche, wo die Mutter mit den Vorbereitungen für das sonntägliche Essen beschäftigt war.
»Ich hab's doch gewusst!«, trompetete er. »Hassan ist ein Auswärtiger! Nicht

gerade ein Neger, aber immerhin... dunkel genug sieht er aus. Wie ein Prinz aus Tausendundeiner Nacht!«
Frau Heinzel packte ihn bei den Schultern. »Was sagst du da?«
»Aua! Du tust mir ja weh!«
»Du sollst wiederholen, was du eben gesagt hast!«
»Hassan ist gekommen«, sagte Klaus kleinlaut, »und er sieht wie... wie ein Orientale aus.«
»Wenn das ein Witz sein soll ...«
»Aber, Mutti, ganz bestimmt nicht! Sieh ihn dir doch selber an! Er ist übrigens sonst ganz nett. Nur eben... sehr anders.«
Frau Heinzel biss sich nachdenklich auf die Unterlippe, trocknete sich die Hände ab, zog die Schürze aus und strich sich über das immer noch schöne blonde Haar.
Dann trat sie auf die Diele hinaus.
»Mutti, das ist Hassan Sidi«, sagte Irene schüchtern.
Frau Heinzel zeigte mit keiner Miene, dass sie in irgendeiner Weise überrascht war; sie reichte dem Freund ihrer Tochter die Hand. »Ich freue mich sehr, Sie kennen zu lernen, Herr Sidi!«
Hassan verbeugte sich. »Es ist mir eine große Ehre, gnädige Frau!«
Frau Heinzel wandte sich an ihre Tochter. »Bist du fertig, Irene? Fein. Dann fahrt ihr am besten gleich los.«
»Aber, Mutti!«
»Tu, was ich dir sage. Glaub mir, es ist besser so.«
Irene warf Hassan einen bestürzten Blick zu. »Ganz wie Sie wünschen, gnädige Frau«, sagte der junge Orientale gelassen. »Komm, Irene!«
»Ein andermal«, sagte Frau Heinzel, »werden wir Sie bestimmt gerne begrüßen, aber gerade heute ...«
»Warum denn heute nicht?«, rief Irene. »Heute ist ein Tag wie jeder andere!«
»Sei nicht unvernünftig, Kind. Herr Sidi versteht sehr gut, wie ich es meine. Sie sind mir nicht böse, nicht wahr?«
Ehe Hassan noch auf diese Frage antworten konnte, öffnete sich die Tür des Wohnzimmers und Landgerichtsdirektor Heinzel trat heraus.
»Ich habe so eine Ahnung«, sagte er leutselig, »dass meine Tochter Besuch bekommen ...« Er stockte mitten im Satz, als er Hassan Sidi sah; sein schmales kluges Gesicht erstarrte zu einer Maske der Abwehr. Irene Heinzel empfand die Beleidigung, die in der Reaktion ihres Vaters gegen Hassan Sidi lag, wie einen Peitschenhieb. Aber es gelang ihr, die Situation zu meistern.
»Vater«, sagte sie sehr beherrscht, »darf ich dir Hassan Sidi vorstellen? Hassan... das ist mein Vater!«
In Hassan Sidis orientalischem Gesicht zuckte kein Muskel; er verbeugte sich mit großer Höflichkeit.
Landgerichtsdirektor Heinzel reichte dem Freund seiner Tochter nicht die Hand. »Sie wollen Irene also zu einer Ausfahrt abholen?«
»Mit Ihrer Erlaubnis, bitte!«
»Er hat ein tolles Auto, Paps!«, rief Klaus dazwischen.
»Tatsächlich?«, fragte der Landgerichtsdirektor. »Erlaubt Ihnen Ihr Stipendi-

um denn solche Ausgaben?« Hassan Sidi begriff sofort, worauf diese Bemerkung abzielte. »Niemand zweifelt daran«, entgegnete er mit Würde, »dass die großzügige Hilfe, die die deutsche Bundesrepublik den Entwicklungsländern und vor allem ihren Studenten gewährt, sehr schätzenswert ist. Aber mein Land ist reich. Meine Landsleute und ich brauchen keine finanzielle Unterstützung Ihres Staates anzunehmen.«

»Na siehst du's«, sagte Frau Heinzel versöhnlich, »Herr Sidi hat sein Auto nicht mit deinen Steuergeldern bezahlt, du brauchst dich also nicht ...«

Landgerichtsdirektor Dr. Heinzel fiel ihr scharf ins Wort. »Das habe ich durchaus nicht andeuten wollen!«

»Warum stehen wir eigentlich hier herum? Gehen wir doch ins Wohnzimmer!«, schlug Irene vor. »Dort kannst du dich in Ruhe mit Hassan über alles unterhalten, was dich interessiert.«

Landgerichtsdirektor Dr. Heinzel wehrte ab. »Ich will euch keineswegs aufhalten ...«

»Aber wieso denn? Wir haben es gar nicht so eilig. Hassan hat sich schon seit langem gewünscht, dich einmal kennen zu lernen, Papa... ich habe ihm so viel Gutes über dich erzählt!«

Irenes Vater sah keine Möglichkeit mehr, dem unerwünschten Zusammensein auszuweichen, wenn er nicht grob werden wollte, und ein solches Verhalten lag nicht in seiner Art. Allerdings konnte er sich auch nicht überwinden, ein paar einladende Worte auszusprechen. Sein gequältes Gesicht drückte die Ablehnung aus, die er sich auszusprechen verbot.

»Ja, kommen Sie doch herein«, sagte Frau Heinzel an seiner Stelle, »machen Sie es sich bequem, Herr Sidi!«

Sie ging voraus, und die anderen folgten ihr, zuletzt Hassan und Irene, die endlich Gelegenheit hatten, einen Blick der Ermutigung und des Einverständnisses miteinander auszutauschen.

Frau Heinzel wies auf einen der hübschen Sessel mit den fröhlichen bunten Überzügen. »Nehmen Sie bitte Platz, Herr Sidi... vielleicht hier? Und dürfen wir Ihnen etwas anbieten? Einen Sherry? Oder einen Portwein?«

»Danke«, sagte Hassan Sidi, »sehr liebenswürdig, gnädige Frau. Ich trinke nicht.«

»Überhaupt nicht?«, fragte Klaus ungläubig. »Oder nur, weil Sie nachher noch Auto fahren müssen?«

»Ich bin Mohammedaner«, erklärte Herr Sidi freundlich, »der Koran verbietet uns jeden Genuss von Alkohol!«

Er hatte abgewartet, bis die beiden Frauen sich gesetzt hatten, nahm jetzt ebenfalls Platz.

»Nehmen Sie's mir nicht übel«, sagte Landgerichtsdirektor Heinzel, »aber nach allem, was man so in den Zeitungen liest, habe ich nicht den Eindruck, dass alle Mohammedaner sich noch an diese überholten Vorschriften halten. Im Gegenteil, wenn sie im Ausland leben, lassen die meisten sich wirklich nichts von den Genüssen dieser Welt abgehen.«

»Das mag sein«, erwiderte Hassan Sidi ruhig, »aber gibt es nicht auch Christen, die sich nicht an die Gebote ihrer Religion halten?«

In Landgerichtsdirektor Heinzels Gesicht zuckte es. »Ich habe nicht die geringste Lust, mich mit Ihnen über Fragen der Religion zu unterhalten«, sagte er scharf.

»Entschuldigen Sie, bitte«, sagte Hassan Sidi höflich, »es lag nicht in meiner Absicht, dieses Thema anzuschneiden.«

»Das hast du ja auch gar nicht getan«, stellte Irene richtig, »du hast nur erklärt, dass du keinen Alkohol trinkst. Das ist doch schließlich kein Verbrechen!« Sie war voller Verteidigungsbereitschaft, ihre hellen Augen funkelten.

Ein peinliches Schweigen entstand.

Frau Heinzel versuchte, eine Brücke zu schlagen. »Wie gefällt es Ihnen bei uns in Deutschland, Herr Sidi?«, fragte sie.

»Sehr gut, gnädige Frau«, erwiderte Hassan Sidi ohne zu zögern, »Deutschland ist ein schönes und ein glückliches Land ...«

»Glücklich?«, fiel ihm Landgerichtsdirektor Heinzel ins Wort. »Sie sagten wirklich... glücklich? Darf ich Sie daran erinnern, dass wir zwei Kriege verloren, eine Diktatur hinter uns gebracht und einen furchtbaren Zusammenbruch erlitten haben? Dass es eine Teilung Deutschlands und eine Berliner Mauer gibt?«

»Dennoch glücklich!«, erklärte Hassan Sidi gelassen. »Sie haben ein wunderbares Klima, Regen und Sonne, Felder, Wiesen und grüne Wälder, eine hochentwickelte Industrie. Jeder kann Arbeit finden, jeder kann verdienen. Es herrscht nicht Unbildung und Unwissen. Jeder Junge und jedes Mädchen darf in die Schule gehen ...«

»Ob das nun gerade ein Vorteil ist?«, warf Klaus dazwischen. »Ich kenne ‘ne Menge Knaben, die würden darauf pfeifen!«

»Lernen ist schwer«, sagte Hassan Sidi, »ich weiß... aber viel schlimmer ist es, nicht lernen zu dürfen.«

»Gibt's in Saudi-Arabien etwa keine Schulpflicht?«, fragte Klaus.

»Leider noch nicht«, erklärte Hassan Sidi, »nicht Schulen, wie man sie hierzulande kennt. Jeder Junge wird natürlich im Koran unterrichtet ...«

»Aber Lesen und Schreiben«, rief Frau Heinzel, »lernen das die Kinder nicht?«

»Nicht alle, gnädige Frau.«

»Wie ist denn so etwas möglich? Heute? Im Jahre neunzehnhundertsechzig? Und Sie sagten doch vorhin, dass Ihr Land reich ist!«

»Noch nicht lange, gnädige Frau. Wir haben viel, viel nachzuholen. Aber wir werden es schaffen. Mit Allahs Hilfe.«

»Sie werden also, wenn Sie Ihr Studium beendet haben, nach Hause zurückkehren? Obwohl es Ihnen in Deutschland so gut gefällt?«

»›Die Heimat ist teuer, auch wenn sie Wüste wäre‹, so sagt ein arabisches Sprichwort.«

»Wie lange waren Sie in Deutschland?«, fragte Frau Heinzel.

»Sechs Jahre.«

»Und Sie glauben, dass Sie sich zu Hause wieder einleben können?«

Hassan Sidi lächelte. »Da habe ich keine Befürchtungen, gnädige Frau. Wir Araber sind anders als die Europäer. Wir kennen keine Unzufriedenheit und keine schweifende Sehnsucht. Wir nehmen unser Schicksal aus Allahs Hand und finden uns mit ihm ab.«

»Dann wundere ich mich nur«, sagte Landgerichtsdirektor Dr. Heinzel, »warum Sie nicht von allem Anfang an in Ihrem Lande geblieben sind!«
»Mein Los war es, in die Ferne zu ziehen und zu lernen. Aber wenn meine Zeit um ist, werde ich in die Heimat zurückkehren, um mit meinem Wissen meinem Volk zu helfen.«
»Das sind große Worte, Herr Sidi!«, sagte Dr. Heinzel ärgerlich.
»Und Sie werden sich einen Harem zulegen, nicht wahr?«, fragte Klaus; er grinste über das ganze runde Jungengesicht.
»Nein, Klaus«, sagte Hassan Sidi, »das werde ich nicht. Ich habe gelernt, dass eine Frau mehr wert ist als viele.«
»Wenn Sie zu Hause sind, werden Sie Ihre Meinung bestimmt wieder ändern!«
»Nein, denn eine Lehre, die man mit dem Herzen begriffen hat, vergisst man nicht wieder.«
»Im Übrigen«, sagte Irene rasch, »heisst Harem nichts anderes als Frauenhaus! Du stellst dir bestimmt etwas ganz Falsches darunter vor, Klaus!«
Das Thema beunruhigte sie, und sie hoffte, dass ihr Bruder sich durch ihre Erklärung davon ablenken lassen würde. Aber sie hatte sich getäuscht.
»Es stimmt aber doch«, sagte der Junge hartnäckig, »dass ein Mohammedaner mehrere Frauen haben darf?«
»Der Koran verbietet es nicht.«
»Und wie viel Frauen hat Ihr Vater, Herr Sidi?«
»Klaus«, tadelte die Mutter, »das geht aber nun doch zu weit! Solche Fragen stellt man nicht, und schon gar nicht, wenn man, wie du, noch nicht trocken hinter den Ohren ist!«
Hassan Sidi lächelte. »Lassen Sie ihn nur, gnädige Frau! Das sind die üblichen Fragen, die man immer wieder hierzulande zu hören bekommt. Mein Vater hat vier Frauen, Klaus ... vier ist die Zahl, die der Koran erlaubt.«
»Also doch!«, rief Klaus.
»Mein Vater ist ein reicher Mann«, sagte Hassan Sidi, »und er ist ein Mohammedaner von der alten Art. Wir Jungen, besonders diejenigen, die im Westen studiert haben, denken anders über die Ehe.«
»Also halten Sie sich doch nicht so streng an die Gebote Mohammeds, wie Sie uns anfangs glauben machen wollten«, sagte Landgerichtsdirektor Dr. Heinzel.
»Die Vielehe, Herr Doktor«, erwiderte Hassan Sidi höflich, »ist kein Gebot... ist niemals ein Gebot gewesen.«
»Mohammed hat sie nur eingeführt«, erklärte Irene, »weil damals, zu seiner Zeit, viele Männer in den schrecklichen Kriegen gefallen waren. Er wollte den überschüssigen Frauen zu einem Mann verhelfen, wollte verhindern, dass die arabischen Völker aussterben, nicht wahr, Hassan?«
»Du scheinst ja sehr gut orientiert zu sein«, sagte ihr Vater erbittert.
Irene warf den Kopf mit dem schimmernden blonden Haar in den Nacken. »Ich habe mir alles von Hassan erklären lassen.« – »Wozu?«
»Einfach deshalb, weil es mich interessiert. Ich hasse Menschen, die sich einbilden, dass ihre eigene Kultur und Lebensform das A und O aller Dinge darstellt, die sich weigern, auch nur über ihre Nasenspitze hinauszusehen.«
»Danke«, sagte ihr Vater, »ich nehme an, das Kompliment galt mir!«

»So habe ich es wirklich nicht gemeint, Paps ...«
»Schon gut. Ich habe dich sehr wohl verstanden. Aber ganz so unwissend, wie du glaubst, bin ich auch nicht. Es stimmt doch, Herr Hassan, dass in Saudi-Arabien ein Mann nur heiraten kann, wenn er im Stande ist, einen Kaufpreis für die Braut zu zahlen?«
Hassan Sidi wollte antworten, aber er kam nicht dazu.
»Das hat Mohammed auch nur deshalb angeordnet«, rief Irene, »um den Frauen wieder einen Wert zu geben! Nicht wahr, Hassan? So ist es doch?«
»Ja«, sagte Hassan Sidi.
»Uns«, sagte der Landgerichtsdirektor, »bedeutet eine Frau so viel, dass wir ihren Wert nicht mit Geld ausdrücken können. Nur eine Ware hat einen Preis. Wir handeln nicht mit Menschen.«
»Wie kannst du nur so reden, Vater!«, rief Irene empört.
»Ich hoffe, es ist mir immer noch erlaubt, in meinen eigenen vier Wänden meine eigene Meinung zu vertreten!«
»Natürlich, Heinrich«, sagte Frau Heinzel, »warum auch nicht? Ich bin sicher, Herr Sidi versteht dich gut, er wird nicht beleidigt sein.« Sie warf einen Blick auf ihre Armbanduhr. »Aber ich glaube, wir haben euch schon zu lange aufgehalten, Kinder! Ihr solltet hinaus, an die frische Luft und den schönen Tag genießen!«
Irene sprang auf. »Komm, Hassan, Mutti hat wieder einmal recht ...« Sie lief zu ihrer Mutter hin, umarmte sie herzlich. »Du bist doch die Liebste«, flüsterte sie, »die Allerliebste! Ich danke dir!«

Zehn Minuten später, als Irene Heinzel und Hassan Sidi nebeneinander im offenen Sportwagen saßen und in Richtung Herrenhausen die Stadt durchquerten, legte sie ihre Hand auf seinen Arm. »Hassan«, sagte sie, »es tut mir so leid! Ich schäme mich für meinen Vater!«
»Er lehnt mich ab!«, sagte Hassan Sidi. »Haben wir etwas anderes erwartet?«
»Er kennt dich ja gar nicht! Er ist gegen dich eingestellt, weil du kein Deutscher, kein Europäer bist. Gerade das ärgert mich so... das ist doch einfach verbohrt!«
»Auch bei uns haben die Leute Vorurteile.«
»Überall! Als wenn ich das nicht wüsste! Aber mein Vater, er ist doch ein kluger Mann, berühmt wegen seiner Gerechtigkeit als Richter. Wie konnte er sich dir gegenüber nur so benehmen!«
»Kränk dich nicht, Irene ...«
»Ich tu's, aber doch!« Irene nahm ein Seidentuch aus ihrer Handtasche, band es sich um das blonde Haar, in dem der Fahrtwind brauste. »Ganz ehrlich«, sagte sie, »du hast dich auch nicht gerade geschickt angestellt!«
»Habe ich dich enttäuscht? Einen schlechten Eindruck gemacht?«
»Das kannst du ja gar nicht, Hassan! Aber du hättest dich nicht auf dieses Gespräch über Religion und Sitten und all das einlassen sollen. Es wäre besser gewesen, du hättest mehr von dir erzählt ... von deinem Studium, deinem glänzenden Examen, deinen Zukunftsaussichten ...«
»Du meinst, ich hätte mich selber loben sollen? Nein, Irene, das wäre ganz

falsch gewesen. Dein Vater hätte mich für einen orientalischen Märchenerzähler und Prahlhans gehalten.«

»Aber immerhin war es nicht nötig, ihm auf die Nase zu binden, dass es bei euch noch keine allgemeine Schulpflicht gibt. Nach dem, was du ihm erzählt hast, muss er sich Saudi-Arabien als ein ganz düsteres mittelalterliches Land vorstellen.«

»Hätte ich lügen sollen?«

»Nur nicht die ganze Wahrheit erzählen. Auch das mit den vier Frauen deines Vaters war überflüssig. Klaus hätte sich auch mit einer ausweichenden Antwort begnügt.«

Hassan Sidi trat auf die Bremse und wandte sich Irene zu. »Ich liebe dich«, sagte er sehr ernst, »ich liebe dich aufrichtig, und ich will dich nicht unter falschen Vorspiegelungen gewinnen ...«

Sie sah ihn mit einem liebevollen Lächeln an. »Manchmal kommt es mir so vor«, sagte sie, »als wenn du gar kein echter Orientale wärest ...«

Er küsste sie zärtlich auf die Nasenspitze. »Ich weiß«, sagte er, »meine Landsleute fabulieren gerne. Sie merken es nicht einmal selber. Sie übertreiben ihren Reichtum und ihr Elend, schmücken ihre Liebe aus und ihren Hass... aber ich habe gelernt, dass die Wahrheit etwas Gutes ist. Eine starke Waffe, Irene!«

Sie legte ihren Arm um seinen Hals. »Wie du willst«, sagte sie, »also... kämpfen wir mit offenem Visier und ehrlichen Mitteln. Aber es wird ein harter Kampf werden, Hassan. Du kennst meinen Vater nicht. Er kann eisern sein.«

»Die Flammen unserer Liebe werden seinen Panzer zerschmelzen!«

»Hoffen wir's«, sagte Irene seufzend, »aber wenn nicht ...«

»... werde ich dich rauben und in meinen Harem entführen müssen!«

Sie lachten beide und küssten sich zärtlich.

Dann gab Hassan Sidi Gas, ordnete seinen Wagen wieder in den Verkehr ein. »Immerhin«, sagte sie, »jetzt weiß mein Vater wenigstens, wem mein Herz gehört. Auch wenn eure erste Begegnung nicht gerade unter einem günstigen Stern stand, wir sind doch einen Schritt weitergekommen... einen ganzen Schritt weiter als gestern. Jetzt kommt es nur darauf an, die Nerven nicht zu verlieren.«

»Dass du dich nicht gegen mich einnehmen lässt, Irene!«

»Nur keine Sorge! Das wird Vater nie und nimmer glücken! Auch wenn er Himmel und Hölle in Bewegung setzt.«

Frau Heinzel hatte gewartet, bis Klaus zu seinen Freunden auf die Straße hinuntergegangen war. Dann nahm sie die Gelegenheit wahr, mit ihrem Mann zu sprechen.

Landgerichtsdirektor Heinzel saß im Wohnzimmer, scheinbar in ein gutes Buch vertieft. Aber seine Frau, die sich still mit einem Stickzeug zu ihm gesetzt hatte und ihn verstohlen beobachtete, merkte, dass er nur selten eine Seite umschlug. »Heinrich«, sagte sie vorsichtig.

»Ja?«, erwiderte er, ohne aufzusehen.

»Auf mich hat dieser junge Mann eigentlich einen sehr guten Eindruck gemacht.«

»Wer?«

»Du weißt doch genau, von wem ich spreche! Hassan Sidi!«
»Ich möchte nicht, dass dieser Name noch einmal in unserer Familie erwähnt wird!«
»Aber er ist doch Irenes Freund!«
Landgerichtsdirektor Heinzel hob mit einem Ruck den Kopf. »Freund!? Das möchte ich doch bei Gott nicht hoffen!«
»Du bist voreingenommen, Heinrich. Jedenfalls ist er ein junger Mann mit sehr guten Manieren ...«
»Tünche. Besagt nichts über den Wert eines Menschen.«
Frau Heinzel zog mit Bedacht die Nadel durch ihre Decke. »Ist dir nicht aufgefallen, wie erstaunlich ehrlich er war? Andere Ausländer... nicht nur Orientalen... neigen dazu, die Heimat und die häuslichen Verhältnisse in den glühendsten Farben zu schildern, aber er ...«
»Wahrscheinlich hat Irene ihn vorher entsprechend präpariert!«
»Heinrich! Jetzt muss ich aber doch sagen... du bist wirklich zu misstrauisch!«
»Es geht um unsere Tochter, Magdalene! Du erwartest doch nicht etwa von mir, dass ich sie dem ersten besten Dunkelmann, der daherkommt, an den Hals werfe?«
»Davon spricht doch niemand, Heinrich.«
»Na also. Dann lass mich mit diesem Hassan Sidi in Ruhe. Ich hoffe, ich habe ihn heute zum ersten und zum letzten Mal gesehen.«
»Das glaube ich nicht«, sagte Frau Heinzel ruhig. »Sieh mich nicht an, als wenn du mich gleich fressen wolltest! Ich bin nicht schuld, dass Irene sich ausgerechnet in einen Araber verliebt hat! Aber es hat doch keinen Zweck, den Kopf in den Sand zu stecken und so zu tun, als wäre gar nichts geschehen.«
»Und was sollen wir deiner Meinung nach unternehmen?« Landgerichtsdirektor Heinzel zündete sich mit nervösen Fingern eine Zigarette an.
»Freundlich und verständnisvoll sein. Irene gegenüber kein böses Wort über ihren Freund verlauten lassen. Ihn zu uns einladen.«
Ihr Mann sah sie aus zornigen Augen an. »Das hätte gerade noch gefehlt! Also... jetzt verstehe ich dich wirklich nicht mehr, Magdalene! Willst du dich etwa zur Kupplerin machen?!«
»Ach, Heinrich, warum seid ihr Männer bloß so... so uneinsichtig! Gib mir auch eine Zigarette, ja? Das Ganze ist doch eine einfache Rechenaufgabe. Je stärker unser Widerstand ist, je tiefer wird Irene sich in diese Liebe verrennen. Je gelassener wir die Sache aufnehmen, desto eher wird sie vorüber sein.«
»Du weißt nicht, was du redest!«
»Doch, Heinrich! Ich habe mir alles gut überlegt. Wenn wir nett zu Hassan Sidi sind, uns nicht ihm gegenüber ins Unrecht setzen... wenn wir ihn möglichst oft zu uns einladen, sodass sie Vergleiche zwischen ihm und uns ziehen kann, dann wird sie bestimmt bald von selber merken, dass er nicht zu ihr passt.«
»Dieses Spiel mache ich nicht mit, Magdalene!«
»Es ist dir also lieber, wenn sie sich heimlich treffen?«
»Ich werde Irene verbieten, ihn wiederzusehen.«
»Und wenn sie sich weigert?«

»Sie ist meine Tochter und wird mir gehorchen, wie sie mir immer gehorcht hat. Es wird Tränen geben und Szenen, darauf bin ich gefasst. Aber ich werde meinen Willen durchsetzen, verlass dich darauf, und es wird zu ihrem Besten sein.«

Lizzi und Omar Sidi lagen eng umschlungen in einem der beiden Betten des großen komfortablen, ja, fast luxuriös eingerichteten Schlafzimmers, das die Brüder Sidi gemeinsam bewohnten. Die schweren nachtblauen Vorhänge waren zugezogen. Nur eine der Nachttischlampen, über die Omar Sidi ein rotseidenes Tuch geworfen hatte, verbreitete ein gedämpftes warmes Licht.
Er küsste Lizzi zärtlich auf die Schläfe. »Glücklich?«, fragte er.
Sie kuschelte ihren Kopf an seine braune glatte Brust. »Hm, hm ...«, murmelte sie.
»Sehr glücklich?«
»Ich weiß nicht ...«
Sein Gesicht verzog sich wie das eines verwöhnten Jungen. »War ich etwa... kein guter Liebhaber?«
Jetzt öffnete sie die Augen, sah ihn an. »Aber Omar... darum geht's doch gar nicht!«
»Um was dann?«
»Ich... ich glaube, wir hätten das nicht tun sollen!«
Er lachte unbekümmert. »Aber du hast es doch selber gewollt!«
»Wenn du mich nicht beschwipst gemacht hättest, hätte ich niemals ...«
Er ließ sie los und richtete sich auf. »Unsinn. Wenn du es nicht gewollt hättest, hättest du dich gar nicht beschwipst machen lassen!«
Sie schob schmollend die rote Unterlippe vor. »Du bist richtig gemein!«
Er schwang sich aus dem Bett und schlüpfte in Hemd und Hose. »Am besten weinst du jetzt ein bisschen«, sagte er ungerührt, »wahrscheinlich gehört das dazu!«
»Nein«, sagte Lizzi, »den Gefallen tu ich dir nicht!«
»Na also. Dann hör auch auf zu jammern. Du kannst einem wirklich die Laune verderben.«
Sie setzte sich auf, hielt die Steppdecke vor die Brust. »Ich habe Angst«, sagte sie, »kannst du das wirklich nicht begreifen, Omar?«
»Ich ahne nicht einmal, wovon du sprichst!«
»Und wenn ich nun ein Kind bekomme?«
»Kinder sind die Segnungen Allahs! Schenk mir gesunde Söhne, und ich werde dich um jeden Sohn doppelt und dreifach lieben!«
»Du hast gut reden«, sagte sie.
Er warf ihr einen leuchtend blauen seidenen Morgenrock zu. »Zieh dich an und hör auf, Gesichter zu schneiden! Dein Gejammer geht mir auf die Nerven.«
»Du hast versprochen, mich zu heiraten!«
»Wenn du weiter so ein Theater machst, werde ich mir das noch reiflich überlegen müssen!«
»Omar!«

Er lachte. »Komm schon! Ich habe Durst!«
»Ich möchte nichts mehr trinken.«
»Um so besser. Es ist sowieso nur noch ein Rest in der Flasche.«
Er ging ins Wohnzimmer hinüber, goss sich einen kräftigen Schluck Whisky in eines der benutzten Gläser, betrachtete mit angeekeltem Gesicht die Eiswürfel, die in der Schale fast zerschmolzen waren, und führte sein Glas, ohne sein Getränk zu verdünnen, an die Lippen.
Lizzi kam ihm nach, barfuß, die braunen Locken zerzaust, ihre rührende kleine Gestalt in dem viel zu großen Morgenrock, dessen Ärmel sie sich hochgekrempelt hatte. »Soll ich uns nicht lieber einen Kaffee machen?«, fragte sie.
»Was versteht ihr Europäer schon von Kaffee! Kaffee muss klar sein, er muss duften... was ihr trinkt, ist doch nur eine braune Brühe.«
»Aber immerhin! Sie macht nüchtern!«
Er nahm einen Schluck aus seinem Glas. »Wer trinkt schon, um nüchtern zu bleiben?«
Sie trat dicht an ihn heran. »Omar, wir müssen doch miteinander reden!«
»Du musst noch viel lernen, Lizzi! Eine arabische Frau redet nur, wenn sie gefragt wird.«
»Aber ich bin keine Araberin! Das hast du von Anfang an gewusst!«
Er zündete sich eine Zigarette an, schwang sich auf eine Sessellehne und betrachtete sie amüsiert.
»Omar, du hast mir versprochen, mich zu heiraten!«
»Das höre ich heute nun schon zum dritten Mal!«
»Sag mir, dass du dein Versprechen halten wirst!«
»Wenn es weiter nichts ist... von mir aus! Ja, ich werde dich heiraten! Nun zufrieden?«
»Wann, Omar?«
»Sobald ich meine Prüfungen hinter mir habe, also sagen wir... in einem halben Jahr!«
»Warum nicht gleich?«
»Weil ich noch Student bin!«
»Aber Omar, du bist doch ein Prinz, du bist unermesslich reich ...«
Er zog die schön geschwungenen Augenbrauen hoch. »Liebst du mich etwa nur meines Geldes wegen?«
»Aber Omar, natürlich nicht! Ich meine doch nur ...«
»Auch wir Prinzen haben Pflichten, Lizzi! Ich könnte meinem Vater nicht mehr unter die Augen treten, wenn ich heiraten würde, bevor ich meine Prüfungen bestanden habe.«
»Dann bitte, sprich wenigstens mit meinen Eltern! Sag ihnen, dass du es ernst meinst! Ich... es ist mir so schrecklich, dass ich dauernd Heimlichkeiten haben muss!«
»Die Liebe ist eine schöne Blume, die im Schatten der Einsamkeit blüht und duftet ...«
»Ein bisschen Sonne braucht sie aber doch auch!«
Er lachte, stellte sein Glas aus der Hand. »Komm her, Lizzi! Um was streiten wir eigentlich? Es ist doch alles in bester Ordnung ! Wir lieben uns, wir wer-

den heiraten... was willst du denn noch mehr?« Sie flog in seine Arme. »Oh, Omar, ich war dumm, ich weiß es... ich habe nur so furchtbare Angst, dass du es nicht ernst mit mir meinst! Wenn du mich verlässt... ich könnte es nicht überleben!«

Sie küssten sich leidenschaftlich und fuhren erst auseinander, als sie hörten, wie die Wohnungstür aufgeschlossen wurde.

»Verdammt«, sagte Omar, »Hassan! Auch das noch!«

Lizzi stand einen Augenblick verwirrt, wollte zum Schlafzimmer hin fliehen, aber da trat Hassan Sidi auch schon ins Zimmer.

Omar verzog seine Lippen zu einem Lächeln, unter dem er seine Unsicherheit verbergen wollte. »Schon zurück?«, fragte er. »Wir hatten dich noch nicht erwartet!«

Hassan blickte mit gerunzelter Stirn von der leeren Flasche zu Lizzi, die sich bemühte, den Gürtel des viel zu weiten Morgenrockes enger zu ziehen. »Das sehe ich«, sagte er kühl.

Lizzi trat einen Schritt auf ihn zu, blieb aber dann gleich wieder stehen. »Sie dürfen nicht schlecht von mir denken«, sagte sie, »ich... wir lieben uns! Omar hat versprochen, mich zu heiraten!«

»So ist es!«, bestätigte Omar Sidi. »Lass sie in dem Glauben«, fügte er auf arabisch hinzu, »natürlich denke ich nicht daran!«

»Warum hast du es ihr dann versprochen?«, fragte Hassan Sidi, ebenfalls auf arabisch.

»Weil sie es gerne hören wollte.«

»Das Wort eines Mannes ist wie ein Schwur.«

»Bei Allah!«, rief Omar Sidi aufgebracht. »Nun spiele bloß nicht den Tugendwächter! Sie ist ja nur eine Christin! Was würde unser Vater sagen, wenn ich so eine mit nach Hause brächte?«

Hassan wandte sich Lizzi zu. »Bitte, ziehen Sie sich an! Ich fahre Sie dann heim!«

Lizzi huschte, nach einem letzten Blick auf Omar, aus dem Zimmer.

»Willst du auch deinen Spaß mit ihr haben?«, fragte Omar. »Von mir aus. Diese Christinnen sind doch alle gleich ...! Ein paar schöne Worte, und schon sind sie bereit, das zu geben, was eine anständige Mohammedanerin noch in der Hochzeitsnacht verweigert!«

»Du solltest dich schämen«, sagte Hassan angewidert, »du weißt sehr genau, dass das nicht stimmt. Die europäischen Frauen werden frei erzogen, und manche von ihnen nutzen ihre Freiheit schlecht, weil sie zu schwach sind, ihre Tugend zu verteidigen. Aber sie sind nicht schlechter als unsere Frauen zu Hause, denen wir so wenig trauen, dass wir von ihnen verlangen, ihr Gesicht unter dem Schleier zu verbergen und keinen Mann auch nur anzublicken.«

»Na schön«, rief Omar, »dann sind eben alle Frauen Huren! Keine von ihnen verdient unsere Achtung.«

»Mohammed sagt ...«

»Ach, hör auf mit Mohammed! Hast du den Kinsey-Report gelesen?«

»Du etwa? Dazu bist du doch viel zu faul. Du hast dir erzählen lassen, was drin steht, weißt wieder einmal nichts als die Hälfte der halben Wahrheit. Es

gibt anständige Frauen, hier in Deutschland und bei uns in Saudi-Arabien ...«
»Besonders eine gewisse Irene Heinzel, wie?«, unterbrach ihn Omar höhnisch. »Mach dir doch nichts vor! Es liegt an dir, wenn du sie noch nicht herumgekriegt hast. Sie ist genau wie alle anderen. Nur du bist ein Versager ...«
»Schluss«, sagte Hassan hart, »kein Wort weiter oder ...«
»Schlimm genug, wenn du die Wahrheit nicht vertragen kannst!«
»Du bist betrunken und weißt nicht mehr, was du redest. Unterhalten wir uns morgen, wenn du wieder nüchtern bist.« Hassan Sidi ging zur Tür. »Ich werde unten im Auto auf deine Freundin warten.«
Aber Omar war nicht mehr zu halten. »Ich wünsch' dir Glück«, schrie er, »vielleicht kommst du bei ihr zum Zuge! Aber ich zweifle sehr daran!«
»Ich habe durchaus nicht die Absicht, diesem armen Mädchen noch mehr Leid zuzufügen!«
»Weil du dich nicht traust! Aber ich... ich werde mir deine Irene mal bei nächster Gelegenheit vorknöpfen! Ich werde dir beweisen, dass sie wie alle anderen ist!«
Omar war so dicht auf den Bruder zugekommen, dass Hassan der schale Alkoholdunst in die Nase drang.
»Omar!«, brüllte er. »Hör auf!«
Aber Omar konnte sich nicht mehr zurückhalten.
»Eine raffinierte Hure, die ...«
Hassan verlor die Beherrschung. Seine Hand klatschte in Omars Gesicht. Omar wurde blass unter der braunen Haut. Hassans Finger begannen sich rot abzuzeichnen.
Lizzi war, von den aufgeregten jungen Männern unbemerkt, ins Zimmer gekommen, und starrte mit weit aufgerissenen, entsetzten Augen von einem zum anderen.
»Tut mir leid, Omar«, sagte Hassan, »aber du hattest es nicht besser verdient!«
»Das wirst du bereuen«, knirschte Omar und wandte sich ab.
Lizzi lief zu ihm hin. »Omar«, rief sie, »Um Gottes willen, warum ...«
Er stieß sie grob zurück.
Hassan packte sie beim Handgelenk. »Kommen Sie, Lizzi«, sagte er ruhig, »haben Sie alles? Dann können wir fahren!« Er zog das Mädchen aus der Wohnung.
»Warum«, fragte sie, »haben Sie ihn geschlagen, Hassan?«
»Weil Omar meine Braut beleidigt hat.«
»Es ging also nicht um mich?«
Hassan sah Lizzi mitleidig an. Er hätte sie gerne gewarnt.
Aber der Ehrenkodex, in dem er erzogen worden war, verbat, schlecht über den eigenen Bruder zu sprechen. »Ihr europäischen Frauen«, sagte er, »seid sehr stolz auf eure Freiheit... aber die Frauen bei uns zu Hause sind, glaube ich, glücklicher, weil die Männer sie schützen.«
Sie verstand ihn nicht. »Na«, sagte sie, »hier bei uns lässt auch kein Junge gern seine Freundin beleidigen! Warum hat Omar das nur getan?«
»Er war betrunken. Morgen früh wird er sich entschuldigen, und wir werden uns versöhnen, wie immer.« Hassan war sicher, dass es so kommen würde.

Trotzdem fühlte er sich sehr niedergeschlagen. Die Verantwortung für den Bruder lastete schwer auf ihm. Er war dankbar, dass Lizzi ihn nicht mit weiteren Fragen bedrängte.

Omar Sidi beobachtete vom Fenster aus, wie Lizzi zu seinem Bruder in das Auto einstieg. Er kochte vor Wut. Er hasste Hassan aus ganzem Herzen - jedenfalls in diesem Augenblick.
Alle Kränkungen, die er je durch den älteren Bruder erlitten hatte, kamen ihm zum Bewusstsein. Hassan war nicht nur der Erstgeborene, der Liebling des Vaters, er war auch immer der Fleißigere, der Tüchtigere, der Verlässlichere und der Klügere gewesen, ja, auch der Stärkere, denn sonst hätte ihm Omar den Schlag zurückgegeben, und sein Zorn hätte damit ein Ventil gehabt.
Aber so hatte er die Ohrfeige vor den Augen des Mädchens widerstandslos hinnehmen müssen, und das würde er Hassan niemals verzeihen.
Das Schlimmste war, er wusste jetzt schon, dass ihm nichts anderes übrigbleiben würde, als sich, wenigstens äußerlich, wieder mit dem Bruder zu versöhnen. Ohne Hassans Hilfe hatte er keine Aussicht, sein Examen zu bestehen.
Omar knirschte mit den Zähnen, sein hübsches Gesicht war geradezu verzerrt von der bösen Leidenschaft, die ihn durchtobte. Er musste Rache üben - Rache! Aber wie? Was sollte er tun? Welche Möglichkeit hatte er, Hassan zu schaden? Ihm die Kränkung heimzuzahlen? Zu Hause in Djidda wäre das nicht so schwer gewesen. Er hätte eine Intrige anzetteln können, das war etwas, worauf sich wie kein Zweiter verstand. Aber hier in Clausthal-Zellerfeld? Die Leute hier waren zu plump, um sich auf Intrigen zu verstehen.
Sollte er einen Brief an Irene schreiben? Sie um ein Stelldichein bitten? Nein, das war sinnlos. Irene würde seinem Wunsch nicht nachkommen, auch wenn er den Brief so geschickt verfasste und noch so viele geheimnisvolle Andeutungen hineinflocht.
Oder sollte er massiver werden? Ihr schreiben, dass Hassan sie betrog?
Omars Augen funkelten hämisch bei diesem Gedanken. Aber er war klug genug zu begreifen, dass er auch damit nicht zum Ziel kommen würde. Was immer er Irene schrieb, sie würde Hassan seinen Brief zeigen, ihn vielleicht zur Rede stellen - aber es würde Hassan bestimmt nicht schwer fallen, sich zu rechtfertigen.
Nein, so ging es nicht.
Omar begann unruhig im Zimmer auf und ab zu gehen. Seine Gedanken arbeiteten fieberhaft. Ein Brief, ja, das wäre schon das Richtige, aber nicht an Irene, die Hassan blind vertraute, nein, ein Brief nach Hause an den Vater!
Wie elektrisiert drehte Omar sich um, lief zum Schreibtisch, schraubte den Füllhalter auf, schrieb - und zerriss den Bogen wieder. Er musste sich Zeit nehmen nachzudenken, er musste es richtig machen.
Noch einmal begann Omar von vorne. Sorgfältig malte er einen schönen arabischen Buchstaben auf das Papier, berichtete von seinen Fortschritten im Studium, erzählte, wie viel Mühe er sich gäbe, dem Bruder, der von allen Professoren gelobt würde, nachzueifern.
»Kein Zweifel«, schrieb er, »Hassan wird glänzend abschneiden. Aber ich hof-

fe, dass auch ich - mit Allahs und Hassans Hilfe - als Diplomingenieur nach Djidda zurückkehren werde.«
Er überlas noch einmal, was er geschrieben hatte, und war mit sich zufrieden.
»Nur eines macht mir große Sorge«, schrieb er weiter, »und ich habe lange gezögert, ob ich dir darüber Nachricht geben soll. Doch es ist meine Pflicht als Sohn und Bruder, dich wissen zu lassen, dass Hassan auf einen schlechten Weg geraten ist. Auch mich haben die Reize der deutschen Mädchen, die ihr Gesicht und ihre Beine schamlos zeigen, nicht immer kalt gelassen. Aber niemals habe ich auch nur daran gedacht, eine ernste Bindung zu einer dieser Frauen einzugehen, die die Sitten des Anstandes so sehr verletzen.
Hassan jedoch - ich wage es kaum zu schreiben - beabsichtigt eine dieser Christinnen als Frau in seinen Harem zu nehmen. Dies ist kein bloßer Verdacht von mir, sondern ich habe es aus seinem eigenen Munde gehört.
Glaube mir, mein Vater, ich habe alle Überredungskraft aufgebracht, deren ich fähig war, um ihm das Schändliche und Ehrvergessene seines Tuns vor Augen zu bringen.
Aber dieses Mädchen hält sein Herz und seine Sinne gefangen.
Ich bin ratlos, was zu tun ist. Aber du sollst wissen, was sich begeben hat. Die Entscheidung darüber, was geschehen soll, liegt jetzt in deinen Händen.
Allahs Segen sei bei dir. Dein ehrerbietiger Sohn Omar.«
Omar überlas den Brief noch einmal, lächelte voll Genugtuung, zufrieden mit dem orientalischen Stil, von dem er wusste, dass sein Vater ihn liebte.
Dann steckte er den Bogen rasch in einen Umschlag, schrieb die Adresse darauf, frankierte ihn und fügte eine Luftpostmarke hinzu.
Er hatte es jetzt eilig, die Wohnung zu verlassen, bevor Hassan zurückkam.
Als er den verräterischen Brief an seinen Vater, Scheich Mustafa, in den Briefkasten geworfen hatte, wechselte er sofort auf die andere Straßenseite hinüber.
Diese Vorsichtsmaßnahme erwies sich als begründet, denn das rote Sportcoupé mit seinem Bruder Hassan am Steuer fuhr vor, noch ehe er die Haustür erreichte.
Hassan stieg aus und schloss den Wagen ab. Omar schlenderte ohne Eile näher.
Hassan blickte ihm entgegen. »Wo kommst du denn her?«, fragte er.
Omar verzog das Gesicht zu einem Lächeln. »Ich habe einen Rundgang gemacht. Um mir das Hirn auszulüften.«
»Eine kleine Abkühlung hat dir bestimmt gut getan«, erwiderte Hassan.
»Stimmt genau. Ich fürchte, ich hatte wieder mal zu viel getrunken, Hassan. Es tut mir leid.«
Hassan empfand Erleichterung, weil der Bruder anscheinend schon zur Einsicht gekommen war, viel schneller, als er erhofft hatte. »Ich muss mich bei dir entschuldigen«, sagte er, »ich hätte dich nicht schlagen dürfen... nicht in Gegenwart des Mädchens.«
Omar zuckte die Achseln. »Ach, mach dir Lizzis wegen keine Gedanken. Die nimmt das bestimmt nicht tragisch.«
»Trotzdem«, bekannte Hassan, »es war nicht richtig von mir. Ich habe die Nerven verloren.«

Omar legte ihm die Hand auf den Arm. »Ich habe dich ja auch ganz schön gereizt!«
»Du hast Irene Unrecht getan.«
»Ich weiß«, sagte Omar, »ich habe es schon gewusst, als ich es sagte... aber irgendwie musste ich mir Luft machen. Deine ewige Bevormundung ist schwer zu ertragen, weißt du.«
»Ich werde genauso froh sein, wenn ich endlich die Verantwortung für dich los bin wie du, wenn du dir nichts mehr von mir wirst sagen lassen müssen. Das kannst du mir glauben.«
»Auf's Wort. Aber noch ist es nicht so weit... also bleibt uns wohl beiden nichts übrig, als die Situation mit Fassung zu tragen.«
Hassan zog die schmalen dunklen Augenbrauen zusammen. »Du bist so verdächtig friedlich, Omar... hast du etwas ausgeheckt?«
Omar spielte den Verblüfften. »Ich!? Wie kommst du denn darauf?«
»Weil ich dich kenne, Omar!«
Omar zeigte lächelnd seine weißen Zähen. »Also ehrlich... wenn wir daheim in Djidda wären, hätte ich mir wahrscheinlich etwas einfallen lassen, um es dir heimzuzahlen. Aber hier bin ich ja auf dich angewiesen.«
Hassan war nicht ganz überzeugt. »Ich weiß nicht«, sagte er zögernd.
»Aber ja doch! Wenn du mir nicht hilfst, werde ich die Prüfung nie bestehen. Du hast mich völlig in der Hand.« Omar beobachtete den Bruder lauernd und merkte, dass dieses Argument Hassan nicht beeindruckte.
»Außerdem«, fügte er rasch hinzu, »wir sind doch Brüder... wie sagt man in Europa? Blut ist dicker als Wasser. Du warst immer mehr für mich als ein Bruder, du bist mein einziger wirklicher Freund. Wie könnte ich dir Böses zufügen wollen? Mir scheint, du wirst so misstrauisch wie unser Vater.«
»Verzeih, mein Bruder«, sagte Hassan Sidi, »es tut mir leid, wenn ich dir in meinen Gedanken unrecht getan habe.«
»Es gleicht sich aus.«
»Du hast recht. Sprechen wir nicht mehr darüber. Es ist besser, wir nutzen die Zeit, um zu arbeiten.«
Hassan schloss die Haustür auf, und die beiden Brüder gingen zusammen hinein, scheinbar versöhnt. Aber es blieb ein Rest Rachsucht und eine Spur von schlechtem Gewissen in Omars Herz, die ihn an diesem Abend und in den nächsten Tagen besonders fügsam machten.
Hassan, der seinen Bruder zwar für leichtsinnig, aber nie für wirklich schlecht halten konnte, ließ sich täuschen.

Als Scheich Mustafa den Brief seines Sohnes Omar las, überfluteten Zorn, Empörung, tiefe Enttäuschung und Scham sein Herz wie eine heiße Welle.
Aber in seinem hageren Gesicht zuckte kein Muskel. Dennoch erkannte der Sklave Hamid, der neben ihm auf dem mit Teppich belegten Boden kniete, dass der mit Freuden empfangene Brief aus Europa schlechte Nachrichten brachte, denn er wusste selbst das Flackern in den Augen seines Herrn zu deuten. Aber niemals hätte er gewagt, eine Frage zu äußern. Sein braunes Gesicht war so unbeweglich wie das Scheich Mustafas. Er senkte die Augen, blickte auf

seine mächtigen Hände, die er flach auf seine Knie gelegt hatte. Scheich Mustafa war ein jähzorniger Mann, aber um diese, seine Schwäche wusste nur er selber, seit der gelehrte Sklave, der ihn erzogen hatte, gestorben war. Er hatte nicht nur gelehrt, sich in der Gewalt zu behalten, sondern auch seinen allzu raschen Entschlüssen zu misstrauen.
Hätte er der ersten Regung nachgegeben, wäre er sofort zur großen Reise nach Europa aufgebrochen und hätte seinen Sohn Hassan gezwungen, mit ihm in die Heimat zurückzukehren.
Er presste die Lippen zusammen und wartete darauf, dass sein hart pochendes Herz wieder in den gewohnten Rhythmus zurückfand.
Es war ganz still in dem großen, mit Teppichen, Diwanen und kostbaren Kissen üppig ausgestatteten Raum. Nichts war zu hören als das Geräusch des Palmwedels, das ein junger Sklave, der hinter Scheich Mustafa stand, über seinem Kopf hin und her bewegte, um die Fliegen zu verjagen.
Scheich Mustafa las Omars Brief noch einmal durch, suchte Abstand zu gewinnen, von dem, was sein Sohn ihm schilderte.
»Schreib, Hamid!«, sagte er.
Der Sklave Hamid hatte gelernt, auch als Sekretär seines Herrn zu dienen, seit Hassan und Omar in Europa studierten. Er war ein gebildeter Mann, hatte eine schöne Schrift und war ganz besonders stolz auf diese Aufgabe, in der er eine Kunst anwenden konnte, die sonst ohne Nutzen für ihn war. Im Geschäftsverkehr unter Saudi-Arabern gab es keine schriftlichen Abmachungen und keine schriftlich niedergelegten Verträge. Eine mündliche Absprache, ein gegebenes Wort genügte, und niemand würde es wagen, später daran zu deuteln oder sich gar einem gegebenen Versprechen zu entziehen.
So nahm Hamid rasch sein wächsernes Schreibtäfelchen und seinen Griffel, um den Entwurf des Briefes einzuritzen. »Ja, Herr?«, fragte er erwartungsvoll.
»Mein Sohn Hassan«, begann der Scheich Mustafa, dann unterbrach er sich: »Nein, schreib nicht!«
Enttäuscht legte der Sklave Hamid seine Schreibutensilien beiseite.
Scheich Mustafa überlegte, aber er konnte keinen klaren Gedanken fassen. Er hätte gerne mit seiner ersten Frau, der klugen Khadija, über Omars Brief und Hassans Vergehen gesprochen, denn er vertraute ihr. Aber es widerstrebte ihm, einer seiner Frauen Ratlosigkeit und Schwäche zu zeigen, weil sich das für einen Mohammedaner nicht geziemte.
Wieder herrschte ein langes Schweigen im Raum, aber niemand empfand es als lastend.
Die schöne klingende Stimme des Muezzins drang vom Minarett der nahen Moschee herüber: »Allah Akhar... Aschhadu An La Illaha Illa Allah... Aschhadu An Mohammedan Rasulu Illahi ...«
Scheich Mustafa erhob sich langsam, wiederholte ehrfürchtig die Worte des islamischen Ausrufers: »Gott ist groß... ich bezeuge, dass es keinen Gott außer Gott gibt... ich bezeuge, dass Mohammed der Prophet Gottes ist! Haya Ala Es Salat... auf zum Gebet!«
Der Sklave Hamid war im gleichen Augenblick aufgesprungen. Beide Männer waren groß und schlank. Aber das Gesicht Scheich Mustafas war edel

geschnitten, mit einer sanft gebogenen, vorspringenden Nase; sein Mund war schmal, sein Kinn energisch, seine Augen von breitem, orientalischem Schnitt. Das Gesicht des Sklaven Hamid war rund, rund waren die schwarzen glänzenden Augen, die Lippen voll, die Nase stumpf. Dennoch war es ein kluges Gesicht, und in den geschmeidigen Bewegungen des Mannes lagen Selbstbewusstsein und Würde.

Beide Männer waren gleich gekleidet: sie trugen den blendend weißen gut geschnittenen Hidim. Jetzt reichte der junge Sklave, der den Palmwedel aus der Hand gelegt hatte, Hamid das schwarze durchsichtige Oberkleid, den Mischlah, der zum Zeichen dafür, dass Scheich Mustafa königlicher Abkunft war, mit goldener Borte verziert war.

Hamid setzte seinem Herrn die prinzliche, blausilberne Kappe, den Tawaki, aufs Haupt, legte das zusammengelegte weiße Tuch, den Käffijje, darüber, das er mit dem goldumwirkten vieleckigen Doppelring, dem Iklil, befestigte.

Dann stülpte er selber seinen weißes Tawaki auf den runden, kurz geschorenen Kopf, schränkte die Arme übereinander und lief seinem Herrn voraus auf die Straße hinunter und zur Moschee, mit kleinen trippelnden Schritten, dem Gang der Sklaven, der eilig wirkte und den Herrn doch nicht zwang, seinen weit ausgreifenden Schritt zu beschleunigen. Vor der Moschee wartete Hamid, bewegungslos, die Arme über der Brust verschränkt, bis die Gebetsstunde vorüber war und Scheich Mustafa wieder heraustrat. Er war viel zu stolz, mit den anderen Sklaven zu schwatzen, die ihn mit ehrfürchtigen oder neidvollen Blicken bestaunten. Denn sie waren Sklaven gewöhnlicher Leute, während nur er, Hamid, einem reichen Mann aus königlichem Geblüt diente.

Als Scheich Mustafa die Moschee verließ, verbeugte Hamid sich tief und wollte sich schon wieder in Bewegung setzen.

Aber sein Herr sprach ihn an. »Hamid«, sagte er, »ich will heute Nacht in die Wüste reiten, um mich im Gebet zu sammeln. Du kommst mit mir. Sieh zu, dass die Pferde zur siebenten Stunde bereit und gesattelt sind.«

»Wie mein Herr es wünscht, so soll es geschehen!«

Zur siebenten Stunde arabischer Zeit - ein Uhr nachts - verließen Scheich Mustafa und sein Sklave Hamid auf ihren edlen schwarzen Hengsten die Hafenstadt Djidda und ritten in Richtung Medina in die Wüste hinein.

Die Nacht hatte Kühlung gebracht. Sie ritten in scharfem Trab, bis die Lichter der Stadt, die letzte Oase und eine Gruppe Beduinenzelte hinter ihnen am Horizont der Wüste entschwanden. Dann gab Scheich Mustafa den Befehl zum Halten. Hamid schwang sich vom Pferd, half seinem Herrn aus dem Sattel. Unendlich wölbte sich der Himmel über ihnen, so weit das Auge reichte. Die Sterne funkelten klar und leuchtend am östlichen Firmament.

»Ich gehe, Hamid«, sagte Scheich Mustafa.

»Ja, Herr!« Hamid reichte seinem Herrn den Gebetsteppich, den er auf den Rücken seines Pferdes geschnallt hatte.

Scheich Mustafa hob die Hand zum Gruß und entfernte sich mit großen, bedachtsamen Schritten. Hamid verbeugte sich mit gekreuzten Armen.

Dann trieb er Pflöcke in den Boden, band die beiden Pferde fest, breitete ein

Tuch über den Wüstensand, der noch die Hitze des vergangenen Tages ausstrahlte, streckte sich der Länge nach aus. Er hätte jetzt schlafen können, aber er tat es nicht. Obwohl er keinen Befehl erhalten hatte, hielt er es für seine Pflicht, seinen Herrn zu bewachen. Sein scharfes Auge hatte sich an die Dunkelheit gewöhnt. Er sah Scheich Mustafa mit gesenktem Kopf, gekreuzten Beinen, auf dem Gebetsteppich sitzen, das Gesicht gen Mekka, der Geburtsstätte des Propheten Mohammed, gewandt.
So verbrachten sie Stunde um Stunde, bis die Sonne, ein wunderbarer rot glühender Ball, der das Grau der Nacht verdrängte und die Sterne erblassen ließ, hinter den Sanddünen emporstieg.
Der Sklave Hamid rollte seine Decke zusammen, schnallte sie fest, löste die Zügel der Pferde von den Pflöcken.
Scheich Mustafa starrte so lange in die aufgehende Sonne, wie es seine Augen ertrugen. Dann bedeckte er das Gesicht mit den Händen, verharrte so sekundenlang, dann erhob er sich und schritt zu den Pferden zurück.
Schweigend ritten die beiden Männer nach Djidda zurück.
»Ich gedenke, mich zur Ruhe zu begeben«, sagte Scheich Mustafa, als er im Hof seines altertümlichen Palastes vom Pferd stieg, »geh du zu Scheich Abbas und melde ihm meinen Besuch für den frühen Nachmittag. Dann sei auch dir Ruhe gegönnt.«
Hamid verbeugte sich. »Wie mein Herr befehlen!«

Scheich Abbas war wie Scheich Mustafa weitläufig mit der königlichen Familie verwandt, und auch er durfte sich einen Prinzen von Geblüt nennen, obwohl seine Mutter eine Sklavin gewesen war. Aber das tat seinem Ansehen keinen Abbruch, denn nur der Vater zählte.
Der Schuss Sklavenblut, dessen er sich nicht schämte, sondern den er oft und freimütig erwähnte, hatte sich auf seinen Charakter und seine Lebensart nur günstig ausgewirkt. Er war ein lebhafter, fröhlicher Mann, fleißig von Natur aus, der sich nicht damit begnügte, seine Familie mit dem Geld zu ernähren, das ihm vom königlichen Hof zufloss, sondern der sein Einkommen durch geschickten Handel und Wandel um ein Vielfaches vermehrte.
Gerade diese Einstellung stärkte seine Freundschaft zu dem um zehn Jahre älteren Scheich Mustafa, der sich ebenfalls durch Umsicht und Tatkraft frei von der Abhängigkeit vom Hofe gemacht hatte, wenn auch aus anderen Gründen. Scheich Abbas arbeitete, weil Untätigkeit ihm verhasst war, Scheich Mustafa, weil es seinen Stolz verletzt hätte, nur Bittsteller und Empfänger zu sein.
Scheich Abbas empfing den älteren Freund in seinem großen, modern und ausgesprochen westlich eingerichteten Wohnhaus, das im Grunde weit mehr als das war, ein Komplex von vielen ineinander verschachtelten Häusern, die inmitten eines sorgfältig gepflegten Parks lagen.
Aber auch hier war der Samlik, das Männerhaus, vom Harem, den die Frauen bewohnten, streng getrennt. Keine Frau und kein Mädchen ließ sich blicken. Die beiden Familienoberhäupter wurden von Sklaven bedient.
Sie begrüßten sich mit bedachtsamer Höflichkeit und streng eingehaltenem

Zeremoniell, wie es unter arabischen Männern selbst dann Sitte war, wenn sie nicht zur obersten Gesellschaftsschicht zählten, wie es bei den beiden Scheichs der Fall war.
Dann ließen sie sich, trotz der vorhandenen Sessel, mit übereinander geschlagenen Beinen auf dem Teppich nieder, die Fliegenwedler nahmen ihren Platz ein und ihre Arbeit auf. Ein Sklave kredenzte grünen, durchsichtigen Kaffee in hauchdünnen Tässchen, stark gezuckert, mit Kardamom und einem herben Parfum gewürzt.
Scheich Mustafa trank in winzigen Schlucken. Jetzt, nachdem alle Höflichkeitsphrasen ausgetauscht waren, fiel es ihm schwer, zum eigentlichen Ziel dieser Zusammenkunft zu kommen.
Ohne es zu wissen, gab ihm Scheich Abbas das Stichwort.
»Wie geht es deinen talentierten Söhnen Hassan und Omar? Hast du gute Nachricht von ihnen?«
Nach arabischer Sitte galt es als höflich und erlaubt, sich nach den männlichen Angehörigen der Familie zu erkundigen - die Frauen wurden im Gespräch unter Männern nie ohne ganz besonderen Anlass erwähnt.
»Ich danke dir für dein Interesse«, erwiderte Scheich Mustafa, »die Studien meiner Söhne machen gute Fortschritte. Sie werden beide, so Allah will, noch vor Ablauf dieses Jahres ihr Examen machen und in das Heilige Land ihrer Väter zurückkehren.«
»Das ist eine gute Nachricht«, sagte Scheich Abbas lebhaft, »unser Land braucht fähige Männer, die gelernt haben, mit der Technik, die auch unsere Zukunft sein wird, umzugehen.«
»Deshalb habe ich ja auch den Entschluss gefasst, sie in den Westen zum Studium zu schicken.«
Scheich Abbas hatte seine Tasse geleert, jetzt gab er sie dem Sklaven zurück, mit einem leichten Schütteln der Hand, die die Tasse hielt, um anzudeuten, dass er nichts mehr zu trinken wünschte.
»Ein weiser Entschluss«, bestätigte Scheich Abbas.
Scheich Mustafa ließ sich noch einmal Kaffee nachschenken. »Mein Sohn Hassan«, sagte er, »ist ein guter Sohn, er wird die Freude meines Alters sein ...« Er machte eine Pause.
»Tatsächlich«, sagte Scheich Abbas, »ich habe dich immer um diesen jungen beneidet!«
»Es wird Zeit für ihn zu heiraten, wenn ich noch Enkelsöhne aus seinem Samen erleben soll. Durch sein ausgedehntes Studium hat er schon die Grenze des Alters überschritten, in dem sich junge Männer aus guter Familie eine Frau zu suchen pflegen, um die Familie zu erhalten.«
Jetzt begriff Scheich Abbas, worauf der Freund hinaus wollte. »Hat Hassan die Absicht geäußert, nach bestandenem Examen zu heiraten?«, fragte er.
»Ich habe die Absicht, ihm eine Frau zu schenken«, erklärte Scheich Mustafa.
»Deine Absicht«, sagte Scheich Abbas sehr vorsichtig, »ist klug und lobenswert. Aber hast du auch bedacht, dass ein Mann, der viele Jahre im Westen gelebt hat, vielleicht einige unserer alten Sitten ablehnen könnte?«
Scheich Mustafa hob die Augenbrauen. »Wie soll ich das verstehen?«

»Hassan ist ein guter Sohn, daran zweifle ich nicht. Aber ich habe gehört und erlebt, dass die jungen Männer, die im Westen waren, nicht mehr die Frau aus der Hand des Vaters entgegennehmen möchten... sie haben den Wunsch, selber zu wählen.«
»Wie sollte das möglich sein?«, entgegnete Scheich Mustafa. »Da alle unsere Mädchen ihr Gesicht vor jedem Fremden verbergen... wie könnte ein Mann unter den Töchtern des Landes wählen?«
»Vielleicht wird die Zeit kommen, da der Schleier fällt ...«
»Niemals!«
»Wir wissen nicht, was Allah beschließt, Freund, aber eines ist gewiss: Viele Dinge in unserem Land werden sich ändern, manche langsam, andere schon sehr bald. So habe ich den Entschluss gefasst, meine Sklaven freizulassen.«
»Du willst, dass sie davonlaufen?«
Scheich Abbas lächelte. »Das werden sie nicht. Sie werden bei mir bleiben, weil es ihnen bei mir an nichts fehlt, weil ich sie immer gut behandelt habe und weil sie sich mir und meiner Familie zugehörig fühlen.«
»Jeder anständige Mohammedaner behandelt seine Sklaven gut und lässt es ihnen an nichts fehlen. So hat es der Prophet gewollt.«
»Aber in der Zukunft wird es keine Sklaven mehr geben, Mustafa. Sie alle werden frei sein.« – »Aber sie sind doch Ungläubige!«
»Als freie Menschen können sie Gläubige werden. Mein Entschluss ist gefasst, Mustafa, du magst ihn leichtfertig nennen, ich halte ihn für richtig. Ich habe dir nur davon erzählt, um dir ein Beispiel zu geben, wie weit sich die Welt von morgen, in der deine Söhne leben werden, wandeln kann.«
Scheich Mustafa hob den Kopf und reckte seinen hageren Oberkörper. »Die Welt mag sich ändern«, sagte er, »aber die alten Sitten werden bleiben, so wie Mohammed sie uns befohlen hat. Und deshalb wird mein Sohn die erste Frau aus meiner Hand entgegennehmen. Alle weiteren mag er sich selber kaufen, falls sein Herz und seine Sinne ruhelos bleiben ...«
Scheich Abbas zwinkerte mit den Augen. »... und falls sein Geldbeutel es zulässt!« Er winkte einem Sklaven und ließ sich eine lange Wasserpfeife reichen, die schon entzündet war, schmauchte genussvoll. »Mustafa«, sagte er, »ich verstehe dich gut. Wahrscheinlich werde ich auch so denken, wenn meine Söhne heiratsfähig geworden sind. Aber hör auf meinen Rat: Warte erst ab, bis Hassan in die Heimat zurückgekehrt ist, gib ihm Zeit zu vergessen und sich an unsere alten Sitten zu gewöhnen. Dann wird er dankbar sein, wenn du ihm die Frau schenkst.«
Scheich Mustafa schüttelte seine Tasse und gab sie dem Diener zurück. »Aber es könnte sein, dass das Mädchen, das ich meinem Sohn zugedacht habe, dann schon vergeben ist.«
Dazu sagte Scheich Abbas nichts; er rauchte schweigend.
»Du hast eine Tochter, Abbas«, fuhr der andere fort, »deren Schönheit, Liebreiz und Tugend man mir gerühmt hat.«
Scheich Abbas nahm die Pfeife aus dem Mund. »Siham? Sie ist der Mond unter den Sternen, der Glanz meines Harems ... sie ist schön, tugendhaft und von unendlicher Sanftheit.«

»Ich weiß es, und ich glaube dir.«
»Der Preis ist hoch, denn sie ist meinem Herzen näher als alle anderen meiner Töchter.«
»Ich bin bereit, ihren Wert in goldener Münze zu bezahlen ...«
Dennoch und ganz entgegen seiner großzügigen Worte begann er um den Preis zu feilschen, und mit sichtbarem Vergnügen ging sein Freund darauf ein. Es war für die beiden Herren ein Spiel, bei dem Scheich Abbas immer wieder in blumenreicher Sprache die unendlichen Vorzüge seiner vierzehnjährigen, wohlerzogenen Tochter zur Geltung brachte, Scheich Mustafa die Tugenden seines Sohnes, die eigenen, angeblich niederschmetternd schlechten Geschäfte und zahlreichen Verpflichtungen anführend.
Schließlich einigten sich die beiden auf einen Heiratspreis von 80.000 Rial, die an den Vater gingen, und eine Summe in gleicher Höhe, die noch vor der Heirat für die Braut festgelegt und ihr ausgezahlt werden würde, falls ihr Mann ihrer eines Tages überdrüssig werden sollte. Scheich Mustafa wischte sich mit gespielter Verzweiflung über die Stirn. »Du hast mich ruiniert!«
Scheich Abbas lachte. »Du hast mir die Blume meines Harems geraubt!«
»Ich werde morgen meinen Sklaven schicken und dir das Geld überbringen lassen«, erklärte Scheich Mustafa, »dann können wir den Heiratskontrakt gleich aufsetzen.«
Scheich Abbas wurde wieder ernst. »Wir wollen nicht voreilig handeln. Ich wünsche diese Heirat genauso sehr wie du. Aber wir müssen abwarten, ob dein Sohn Hassan unseren Plänen geneigt ist.«
»Er wird mir gehorchen. Er ist ein guter Sohn.«
»Und wenn er es nicht tut? Nein, Mustafa, ich kann nicht zulassen, dass Schande über dich und Schande über meine Tochter kommt. Unsere Abmachung gilt, wie wir sie besprochen haben. Aber erst, wenn Hassan bereit ist. Vorher soll auch Siham nichts davon erfahren, denn ich will nicht, dass ihr Herz enttäuscht wird.«
»Hassan wird sich fügen«, erklärte Scheich Mustafa starrsinnig, »wenn er es nicht tut, werde ich ihn für immer verstoßen. Ein Sohn, der sich weigert, dem Willen seines Vaters und den Gesetzen Mohammeds zu folgen, ist von Allah verworfen. Es wäre besser für ihn, er wäre nie geboren.«

Hassan und Omar Sidi begegneten dem Briefträger, als sie gerade das Apartmenthaus, in dem sie wohnten, verlassen wollten, um zur Hochschule zu fahren. Hassan grüßte, ging weiter und schloss den Wagen auf.
Omar blieb stehen. »Post für uns?«, fragte er herablassend.
Der Mann hatte die Briefe für das Apartmenthaus schon aussortiert und blätterte sie jetzt durch. »Jawohl«, sagte er, »Augenblick mal... ja, da haben wir ihn!« Er reichte Omar Sidi den versiegelten Umschlag.
Omar hielt es nicht für nötig zu danken. Seine Nasenflügel bebten. Er senkte die Lider mit den dichten dunklen Wimpern, um ein jähes Erschrecken zu verbergen. Aber in Sekundenschnelle hatte er sich wieder gefasst. Er eilte seinem Bruder nach, schwenkte den Brief durch die Luft. »Für dich, Hassan«, rief er auf arabisch, »von unserem Vater!«

Der Briefträger sah ihm kopfschüttelnd nach. Ihm waren diese beiden fremdländischen, eleganten jungen Männer, besonders der Kleinere mit dem arroganten Benehmen, nicht geheuer.
›Eine schöne Regierung‹, dachte er zum zigsten Mal, ›die so was ins Land lässt! Ja, wenn sie wenigstens noch für die deutsche Wirtschaft arbeiten würden! Aber die kosten dem Steuerzahler doch nur Geld und nehmen unseren Studenten die Plätze weg.‹
»Gib her«, sagte Hassan kurz angebunden, »und schrei nicht so laut, wenn du arabisch sprichst!«
Omar sah den Bruder verständnislos an. »Wen stört denn das?!«
»Die Menschen unseres Gastlandes. Hast du vergessen, wie wenig wir es lieben, wenn die Fremden in unserer Heimat sich laut in ihrer Sprache über unsere Köpfe hinweg unterhalten, als wenn wir Tiere im Zoo wären?«
Omar sah sich um, sein Blick traf den Briefträger, der sich jetzt erst abwandte. »Entschuldige schon, Hassan«, sagte er, »wenn ich auf die Gefühle eines Sklaven keine Rücksicht genommen habe.«
»Hier gibt es keine Sklaven. Jeder Mensch, welche Arbeit er auch immer verrichtet, ist frei.«
Omar lächelte spöttisch. »Und findest du das erstrebenswert?«
»Ja«, sagte Hassan »Komm, steig endlich ein!« Er hatte sich schon hinter das Steuer gesetzt und drehte den geschlossenen Brief gedankenvoll um.
»Hör mal«, sagte Omar, »ich glaube, ich habe oben etwas vergessen! Fahr du ruhig schon voraus.«
»Dann kommst du zu spät. Beeil dich, ich werde auf dich warten!«
Omar bemühte sich weiter, sein Unbehagen zu überspielen. Er nahm an, dass der Brief des Vaters eine indirekte Antwort auf sein verräterisches Schreiben war, fürchtete Hassans Zorn.
»Das Wetter ist so schön«, sagte er ausweichend, »ich würde wirklich lieber zu Fuß gehen!«
»Ja, und die erste Vorlesung verpassen, das kann ich mir denken! Lass den Unsinn, steig endlich ein!« Hassan steckte den Brief in die Tasche seines tadellos geschneiderten hellgrauen Anzuges und drehte den Zündschlüssel um.
Omar schwang sich auf den Sitz neben ihn, zündete sich eine Zigarette an. »Willst du den Brief denn gar nicht lesen?«, fragte er. Er beobachtete den Bruder aus den Augenwinkeln - ahnte Hassan schon etwas?
»Später«, wehrte Hassan ab. Er manövrierte das rote Sportcoupé behutsam aus der Parklücke, wendete in Richtung Hochschule. »Oder lies du ihn mir vor«, sagte er, »du hast ja sonst nichts zu tun!«
Omar zögerte.
»Na mach schon!«, drängte Hassan. »Worauf wartest du noch? Gib mir auch eine Zigarette, bitte!«
Omar reichte ihm die angerauchte Zigarette hinüber und steckte sie ihm in den Mund. Dann zündete er sich selber eine neue an, riss den versiegelten Umschlag auf, nahm den Bogen heraus und überflog das Schreiben. Mit unendlicher Erleichterung stellte er fest, dass sein Name nirgends erwähnt war und dankte Allah und der Klugheit des Vaters.

»Wenn du leise liest«, sagte Hassan, »nutzt mir das gar nichts!«
»Mein lieber Sohn Hassan«, las Omar vor, »ich freue mich, dass deine Studien und die deines Bruders Omar so große und gute Fortschritte machen. Mit Sehnsucht erwarte ich eure Rückkehr ... und so weiter und so fort, der übliche Schmus, blablablabla ...«
»Nennst du das vorlesen?«
»Warte nur ab! Jetzt wird's wirklich interessant!« Omar lachte kurz auf. »Ein dolles Ding!«, sagte er auf deutsch. »Ich gratuliere!«
»Zu was?«
»Hör nur zu!« Omar las weiter. »Für jeden Mann kommt die Zeit, da er sich nach Allahs Willen und dem Gesetz des Propheten ein Weib nehmen soll, damit ihm Söhne erwachsen und den Namen seines Geschlechtes weiterreichen. Auch du wirst, wenn du dein Examen bestanden hast und in die Heimat zurückkehrst, diesen Wunsch haben. Ich habe unter den Familien des Landes Ausschau gehalten und mich für Siham, Tochter Scheich Abbas, entschieden, ein Mädchen, schön wie eine Lilie, von schlankem biegsamen Wuchs wie die Zedern des Libanon ...« Omar ließ den Brief sinken. »Woher weiß er das?«
Hassan schwieg; er rang um Fassung.
Omar gab sich selbst die Antwort. »Das typische Haremsgewäsch!«
»Lies weiter«, forderte Hassan mit zusammengebissenen Zähnen.
»... ein Mädchen von großer Tugend und bester Gesundheit, geschaffen, eine folgsame Gattin und gesegnete Mutter zu werden. Ich habe mit Scheich Abbas die Heirat schon besprochen und den Kontrakt geschlossen. Der Preis für diese Blume unter den Frauen war hoch, aber ...«
Hassan trat so heftig auf die Bremse, dass Omar zurückgeschleudert wurde. »Hör auf!«, schrie Hassan. »Schluss! Aus!«
»Aber du wolltest doch ...«
Omar unterbrach sich. Er sah, dass das Gesicht seines Bruders weiß unter der braunen Haut geworden war. Hassans schwarze, breit geschnittene Augen brannten gefährlich in diesem blutlosen Antlitz, und seine Lippen waren ein schmaler Strich.
»Reg dich nicht auf«, sagte Omar unsicher, »der alte Mann hat es bestimmt nur gut gemeint!«
»Er verkuppelt mich wie einen Sklaven!«, knirschte Hassan.
Omar zuckte die Achseln und drückte seine Zigarette aus. »Wie es Sitte und Gesetz befiehlt!«
»Ich bin kein unmündiger Sklave mehr!«
»Stimmt. Aber rechne mal nach, wie lange es dauern würde, bis du genügend Geld verdient hast, um dir selber eine Frau kaufen zu können ... und auch dann würde es sicher nicht für Siham, die Blume des Harems, reichen.«
»Ich möchte, bei Allah, wissen, wer ihm das eingeblasen hat!«
Omar verzog keine Miene. »Vielleicht Khadija, deine Mutter? Oder Hamid? Ich habe seit langem den Eindruck, dass er Einfluss auf die Entschlüsse unseres Vaters nimmt.«
Hassan hatte vergessen, seine Zigarette abzustreifen; die Asche fiel auf seinen

rosa-silbernen Schlips und sein blütenweißes Hemd. Er beachtete es nicht.
»Wie konnte Scheich Abbas das zulassen! Ein so fortschrittlich denkender Mann!«
»Geschäft ist Geschäft, Hassan! Wenn du erst einmal Töchter hast, wirst du wahrscheinlich genauso froh sein, einen guten Preis für sie zu erzielen. Wahrscheinlich hat er unseren Scheich dabei sogar ein bisschen übers Ohr gehauen.« Omar nahm seinem Bruder die Zigarette ab und warf sie aus dem Fenster. »Pass auf, du verbrennst dich noch«, sagte er.
In Hassans Augen stand nackte Qual. »Was soll ich jetzt tun, Omar?«, fragte er. »Was kann ich tun?«
»Gar nichts. Du musst dich fügen.«
»Und Irene?«
»Wer hindert dich daran, sie auch zu heiraten? Mach sie zu deiner zweiten Frau.«
»Als wenn ich Irene zumuten könnte, mit einer anderen zu teilen!«
»Sie muss es lernen«, sagte Omar ungerührt, »sonst passt sie nicht zu dir und nicht in unser Land.«
»Nein«, sagte Hassan heftig, »nein! Du verstehst nichts, Omar, gar nichts! Ich liebe Irene. Und Liebe ist unteilbar. Was soll ich mit einem Mädchen, das in einem Harem erzogen worden ist... unwissend, verwöhnt, sorglos ...«
»Aber jung!«, fiel ihm Omar ins Wort. »Jung und schön und unkompliziert! Ich an deiner Stelle ...«, Er stockte, spürte, dass er im Begriff war, zu weit zu gehen.
»Was?«, fragte Hassan. »Sprich dich nur aus!«
»Versprich mir, dass du nicht böse sein wirst!«
»Jeder Mensch hat das Recht auf eine eigene Ansicht.«
Omar holte tief Atem. »Nun denn! Ich an deiner Stelle würde Irene hier in Deutschland lassen, wo sie hingehört ... bei ihrem Studium, ihren Freunden, ihrer Familie. Sie ist ein anständiges Mädchen... vergiss, was ich jemals über sie gesagt habe. Aber sie ist nicht dazu geschaffen, Frau eines Mohammedaners zu werden. Dieser Brief unseres Vaters gibt dir die Möglichkeit, mit ihr Schluss zu machen, ohne sie zu verletzen...«
»Aber ich will Irene nicht verlieren!«, erklärte Hassan entschlossen. »Ein Leben ohne sie wäre ohne Sinn für mich!«
»Keine Frau ist es wert, dass ...«
Hassan ließ ihn nicht aussprechen. »Schon gut, Omar«, sagte er, »spar dir deine Worte. Du kannst mich nicht verstehen, weil du die Liebe nicht kennst.« Er warf einen Blick in den Rückspiegel und bemühte sich, das Auto wieder in den Verkehr einzuordnen.
»Aber, Hassan«, sagte Omar, »begreif doch, du hast keine Wahl ...«
Hassan winkte ab. »Zerbrich dir nicht den Kopf. Das ist ein Problem, mit dem ich allein fertig werden muss. Du kannst mir nicht helfen, und du willst es ja auch gar nicht.«
Omar gab nicht auf.
»Wirst du es Irene sagen?«, fragte er lauernd.
»Ich weiß es nicht«, sagte Hassan gequält, »ich weiß es wirklich nicht!«

Irene Heinzel bewohnte in Göttingen eine bescheidene Studentenbude im Dachgeschoss eines alten Fachwerkhauses. Sie hatte ein schmales Bett, einen wackligen Schrank, eine Kommode mit Waschschüssel - fließendes Wasser gab es nicht -, ein Bücherregal, einen einfachen Tisch, der vor dem Fenster stand, und einen Stuhl zur Verfügung. Sonst nichts. Im Winter musste sie das Zimmer mit einem Kanonenöfchen heizen.
Trotzdem war sie mit ihrem Quartier zufrieden, denn es lag nicht allzu weit von der Universität entfernt, und der Blick vom Fenster auf die Leine, die sich zwischen Büschen und Bäumen dahinschlängelte, war erholsam und schon allein ein Opfer wert. Die Wirtsleute waren nett, besonders zu ihrer jetzigen Untermieterin, die den separaten Zugang zu ihrem Zimmer nie benutzte, um Herrenbesuche zu empfangen, sondern höchstens hin und wieder mit einer Studienkollegin bis in die Nacht hinein arbeitete. Außerdem hatte das romantische Fachwerkhaus Stil - etwas, das Irene sehr zu schätzen wusste. Wie immer benutzte sie den Samstagnachmittag, um in ihrer Bude ein Großreinemachen zu veranstalten. Sie hatte sich eine große Schürze umgebunden, wischte den Holzboden bis unter das Bett auf. Dann nahm sie den kleinen Teppich - ein Lieblingsstück von ihr, ihre Mutter hatte ihn selber geknüpft und ihn ihr zum letzten Weihnachtsfest geschenkt - aufgerollt unter den Arm, um ihn im Hof auszuklopfen, bis der Boden trocken war.
Gerade wollte sie die Stiege hinunter, als sie einen schlanken Herrn heraufkommen sah. Das Blut schoss ihr ins Gesicht, sie biss sich auf die Lippen.
Der schlanke Herr kam höher, und sie musste erkennen, dass sie sich nicht geirrt hatte; es war Landgerichtsrat Dr. Heinzel persönlich.
»Vater«, rief sie bestürzt.
Der Landgerichtsrat zog die Augenbrauen hoch. »Na, nach einer freudigen Begrüßung klingt das ja gerade nicht!«
»Oh doch, Paps«, stotterte sie, »natürlich freue ich mich! Nur... ich hatte dich ja überhaupt nicht erwartet, und ich bin mitten im Großreinemachen!«
»Vielleicht kann ich dir helfen?«
Irene lachte, um ihre Befangenheit zu verbergen. »Ausgerechnet«, sagte sie. Sie stellte die Teppichrolle an die Wand. »Komm rein... aber putz dir bitte die Füße vorher ab! Der Boden ist noch feucht, da sieht man jeden Tapser!«
Landgerichtsrat Dr. Heinzel tat gehorsam, was seine Tochter von ihm verlangte, bevor er in das Zimmerchen trat.
»Setz dich!«, sagte Irene.
»Wohin?«
»Auf den Stuhl natürlich! Eine andere Möglichkeit gibt's ja nicht... ich werd's mir auf dem Bett bequem machen!«
Irene rieb sich ihre Hände an der Schürze ab, überlegte, ob sie sie ausziehen sollte, unterließ es dann aber doch. »Wie geht es Mutti?«, frage sie. »Und Klaus?«
»Danke der Nachfrage. Klaus hatte einen beachtlichen Schnupfen. Sonst ist alles in Ordnung.«
»Fein.«
»Ich wundere mich, dass du dich überhaupt noch für uns interessierst!«

»Aber wieso denn? Ich... ich denke sehr viel an zu Hause.«
»Aber du hast dich seit Wochen nicht mehr blicken lassen!«
Irene strich sich über das Haar. »Es tut mir leid, wenn ihr mich vermisst habt.«
Landgerichtsrat Heinzel schlug die langen Beine übereinander und ordnete sorgfältig seine scharfen Bügelfalten. »Erzähl mir jetzt nur nicht, dass du zu viel zu tun gehabt hättest!«
Irene straffte die Schultern, sah ihrem Vater gerade in die Augen. »Nein«, sagte sie, »ich wollte dir Zeit lassen, alles zu überdenken.«
Das war schlimmer, als ihr Vater es erwartet hatte. Er grub die Fingernägel in die Handflächen, um die Beherrschung nicht zu verlieren. »Ist es denn... so ernst?«
Irene sah ihren Vater offen an. »Ja«, sagte sie ruhig.
Landgerichtsrat Dr. Heinzel presste für eine Sekunde die Lippen fest zusammen. Er hatte sich vorgenommen, was immer er in diesem Gespräch erfahren würde, die Beherrschung nicht zu verlieren. Aber es fiel ihm schwerer als er gedacht hatte. »Mein liebes Kind«, sagte er mühsam, »glaub nicht, dass ich ein verständnisloser alter Tyrann bin ...«
»Das«, erklärte Irene, »habe ich nie behauptet.«
Landgerichtsrat Dr. Heinzel konnte seinen Ärger nicht verbergen. »Lass mich, bitte, erst einmal ausreden! Also, ich kann mir sehr gut vorstellen, dass ein so exotisch wirkender junger Mann einen gewissen Reiz auf ein unerfahrenes Mädchen wie dich ausübt, aber ...«
»Entschuldige, dass ich dich wieder unterbreche«, sagte Irene, »aber ich muss da doch etwas richtigstellen. Erst einmal bin ich durchaus nicht so unerfahren, wie du glaubst. Ich bin zweiundzwanzig Jahre alt, und es ist albern, mich als verdrehten Teenager hinzustellen. Zweitens übt Hassan Sidi nicht durch seine exotische Erscheinung einen gewissen Reiz auf mich aus, sondern ... ich liebe ihn!«
»Diese absurde Behauptung beweist mir, dass du wesentlich unreifer bist, als du selber weißt!«
Irene sah ihren Vater kampfeslustig an; ihre klaren grauen Augen funkelten. »Liebe ist also für dich ein Beweis von Unreife? Hochinteressant.«
»Irene«, sagte ihr Vater, »du kannst doch unmöglich einen Mann lieben, von dem du nichts, aber auch gar nichts weißt! Du hast keine Vorstellung von den Verhältnissen, unter denen er aufgewachsen ist, von seiner Familie ...«
»Oh doch! Hassan Sidi ist ein Prinz!«
»Und dieses Märchen glaubst du?«
»Zufällig ist es kein Märchen, sondern die Wahrheit. Hassans Familie stammt in direkter Linie von dem verstorbenen König Saud Ibn Abdul Aziz Al Saud ab, dem Gründer des saudi-arabischen Königreiches!«
»Und wie viel Söhne hatte dieser König?«
»Was hat denn das damit zu tun?«
»Sehr viel, mein Kind. Wirklicher Adel bedeutet Auslese. Aber bei einem König, der hunderte von Frauen hatte ...«
»Vier!«, sagte Irene hitzig. »Mehr erlaubt der Koran auch einem König nicht!«
Landgerichtsrat Dr. Heinzel lächelte schmal. »Du vergisst die Nebenfrauen!«

Irene zuckte die Schultern. »Na schön, du sollst recht haben. Hassan Sidis Adel bedeutet nicht viel, jedenfalls nicht in den Augen von uns Europäern. Er tut sich ja auch selber nichts darauf zugute. Aber was heisst das schon? Mir ist ja auch nicht an der Wiege gesungen worden, den Thronfolger von England zu heiraten. Auch wenn du eine solche Partie für mich im Auge hast... für die Herren von europäischem Adel und Ansehen wäre ich wiederum zu minder. Ich habe ja nicht einmal ein Vermögen, das als Trostpflaster für meine bürgerliche Abkunft dienen könnte.«

»Mir scheint, wir kommen vom Thema ab«, sagte ihr Vater.

»Aber keineswegs! Ich wollte dir nur klarmachen, dass es für ein Mädchen von meiner Herkunft immer noch ganz nett ist, einen Prinzen zu heiraten, auch wenn er nicht im Gotha steht.«

Landgerichtsrat Dr. Heinzel hob die Augenbrauen. »Das ist es also, was dich an ihm beeindruckt?«

»Aber nein«, erklärte Irene ungeduldig, »keine Spur. Wie kannst du mir so etwas unterstellen. Du hast mich nach seiner Herkunft und seiner Familie gefragt, und ich habe dir Auskunft gegeben. Das ist alles. Ich hoffte, dich wenigstens über diesen Punkt beruhigen zu können.«

»Leider«, sagte Dr. Heinzel, »ist dir das nicht gelungen. In meinen Augen ist dieser junge Mann ein Kameltreiber wie alle seine Landsleute.«

Irene sprang auf. »Also... das geht aber nun doch zu weit! Mit genau demselben Recht könnte jeder Ausländer uns Deutsche als ein Volk der Straßenkehrer bezeichnen!«

»Setz dich!«, befahl ihr Vater. »Dass du dich so aufpudelst, beweist mir nur, dass du dich im Unrecht fühlst. Wir wollen uns doch in Ruhe über dein Problem unterhalten.«

Irene zögerte einen Augenblick, dann nahm sie wieder auf der Bettkante Platz.

»Schön«, sagte sie, »wenn du es wünschst. Aber erwarte nicht, dass ich es gelassen hinnehme, wenn du den Mann beleidigst, den ich liebe!«

»Ich bitte um Vergebung, falls ich deine Gefühle verletzt habe!«

»Das kannst du gar nicht, Vater«, sagte Irene hart, »doch du zerstörst durch deine Ungerechtigkeit und deine engstirnigen Vorurteile das Vertrauen, das ich bisher dir immer entgegengebracht habe!«

Landgerichtsrat Dr. Heinzel zuckte zusammen. »Das Richtige wäre es jetzt wohl«, sagte er müde, »aufzustehen und zu gehen. Aber ich kann dich nicht einfach deinem Schicksal überlassen. Ich kann nicht zulassen, dass du mit offenen Augen in dein Unglück rennst.«

»Ich ahne nicht einmal, wovon du sprichst!«

»Wirklich nicht? Dann werde ich es dir erklären. Unterstellen wir also einmal, dass du diesen jungen Orientalen aufrichtig liebst ...«

»Das brauchst du nicht zu unterstellen, das ist wirklich so!«

»Wie aber steht er zu dir?«

»Er liebt mich genauso wie ich ihn!«

Landgerichtsrat Dr. Heinzel beugte sich vor. »Ist das überhaupt möglich bei einem jungen Mann, der dazu erzogen worden ist, die Frauen zu verachten?«

»Du gehst wieder einmal von falschen Voraussetzungen aus«, entgegnete Irene

kühl, »die Mohammedaner verachten ihre Frauen nicht, im Gegenteil, die guten Frauen werden hoch geehrt, nur schlechte, leichtsinnige Frauen gelten nichts.«
»Aber du wirst mir doch zugeben«, sagte ihr Vater, »dass die Mohammedaner ein wesentlich anderes Verhältnis dem weiblichen Geschlecht gegenüber haben als wir Europäer. Für sie ist die Frau doch... na, sagen wir ... eine andere Art Mensch! Möglich, dass sie ihre Tugenden schätzen. Aber niemals sehen sie in ihnen verständnisvolle Kameraden, Menschen, die auf der gleichen Stufe stehen, die die gleichen Rechte haben... nicht wahr, das wirst du doch zugeben?«
»Warum nicht?«, gab Irene zurück. »Gerade weil Hassan in dieser falschen Anschauung von dem Wesen der Frau erzogen ist, liebt er mich doppelt ... weil er durch mich die Erkenntnis erfahren hat, dass eine Frau etwas anderes ist, als nur ein schwaches Wesen, das man beschützen, ein Spielzeug, das man verwöhnen muss... er liebt mich nicht nur als Frau, sondern wirklich auch als Menschen.«
»Trotzdem möchte ich wetten, dass ihm diese Art von Liebe auf die Dauer zu anstrengend sein wird!«
Irene lächelte. »Seit wann bist du unter die Hellseher gegangen, Vater?«
»Selbst wir Europäer haben einen gewissen Vorbehalt gegen intelligente Frauen, sie können auf die Dauer sehr anstrengend sein.«
Irenes Lächeln vertiefte sich. »Zielst du damit nur auf mich ab... oder auf Mutti?«
»Du hast durchaus keinen Grund, dich über mich lustig zu machen«, erklärte Landgerichtsrat Dr. Heinzel ärgerlich, »und du weißt genau, was ich dir damit klarmachen will!«
»Entschuldige schon, Vati, aber ich hielt es für ganz angebracht, mal eine heitere Note in dieses ohnehin fruchtlose Gespräch zu bringen.«
»Mir ist nicht zum Scherzen zu Mute. Ich bin von tiefer Sorge um dich und dein Schicksal erfüllt, Irene. Mir scheint, du machst dir die Gefahr gar nicht klar, in die du dich begibst. Darf ich dir einen Fall erzählen?«
Irene stopfte sich ihr Kopfkissen in den Rücken, lehnte sich zurück. »Nur zu.«
»Ich bin auf diesen Fall in meinen Akten gestoßen. Ein junges Mädchen aus Hannover hat sich, genau wie du, in einen mohammedanischen Studenten verliebt, hat sich überreden lassen; ihn zu heiraten. Nach genau zwei Jahren hatte er sie leid und schickte sie in ihre Heimat zurück, versprach, ihr ihr Kind, einen kleinen Jungen, nachzusenden. Tatsächlich war unsere junge Frau sehr froh über diese Lösung, denn sie hatte sich in der Familie ihres Mannes nicht einleben können. Sie war im Harem wie eine Gefangene gehalten worden ...«
Irene konnte sich eine Zwischenbemerkung nicht verkneifen. »Huh, wie gruselig!«, sagte sie.
»Dein Spott ist sehr unpassend!«, tadelte ihr Vater. »Kurzum, die junge Frau hat Furchtbares durchgemacht... du solltest mal die Akte lesen, dann würde dir dein Lachen vergehen! Ihr Mann denkt nicht daran, ihr einen Pfennig zu zahlen ...«
»Dann soll sie eben arbeiten!«

»Sie ist krank, Irene, krank von allem, was sie erlebt hat! Und ihr Mann denkt auch nicht daran, sein Versprechen zu halten und ihr den Sohn zu bringen. Nach mohammedanischem Gesetz ist er berechtigt, den Jungen bei sich zu behalten. Unsere deutschen Gerichte sind da völlig machtlos.« Landgerichtsrat Dr. Heinzel stand auf, begann in dem kleinen Raum auf und ab zu gehen, um seine Unruhe abzureagieren. »Was sagst du dazu?«, fragte er.
»Nun, falls dieser Fall sich wirklich so abgespielt hat, wie du erzählst ...«
»Du hast keinen Grund, an meinen Worten zu zweifeln! Und es ist kein Einzelfall, glaub das nur nicht! Es sind da Dinge vorgekommen, die spotten jeder Beschreibung! Ein Ägypter hat ein deutsches Mädchen nur deshalb geheiratet, um sie in einem anrüchigen Lokal in Kairo für sich arbeiten zu lassen und ...«
Auch Irene stand auf. »Du kannst dir diese Schauergeschichten sparen, Vater. Doch, doch, ich glaub' dir, dass es das alles gegeben hat! Aber sei ehrlich! Wenn du wolltest, könntest du mir viel, viel mehr Fälle von Mädchen erzählen, die durch einen Deutschen unglücklich geworden sind!«
»Du willst mich nicht verstehen«, sagte Landgerichtsrat Dr. Heinzel tief entmutigt.
»Doch, ich verstehe sehr wohl, dass du es gut mit mir meinst, dass du Angst um mich hast, mich warnen willst. Aber all das ist ganz unnötig. Du übersiehst, dass es nicht so sehr auf die äußeren Verhältnisse ankommt als auf den Menschen... und Hassan Sidi ist ein wunderbarer Mann! Ich werde ihn lieben bis ans Ende meiner Tage... auch wenn ich für ihn durch die Hölle gehen müsste.«
Vater und Tochter standen einander dicht gegenüber, sahen sich in die Augen.
»Ich kann dich daran hindern«, sagte er.
Sie zuckte nicht mit der Wimper. »Wie denn?«
»Du vergisst, dass du von meinem Geld lebst!«
»Willst du mir meinen monatlichen Wechsel streichen? Ist das alles, was dir einfällt? Aber, Vati, dann gebe ich mein Studium eben auf und arbeite. Möchtest du das wirklich?«
Landgerichtsrat Dr. Heinzel zögerte mit der Antwort. »Nein«, sagte er dann. »Du weisst, es war immer mein größter Wunsch, dass du fertig studierst, dass du dein Examen machst.«
»Ganz ehrlich«, gestand Irene, »es fällt mir selber nicht leicht, mein Studium aufzugeben. Aber früher oder später werde ich es ja müssen. In Saudi-Arabien sind Frauen nicht zum Studium zugelassen.«
Landgerichtsrat Dr. Heinzel legte seiner Tochter die Hand auf die Schulter. »Irene, willst du dir alles nicht noch einmal in Ruhe überlegen?«
»Wenn du wüsstest, wie oft ich mir das Ganze habe durch den Kopf gehen lassen!«
»Tu es noch einmal und immer wieder, Irene! Es hängt so viel für dich davon ab!«
»Ich weiß es, Vati, aber ...«
»Sag jetzt nichts! Ich habe dein Wort, dass du nichts überstürzen wirst... gib mir die Hand darauf, ja?«
Irene reichte ihrem Vater die Hand, der sie mit festem Druck umschloss.

»Gut«, sagte sie, »ich verspreche es dir! Aber versprich du mir auch, dass du mich nicht gegen Hassan zu beeinflussen versuchst... und dass du mir hilfst, wenn ich deine Hilfe brauche!«
»Ich werde immer für dich da sein, Irene«, sagte Landgerichtsrat Dr. Heinzel sehr ernst, »und ich glaube, dass dieses Gespräch doch sehr fruchtbar war. Für uns beide. Aber jetzt zieh dich schnell an... ich habe deiner Mutter versprochen, dich mit nach Hause zu bringen!«
»Aber ich muss doch noch ...«
»Nichts musst du. Auch wenn du deinen Teppich einmal nicht klopfst, geht die Welt nicht unter. Wir alle haben Sehnsucht nach dir. Beeil dich. Ich warte unten im Auto.« Der Landgerichtsrat nickte seiner Tochter noch einmal zu, dann verließ er rasch das Zimmer.
Irene machte ein paar Schritte, als wenn sie ihn zurückholen wollte. Dann aber blieb sie stehen. Sie hatte nicht die geringste Lust, mit ihrem Vater nach Hannover zu fahren. Aber sie brachte es nicht über sich, ihm das offen zu sagen. Sie begriff, welche Überwindung es ihn gekostet hatte, den ersten Schritt zur Versöhnung zu tun und sie in ihrer Studentenbude aufzusuchen.
Tatsächlich hatte sie gehofft, dass Hassan Sidi sie im Laufe des Nachmittags oder des Abends aufsuchen würde. Aber das war nicht sicher, denn er hatte sehr viel zu arbeiten. Sie hatten keine feste Verabredung getroffen.
Nein, sie durfte den Vater nicht enttäuschen. So sehr sie Hassan liebte, sie hatte auch Verpflichtungen ihrer Familie gegenüber. Er würde das bestimmt einsehen, dessen war sie sicher.
Mit einem energischen Ruck löste Irene ihr Schürzenband und begann, sich umzuziehen.

Als Hassan Sidi, der gegen sieben Uhr abends in Göttingen eintraf, erfuhr, dass Irene nicht da war, war er einen Augenblick lang fassungslos. Es war noch nie geschehen, dass sie nicht auf ihn gewartet hatte, wenn sie mit seinem Besuch rechnen konnte.
Aus der Beschreibung der Wirtin entnahm er, dass es Landgerichtsrat Dr. Heinzel war, der sie abgeholt hatte. Die Vorstellung, dass der Vater Irene mitgenommen hatte, um sie einzusperren und für immer von ihm zu trennen, überfiel ihn mit quälender Macht.
Obwohl er schon viele Jahre in Europa lebte, hatte er sich noch nicht wirklich daran gewöhnt, dass es ein Mädchen wie Irene gab, die ganz allein, ohne elterliche Aufsicht, in einem möblierten Zimmer lebte. Deshalb schien es ihm jetzt ganz logisch, dass Irenes Vater seine Großzügigkeit bereut und sie in den Kreis der Familie zurückgeholt hatte. Er selber hätte jedenfalls als Vater so gehandelt.
Verzweiflung, die in keinem Verhältnis zu den tatsächlichen Vorgängen stand, packte ihn.
»Ja, aber«, sagte er verstört, »hat Fräulein Heinzel denn nichts wegen mir gesagt? Hat sie keinen Gruß für mich hinterlassen? Keine Botschaft?«
Irenes Wirtin, eine freundliche alte Dame, lächelte. »Nehmen Sie es nicht so tragisch, Herr Sidi... bestimmt ist sie Montag wieder zurück!«

»Glauben Sie?«, fragte er misstrauisch.
»Aber ja. Sie hat ja ihre ganzen Sachen hiergelassen. Wo soll sie denn hin sein... mitten im Semester?«
Hassan Sidi war nicht überzeugt, aber er spürte, dass er sich in den Augen der Wirtin lächerlich machte. »Danke«, sagte er mit erzwungener Fassung, »dann bestellen Sie doch bitte Fräulein Heinzel einen Gruß von mir!«
»Aber gerne, Herr Sidi!«
Die kurze Unterhaltung hatte zwischen Tür und Angel stattgefunden. Jetzt stand Hassan Sidi wieder auf der Straße. Er überlegte keinen Augenblick, was zu tun war, sondern setzte sich in sein rotes Sportcoupé und fuhr aus der Universitätsstadt heraus und in Richtung Hannover. Er musste einfach etwas unternehmen, musste, wenn nötig, Irene entführen.
Es war eine regnerischer Herbstabend. Die nasse Straße glänzte im Licht der Scheinwerfer. Die Scheibenwischer tanzten hin und her. Hassan Sidi ließ alle Vorsicht außer Acht. Er fuhr mit hohem Tempo. Seine Gedanken und sein Herz waren bei Irene. Noch nie hatte er so stark gefühlt, wie sehr er sie brauchte und wie sehr er sie liebte. Wenn er sie verloren hatte - das würde schlimmer für ihn sein als ein Todesurteil.
Die Ausfallstraße machte einen starke Kurve. Hassan Sidi hatte nicht genug Gas zurückgenommen. Zu spät merkte er, wie es den Wagen aus der Kurve heraushob. Er steuerte dagegen, trat auf die Bremse. Kreischend drehte der Wagen sich um sich selber.
Ein anderes Auto schoss an ihm vorbei, hätte seinen Wagen fast gerammt.
Das Sportcoupé kam zum Stehen.
Hassan Sidi war es schwarz vor Augen geworden. Es war ihm körperlich übel. Der Schreck war ihm in die Knochen gefahren. Er wischte sich den kalten Schweiß von der Stirn.
Ein Auto hielt neben ihm, und das Fenster wurde heruntergekurbelt. »Verdammter Idiot!«, schrie eine aufgebrachte Stimme durch den Regen. »Was fällt Ihnen denn ein, wie ein Irrer zu fahren?«
Hassan Sidi blickte zum Fenster hinaus, zwang sich zu einem Lächeln, das Gesicht noch bleich vor Schrecken. »Entschuldigen Sie, bitte, aber ...«
»Sie hat man wohl mit der Banane aus dem Urwald gelockt? So was wie Sie sollte man gar nicht ans Steuer lassen! Es wäre wirklich besser, Sie wären zu Hause bei Ihren Kamelen geblieben, als anständige Leute in Lebensgefahr zu bringen!«
»Es tut mir wirklich leid«, sagte Hassan Sidi mit unbewegtem Gesicht.
»Hör jetzt endlich auf, Otto«, bat eine weibliche Stimme, »es ist ja noch einmal gut gegangen. Du siehst doch, was für einen Schrecken der junge Mann bekommen hat.«
»Geschieht ihm recht. Wer nicht Auto fahren kann, soll es lassen. Aber diese Schwarzen bilden sich ja ein, sie könnten sich alles erlauben! In einem Sportcoupé herumfahren... und alles von unserem Geld!«
Hassan Sidi antwortete nicht. Er bemühte sich, den abgestorbenen Motor wieder zum Laufen zu bringen, lenkte sein Auto auf die rechte Fahrbahn zurück, fuhr in herabgemindertem Tempo weiter.

Das andere Auto überholte ihn. Der Mann am Steuer tippte sich bedeutungsvoll auf die Stirn. Dann sah Hassan Sidi nur noch die Rücklichter.
Er fühlte sich plötzlich sehr verloren. Sehnsucht nach seiner Heimat, Sehnsucht nach der brennenden Wüstensonne überfiel ihn, Heimweh nach einem Land, in dem man ihn achtete und respektierte.
Zweifel überfielen ihn. Liebte Irene ihn wirklich? Oder hatte sie nur aus Mitleid zu ihm gehalten? Konnte sie ihn lieben, ihn, der überall auf die Verachtung ihrer Landsleute stieß? Hatte sie vielleicht freiwillig Göttingen für immer verlassen, um ihrer Freundschaft ein Ende zu setzen? Hassan Sidi hatte das Gefühl, dass die ganze Welt sich gegen ihn und seine Liebe verschworen hatte. Er brachte nicht mehr die Kraft und den Mut auf, um Irene zu kämpfen, nicht jetzt, nicht heute Abend.
Bei der nächsten Ausfahrt bog er in Richtung Clausthal-Zellerfeld ab.

Irene Heinzel war froh, wieder einmal zu Hause zu sein. Sie liebte ihre Familie und fühlte sich tiefer allen verbunden, als sie es vor sich selber wahrhaben wollte - ihrer jungen, fröhlichen Mutter, dem vorlauten und gutmütigen kleinen Bruder und auch ihrem strengen und doch liebevollen Vater.
Nur eines machte ihr das Beisammensein zur Qual, und das war die Tatsache, dass niemand ihr eigentliches Problem oder auch nur den Namen Hassan Sidi erwähnte. Alle schienen sich verschworen zu haben, so zu tun, als beständen überhaupt keine Spannungen und Schwierigkeiten. Aber Irene konnte keinen Augenblick vergessen, dass sie einen Mann liebte, den ihre Familie ablehnte, und das beharrliche Schweigen der anderen machte sie von Stunde zu Stunde nervöser. Sie selber wagte es nicht, von sich aus ein Thema anzuschneiden, dem alle anderen so behutsam und bewusst auswichen.
Der Samstagabend wurde quälend lang. Am Sonntagmorgen ging die ganze Familie nach einem guten Frühstück gemeinsam in die Kirche - das war schon lange nicht mehr geschehen, und Irene hatte den Verdacht, dass ihr Vater eine gewisse Absicht damit verband.
Nachher benutzte Irene die Gelegenheit, ihrer Mutter in der Küche helfen zu dürfen. Unter vier Augen, so hoffte sie, würde es vielleicht doch noch zu einem klärenden Gespräch kommen.
Sie überlegte, wie sie anfangen sollte, während sie - ein wenig ungeschickt, denn es war lange her, seit sie das zum letzten Mal getan hatte - Kartoffeln schälte und sie in eine Schüssel mit Wasser plumpsen ließ. Sie hatte den Namen ihres Freundes schon auf der Zunge, als die Küchentür aufgerissen wurde und Klaus hereinstürmte. »Besuch für dich!«, schrie er.
Jähe Hoffnung durchzuckte sie wie ein elektrischer Schlag! ›Hassan Sidi!‹ dachte sie. Aber sie sprach es nicht aus.
»Für mich?«, fragte sie nur.
»Na klar!«
Mit zitternden Händen riss sich Irene die Schürze vom Körper, sauste in die Diele hinaus und - blieb enttäuscht stehen. Es war nicht Hassan Sidi, der auf sie wartete, es war überhaupt kein Mann, es war ein junges Mädchen, das sie noch nie gesehen hatte. Eine Sekunde lang war sie unfähig, ein Wort hervorzubringen.

»Entschuldigen Sie, dass ich ...«, stotterte das junge Mädchen, »mein Besuch kommt Ihnen sicher überraschend!« Sie lächelte zaghaft, und auf den Wangen ihres milchweißen Gesichtchens erschienen kleine Grübchen.
»Ich weiß wirklich nicht ...«, sagte Irene verständnislos.
Das Lächeln des Mädchens vertiefte sich. »Sie zerbrechen sich jetzt sicher den Kopf, ob Sie mich kennen, nicht wahr? Aber Sie kennen mich nicht... wahrscheinlich haben Sie mich noch nie gesehen!«
»Aber dann ...« Irene kam nicht dazu, ihren Satz zu beenden.
»Ich komme aus Clausthal-Zellerfeld«, erklärte die Unbekannte.
»Ach so«, sagte Irene; tatsächlich begriff sie noch immer nichts.
»Könnte ich wohl irgendwo unter vier Augen mit Ihnen sprechen?«, fragte das Mädchen. »Übrigens, ich habe mich noch nicht vorgestellt... ich heiße Lizzi Müller!« Sie reichte Irene die Hand.
Irene Heinzel nahm sie zögernd. »Ich bin Irene ...«, begann sie.
Lizzi Müller fiel ihr ins Wort. »Ich weiß, wer Sie sind. Ich habe schon viel von Ihnen gehört!«
»Sie kennen ...«, begann Irene. Aber dann unterbrach sie sich selber. Sie scheute davor zurück, Hassan Sidis Namen hier in der Diele auszusprechen, wo sie nicht sicher sein konnte, ob nicht jemand von ihrer Familie mithörte. »Kommen Sie, gehen wir auf mein Zimmer«, sagte sie statt dessen.
Lizzi Müller folgte ihr die Treppe hinauf, und Irene Heinzel schloss die Tür hinter ihr. Das Zimmer war wesentlich netter eingerichtet als Irenes Studentenbude. Es gab eine breite Couch mit vielen bunten Kissen, einen schmalen Couchtisch davor und bequeme kleine Sessel. Vor dem Fenster stand ein moderner Schreibtisch aus Teakholz.
Lizzi pfiff anerkennend durch die Zähne. »Donnerwetter«, sagte sie, »dufte!«
»Bitte, machen Sie es sich bequem!« Irene drehte den Schreibtischsessel herum, sodass sie gegen das Licht zu sitzen kam.
Lizzi nahm auf einem bunt bezogenen Sessel Platz; sie sah aus ihren kindlichen, von dunklen Wimpern umgebenen Augen zu Irene auf. »Ja«, sagte sie unvermittelt, »ich kenne Hassan Sidi!«
In diesem Augenblick fand Irene für Lizzi Müllers Besuch nur eine einzige Erklärung. Ihre Hände umkrampften die Armlehne ihres Sessels. Um keinen Preis wollte sie die Beherrschung verlieren. »Sie... lieben Hassan?«, fragte sie gepresst.
Lizzi Müller öffnete den Mund vor Staunen, dann lachte sie auf. »Nein, o nein, nur keine Sorge! Natürlich gefällt er mir, er ist fabelhaft! Aber ich liebe ihn nicht.«
Irenes Spannung löste sich. Sie griff hinter sich, nahm ein Zigarettenpäckchen, zog eine Zigarette heraus, besann sich und bot das Päckchen Lizzi an.
Lizzi griff zu. »Danke«, sagte sie.
Irene zündete sich ihre Zigarette an, warf Lizzi das Feuerzeug zu, nahm ein paar tiefe Züge. »Wollen Sie nicht endlich erklären, was Sie zu mir führt?«
»Das ist gar nicht so einfach!« Lizzi errötete, ohne dass Irene sich vorstellen konnte, warum. »Also, die Sache ist so ... ich habe zufällig etwas erfahren, das Sie unbedingt wissen müssen«, erklärte sie.

»Was heißt... zufällig?«, fragte Irene.
Lizzi errötete noch mehr. »Prinz Omar hat es mir erzählt, ohne sich etwas dabei zu denken, und da dachte ich mir, dass es nur fair wäre, Sie davon in Kenntnis zu setzen.«
Irene schnippte die Asche ihrer Zigarette ab. »Was Omar erzählt, interessiert mich nicht.«
»Es ist aber die Wahrheit, ganz bestimmt!«
»Also reden Sie endlich!«, drängte Irene. Sie hatte nichts gegen Lizzi, aber das Benehmen des Mädchens schien ihr sonderbar., und sie wollte dieses Gespräch so rasch wie möglich hinter sich bringen.
»Prinz Hassan muss heiraten!«, platzte Lizzi heraus.
Irene reagierte überhaupt nicht. »Das ist doch Unsinn«, sagte sie, »wollen Sie mir jetzt etwa weismachen, irgendein Mädchen erwarte von ihm ein Kind?«
»Nein, natürlich nicht. Sie verstehen das ganz falsch. Sein Vater, der Scheich, hat eine Braut für ihn gekauft. Der Heiratskontrakt ist schon aufgesetzt. Er muss sie heiraten, sobald er wieder in die Heimat zurückkehrt.«
Irene blieb gelassen. »Das hat Ihnen Omar also erzählt?«, fragte sie.
Lizzi nickte. »Ja ...«
»Und er hat Sie zu mir geschickt, damit Sie es mir beibringen?«
Lizzi protestierte eine Spur zu heftig. »Nein, nein! Er... er weiß gar nichts davon! Ich bin aus eigenem Entschluss zu Ihnen gekommen!«
»Wo steht das Auto?«, fragte Irene.
»Unten am ...« Lizzi stockte, biss sich auf die Lippen.
Irene lächelte erleichtert. »Also doch«, sagte sie.
»Bitte, bitte«, flehte Lizzi, »denken Sie nicht schlecht von mir! Es war meine Idee, zu Ihnen zu fahren, ganz bestimmt! Ich dachte einfach, Sie müssten es wissen..,. man müsste Sie warnen... und deshalb ...« Ihre Augen füllten sich mit Tränen.
»Schon gut«, sagte Irene, »ich bin Ihnen ja gar nicht böse.« Sie stand auf, drückte ihre Zigarette aus, ging zur Tür. »Bleiben Sie ruhig sitzen«, sagte sie, »ich bin gleich fertig!«
Aber Lizzi sprang auf. »Was haben Sie vor?«, fragte sie. »Wo wollen Sie hin?«
»Nur meinen Eltern Bescheid sagen. Ich fahre mit Ihnen nach Clausthal-Zellerfeld.«
»Nein!« Lizzi schrie es fast.
»Haben Sie etwas dagegen?«
»Omar wird es mir nie verzeihen, wenn Sie... er hat mir eingebläut, dass Sie nicht... Sie dürfen nicht mit Hassan sprechen!« Vor Erregung brachte Lizzi kaum einen vernünftigen Satz zu Stande.
»Sie brauchen doch keine Angst zu haben, Lizzi«, sagte Irene ruhig, »was kann Omar Ihnen denn tun? Und wenn es Sie beruhigt, ich werde Omar nicht merken lassen, dass ich weiß, dass er dahintersteckt.«
»Bitte, bitte, kommen Sie nicht mit!«
»Doch«, sagte Irene, »mit der Bahn wäre mir die Fahrt zu umständlich. Und was könnte es Ihnen nutzen? Ich würde so oder so nach Clausthal-Zellerfeld fahren. Ich muss mit Hassan sprechen, ich will die ganze Wahrheit erfahren!«

»Omar lügt nicht!«
»Liebe Lizzi«, sagte Irene, »Sie haben mich gewarnt, und ich glaube, ich bin Ihnen einen Gegendienst schuldig ... nehmen Sie sich in Acht vor Omar Sidi! Er ist ein hübscher Junge, aber leichtsinnig, oberflächlich, gewissenlos.«
»Ich liebe ihn«, sagte Lizzi. Es sollte überzeugend klingen, aber es klang nur kläglich.
»Gerade deshalb«, sagte Irene, »sollten Sie doppelt vorsichtig sein!«

Das rote Sportcoupé war in einer Seitenstraße des ›Goldenen Winkels‹ geparkt. Omar Sidi lehnte dagegen, rauchte eine Zigarette und bemühte sich, wenigstens nach außen hin Gelassenheit zu demonstrieren. Tatsächlich war er innerlich so unruhig, dass er kaum stillstehen konnte.
Mit hämischer Freude malte er sich aus, wie Irene Heinzel die Eröffnung Lizzis hinnehmen würde. Aber diese Freude war nicht ungetrübt. Omar hasste und fürchtete intelligente Frauen, und in Irenes Gegenwart war er sich stets unterlegen vorgekommen. Er konnte sich nicht vorstellen, wie sie reagieren würde, und gerade das beunruhigte ihn.
Als er die beiden Mädchen - Lizzi mit angstvoll geöffneten Augen und Irene mit einem gelassenen Lächeln - um die Ecke biegen sah, riss es ihn geradezu herum. Er spürte, wie ihm das Blut aus dem Gesicht wich, holte tief Atem und rang nach Fassung.
Die beiden Mädchen kamen rasch näher, Omar verbeugte sich tief. Dabei schoss er Lizzi einen wütenden Blick aus seinen breiten braunen Augen zu, sein Gesicht war verzerrt in der Anstrengung, gleichzeitig Irene zuzulächeln.
»Hallo, Omar«, sagte Irene gleichgültig, »nett, dass Sie heute nach Hannover gekommen sind. Sie nehmen mich doch mit nach Clausthal-Zellerfeld?«
Omar warf seine Zigarette in weitem Bogen fort. »Eigentlich wollten Lizzi und ich einen kleinen Ausflug unternehmen«, log er.
»Wie schade«, sagte Irene ungerührt, »ich möchte Ihnen natürlich keine Umstände machen... aber zum Bahnhof werden Sie mich doch wenigstens bringen?«
Omar lächelte schief. »Wenn Sie mich darum bitten, Irene, fahre ich Sie auch nach Clausthal!«
»Das ist sehr lieb von Ihnen, Omar!« Irene hatte sich auf den Sitz neben dem Steuer geschwungen, und Lizzi klemmte sich auf den hinteren Sitz.
»Hoffentlich sind Sie mir nicht böse, dass Lizzi Sie überfallen hat«, sagte Omar. »Es war keine gute Idee, und ich habe ihr das gleich gesagt aber ...«
»Omar!«, rief Lizzi.
»Sei still!«, zischte er.
»Im Gegenteil«, sagte Irene lächelnd, »ich fand es reizend und aufmerksam von Lizzi!«
Omar sagte etwas auf arabisch, was keines der beiden Mädchen verstand. Es klang wie ein Fluch. Er hatte den Motor angelassen, der Wagen schoss aus der Parklücke heraus.
Auf der Fahrt nach Clausthal-Zellerfeld sprach keiner der drei mehr ein Wort. Omar war sichtlich verärgert, Lizzi verängstigt, und Irene dachte nicht daran,

durch belanglose Konversation die Atmosphäre zu entgiften. Sie grübelte darüber nach, ob und wie viel wohl von Lizzis Mitteilung wahr sein konnte. Dass sie nicht ganz aus der Luft gegriffen war, schien ihr ziemlich sicher, denn sonst hätte Omar bestimmt einen Rückzieher gemacht.
Er fuhr wie ein Rasender, und die beiden Mädchen hatten mehr als einmal Grund, um ihr Leben zu zittern. Sie atmeten auf, als das Auto endlich vor dem Apartmenthaus hielt, in dem die beiden orientalischen Brüder lebten.
»Steigen Sie aus!«, forderte Omar Sidi unbeherrscht.
»Danke«, erwiderte Irene ruhig, »es war riesig nett von Ihnen, mich mitzunehmen... auf Wiedersehen, Lizzi!«
Sie kletterte aus dem Wagen und wandte sich der Haustür zu, ohne sich noch einmal umzusehen. Der Motor heulte auf, als der Wagen davonjagte.

Hassan Sidi saß, in grauen Flanellhosen und weißem, am Hals offenem Hemd an seinem Schreibtisch und arbeitete, als es an der Wohnungstür klingelte.
Ohne Eile stand er auf und ging, um zu öffnen.
Er sah Irene vor sich stehen, und es verschlug ihm die Sprache. Er starrte sie an wie ein Gespenst.
Sie sah ihn aus großen Augen an und wich unwillkürlich einen Schritt zurück. »Wenn ich dir nicht willkommen bin, Hassan ...«
Er riss sie in seine Arme, mit einer Leidenschaft, die er ihr bisher nie gezeigt hatte. »Irene«, stammelte er, »Irene... dass du zu mir gekommen bist!« Er bedeckte ihr Gesicht, ihren Hals, ihr Haar mit wilden und zärtlichen Küssen.
Sie erwiderte seine Küsse und schlang die Arme um seinen Hals. »Ich bin so froh«, sagte sie, »so froh... wenn du mich noch liebst, kann alles nicht so schlimm sein!«
Er verstand sie falsch. »Hast du Schwierigkeiten gehabt?«, fragte er. »Bist du von zu Hause... geflohen?«
»Geflohen?«, fragte sie erstaunt. »Wie kommst du denn darauf ?«
»Ich wollte gestern zu dir, und da erfuhr ich, dass dein Vater dich abgeholt hat!«
»Ja, das stimmt«, gab sie zu, »zu einem Wochenendbesuch. Du hast dir doch nicht etwa eingebildet, er hätte mich entführt?«
Er blickte verlegen an ihr vorbei. »Doch. So ähnlich«, gestand er.
»Aber Hassan, wir sind doch hier in Europa! Ich bin ein freier Mensch, ich bin volljährig, niemand darf mich einsperren oder mich sonstwie daran hindern, das zu tun, was ich will.«
»Auch dein Vater nicht?«
»Nein.«
Jetzt erst merkte sie, dass er elend aussah. Seine wunderbaren schwarzen Augen hatten ihren Glanz verloren, und sein Gesicht war fahl,
Sie legte ihre Hand auf seinen Arm. »Hassan«, sagte sie, »ist es wahr? Will dein Vater dich verheiraten?«
»Ja, Irene«, sagte er müde; er führte sie zu einem Sessel. »Woher weißt du es?«
»Omar hat es mich wissen lassen. Durch seine Freundin. Ich bin mit den beiden sofort zu dir gefahren.«

Er nagte an seiner Unterlippe. »Omar«, wiederholte er nachdenklich, »ja, das sieht ihm ähnlich. Ich glaube, er steckt dahinter, hinter allem. Er hat meinen Vater auf die Idee gebracht, vielleicht sogar angedeutet, dass ich eine Christin liebe und heiraten will.«
Sie saß sehr aufrecht, sah zu ihm auf. »Was wirst du jetzt tun?«
»Mit Omar? Es widerstrebt mir, mich zu rächen... und um ihn zu erziehen, ist es wohl zu spät.«
»Nein«, sagte sie, »nicht mit Omar! Hast du deinem Vater schon geschrieben, dass du dich nicht verheiraten lassen kannst und willst?«
»Nein, Irene«, sagte er, »du wirst mich nicht verstehen... aber ich kann meinem Vater nicht Widerstand leisten, nicht so, wie du es dir vorstellst. Ich bin ihm Achtung schuldig... Achtung und Gehorsam.«
Irene war es, als wenn ihr Herz zu einem eiskalten Klumpen in ihrer Brust würde. »Und«, fragte sie mit steifen Lippen, »was soll nun werden? Aus uns beiden?«
Hassan Sidi wandte sich ab, trat zum Fenster. »Ich weiß es nicht«, sagte er gequält, »ich weiß es wirklich nicht!«
Irene Heinzel holte tief Atem und presste die Lippen zusammen, sie sah auf seinen geraden Rücken, den schlanken braunen Hals, und ihr Herz zog sich zusammen vor Liebe. »Hassan«, sagte sie beherrscht, »ich glaube, wir beide sollten einmal ganz vernünftig und in aller Ruhe miteinander reden!«
Er blieb stumm, starrte zum Fenster hinaus.
Aber sie war sicher, dass er nichts von dem sah, was auf der Straße vor sich ging. »Komm her, Hassan«, sagte sie sanft, »schau mich an!«
Er drehte sich langsam zu ihr um. Sein Gesicht war dunkel vor Schmerz.
»Du weißt, dass ich dich liebe«, sagte sie, »nicht wahr, das weißt du doch?«
»Ja«, sagte er gepresst.
»Und ich zweifle auch nicht daran, dass du mich genauso lieb hast. Aber wir beide, wir sind doch keine Kinder mehr, wir dürfen uns nicht einbilden, dass alles nach unserem Kopf, nach unserem Herzen gehen muss.«
»Ich verstehe dich nicht«, sagte er rau.
Irene kämpfte darum, die richtigen Worte zu finden. »Machen wir uns doch nichts vor«, sagte sie, »dein Vater will nicht, dass du eine Christin, eine Europäerin, heiratest. Du wagst es nicht, deinem Vater gegenüber deinen eigenen Standpunkt zu vertreten ...«
Er fiel ihr ins Wort. »Darum geht es ja gar nicht!«
»Nicht?«, fragte sie erstaunt. »Du hast doch eben selber gesagt ...«
»Ich habe einen schweren Fehler gemacht, Irene«, brach es aus ihm heraus, »einen unverzeihlichen Fehler! Ich dachte, es wäre richtig, Vater nicht zu beunruhigen. Ich wollte erst die Prüfung machen, damit er Grund hat, stolz auf mich zu sein. Dann erst wollte ich vor ihn hintreten und ihm erklären, dass ich ein deutsches Mädchen liebe und heiraten will!«
»Ja und?«, fragte sie. »Was war falsch daran?«
»Alles. Jetzt hat er es nicht aus meinem Mund erfahren, und ich hätte damit rechnen müssen.«
Sie trat auf ihn zu, legte ihre Hand auf seinen Arm. »Aber es ist doch noch

nicht zu spät! Du kannst ihm doch immer noch schreiben, wie die Dinge wirklich stehen... warum du bisher geschwiegen hast!«

Er schüttelte den Kopf. »Mein Vater lebt in einer anderen Welt. Er wird sagen: Nimm dieses deutsche Mädchen als zweite Frau!«

Irene nahm ihre Hand von seinem Arm, trat einen Schritt zurück.

»Ich soll ... !?«

»Nein, du sollst natürlich nicht«, sagte er rasch, »ich würde dir das niemals zumuten... dir nicht und mir nicht. Ich bemühe mich ja nur, dir klarzumachen, wie mein Vater über diese Dinge denkt. Für ihn ist Liebe nicht dasselbe, was wir darunter verstehen.«

»Was dann?«

»Ein Mann«, sagte er langsam, »heiratet nicht aus Liebe - so denkt mein Vater. Du weißt, dass man in meiner Heimat die Braut vor der Eheschließung nicht kennen lernt, ja, nicht einmal zu Gesicht bekommt. Man heiratet, um eine Familie zu gründen, um Söhne zu bekommen.«

»Aber jeder Mensch spürt doch, was Liebe ist... dass es Liebe gibt! Auch dein Vater! Er kann doch nicht ganz und gar herzlos sein!«

»Er liebt mich, und er liebt Omar, er liebt meine kleinen Brüder«, erklärt Hassan. »Er liebt auch meine Mutter Khadija, weil sie mit kluger Hand über seinen Harem herrscht. Aber er begehrt sie schon lange nicht mehr. Das ist es ... für ihn ist Liebe und Begehren nicht das Gleiche. Wenn er eine Sklavin begehrt, so kauft er sie. Er beschenkt sie, um ihr Freude zu machen, er widmet ihr Zeit. Aber sie bedeutet ihm nichts, wenn sie ihm keine Söhne schenkt. Und auch dann wird sie ihm nach einiger Zeit gleichgültig.«

Hassan Sidi ließ sein goldenes Etui aufspringen und hielt es Irene hin. »Begreifst du jetzt, warum er unsere Liebe niemals verstehen wird?«

Irene nahm sich eine Zigarette und wartete, bis er ihr Feuer gab.

»Er braucht uns nicht zu verstehen«, sagte sie, »es genügt ja, wenn er einsieht, dass du ein erwachsener Mann geworden bist mit eigenen Einsichten und Erkenntnissen, einer eigenen Vorstellung davon, wie du dein Leben gestalten willst.«

Hassans schlanke Hände zitterten, als er sich jetzt selber eine Zigarette anzündete. »Für einen Mohammedaner gibt es keine neuen Erkenntnisse. Sein Weg und sein Verhalten sind ihm durch den Koran vorgeschrieben.«

Irene setzte sich auf die Armlehne eines der schweren Polstersessel. »Also was nun?«, fragte sie. »Du bist der Mann, du hast zu bestimmen, wie es weitergehen soll.« Sie zwang sich zu einem kleinen, verkrampften Lächeln. »Du siehst, ich habe schon gelernt, dass sich die Frau dem Mann unterordnen muss.«

»Das habe ich nie von dir verlangt!«

»Bitte«, sagte sie, »weich nicht aus! Erkläre mir klipp und klar, was jetzt geschehen soll.«

Er sah sie an, und seine breiten Augen waren verhangen vor Qual.

»Ich kann nie mehr in meine Heimat zurück!«

Sie sprang auf. »Hassan! Das ist doch nicht dein Ernst!«

»Doch, Irene. Ich muss auf dich... oder auf meine Heimat verzichten!«

»Aber warum nur, Hassan, warum? Sei mir nicht böse, aber das verstehe ich

wirklich nicht! Nur weil du dich vor einer Aussprache mit deinem Vater scheust? Mir scheint es immer noch besser, du lässt es auf einen Riesenkrach ankommen, als dass du es gar nicht erst versuchst, dich durchzusetzen.«
Sie drückte ihre Zigarette aus.
»Natürlich würde es deinem Vater weh tun, wenn er merkt, wie sehr du dich verändert hast... dass du ihm in mancher Beziehung fremd geworden bist. Aber das wäre doch immer noch viel leichter für ihn zu ertragen, als wenn du ... überhaupt nicht mehr zurückkehrst!«
»Du vergisst, was mein Vater mir geschrieben hat!«
»Dass er dich verheiraten will! Ja, ich weiß, das hat mir ja Omar schon erzählt! Aber zum Heiraten gehören doch immer zwei! Wenn du dich einfach weigerst ...«
»Der Heiratskontrakt ist schon unterschrieben.«
»Nein«, sagte Irene, »nein, das kann doch nicht möglich sein! Das kann dein Vater doch nicht machen, so einfach über deinen Kopf hinweg! Du bist doch volljährig, er hätte dich doch wenigstens fragen müssen ...«
»Aber er hat es nicht getan!«
»Und dieser Kontrakt zwingt dich, ein Mädchen, das du nicht kennst und nicht liebst, zur Frau zu nehmen?«
»Nein«, sagte Hassan Sidi.
»Aber dann ...«
»Wenn ich den Heiratskontrakt, den mein Vater für mich geschlossen hat, breche, bringe ich Schande über den Namen meines Vaters, Schande über den Namen des Mädchens und seiner Familie.« Hassan Sidi lachte kurz auf. »Du siehst also, es bleibt mir wirklich keine Wahl.«
Irene strich sich über das schimmernde blonde Haar; ihre klugen blauen Augen hatten einen seltsamen Glanz. »Doch«, sagte sie, »Hassan, du hast die Wahl. Das weißt du selber. An mich bist du nicht gebunden. Ich gebe dir dein Versprechen zurück.«
»Irene!« Er wollte sie in die Arme reißen.
Sie wehrte ihn ab. »Nein, Hassan, so nicht. Wir müssen jetzt vernünftig sein, so vernünftig, wie nie zuvor in unserem Leben. Denk nach! Ist das, was du für deine Liebe opfern willst, nicht zu viel? Es geht nicht nur um deine Heimat, dein Vaterland, sondern auch um deine Familie, um deine Berufspläne... wiegt dies alles nicht doch mehr als unsere Liebe?«
Er wollte widersprechen, aber sie ließ ihn nicht zu Wort komen. »Sag nichts«, bat sie, »jetzt noch nicht! Denk auch mal an meine eigene Situation. Auch mein Vater ist gegen unsere Heirat. Er würde mich zwar niemals zwingen, dich aufzugeben... aber es würde ihm sehr weh tun, wenn ich mich für dich entscheide. Und das ist noch nicht das Schlimmste. Du weißt, ich wollte Ärztin werden. Es liegt mir sehr viel an diesem Beruf. Ich müsste ihn aufgeben, wenn ich deine Frau werde. Zähl' einmal all das zusammen, was gegen unsere Verbindung spricht... lohnt es sich wirklich?«
Er trat dicht auf sie zu. »Fragst du das im Ernst?«
Sie hob das Gesicht zu ihm; ihre Augen blickten ihn offen an. »Ja«, sagte sie. »Vielleicht haben wir uns beide einfach in eine Idee verrannt, jagen einer Illusion nach, die gar nicht zu verwirklichen ist!«

»Irene«, sagte er, »ich werde dich nie aufgeben... nie und unter keinen Bedingungen!« Er packte sie an den Schultern.
Plötzlich wurde sie weich in seinen Armen, legte ihren Kopf an seine Brust. »Dann ist es ja gut, Hassan«, flüsterte sie, »dann wird bestimmt noch alles gut!«
Lange standen sie so, eng aneinandergeschmiegt, spürten nicht, wie die Minuten verrannen.
»Ich werde Scheich Abbas schreiben!«, sagte er dann unvermittelt.
Sie löste sich aus seinen Armen. »Wer ist das?«
»Der Vater Sihams ... so heißt das Mädchen, das ich heiraten soll. Scheich Abbas ist ein kluger Mann, ein moderner weitblickender Mann. Er hat immer besonderen freundschaftlichen Anteil an meiner Entwicklung genommen. Vielleicht kann er mir helfen.«
»Wie?«, fragte Irene.
»Ein Mann wie Scheich Abbas kann alles erreichen, wenn er nur will. Im Orient gibt es viele gerade und viele krumme Wege, die zum Ziel führen, wenn man reich, angesehen und gewitzt ist wie Scheich Abbas.«
»Aber wird er dir helfen wollen?«
»Du hast recht«, bestätigte Hassan, »das ist die Frage. Ich kann sie dir nicht beantworten. Niemand kann das. Wir können nur hoffen. Nichts weiter.«
Irene lächelte. »Ein bisschen Hoffnung also«, sagte sie, »für uns bedeutet das schon sehr viel!«

Für Scheich Abbas brachte Hassan Sidis Brief keine Überraschung. Obwohl der junge Mann sich sehr vorsichtig ausgedrückt hatte, durchschaute er ohne Schwierigkeiten die Situation. Und gerade das nahm der Kränkung, dass man es wagte, die Hand seiner Tochter abzulehnen, den Stachel. Hassan Sidis Bitte um Verständnis und Hilfe bereitete Scheich Abbas die Genugtuung, es besser gewusst zu haben als Hassans Vater, und gab ihm ein angenehmes Gefühl der Überlegenheit.
Er ließ den Brief in die Tasche seines Hidims gleiten, erhob sich langsam und schritt die Treppe hinunter, durch den Hof und in den Harem.
Im Gegensatz zu Scheich Mustafa, dem Vater Hassans, pflegte er nicht in die Wüste zu reiten, wenn es etwas zu überdenken gab, sondern seinen Harem aufzusuchen. Er sprach zwar niemals mit den Frauen über seine Probleme, denn es verlangte ihn nicht nach ihrem Rat. Aber er hatte die Erfahrung gemacht, dass Ablenkung ihm zu besseren Entschlüssen verhalf als Konzentration. Die hellen, fröhlichen Stimmen seiner Kinder, die Lieder und Tänze seiner Frauen pflegten ihn aufzuheitern. So war es auch heute.
Der Anblick seiner schönen Frauen erfüllte ihn mit Stolz und Freude. Er streichelte die Köpfe seiner Kinder, die ihm entgegenliefen, auch die Knaben wurden bis zu einem gewissen Alter im Harem großgezogen, verteilte Süßigkeiten unter ihnen, erkundigte sich nach ihren Spielen und ihren Fortschritten im Lernen.
»Wo ist Siham?«, fragte er endlich eines der kleinen Mädchen.
»Im dritten Hof«, war die Antwort.

»Und was tut sie dort?«, fragte er weiter.
»Sie träumt«, erklärte die Kleine altklug.
Scheich Mustafa lächelte. »Wovon mag sie wohl träumen?«, fragte er scherzhaft.
Die Kleine gab sich sichtlich Mühe, diese schwierige Frage zu beantworten. »Vielleicht«, sagte sie schließlich errötend, »von einem schönen Prinzen?«
Die Frauen lachten, und das Kind wusste vor Verlegenheit nicht, wohin es blicken sollte.
»Das mag schon sein«, antwortete Scheich Abbas freundlich, »hast du selber auch schon solche Träume?«
»Oh nein«, erwiderte die Kleine sichtlich erleichtert, »ich träume nur, wenn ich schlafe.«
»So ist's recht«, sagte Scheich Abbas und schritt weiter.
Als sich die Schar der Kinder, wie immer, wenn er sich mal tagsüber im Harem sehen ließ, an ihn heftete und ihm wie ein Kometenschwanz folgen wollte, drehte er sich um.
»Bleibt, wo ihr seid«, sagte er, »ihr wollt doch Siham nicht aufstören, dass sie vor Schreck in den Brunnen fällt?«
Die Kinder lachten und fügten sich gehorsam dem väterlichen Befehl.
Der Haremshof war nicht groß, etwa fünfzehn Meter im Quadrat, rings von Hausmauern umgeben. Aber es war ein reizender Platz, mit Säulengängen, blühenden Rosen und einem Springbrunnen in der Mitte, auf dessen Strahl eine schwimmende bunte Kugel tanzte.
Siham saß auf der Brunnenmauer, ließ sich das quellfrische Wasser über die Hände fließen und sah den auf- und abhüpfenden Strahl, der in allen Regenbogenfarben leuchtete.
Unwillkürlich blieb Scheich Abbas stehen und beobachtete seine Tochter, wie sie so gedankenverloren dasaß. Sie war schlank und klein, wirkte fast noch kindhaft in ihrer Schinthijan, der weiten Pluderhose, die die Taille eng umschloss, und der Taksira, einer Jacke mit reicher Goldstickerei. Das üppige dunkle Haar, am Hinterkopf aufgesteckt, fiel in reichen Locken auf Nacken und Schultern. Ihr Gesicht - dieses Gesicht, das noch kein Mann außer dem Vater je gesehen hatte - war ebenmäßig geschnitten, und ihre Augen hatten den Glanz der Unschuld.
Scheich Abbas trat näher. »Siham!« Er rief es leise, um sie nicht zu erschrecken.
»Mein Vater!« Sie sprang auf, blutübergossen, als hätte er sie bei etwas Verbotenem ertappt.
Er zog sie an sein Herz. »Siham, mein Liebling ... was tust du hier allein?«
»Ich spiele mit dem Wasser, mein Vater!«
»Du sollst nicht in der Sonne sein, Siham. Deine Haut wird braun und hässlich davon!«
Sie blickte zu ihm auf, schon mit bewusster Koketterie. »Bin ich hässlich, mein Vater?«
»Nicht, solange du tugendhaft bist, Siham... auch böse Gedanken machen hässlich!«

Sie wandte den Kopf ab, um seinem forschenden Blick zu entgehen. »Komm mit zu den anderen«, bat er.
Sie blieb trotzig stehen. »Ich mag nicht. Die Kinder sind dumm.«
»Und die Frauen?«
»Sie necken mich immer.«
»Weswegen denn?«
Er drehte sie zu sich herum, legte ihr die Hand unter das Kinn. »Sag es mir, mein Liebling!«
»Wegen... weil ... wegen meines Prinzen«, stammelte sie.
Er lächelte. »So ... hast du denn einen Prinzen?«
»Oh, Vater!«, rief Siham. »Das wissen Sie doch ganz genau!«
»Nichts weiß ich.«
Ihr Gesicht wurde stumpf vor Enttäuschung. »Sie wissen nichts?«, fragte sie. »Oh, mein Vater, Sie wollen mich necken! Alle sagen es doch... alle!«
»Was denn?«
»Dass Prinz Hassan um meine Hand angehalten hat! Dass er schön und jung und reich ist! Dass er den Preis gezahlt hat, und Sie Ihre Einwilligung gegeben haben!«
Scheich Abbas hatte mit niemandem über den Besuch Scheich Mustafas und seinen Antrag gesprochen. Trotzdem wunderte er sich nicht, dass man im Harem darüber Bescheid wusste. Die Welt der Frauen schien zwar äußerlich völlig getrennt von der der Männer, doch für die Frauen, die Tag um Tag nichts zu tun hatten, als auf ihren Herrn und Gebieter zu warten, gab es unzählige geheime Kanäle, durch die Tatsachen und Klatsch, Begebenheiten und Märchen zu ihnen flossen.
Er wusste, er hätte den einen oder anderen dieser Kanäle leicht verstopfen können, aber damit war nichts getan. Die Frauen fanden immer neue Möglichkeiten, Sklaven und Freigelassene zu bestechen und Nachrichten von Mund zu Mund weiterzugeben.
Deshalb verbarg Scheich Abbas die Verärgerung, die ihn immer wieder überfiel, wenn er auf einen neuen Haremsklatsch stieß und blieb ganz ruhig. »Es stimmt, dass Scheich Mustafa, Hassans Vater, für seinen Sohn um deine Hand angehalten hat«, erklärte er gelassen, »aber ich habe dieses Angebot ausgeschlagen!«
»Warum? Ist er nicht jung und schön?«
»Er ist weit weg, meine Tochter, in Europa... es wird lange dauern, bis er zurückkommt, mehr als ein Jahr, und ich möchte nicht, dass meine schöne Tochter warten muss.«
Er sah den Schatten, der über Sihams Gesicht fiel, aber im gleichen Moment wusste er, dass er die Lösung des Problems schon gefunden hatte.
»Ich werde einen anderen Mann für dich suchen, Siham«, sagte er, »sei nicht traurig!«
Er zog einen funkelnden Ring aus der Tasche, steckte ihn Siham an den Finger. »Nicht mehr lange«, sagte er, »und du wirst Braut sein!«
Aber Siham hörte gar nicht mehr auf ihn. Wie ein Kind - und ein Kind war sie ja eigentlich noch - löschte die Freude über das schöne Schmuckstück, ein

neues Spielzeug, alle Enttäuschung aus. »Wie wunderschön!«, rief sie. »Sieh nur, wie herrlich!« Sie ließ den Edelstein in der Sonne auffunkeln.
Scheich Abbas legte ihr den Arm um die schmalen Schultern. »Komm jetzt mit ins Haus, meine Tochter!«
Sie ging leichten Fußes mit ihm. »Die anderen werden neidisch auf mich sein«, sagte sie strahlend, »aber niemand darf mir den Ring wegnehmen, nicht wahr, Vater? Niemand!«
»Er gehört dir«, sagte Scheich Abbas, »dir ganz allein.«
»Und du wirst einen Mann für mich suchen, der mir viele schöne Ringe schenken kann? Und schöne Kleider?«
»Ja, Siham. Du sollst einen Mann haben, der dich verwöhnt und beschützt, denn du bist das Kleinod meines Herzens.«
Scheich Abbas sprach es nicht aus, aber er dankte dem Himmel für die Fügung, die die geplante Verbindung zwischen Siham und Hassan Sidi zerschlagen hatte. Wie hätte sein Kind glücklich werden können mit einem Mann, der europäische Maßstäbe kennen gelernt hatte - und was hätte Hassan Sidi eine Frau bedeuten können, die zufrieden damit war, verwöhntes Spielzeug und Zeitvertreib zu sein!
»Allah sei Dank!«, sagte er laut. Aber Siham verstand ihn nicht.

Das ›Café Arabia‹ in Er-Riad war, wie alle Cafés in Saudi-Arabien, Treffpunkt der Männer. Es lag an einem kleinen baumbestandenen Platz, in der Nähe des Souks, des Bazars der Hauptstadt, aber weit genug entfernt, sodass die meditierenden und miteinander plaudernden Herren nicht durch das Geschrei der Händler gestört wurden.
Hier, im vornehmsten Café der Stadt, wurden - ohne Unterschrift und ohne schriftliche Fixierung - Geschäfte abgeschlossen, bei denen es oft um Riesensummen ging. Der Raum - schön ausgeschmückt mit Mosaiken im Fußboden, Teppichen an den Wänden, kostbar verzierten Kamelsätteln - war manchem der vornehmen reichen Herren so wichtig, wie es einem europäischen Geschäftsmann Büro und Empfangsraum sind. Nur mit dem Unterschied, dass sie keine Miete dafür zu zahlen brauchten, wie sie auch auf einen Stab von Mitarbeitern, Sekretärinnen und Prokuristen ohne weiteres verzichten konnten. Keiner der Herren war Produzent, sie kannten nur eine Art von Geschäften - den Handel. Sie handelten mit Export- und Importwaren, sie verhandelten ihre Töchter und erhandelten sich Frauen, verkauften Tips und Nachrichten, die ihr Geld wert waren.
Über all diesen seltsamen, für einen Europäer oft undurchschaubaren Geschäften herrschte das Gebot der Ehrlichkeit. Abmachungen solcher Art waren nur auf der Basis größten gegenseitigen Vertrauens möglich. Es war erlaubt, den Partner zu übervorteilen, aber da jeder damit rechnete, gelang es fast nie. Wem es doch geschah, schwieg darüber, um nicht belächelt und für einen schlechten Kaufmann gehalten zu werden.
Jeder wirkliche Betrug aber verbat sich von selber, denn ein Betrüger hätte keine Chance gehabt, je wieder ein Geschäft zu tätigen; Ehre und Glaubwürdigkeit waren gleichermaßen verspielt.

In dieses ›Café Arabia‹ nun begab sich Scheich Abbas, nachdem er sicher war, einen Weg gefunden zu haben, wie er seinem jungen Freund Hassan Sidi aus seinen Schwierigkeiten helfen konnte.
Es war kurz nach der dritten Gebetsstunde, und das Café war, wie immer um diese Zeit, gut besucht. Die Herren saßen auf den langen Bänken, die Beine hochgezogen und übereinandergeschlagen, tranken den grünen, duftenden Kaffee, rauchten aus den langen Wasserpfeifen mit den dicken, bunt mit Stoffen umwirkten Schläuchen.
Scheich Abbas grüßte gemessen nach allen Seiten, wechselte mit diesen Herren ein Scherzwort, tauschte mit jenen eine politische Bemerkung aus, ließ Sprüche aus dem Koran einfließen, während er mit den Augen Scheich Mustafa suchte.
Langsam ging er auf ihn zu, nahm - nach dem üblichen Austausch gegenseitiger Höflichkeiten - neben ihm, mit an den Leib gezogenen Beinen, auf den Lederpolstern der hohen Bank Platz.
Ein Junge servierte den Kaffee, ein anderer eilte mit der gestopften Wasserpfeife herbei. Scheich Abbas setzte sein eigenes, kostbar ziseliertes silberbeschlagenes Bernstein-Mundstück darauf. Der Knabe brachte die glühende Kohle, legte sie in den Pfeifenkopf. Scheich Abbas schmauchte. Der Duft von Tabak und Ambra schmeichelte seinen Geruchsnerven. Er lehnte sich zurück und hätte sich gerne entspannt, aber jetzt galt es, Scheich Mustafa die Wendung, die die Dinge genommen hatten, beizubringen.
Er ging, wie es orientalische Art war, nicht geradewegs auf sein Ziel los, sondern sprach erst über dieses und jenes. Scheich Mustafa antwortete. Keiner der beiden Herren versuchte die langen Gesprächspausen, die immer wieder entstanden, abzukürzen. Sie hatten beide Zeit, viel Zeit, und sie genossen es, Zeit zu haben.
»Ich habe heute einen Brief deines Sohnes Hassan erhalten«, sagte Scheich Abbas endlich.
Es klang ganz beiläufig, aber es war Scheich Mustafa sofort klar, dass diese Bemerkung etwas zu bedeuten hatte. Dennoch zuckte er mit keiner Wimper, saugte an seiner Wasserpfeife und blickte starr geradeaus.
»Hassan zeigt sich hocherfreut über deine Güte und über die Ehre, Siham, die Blume meines Harems, zur Frau zu erhalten«, fuhr Scheich Abbas fort.
»Ich wusste es«, erwiderte Scheich Mustafa gelassen.
»Am liebsten«, fuhr Scheich Abbas fort, »würde er der Stimme seiner Jugend folgen und seine Zelte in Europa abbrechen, um Siham in seinen Harem zu führen. Aber seine Studien verbieten es ihm.«
»Nicht mehr lange«, sagte Scheich Mustafa.
»Zu lange für die Perle meines Harems. Je süßer die Rose duftet, je eher welkt sie dahin.«
Scheich Mustafa richtete sich auf, sah den Freund drohend aus seinen dunklen Augen an. »Du willst vom Heiratskontrakt zurücktreten?«
»Der Kontrakt ist noch nicht geschlossen, und die Voraussetzungen haben sich geändert!«, erwiderte Scheich Abbas ruhig. »Ich erwartete, Hassan im Frühjahr in der Heimat wiederzusehen. Jetzt aber schreibt er, dass es Herbst und wieder

Frühjahr werden kann, ehe er zurückkommt.« Scheich Abbas legte dem Freund mit beruhigender Geste die Hand auf den Arm.
»Es ist nicht Hassans Schuld«, sagte er, »das wissen wir beide. Dein Sohn Omar ist noch wild wie ein ungezähmtes Fohlen. Vielleicht werden deine verehrten und geliebten Söhne es trotzdem noch eher schaffen. Aber du musst einsehen, dass für meine Tochter jeder Tag und jede Stunde zählt.«
»Du willst sie mir nicht geben«, sagte Scheich Mustafa bitter.
»Jeder Vater denkt zuerst an das Wohl der eigenen Kinder!«
»Ich habe verstanden«, sagte Scheich Mustafa hart, »aber da es mein Wille ist, meinen Sohn Hassan zu verheiraten, werde ich eine andere Frau für ihn erwerben!« Er wollte sich erheben.
Aber Scheich Abbas, der die Hand nicht von seinem Arm genommen hatte, hielt ihn zurück. »Nicht im Ernst willst du deinen Freund Abbas kränken«, sagte er eindringlich.
»Nicht ich, du bist es, der den Freund zurückstößt!«
»Siham ist nicht meine einzige Tochter, Mustafa. Es gibt andere Knospen in meinem Harem. Eine von ihnen wird erblüht sein, wenn dein Sohn Hassan zurückkommt. Er kann sie pflücken, wenn es sein Wille ist.«
»Mein Wille«, behauptete Scheich Mustafa, »ist auch der Wille meines Sohnes!«
»Ich zweifle nicht daran«, stimmte der Freund zu.
»So lass uns denn den Kontrakt machen für diejenige deiner Töchter, die in einem Jahr das heiratsfähige Alter erreicht hat!«
Scheich Abbas wich aus.
»Weiß ich denn, ob sie schön wird? Weiß ich, ob sie gesund bleibt? Es war der Väter Sitte, das Schicksal der Kinder schon jung zu entscheiden. Aber die Zeiten haben sich geändert, Mustafa. Was gestern noch Sitte war, ist heute Betrug geworden.«
»Jedes deiner Worte ist mit doppelter Zunge gesprochen!«
»Du tust mir Unrecht, Mustafa! Ist mein Wort nicht so viel Wert wie ein Kontrakt? Ich gebe dir die Hand darauf: dein Sohn Hassan soll diejenige meiner Töchter haben, die du bestimmst. Aber er selber soll den Kontrakt unterschreiben, das ist meine Bedingung. Nur er kann die Verantwortung für das Glück meiner Tochter auf sich nehmen, nicht du!«
Die Männer sahen sich lange und forschend in die Augen. Es war, als wenn jeder dem anderen tief in die Seele zu blicken versuchte.
»Hassan wird vor dich treten«, sagte Scheich Mustafa endlich.
»So sei es«, bekräftigte Scheich Abbas, »mein Wort gilt!«
Er spürte, dass auch dem anderen ein Versprechen, ein Schwur, vielleicht sogar ein Fluch auf den Lippen brannte. Aber da er ja gerade verhindern wollte, dass Scheich Mustafa sich festlegte und dadurch Hassan in eine Zwangslage brachte, wechselte er mit einer Geschicklichkeit, die einem Jongleur alle Ehre gemacht hätte, das Thema. Er gab dem Freund keine Gelegenheit darauf zurückzukommen.
Noch am gleichen Abend schrieb er einen langen Brief an Hassan Sidi nach Clausthal-Zellerfeld.

Am nächsten Samstag fuhr Hassan Sidi nach Göttingen, um Irene Heinzel die gute Nachricht mitzuteilen. Sein Bruder Omar gab vor, sich seinen Studien widmen zu wollen, und das hätte er auch nötig gehabt, denn er kam mit seiner Prüfungsarbeit nur langsam, und auch das nur mit Hassans Hilfe, voran. Tatsächlich aber dachte er nicht daran, sein Versprechen zu halten.
Kaum hatte er sich, vom Fenster her, überzeugt, dass Hassan in den roten Sportwagen stieg, der vor dem Apartmenthaus parkte, und davonbrauste, als er auch schon aus der Wohnung rannte und in langen Sätzen die Treppe hinuntersprang, wie ein Junge, der unverhofft schulfrei bekommen hatte.
Er erstand in der Wirtschaft an der Ecke eine Flasche Sekt, Gebäck, Süßigkeiten und Zigaretten, lief zurück, seine Einkäufe in einer großen Tüte im Arm, und fuhr mit dem Lift wieder nach oben. Er stellte den Sekt in den Kühlschrank, verteilte Gebäck und Süßigkeiten in kleinen Schalen auf dem Couchtisch und füllte sein goldenes Zigarettenetui. Dann ließ er die Jalousie vor dem Wohnzimmerfenster halb herab - das war das verabredete Zeichen für Lizzi, die er erwartete, dass die Luft rein war.
Im Wasserboiler der Toilette hatte er vor den wachsamen Augen des Bruders eine angebrochene Flasche Whisky versteckt. Jetzt lief er ins Bad, stieg auf den Deckel, holte die Flasche heraus, sprang herab und schüttelte sie nahe am Ohr - es war nur noch ein Rest. Er setzte die Flasche an den Mund, leerte sie mit einem tiefen Schluck, trat an das schmale Fenster und sah in die Tiefe des Hofes hinab.
Die Katze des Hausmeisters saß mitten im Hof nahe der Teppichstange, leckte sich die Pfötchen, und genoss den spätherbstlichen Sonnenschein.
Omar kniff die Augen zusammen, zielte genau und schmetterte die leere Flasche in den Hinterhof hinunter. Er hätte die Katze nicht verfehlt, wenn sie nicht, von ihrem Instinkt gewarnt, im letzten Moment zur Seite gesprungen wäre.
Die Flasche zerschlug klirrend in tausend Splittern. Kläglich miauend brachte sich die Katze hinter den Mülltonnen in Sicherheit. Fenster wurden aufgerissen, aufgebrachte und erschrockene Stimmen wurden laut, der Hausmeister erschien im Hof und blickte nach oben - blitzschnell duckte sich Omar hinter der Fensterbank.
Er lachte wie ein Teufel.
In diesem Augenblick ertönte die Klingel an der Wohnungstür. Er lief in die Diele, öffnete - immer noch strahlend.
Lizzi Müller stand draußen, sie sah ihn aus arglosen Augen an. »Freust du dich, dass ich gekommen bin?«
Er zog sie rasch herein, nahm sie in die Arme. »Aber ja, mein Darling!«
Sie errötete unter seinen Küssen und versuchte, sich aus seinem Griff zu befreien. »Lass mich erst mal Atem holen«, bat sie.
Sie sah reizend aus in ihrem taillierten hellblauen Mantel mit Pelzbesatz. Er half ihr beim Ablegen, hängte den Mantel an den Garderobenständer. Darunter trug sie ein weißes, in sich gemustertes Jerseykleid.
»Hübsch«, sagte er, »sehr hübsch!«
Sie drehte sich kokett vor ihm. »Ich... oder das Kleid?«

»Du in dem Kleid... fast so hübsch wie ohne!«
Sie zog die milchweiße Stirne kraus. »Sag doch nicht immer solche Sachen!«
»Und warum nicht?«
»Es... es ist nicht anständig!«
Sie hakte sich bei ihm ein, trat neben ihm in das luxuriös eingerichtete Wohnzimmer.
»Du, stell dir vor«, erzählte sie, »beinahe hätte ich gar nicht kommen können! Ich habe mich heimlich, ganz still und leise, aus dem Hause stehlen müssen... ich sage dir, das war gar nicht so einfach!«
Er war nicht sehr interessiert, aber er wollte sie nicht verletzen - nicht jetzt, noch bevor das Zusammensein für ihn zu einem Erfolg geworden war.
»Was war denn los?«, fragte er.
»Mein Vater hat mir verboten, das Haus zu verlassen. Frag mich nicht warum. Wahrscheinlich hat er Lunte gerochen.«
»Was heißt das?«, fragte Omar irritiert.
»Was?«
»Lunte gerochen?«
Sie lachte. »Ach so! Das ist nur so ein Ausdruck... das soll heißen, er hat Verdacht geschöpft!«
»Hm, ich verstehe. Entschuldige mich einen Augenblick!«
»Wohin willst du?«
»Nur den Sekt aus dem Kühlschrank holen.«
Sie machte es sich in einem der schweren, lederbezogenen Sessel bequem, schlug die Beine übereinander und zündete sich eine Zigarette an.
Als er zurückkam, beobachtete sie ihn, wie er geschickt die Flasche öffnete, den schäumenden Sekt in die Gläser fließen ließ.
»Sekt ist mein Lieblingsgetränk«, sagte sie.
»Ich weiß! Dir zu Ehren habe ich ihn ja auch besorgt!« Er gab ihr das eine Glas in die Hand, nahm das andere und hob es ihr entgegen. »Trinken wir«, sagte er, »auf unsere Liebe!«
Sie stießen an, nahmen jeder einen Schluck.
»Hui, wie der herrlich in der Nase kribbelt!«, rief sie.
Sie fuhren beide zusammen, als die Klingel an der Wohnungstür ertönte.
»Wer kann das sein?«, fragte sie erschrocken.
»Keine Ahnung!«
»Vielleicht ist dein Bruder zurückgekommen?«
»Unsinn«, widersprach er, »der hat einen Schlüssel!«
Es klingelte wieder.
»Du«, sagte Omar, »das wird der Hausmeister sein! Hat er dich vorhin kommen sehen?« – »Nein. Bestimmt nicht.«
»Um so besser. Sag ihm, dass du schon seit einer Stunde hier bist ... bitte, tu mir den Gefallen! Und dass ich während der ganzen Zeit das Zimmer nicht verlassen habe!« Sie machte große Augen. »Aber... warum denn?«
»Das werde ich dir später erklären!«
Sie stand auf.
»Nein, bleib sitzen«, sagte er, »wir dürfen keine Aufregung zeigen. Tu ganz

ahnungslos. Du weißt von nichts, hörst du?« Sie strich sich das weiche Haar aus der Stirn. »Das wird mir nicht schwerfallen«, erklärte sie, »ich habe ja tatsächlich keine Ahnung!«
»Um so besser!«
Während er auf dem Weg zur Tür war, klingelte es ein drittes Mal. Omar setzte sein charmantestes und gleichmütigstes Lächeln auf, bevor er öffnete.
Aber dann erstarben ihm die Worte, die er sich schon zurechtgelegt hatte, auf den Lippen. Der Mann, der vor ihm stand, war ihm völlig unbekannt, ein breitschultriger Mensch mit einem runden Kopf, das breite Gesicht vor Erregung gerötet.
»Sie wünschen?«, fragte Omar verblüfft.
»Sind Sie Omar Sidi?«
»Prinz Omar Sidi!«, entgegnete der junge Mann mit Würde. »Was wollen Sie von mir? Ich kaufe nichts, ich abonniere auch nichts ...«
Mit einem jähen Ruck stieß der Fremde die Tür auf, stand mitten in der Diele, ehe Omar es noch recht begriff.
»Was fällt Ihnen ein?«, rief er. »Wer sind Sie überhaupt?« Seine Stimme klang gleichzeitig wütend und unsicher.
»Das werden Sie gleich erfahren!« Der Unbekannte stieß ihn zur Seite und trat ins Wohnzimmer.
Lizzi war aufgesprungen und starrte den Eindringling mit weit aufgerissenen Augen an. Sie war sehr blass geworden. »Vati!«, rief sie, tonlos vor Entsetzen. »Vati!«
Er trat mit ausgreifenden Schritten auf seine Tochter zu, hob die Hand, und einen Augenblick sah es so aus, als würde er sie schlagen. »Du Miststück!«, brüllte er.
Lizzi wich zurück; es gelang ihr, hinter einem der schweren Sessel Schutz zu finden. »Bitte, bitte nicht, Vati!«, rief sie.
»Dir werd' ich es zeigen!«, schrie Herr Müller aufgebracht; er wollte den Sessel beiseite schieben.
Aber inzwischen hatte Omar Sidi seine Fassung zurückgewonnen und mischte sich ein. »Erlauben Sie mal, mein Herr«, sagte er, »was fällt Ihnen ein?! Dies hier ist meine Wohnung!«
»Und dieses Flittchen ist meine Tochter!«, tobte Herr Müller aufgebracht.
»Vati, bitte«, rief Lizzi, »reg' dich doch nicht auf! Ich... ich wollte Prinz Omar doch nur abholen... ich bin ja gerade eben erst gekommen! Wir wollten tanzen gehen!«
Herr Müller drehte sich um und sah Omar an. »Sie wollen ein Prinz sein?«
Der junge Mann verbeugte sich höflich. »Ich bin es, Herr Müller, und ich mache Sie darauf aufmerksam, dass ich unter diplomatischem Schutz stehe. Verlassen Sie diese Wohnung, oder ich rufe die Polizei an.«
»Das könnte Ihnen so passen! Meine Tochter verführen und dann ...«
Lizzi fiel ihrem Vater ins Wort. »Aber... das stimmt ja gar nicht!«, behauptete sie. »Es ist alles ganz harmlos, Vati, wirklich! Du siehst die Dinge falsch. Er... Prinz Omar... hat ernste Absichten! Er hat versprochen, mich zu heiraten, Vati!«

Herr Müller zog ein Taschentuch, wischte sich über die schweißnasse Stirn.
»Und das hast du dummes Ding ihm natürlich geglaubt«, sagte er böse.
»Aber es ist wahr!«, rief Lizzi verzweifelt. »Sag du doch auch was, Omar... sag Vati, dass es wahr ist!«
»Hör auf mit dem Quatsch«, befahl Herr Müller grob, »zieh dir deinen Mantel an und komm mit. Wir haben hier nichts mehr zu suchen.«
»Vati, bitte ...«
»Kein Wort mehr, sonst knallt's! Also los! Oder willst du, dass ich dich hier, vor den Augen deines sauberen Freundes, durchhaue?«
Lizzi kam vorsichtig hinter ihrem Sessel hervor, machte einen großen Bogen um ihren Vater und rannte in die Diele hinaus.
Omar Sidi schien über die ganze Sache höchst belustigt, er grinste hämisch, und in seinen dunklen Augen glomm ein verächtliches Funkeln.
»Ihnen wird das Lachen auch noch vergehen«, bellte Herr Müller, »ich werde Sie belangen, darauf können Sie sich verlassen. Mal sehen, wie weit es mit Ihrem diplomatischen Schutz her ist. Wäre ja noch schöner, wenn ein dreckiger Ausländer wie Sie sich ungestraft an meiner Tochter vergreifen dürfte.«
Omars Lächeln war plötzlich wie weggewischt. »Diese Beleidigung werden Sie mir büßen«, zischte er.
»Bilden Sie sich bloß nicht ein, dass Sie mich einschüchtern können, Sie lächerlicher Kameltreiber«, erwiderte Herr Müller ungerührt, »Prinz... wenn ich das schon höre! Ich werde mit meiner Tochter zur Polizei gehen ...«
»Ich habe nichts Strafbares getan!«
Herr Müller ließ sich nicht unterbrechen. »... und gleich anschließend zum Rektor Ihrer Universität! Dann wird sich ja herausstellen, wer im Recht ist... Sie oder ich!«
Lizzi war, wieder in ihrem hübschen, leicht taillierten blauen Mantel, ins Wohnzimmer zurückgekehrt. »Auf Wiedersehen, Omar«, sagte sie zaghaft.
Omar antwortete nicht. Er hatte die Unterlippe zwischen die Zähne gezogen, und seine Augen hatten sich verengt. Es war ihm klar, dass Herr Müller mit seiner starren Haltung immerhin einen Skandal heraufbeschwören konnte, und seine Leistungen und sein Ruf waren nicht dazu angetan, die Sache für ihn leichter zu machen. Vielleicht würde er von der Hochschule gesperrt, möglicherweise sogar des Landes verwiesen werden. Bestimmt aber würde sein Vater, Scheich Mustafa, von dieser leidigen Geschichte erfahren, und das konnte er sich nicht erlauben.
»Herr Müller«, sagte er in verändertem Ton, »wir waren beide sehr aufgeregt. Ihr Besuch hat mich überrumpelt. Ich bedaure, wenn ich Sie beleidigt haben sollte.«
»Nanu!«, sagte Lizzis Vater. »Auf einmal?«
Omars braunes Gesicht verzerrte sich bei dem Versuch, ein gewinnendes Lächeln aufzusetzen. »Sie glauben, dass ich verletzt habe die Ehre Ihres Hauses! Aber das ist ein großer Irrtum, Lizzi hat die Wahrheit gesagt. Ich bin entschlossen, sie zu meiner Frau zu machen. Oft und oft habe ich sie gebeten, mich ihrer Familie vorzustellen. Aber sie fürchtete Ihre Absage.«
In dem Bemühen, ganz diplomatisch vorzugehen und die richtigen Worte zu

finden, verfiel er in ein gebrochenes Deutsch, was normalerweise gar nicht seine Art war..
Herr Müller sah ihn voller Misstrauen an. »Sie ... wollen Lizzi heiraten?«, fragte er.
»Ja, eben das. Es ist mein heißester Wunsch.«
Herr Müller holte tief Luft. »Warum haben Sie mir das denn nicht gleich gesagt?«
»Unser Gespräch verlief in falschen Bahnen. Ich sagte schon, Sie haben mich übergerumpelt!«
Lizzi, die jetzt wieder Oberwasser gewonnen hatte, verbesserte ihn. »Überrumpelt heißt das, Omar!«
Die beiden Männer achteten nicht auf sie.
»Können Sie eine Frau denn überhaupt ernähren?«, fragte Herr Müller.
»Mein Vater ist ungeheuer reich«, erklärte Omar.
»Na, dann ist aber noch die Frage, ob er mit dieser Heirat einverstanden ist!«
»Sobald ich mit meinem Examen fertig bin, werde ich ihn bitten, mir den Kaufpreis zu geben, und freudig und stolz er wird es tun.«
Herr Müller ließ sich schwer in einen der Sessel fallen. »Jetzt verstehe ich überhaupt nichts mehr«, sagte er verdutzt.
»In unserem Lande«, erklärte Omar, »ist es Sitte, für die Frau zu zahlen. Eine Frau ist viel wert in unseren Augen.«
Herr Müller schnappte nach Luft. »Sie wollen meine Tochter kaufen?«
»Es ist Sitte, dem Vater einer blühenden Tochter die Unkosten für die Erziehung zu ersetzen.«
»Das«, sagte Herr Müller, »finde ich aber sehr merkwürdig!«
Omar lächelte. »Wie sagt man in Deutschland? Andere Länder, andere Sitten. Am Tage der Hochzeit ich werde Ihnen übergeben... sagen wir... zwanzigtausend Mark!«
Herr Müller war sichtlich beeindruckt. »Und dieses Geld soll für mich sein?«
»Ja, für den Vater der Braut.«
»Ich verstehe die Welt nicht mehr«, sagte Herr Müller, »bei uns kauft man nur die leichten Mädchen... bei Ihnen zu Hause die Frau, die man heiraten will. Was ist denn, wenn ein junger Mann kein Geld hat?«
»Dann muss er sparen oder verzichten. Es gibt viele Junggesellen bei uns!« Er ging zum Schrank, holte ein drittes Glas heraus, schenkte Sekt ein. »Trinken wir also einen Schluck auf die Verlobung?«
Lizzi ergriff hastig das Glas, das Omar ihr reichte.
Aber Herr Müller schüttelte wie ein benommener Bär den Kopf. »Lassen Sie mich mit dem schlabbrigen Zeug in Frieden«, sagte er.
»Aber, Vati«, bettelte Lizzi. »Ausnahmsweise... zur Feier meiner Verlobung!«
»So weit sind wir noch nicht!« Herr Müller stemmte sich aus dem Sessel hoch. »Das ist ja alles ganz gut und schön, was Sie mir da erzählen, junger Mann. Ich hätte auch gar nichts dagegen, wenn meine Tochter mir mal endlich Geld ins Haus bringen würde, anstatt es dauernd auszugeben. Ich finde diese Sitte gar nicht mal schlecht, ehrlich gestanden, sollte man hierzulande auch einführen. Das wäre ein gewisser Trost für manche Mädchenväter ...«

»Aber dann, Vati ...«, unterbrach ihn Lizzi.
»Halt du die Klappe, ja?«, fuhr er sie an. Er wandte sich an Omar. »Bringen Sie mir das Geld und gehen Sie mit Lizzi zum Standesamt. Dann sollen Sie gerne meinen Segen haben. Vorher aber nicht.«
Omar verbeugte sich. »Ich werde kommen, Herr Müller.«
»Na schön. Bis dahin aber... Schluss mit euch beiden. Machen Sie erst mal Ihr Examen, dann werden wir weitersehen.«
»Aber, Vati«, wandte Lizzi ein, »schließlich sind wir verlobt und ...«
»Nichts da. Das könnte euch so passen. Und bilde dir nur nicht ein, dass du noch einmal ausreißen kannst. Ich stecke dich in ein Internat, damit du Bescheid weißt. Dort wird man dir die Flausen schon austreiben.«
Lizzi wurde blass vor Schrecken. »Nein, Vati«, sagte sie, »nein, das kannst du mir doch nicht antun. Ich gehe doch schließlich auf die Handelsschule ...«
»Die kannst du im Internat weitermachen! Es ist gar nicht lange her, da wolltest du unbedingt von zu Hause weg. Jetzt hast du es also erreicht, na, freu' dich doch.«
»Damals«, erinnerte Lizzi, »hast du gesagt, so was wäre viel zu teuer!«
Herr Müller verzog den Mund zu einem Lächeln. »Damals wusste ich auch noch nicht, dass du mir jemals Geld einbringen würdest. Aber wie die Dinge jetzt stehen, ist das Jahr im Internat unbedingt drin.«
Lizzis braune Augen füllten sich mit Tränen. »Und ich soll Omar überhaupt nicht mehr wiedersehen?!«
Omar trat auf sie zu, fasste sie bei der Hand. »Weine nicht«, sagte er, »du brauchst nicht verzweifelt zu sein. Ich werde kommen und dich holen, wenn es so weit ist... ich werde dich als meine Frau in meine Heimat mitnehmen.
Nur ein bisschen Geduld, wir werden sehr glücklich sein.«
Sie sah aus tränennassen Augen zu ihm auf. »Oh, Omar, ich ...«
»Schluss jetzt«, unterbrach sie Herr Müller, »genug geflirtet. Komm, Kind. Eines Tages wirst du begreifen, dass dein Vater nur das Beste für dich gewollt hatte!« Er packte sie beim Arm, zerrte sie aus dem Zimmer.
Sie wandte ihren Kopf über die Schulter zurück, sah Omar flehend und sehnsüchtig an. Er drückte zwei Finger auf die Lippen, warf ihr eine Kusshand zu. Als die Tür hinter Vater und Tochter ins Schloss fiel, erstarb sein Lächeln. Er stürzte den Sekt hinunter, den er für Herrn Müller eingeschenkt hatte, und stieß einen wilden Fluch in seiner Muttersprache aus.
Sein hübsches Gesicht verzerrte sich. Er warf das leere Glas mit einer unbeherrschten Bewegung gegen die Wand. Es zerbarst klirrend und hinterließ einen hässlichen Flecken auf der Tapete.

Hassan Sidi war am gleichen Nachmittag nach Göttingen gefahren. Er hatte Irene Heinzel abgeholt. Jetzt gingen sie Arm in Arm am Ufer der Leine spazieren. Er hatte ihr freudig und erleichtert die gute Nachricht, die er aus seiner Heimat erhalten hatte, berichtet.
Aber sie war nicht so beeindruckt, wie er erwartet hatte. »Ich bin froh«, sagte sie nun.

»Du kannst dir nicht vorstellen, wie ich mich über den Brief von Scheich Abbas gefreut habe!«, erklärte er. »Jetzt brauchen wir uns vor nichts mehr zu fürchten!«
Sie sah zu ihm auf. »Wirklich nicht?«
»Was meinst du damit?«, fragte er irritiert.
»Nun, ich möchte deine Freude nicht trüben. Aber ich finde, dieser Brief besagt doch nichts weiter, als dass wir noch einmal Glück gehabt haben. Ob dein Vater nun aber seinen Plan, dich zu verheiraten, wirklich aufgegeben hat ...« Sie zuckte die Schultern. »Wer kann das wissen!«
»Ich«, sagte Hassan eifrig, »mein Vater hat Scheich Abbas sein Wort gegeben, dass ich eine von seinen Töchtern zur Frau nehmen werde ...«
»Und das findest du so positiv?«
»Ja, Irene, verstehst du denn nicht? Scheich Abbas hat zur Bedingung gemacht, dass ich damit einverstanden bin, und das werde ich nie sein!«
Sie sah in seine breiten dunklen Augen, und ihr Herz war voller Liebe. Sie musste an sich halten, sich nicht in seine Arme zu werfen und ihn zu küssen. Aber sie zwang sich, ganz kühl und sachlich zu bleiben. »Tut mir leid, Hassan, eure orientalischen Spielregeln sind mir zu kompliziert. Ich durchschaue sie nicht.«
Er beugte seinen Kopf, küsste sie lächelnd auf die Stirn. »Das brauchst du auch nicht, Liebling!«
»Aber ich habe Angst«, sagte sie ernsthaft, »Angst, dass dein Vater sich etwas Neues ausdenken könnte, uns auseinanderzubringen!«
»Jetzt sind ihm die Hände gebunden!«
»Das sagst du so.«
Er blieb stehen und zog sie an sich. »Irene«, sagte er eindringlich, »es gibt einen Weg, aller Gefahr und aller Unsicherheit ein für allemal ein Ende machen zu können!«
»Ja?«, fragte sie erwartungsvoll.
»Lass uns heiraten.«
»Ach so«, sagte sie enttäuscht, »aber das hatten wir doch schon seit langem vor.«
»Du verstehst mich nicht! Ich meine, wir sollten jetzt heiraten, sofort... nächstes Wochenende!«
»Hassan, nein ...«
»Doch, es geht«, unterbrach er sie, »ich habe mir alles überlegt und mich auch schon erkundigt. Wir sind beide volljährig. Unsere Papiere haben wir doch auch beisammen. Wir brauchen uns nur bei einem Standesamt anzumelden. Wenn wir bereit sind, ein paar Mark mehr zu zahlen, wird auch die Zeit des Aufgebotes verkürzt.« Er zog sie an sich; sein ebenmäßiges kluges Gesicht war sehr nahe. »Sag ja, Irene... es ist das Beste, glaube mir!«
Sie schloss die Augen, erwiderte seine Küsse und gab sich ganz dem berauschenden Gefühl hin, geliebt und geborgen zu sein. Sie dachte nicht an die neugierigen Blicke der anderen Spaziergänger; die Welt versank um sie.
Aber dann, als er sie losließ, war plötzlich die Wirklichkeit wieder da und forderte ihr Recht. »Nein, Hassan«, sagte sie mühsam, »nein, es ist unmöglich!«

Sein Gesicht verschloss sich. »Du liebst mich nicht mehr«, sagte er bitter.
»Aber Hassan«, sagte sie verzweifelt, »darum geht es doch gar nicht! Natürlich liebe ich dich ...«
»Beweise es, indem du meine Frau wirst!«
»Nichts würde ich lieber tun! Ich wäre so glücklich, wenn... aber es ist einfach unmöglich!«
»Wegen deiner Eltern?«
»Ja, das auch. Ich kann einen solchen Schritt nicht hinter ihrem Rücken tun.«
»Dann versuche, sie zu überzeugen, Liebling! Ich habe den Wagen da ... ich fahre dich sofort nach Hannover, wenn du willst!«
Irene schob ihre Hand unter seinen Arm.
»Komm, gehen wir weiter, Hassan«, bat sie.
»Wie du willst ...«
»Ja. Bitte.« Sie zögerte, suchte nach den richtigen Worten. »Meine Eltern«, sagte sie, »werden sich damit abfinden. Aber noch nicht jetzt. Wir müssen ihnen Zeit lassen. Und denk doch auch mal an deinen Vater! Was würde er sagen, wenn du hinter seinem Rücken diesen Schritt unternähmst? Er würde es dir nie verzeihen.«
»Deine Liebe«, sagte er heftig, »ist mir wichtiger als alles andere.«
»Gerade um unserer Liebe willen dürfen wir jetzt nichts Unüberlegtes tun, Hassan! Wir würden alles zerstören!«
»Ich verstehe dich nicht«, behauptete er starrköpfig.
»Doch«, widersprach sie, »du verstehst mich sehr gut. Du willst mich heiraten, weil du Angst hast, mich sonst zu verlieren. Aber das wäre falsch. Wir dürfen erst dann heiraten, wenn wir ganz sicher sind, dass keine Macht der Welt uns auseinanderbringen kann.«
Er schwieg. Stumm gingen sie nebeneinander her. Aber auch jetzt noch, da sie beide das Gefühl hatten, sich nicht wirklich zu verstehen, sondern durch eine unsichtbare Mauer voneinander getrennt zu sein, bewegten sich ihre Füße im gleichen Rhythmus.
»Du hast natürlich recht«, sagte er endlich.
Ihr schmales Gesicht leuchtete auf. »Ich bin so froh, dass du das sagst!«
Er zupfte neckend an ihrem schönen blonden Haar. »Es ist herrlich, eine kluge Frau zu lieben«, sagte er, »manchmal aber auch sehr anstrengend!«
Sie lachte. »Du wirst dich schon noch daran gewöhnen, Hassan!«
»Und? Wie soll es jetzt weitergehen? Ich vertraue mich deiner Führung an!«
»Na«, sagte sie, »erst werden wir jetzt einmal etwas essen, und dann ...«
»Irene«, sagte er, »das meine ich doch nicht!«
»Entschuldige«, sagte sie, »ich weiß, ich werde albern... aber das kommt nur davon, dass ich so glücklich bin, weil wir uns wieder verstehen.«
»Das haben wir im Grunde doch immer getan, nicht wahr?«
»Ja«, sagte sie, »aber du wolltest es nicht zugeben!«
»Also... was sollen wir tun?«
»Wir müssen Geduld haben. Ich werde meine Eltern behutsam bearbeiten. Allmählich werden sie sich mit dem Gedanken vertraut machen, dass du derjenige welcher bist. Ich werde deine Frau, sobald ich ihre Erlaubnis habe.«

Er runzelte die glatte braune Stirn. »Und wenn sie sich weigern?«
»Daran«, sagte sie, »mag ich überhaupt nicht denken!«
»Aber du musst es tun! Was ist, wenn du dich zwischen mir und deinen Eltern entscheiden musst?« Er blieb stehen, legte seine Hand unter ihr Kinn und zwang sie, ihm in die Augen zu sehen.
»Die Antwort kennst du«, sagte sie ernst, »wenn es sein muss, werde ich mit meinen Eltern brechen. Aber erst dann, wenn mir keine Wahl mehr bleibt.« Sie legte ihre Arme um seinen Hals, barg ihr Gesicht an seiner Brust. »Du bedeutest mir mehr als alles auf der Welt, Hassan... viel, viel mehr!«

Herr Müller machte seine Drohung wahr. Er brachte Lizzi noch am nächsten Tag, dem Sonntag, persönlich nach Hannover, wo er sie in einem streng geführten Handelsschulinternat für junge Mädchen ablieferte. Lizzi weinte während der ganzen Fahrt, sie weinte noch in ihrem neuen Heim, als sie der Leiterin vorgestellt wurde, aber das half ihr nichts. Ihre Tränen bestärkten ihren Vater nur darin, dass er recht daran getan hatte, energisch durchzugreifen.
Die Schulleiterin kannte sich in solchen Fällen aus. »Seien Sie ganz unbesorgt, Herr Müller«, versicherte sie, »wir werden schon auf Lizzi aufpassen... und sie wird sich sicher bald bei uns wohl fühlen.«
»Das hoffe ich«, sagte Herr Müller,
»Alle vier Wochen darf sie nach Hause«, erklärte die Schulleiterin, »aber natürlich, bei besonderen Gelegenheiten ...«
Herr Müller fiel ihr ins Wort. »Nein, es wäre mir lieber, Lizzi bliebe vorläufig ganz bei Ihnen!«
Die Schulleiterin warf einen mitleidigen Blick auf das schluchzende Mädchen. »Das lässt sich selbstverständlich machen«, sagte sie, »aber finden Sie nicht selbst, dass das ziemlich hart wäre? Bald ist Weihnachten, das Fest der Familie ...«
»Ich möchte, dass Lizzi auch über die Feiertage in Ihrer Obhut bleibt!«, sagte Herr Müller und räusperte sich. »Ich habe meine Gründe dafür.«
Die Schulleiterin war nicht weiter verwundert. »Ach so, ich verstehe«, sagte sie nur, »und wie wollen wir es mit der Post halten?«
»Es genügt, wenn Lizzi Briefe von mir und meiner Frau erhält.«
Die Schulleiterin machte sich eine Notiz. »Gut«, sagte sie, »das geht in Ordnung!« Sie lächelte Lizzi ermutigend zu. »Begleiten sie Ihren Vater zur Pforte, Lizzi«, sagte sie freundlich, »und nachher begeben Sie sich, bitte, auf Ihr Zimmer und räumen Ihre Sachen ein!«
Lizzi ergab sich; stumm schritt sie neben Herrn Müller durch die langen, hellen Gänge.
Beim Ausgang blieb ihr Vater stehen und putzte sich umständlich die Nase. »Also, mach's gut, Lizzi«, sagte er.
Sie sah ihn an; ihr kleines Gesicht wirkte jammervoll verheult, die großen Augen waren rot vor Tränen. »Vati!«, sagte sie erstickt.
»Ja ... ?«
»Ich habe doch nicht einmal Abschied nehmen können! Darf ich denn Omar nicht wenigstens noch ein einziges Mal wiedersehen?!«

»Wenn er sein Examen gemacht hat.«
»Vati!«
Er tätschelte ihr unbeholfen die Schulter. »Komm, komm, es ist doch alles halb so schlimm!«
Sie stieß seine Hand zurück. »Für dich vielleicht, aber für mich ...« Ihre Stimme erstickte in Tränen; sie wandte sich von ihm ab, verbarg ihr Gesicht in den Händen.
Eine Weile stand er stumm neben ihr, wusste nicht recht, was er sagen sollte. »Auf Wiedersehen, Lizzi!«
Sie rührte sich nicht, sondern blieb abgewandt, stehen.
»Willst du mir nicht wenigstens Lebewohl sagen? Soll ich deiner Mutter etwas von dir bestellen?«
Sie fuhr herum, und ihr Gesicht war verzerrt vor Schmerz. »Ich hasse dich, hasse dich, hasse dich!«, schrie sie. »Ich hasse euch beide! Nie werde ich euch verzeihen, was ihr mir angetan habt!« Sie drehte sich auf dem Absatz um und rannte davon. Herr Müller sah ihr kopfschüttelnd nach. Er seufzte schwer, dann wandte er sich zum Gehen.

Omar Sidi versuchte, mit Lizzi in Verbindung zu treten. Aber es gelang ihm nicht. Ihre Freundinnen konnten ihm nur sagen dass ihr Vater sie in ein Internat gesteckt hatte. Die Adresse kannten sie nicht.
Omar war wütend. Aber er war klug genug einzusehen, dass Lizzis Verschwinden auch sein Gutes für ihn hatte. Er konnte sich endlich auf seine Studien konzentrieren, und das war wirklich die höchste Zeit.
Bis in die tiefe Nacht hinein büffelte Hassan mit ihm und paukte ihm das Nötigste ein. Das machte den Bruder für Omar zwar nicht sympathischer, aber immerhin hatte er begriffen, dass es jetzt ums Ganze ging. Hassan hatte ihm unmissverständlich klargemacht, dass er selber sich auf jeden Fall im März zum Examen anmelden wollte.
Wenn Omar bis dahin noch nicht so weit war, würde der Vater bestimmt die Geduld verlieren und ihn, auch ohne Prüfung, nach Hause zurückrufen. Und diese Blamage wollte Omar auf jeden Fall vermeiden.
Auch Hassan und Irene sahen sich jetzt nur noch selten. Hassan traute sich nicht, den Bruder allein zu lassen. Er wollte verhüten, dass sich der leichtsinnige Junge in eine neue Liebschaft einließ oder wieder einmal betrank. Er fühlte sich dem Vater gegenüber für ihn verantwortlich.
Aber die beiden Liebenden schrieben sich häufig und regelmäßig, und die äußere Trennung änderte nichts an ihrer inneren Verbundenheit.
Irene besuchte jetzt, so oft es ging, ihre Eltern und versuchte beharrlich, mit Diplomatie und Geduld, ihnen die Verbindung mit Hassan schmackhaft zu machen. Aber sie kam keinen Schritt weiter, stieß immer wieder auf die gleichen Widerstände und war manchmal der Verzweiflung nahe.
Am 23. Dezember kam sie für die Weihnachtsfeiertage nach Hause. Sie half ihrer Mutter bei den Vorbereitungen für das Fest, das in der Familie Heinzel immer sehr feierlich und gemütlich gehalten wurde.
Nach dem Mittagessen am nächsten Tag schmückten Mutter und Tochter die

große grüne Tanne, die der Vater besorgt und in den Ständer geschraubt hatte. Während die beiden Frauen die goldenen Sterne und bunten Kugeln aufhingen, saß Landgerichtsrat Dr. Heinzel in einem bequemen Sessel und gab Ratschläge. Der Bruder Klaus war für diese Zeit, obwohl er natürlich längst nicht mehr an den Weihnachtsmann glaubte, aus dem Wohnzimmer verbannt.
Irene stieg auf eine kleine Stehleiter und befestigte den großen Rauschgoldengel auf der Spitze der Tanne.
»Schau mal, Paps«, rief sie, »sitzt er so gerade?«
»Noch ein Stückchen nach links!«
Irene gab dem Engel einen kleinen Schubs. »So?«
»Fabelhaft! Gerader als gerade!«, sagte der Vater.
»Dann reich mir doch bitte ein paar Kerzen, Mutti, damit ich sie hier oben festmachen kann!«
Frau Heinzel tat, um was Irene sie bat. »Wie hübsch du das machst, Irene«, sagte sie anerkennend.
Irene lachte. »Kunststück! Gelernt ist gelernt!«
Frau Heinzel gab ihr eine rote Kugel. »Freust du dich auch ein bisschen, wieder zu Hause zu sein?«
»Aber klar, Mutti!«
»Und auf die Bescherung? Wenn du ahntest, was wir für eine Überraschung für dich haben!«
Irene wurde plötzlich ernst. »Du weißt, dass ich nur einen einzigen wirklichen Wunsch habe!«
Herr Heinzel brauste plötzlich auf. »Zum Donnerwetter, Irene! Musst du schon wieder davon anfangen?! Willst du mir und deiner Mutter die ganze Festtagslaune verderben?«
Irene zuckte zusammen; die rote Kugel, die sie noch nicht befestigt hatte, entglitt ihren Händen, fiel zu Boden und zerbarst. »Schrei nicht somit mir!«, rief sie. »Da siehst du, was du angerichtet hast!«
»Jetzt soll ich wohl auch noch schuld an deiner Unvernunft sein? Schlag dir diesen Orientalen endlich aus dem Kopf, damit wir alle wieder unsere Ruhe haben!«
»Ruhe?!«, rief Irene erbittert. »Ist das alles, was du dir wünschst?! Dann muss ich schon sagen, du bist verdammt bescheiden! Ich möchte glücklich werden, den Mann heiraten, den ich liebe ... warum willst und kannst du das denn nicht begreifen?«
»Bitte, Irene«, sagte Frau Heinzel, »bitte, Heinrich... hört doch auf, auch zu streiten! Ausgerechnet am Heiligen Abend!«
»Willst du etwa mir daraus einen Vorwurf machen?«, brüllte Herr Heinzel.
Ehe ihre Mutter noch antworten konnte, kletterte Irene von der kleinen Leiter herunter; sie war sehr blass geworden. »Nein«, sagte sie, »Vati, beruhige dich! Ich bin wieder mal der Sündenbock. Ich glaube, es ist besser, ich verschwinde. Aus eurer Wohnung und aus eurem Leben. Damit ihr endlich wieder eure Ruhe habt.« Sie schritt, ohne ihren Vater oder ihre Mutter anzusehen, zur Türe, verließ das Zimmer, und zog die Tür beherrscht hinter sich ins Schloss.
»Dieses verblendete Mädel!«, grollte Herr Heinzel. »Muss man sich denn so etwas bieten lassen?« Seine Frau nahm den kleinen Besen und die Kehrschau-

fel, die sie für die Tannennadeln bereitgestellt hatte, und begann die dünnen Scherben der zerbrochenen Kugel zusammenzufegen. »Wir werden sie verlieren, Heinrich«, sagte sie still.
»Nein, nein! Ich kenne meine Tochter besser als du! Sie wird wieder zur Vernunft kommen!«
Frau Heinzel richtete sich auf. »Du gibst ihr ja keine Chance dazu!«
Eine steile senkrechte Falte bildete sich auf seiner Stirn. »Was soll denn das nun wieder heißen?«
»Merkst du nicht selber, dass du sie diesem jungen Mann geradezu in die Arme treibst? Durch deine Hartnäckigkeit? Deinen Widerstand? Wie die Dinge stehen, müsste sie sich ja vor sich selber schämen, wenn sie ihn deinetwegen aufgeben würde.«
»Das verstehe ich nicht!«
Frau Heinzel lächelte leicht. »Ach, Heinrich«, sagte sie, »und sonst bist du so klug!«
Herr Heinzel nahm die Brille ab und begann sie heftig zu putzen. »Du meinst also, ich sollte einfach sagen... nimm ihn, heirate ihn, da hast du meinen Segen?!«
»Ja, so ähnlich.«
»Nein, Magdalene«, sagte Herr Heinzel entschlossen, »das kann ich nicht. Wenn sie ihn nun wirklich heiratet? Nicht auszudenken. Nein, das Risiko wäre zu groß.«
»Vielleicht«, sagte Frau Heinzel nachdenklich, »wird sie trotz allem mit ihm glücklich. Wer weiß. Wenn die beiden sich aufrichtig lieben ...«
»Liebe, Magdalene«, unterbrach sie ihr Mann, »ist nur ein Wort!«
Seine Frau lächelte. »Na, na... wohl doch ein bisschen mehr, glaube ich!«
»Keine Liebe kann stark genug sein, diese Gegensätze zu überwinden... Gegensätze der Herkunft, der Kultur, des Lebensstandards, der Religion, der Rasse!«
»Liebe«, erwiderte seine Frau, »kann sehr vieles, viel mehr als Berechnung, als vernünftige Erwägungen und Überlegungen fertig bringen!«
»Aber Magdalene! Du würdest es doch nicht wirklich zulassen, dass deine Tochter einen wildfremden Menschen heiratet? Mit ihm in ein fernes Land zieht, das wir nicht kennen!? Sich Sitten und Gebräuchen unterwirft, die uns ganz unverständlich sind? Würdest du das etwa übers Herz bringen?«
Frau Heinzel seufzte. »Ach, Heinrich, glaub mir doch, ich bin genauso unglücklich über das alles wie du. Aber ich meine, es ist immer noch besser, sie heiratet mit unserem Wissen und Willen als dass sie ...« Sie stockte.
»Als dass sie was?«, fragte er hellhörig.
Frau Heinzel sah ihren Mann flehend an. »Eigentlich wollte ich es dir ja gar nicht sagen, Heinrich, aber... ich habe zufällig einen Brief gefunden. Gestern Abend, in Irenes Zimmer. Einen Brief von Hassan Sidi. Darin beschwört er sie, nicht länger auf unser Einverständnis zu warten, sondern ihn sofort zu heiraten, auf der Stelle.«
»Dieser Schweinehund«, knirschte Herr Heinzel.
Seine Frau schüttelte den Kopf. »Du tust ihm Unrecht. Er liebt sie.«

Herr Heinzel hatte sich schon wieder gefasst. Er nahm sogar die Zigarre aus dem Aschenbecher, die ihm während der Auseinandersetzung ausgegangen war, zündete ein Streichholz an und bemühte sich, sie wieder in Brand zu setzen. »Na jedenfalls«, sagte er, »du siehst, sie ging nicht auf seinen Vorschlag ein!«

»Noch nicht«, sagte Frau Heinzel bedeutsam.

Herr Heinzel nahm die Zigarre aus dem Mund und starrte sie an. »Was soll das heißen?«

»Dass ich mich nicht wundern würde, wenn Irene jetzt schon dabei wäre, ihre Koffer zu packen, um zu ihm zu fahren. Für immer, Heinrich.«

»Nein«, sagte er tonlos, »nein!«

»Sie ist volljährig, Heinrich«, erinnerte seine Frau, »du hast kein Recht, sie zurückzuhalten. Mit Gewalt richtest du gar nichts aus.«

Er war schon an ihr vorbei, riss die Tür auf und wollte zur Treppe stürmen.

Sie lief ihm nach, packte ihn beim Arm und hielt ihn zurück. »Bitte, Heinrich«, sagte sie beschwörend, »bitte! Das hat doch keinen Zweck! Wir müssen uns in Ruhe überlegen, was jetzt geschehen soll! In aller Ruhe, Heinrich, jeder falsche Schritt könnte verhängnisvoll sein!«

Er sah sie an; seine klugen Augen waren dunkel vor Angst und Verzweiflung.

»Aber«, sagte er gequält, »was können wir denn tun? Wie können wir sie davon abhalten, sich fürs ganze Leben unglücklich zu machen?«

»Indem wir ihr selber die Entscheidung überlassen!« Frau Heinzel schloss die Tür und drängte ihren Mann ins Zimmer zurück. »Setz dich bitte wieder, Heinrich... mach dich nicht verrückt! Irene kann das Haus nicht verlassen, ohne dass wir es hören! Jetzt pass einmal auf, ich glaube, ich habe eine Idee!«

Frau Heinzel hatte sich nicht geirrt. Irene war in ihr Zimmer hinaufgerannt und hatte in fieberhafter Eile damit begonnen, ihre Koffer zu packen.

Es fiel ihr unsagbar schwer, ihre Eltern zu verlassen, aber sie wusste, es würde über ihre Kräfte gehen, Festtagsstimmung zu heucheln, einen Frieden zu feiern, den weder sie noch ihre Eltern, nicht einmal ihr Bruder Klaus wirklich empfanden. Alle wussten ja, wie es um sie stand, und es war ihr einfach unmöglich, die eigenen Wünsche und Hoffnungen totzuschweigen, nur um ihre Familie nicht zu beunruhigen.

Sie sehnte sich so sehr nach Hassan, nach seiner Liebe, seinem Verständnis, seinem edlen Gesicht mit den breiten dunklen Augen, dem raschen, freimütigen Lächeln, dass sie im Stande gewesen wäre, in der Winternacht zu Fuß nach Clausthal-Zellerfeld zu laufen, nur um ihn zu sehen.

Obwohl sie ein Schluchzen hinunterwürgen musste, fühlte sie sich fast erleichtert, weil die Würfel endlich gefallen waren.

Als die Mutter ins Zimmer trat, richtete sie sich auf; ihre Lippen zitterten, aber ihre Augen waren tränenleer. »Mutti, ich ...«

Die Mutter warf keinen Blick auf die halb gepackten Koffer. »Du brauchst mir nichts zu erklären«, sagte Frau Heinzel ruhig, »komm mit mir herunter. Dein Vater hat dir etwas zu sagen.«

»Ich wollte ...«

»Es spielt jetzt keine Rolle mehr, was du wolltest. Komm jetzt mit!«
Landgerichtsrat Dr. Heinzel stand am Fenster, mit dem Rücken zum Zimmer, als die beiden Frauen eintraten.
Irene eilte zu ihm hin und legte mit einer impulsiven Bewegung ihre Hand auf seinen Arm. »Paps, es tut mir so leid ...«
Er drehte sich um, sah sie aber nicht an. »Schon gut, Irene, schon gut!« Es war ihm anzusehen, wie schwer es ihm fiel, die richtigen Worte zu finden.
»Du wolltest Irene etwas sagen«, ermunterte ihn seine Frau, »oder soll ich es für dich tun?«
»Nein, lass nur, ich... also, deine Mutter und ich sind zu folgendem Entschluss gekommen ...« Herr Heinzel holte tief Atem. »Du darfst Hassan Sidi heiraten!«
Irene sah ihn fassungslos an. »Vater!«, rief sie dann. »Oh, Vater!« Sie wollte ihm an die Brust fallen.
Aber er ließ es nicht zu. »Hör mich erst an! Du darfst ihn, wie gesagt, heiraten, aber nur unter einer Bedingung ...«
»Ja?«, fragte Irene erwartungsvoll. »Ja?«
»Deine Mutter und ich wollen nicht, dass du etwas tust, dessen ganze Tragweite du nicht überschauen kannst. Deshalb halten wir es für richtig, dass du erst einmal... ganz unverbindlich sozusagen... nach Saudi-Arabien reist, Land und Leute studierst, Kontakt zu Hassans Familie nimmst, die Lebensverhältnisse prüfst... und erst dann, wenn du völlig sicher bist, dort leben und glücklich werden zu können, darfst du mit unserer Einwilligung seine Frau werden!«
Irene begriff, welche Überwindung ihren Vater dieses halbe Einverständnis gekostet haben musste. »Paps!«, rief sie überwältigt. »Oh, Paps! Das werde ich dir nie vergessen!«
Landgerichtsrat Dr. Heinzel wandte den Blick ab. Es bereitete ihm Qual, in die aufstrahlenden Augen seiner Tochter zu sehen.
»Du bist also einverstanden?«, fragte er betont sachlich, um seine innere Bewegung zu verbergen.
»Wie kannst du fragen!« Irene Heinzel lief auf ihren Vater zu, küsste ihn mit heftiger Zärtlichkeit auf beide Wangen. »Du bist der liebste, beste Vater auf der ganzen Welt!«
Dr. Heinzel versuchte die Begeisterung seiner Tochter zu dämpfen. »Schon gut, schon gut«, sagte er, »ich hoffe nur, wir werden das nie bereuen!«
»Bestimmt nicht!«, behauptete Irene überzeugt. »Hassan ist ... einfach wunderbar! Ihr müsst ihn nur erst richtig kennen lernen!«
»Es geht ja nicht um diesen jungen Mann als Menschen«, versuchte ihr Vater richtig zu stellen, »sondern allein darum, dass er ein Fremder ist, der dich in eine fremde Welt entführen will!«
Irene lachte. »Du übertreibst, Paps! Im Grunde sind doch alle Menschen ziemlich gleich, wenn ihre Sitten und Gebräuche sich auch in manchem unterscheiden mögen.«
»Nein, das stimmt nicht«, erklärte Dr. Heinzel, »genauso gut könntest du behaupten, dass ein Walfisch dasselbe wie ein Reh ist, weil sie ja beide Tiere sind!«
»Das ist doch kein Vergleich!«, protestierte Irene.

Frau Heinzel hatte sich bisher bewusst zurückgehalten, jetzt jedoch hielt sie es für richtig einzugreifen. »Hört mal, ihr beiden«, sagte sie, »ihr wollt euch doch nicht etwa schon wieder streiten?«
Vater und Tochter sahen sie mit dem gleichen Ausdruck unschuldigen Erstaunens an.
»Aber nein, Magdalene«, sagte Dr. Heinzel, »wie kommst du denn darauf?«
»Wir versuchen nur, unsere Standpunkte einander anzugleichen«, versicherte Irene.
»Um so besser. Ihr solltet nicht vergessen, dass wir heute das Fest des Friedens feiern. Außerdem muss der Baum noch fertig geschmückt und die Bescherung aufgebaut werden!«
»Sehr richtig«, unterstützte Dr. Heinzel seine Frau, »also los, Irene, tummle dich!«
Irene machte schon Anstalten, wieder auf die kleine Leiter hinaufzusteigen, aber dann hielt sie mitten in der Bewegung inne. »Bitte, seid mir nicht böse«, sagte sie, »aber ich möchte doch erst rasch noch Hassan anrufen! Er... er muss doch wissen, wie sich die Dinge entwickelt haben!«
»Lauf nur, Kind«, sagte Frau Heinzel rasch, »und wenn du mit ihm telefonierst, dann sag ihm auch gleich, dass wir ihn am zweiten Feiertag zum Mittagessen erwarten!«
»Ist das dein Ernst?!«
»Aber ja doch, Irene! Ich meine, es wird höchste Zeit, dass wir den Mann, der dir so viel bedeutet, etwas näher kennen lernen!«
Irene fiel ihrer Mutter um den Hals. »Ich danke dir, Mutsch, du bist wunderbar!« Sie drückte die Mutter fest an ihr Herz. »Glaub nicht, dass ich nicht weiß, wem ich das alles verdanke ...«, flüsterte sie ihr leise ins Ohr, »wenn du mir nicht geholfen hättest, hätte Vater bestimmt nie nachgegeben!«
Dann riss sie sich los und rannte wie ein Wirbelwind aus dem Zimmer.
Frau Heinzel trat zu ihrem Mann. »Jetzt bist du doch auch froh, nicht wahr?«, fragte sie.
Auf Dr. Heinzels Stirn stand eine steile senkrechte Falte. »Ich weiß nicht«, sagte er unglücklich, »die ganze Geschichte gefällt mir nicht... sie gefällt mir ganz und gar nicht!«
»Mir wäre es ja auch lieber gewesen, Irene hätte sich in einen netten jungen Mann aus Deutschland verliebt, wenn möglich sogar aus Hannover, damit wir es nicht weit zu ihr und unseren Enkelkindern gehabt hätten«, gestand Frau Heinzel. »Aber wir dürfen jetzt nicht egoistisch sein, Heinrich! Hauptsache ist doch, dass Irene glücklich wird!«
»Eben daran«, sagte ihr Mann, »möchte ich zweifeln. Ich bin ein friedfertiger Mensch, Magdalene, das weißt du doch! Aber wenn ich eine Möglichkeit hätte, dieser Sache mit Gewalt ein Ende zu machen... ich glaube, ich täte es!«
Frau Heinzel lächelte. »Aber so geht es nicht, Heinrich!«
»Ich weiß«, sagte er unglücklich, »aber langsam komme ich darauf, dass die gute alte Methode, unerwünschte Schwiegersöhne die Treppe hinunter und aus dem Haus zu werfen, wohl doch nicht die schlechteste war.«
»Irene ist ein kluges und liebes Mädchen«, mahnte seine Frau, »du solltest

mehr Vertrauen zu ihr haben! Und nun komm, hilf du mir den Baum schmücken... und versprich mir, nett und freundlich zu ihrem Hassan zu sein. Es ist doch Weihnachten... und vielleicht das letzte Weihnachtsfest, das wir alle zusammen feiern!«

Hassan Sidi war genauso froh über das Entgegenkommen Landgerichtsrat Dr. Heinzels wie Irene selber. Aber für ihn ergab sich jetzt noch das Problem, wie er seinem Bruder Omar von der Einladung bei den Eltern seiner Freundin erzählen, und ob er es überhaupt tun sollte.

Er war sich darüber klar, dass Omar ihn bespitzelte und jeden seiner Schritte an ihren Vater, Scheich Mustafa, nach Djiddah berichtete. Er wusste, wie sehr ihm der Bruder schaden, womöglich alle seine Pläne durchkreuzen konnte. Aber es widerstrebte ihm, Omar mit den gleichen Waffen zu begegnen und ihn zu belügen. So entschloss er sich denn, ihm die Wahrheit zu sagen.

Omar zeigte sich keineswegs beeindruckt. »Gratuliere«, sagte er nur, »das soll wohl eine Verlobungsfeier werden?«

»Unsinn. Davon kann keine Rede sein.«

»Bist du so sicher? Man hat mir gesagt, dass die jungen Leute in Europa sich unter dem Weihnachtsbaum oder unter dem Mistelzweig zu verloben pflegen. Das ist doch eine nette Sitte. Ich weiß gar nicht, was du dagegen hast.«

»Du weißt genau, dass ich mich nicht ohne das Einverständnis unseres Vaters verloben kann«, widersprach Hassan ärgerlich.

Omars hübsches braunes Gesicht verzog sich zu einem boshaften Grinsen. »Wieso nicht? Du bist doch volljährig.«

»Ich würde niemals die Achtung gegen meinen Vater verletzen. Ich schulde ihm Respekt.«

Omars Grinsen verstärkte sich. »Ah, immer noch der brave Musterknabe! Dann hast du unserem Vater wohl auch schon geschrieben, dass du ein deutsches Mädchen zu deiner Frau machen willst?«

»Das, Omar«, sagte Hassan scharf, »hat schon ein anderer für mich getan!«

Omar verzog keine Miene, aber er hielt es nun doch für besser, das Gespräch auf ein anderes Gleis zu bringen. »Wie wäre es, wenn du mich mit nach Hannover nähmst?«, schlug er vor.

Hassan konnte sein Unbehagen nicht verbergen. »Zu Heinzels?«

»Warum nicht? Schließlich werden sie ja vielleicht auch meine Verwandte!«

Hassan überlegte. »Ich bin ganz dafür, dass du sie kennen lernst«, sagte er dann, »aber diesmal bist du nicht eingeladen.«

»Wissen sie überhaupt etwas von meiner Existenz?« – »Selbstverständlich!«

»Na, dann ruf doch Irene an und sag ihr, dass du mich mitbringen willst!«

Hassan war kaum etwas weniger lieb als die Vorstellung, seinen unberechenbaren und intriganten Bruder in Irenes Familie einzuführen, die, wie er sehr wohl wusste, auch so schon Vorbehalte genug gegen ihn hatte. Aber er begriff, dass keine Möglichkeit bestand, sich dem Wunsche des Bruders zu entziehen.

»Wenn du darauf bestehst«, sagte er deshalb.

Omar setzte sein unschuldigstes Gesicht auf. »Es ist dir doch nicht etwa unangenehm?«

Hassan ließ sich nicht täuschen. »Wenn ich nur sicher sein könnte, dass du nichts im Schilde führst«, sagte er.
»Sei doch nicht so misstrauisch«, verteidigte sich Omar, »ich möchte weiter nichts, als auch einmal ein richtiges deutsches Weihnachtsfest miterleben! Wann hätte ich bisher dazu Gelegenheit gehabt?!«
Hassan gab sich geschlagen. So gesehen war der Wunsch seines Bruders ja auch gerechtfertigt. Er konnte ihn ihm nicht abschlagen, ohne ihn zu beleidigen und die Kluft, die seit einiger Zeit bei allem äußeren Einvernehmen zwischen ihnen bestand, noch zu vertiefen. Es blieb ihm also nichts anderes übrig, als Irene anzurufen.

Irene war es bei dem Gedanken, Omar gezwungenermaßen mit einzuladen, durchaus nicht wohl. Sie misstraute diesem leichtsinnigen jungen Mann. Aber sie begriff, in welcher Zwangslage sich Hassan befand, und versicherte, dass ihre Eltern bestimmt auch Hassans Bruder gastfreundlich bei sich aufnehmen würden. Hassan war ihr dankbar für ihr Verständnis.
Omar nahm die Nachricht mit gespieltem Gleichmut auf. »Fein«, sagte er nur, aber seine breiten dunklen Augen glitzerten vor boshaftem Triumphgefühl.
Den ganzen nächsten Tag hielt er Hassan mit der unausgesprochenen Drohung, ihn bei der Familie Heinzel bloßzustellen, unter Druck. Erst in der Früh des 26. Dezember änderte er seine Taktik.
»weißt du«, sagte er, »ich hab's mir überlegt. Vielleicht sollte ich doch besser nicht mit zu Irenes Eltern kommen.«
»Wie kommst du denn plötzlich darauf?«
»Gar nicht plötzlich. Ich habe doch gemerkt, dass es dir nicht recht war.«
Hassan konnte seinen Ärger nicht verbergen. »Erwartest du etwa, dass ich dich jetzt anflehe, mich zu begleiten?«
Omar seufzte. »Nein. Das wäre wohl zu viel verlangt.«
»Also was dann? Kommst du nun mit oder nicht?«
Endlich ließ Omar die Katze aus dem Sack. »Ich würde gerne mit nach Hannover fahren. Aber nicht zu Heinzels. Ich könnte ein Museum besuchen, irgendwo gut zu Mittag essen, vielleicht nachher ins Kino gehen. Das heißt natürlich nur, wenn du nichts dagegen hast.«
Hassan war zwar erleichtert, blieb aber immer noch misstrauisch. »Warum sollte ich denn? Du bist ein freier Mann. Du kannst tun und lassen, was du willst.«
»Aber dann müssten wir früher aufbrechen«, sagte Omar, »ich weiß nicht, ob dir das nicht vielleicht lästig sein würde. Ich möchte nämlich schon so um zehn herum in Hannover sein, weil die Museen sicher mittags schließen.«
»Wenn das alles ist!«
»Nicht ganz«, gab Omar zu. »Ich hätte auch gerne den Wagen für diesen Tag. Du brauchst ihn ja doch nicht.«
»Und wie soll ich nach Clausthal-Zellerfeld zurückkommen?«
»Ich könnte dich bei Heinzels abholen«, sagte Omar gleichmütig.
Aber er beobachtete Hassan dabei lauernd aus den Augenwinkeln.
Hassan, dem viel daran lag, Omar nicht mit seinen künftigen Schwiegereltern

zusammenzubringen, reagierte genauso, wie sein Bruder erwartet hatte. »Ich weiß nicht genau, wie lange es dauern wird«, sagte er, »vielleicht wäre es doch praktischer, ich fahre mit der Bahn.«
»Ganz wie du willst«, erklärte Omar heuchlerisch, »ich bin, wie gesagt, auch gerne bereit ...«
»Nein, das ist wirklich nicht nötig«, unterbrach Hassan ihn hastig.
Ihm war ein Stein vom Herzen gefallen, und er war weit davon entfernt auch nur zu ahnen, dass Omar nicht einen Augenblick lang die Absicht gehabt hatte, mit ihm zu Irenes Eltern zu gehen, sondern dass er von Anfang an nur einen Vorwand gesucht hatte, nach Hannover zu kommen.

Tatsache war, Omar Sidi hatte einen Brief von Lizzi Müller erhalten, den das junge Mädchen durch eine Mitschülerin, die in den Weihnachtsferien nach Hause durfte, aus dem Internat geschmuggelt hatte.
Dieser Brief war ein einziger Erguss von Sehnsucht, Liebe und Verzweiflung.
»Ich halte es nicht mehr aus ohne dich, Omar«, hatte Lizzi geschrieben, »bitte, bitte, komm und hol mich hier weg! Ich kann nicht aus dem Internat heraus, die unteren Fenster sind vergittert, um den Hof führt eine riesige Mauer, mit Glasscherben gespickt, und das schwere eiserne Tor ist Tag und Nacht verschlossen. Ich bin eingesperrt wie in einem Gefängnis. Aber an den Festtagen gehen wir in die Kirche, die außerhalb des Internats liegt. Von dort aus könnte ich entfliehen. Bitte, bitte, komm und hol mich! Ich werde jeden Tag von neun bis elf im Gottesdienst sein ...«
Lizzis so offen ausgesprochene Sehnsucht schmeichelte Omar. Auch ihm fehlten ihre Begegnungen. Er hatte zwar nicht vor, sie wirklich zu entführen, aber immerhin reizte ihn die Aussicht, sich einen vergnügten Tag mit ihr zu machen.
So fuhr er denn, nachdem er Hassan in der Nähe des Goldenen Winkels abgesetzt hatte, zu der Kirche, die Lizzi ihm in ihrem Brief bezeichnet hatte, parkte den roten Sportwagen vor dem Portal und betrat das Innere. Er hatte geglaubt, dass es sehr leicht sein würde, Lizzi zu entdecken. Aber das Kirchenschiff war bis auf den letzten Platz besetzt, Omar musste mit einigen anderen Männern hinten bei der Tür stehen bleiben. Die Predigt hatte schon begonnen, und Omar sah nur die Hinterköpfe der Andächtigen, die ihre Gesichter zur Kanzel erhoben hatten. Omar fühlte sich, entgegen seiner sonstigen Selbstsicherheit, in dieser christlichen Gemeinde ziemlich unbehaglich. Es dauerte eine Weile, bis er sich überwand, langsam durch den Mittelgang vorzugehen, als wenn er einen freien Platz suchte.
Aber seine Dreistigkeit wurde belohnt. Er erkannte Lizzi Müller, die in der ersten Reihe saß, zwischen einem anderen Mädchen und einer jungen Frau.
Er wagte sie nicht anzusprechen, aber er versuchte, sich in die Bankreihe hinter ihr zu zwängen. Dadurch entstand eine gewisse Bewegung. Lizzi wurde aufmerksam und drehte sich um.
Für den Bruchteil einer Sekunde trafen sich ihre Augen, bis Lizzi sich hastig wieder nach vorne wandte.
Ein paar Minuten lang geschah gar nichts.

Dann beugte sich Lizzi zu der jungen Frau, neben der sie saß. »Fräulein Schultheiß«, flüsterte sie, »mir ist gar nicht gut ...«
Diese Lüge hatte die gewünschte Wirkung.
»Gehen Sie hinaus, und schnappen Sie frische Luft!«
»Danke, Fräulein Schultheiß ...!« Lizzi zwängte sich an der Lehrerin vorbei in den Gang hinaus.
»Soll ich Sie nicht begleiten?«, fragte Fräulein Schultheiß.
Lizzi zwang sich zu einem starren Lächeln. »Es ist nur eine kleine Übelkeit! Bestimmt ist mir gleich wieder besser.«
Auf Zehenspitzen verließ sie die Kirche.
Omar folgte ihr nicht sofort, sondern er wartete mit orientalischer Geduld, bis er hoffen konnte, dass der Abgang des jungen Mädchens vergessen war.
Dann erhob er sich leise und schlenderte so unauffällig wie möglich durch den Mittelgang auf die Straße hinaus.
Lizzi hatte ihn mit verzehrender Ungeduld erwartet. »Endlich!«, rief sie. »Ich dachte schon, du kämst überhaupt nicht mehr!«
»Wir müssen vorsichtig sein, Lizzi!«
Sie trug das schöne braune Haar aus der runden Stirn zurückgebürstet, und ihr herzförmiges Gesichtchen war völlig ungeschminkt. Sie wirkte sehr viel jünger, als er sie in Erinnerung gehabt hatte. Aber gerade dieses Kindliche gefiel ihm. Er betrachtete sie fasziniert.
Sie wandte ihr Gesicht zur Seite. »Bitte, sieh mich nicht so an!«
»Aber warum denn nicht? Du siehst süß aus!«
»Mach dich nicht über mich lustig!«
Er packte sie bei den Schultern, drehte sie zu sich um. »Das tue ich nicht, Lizzi. Im Gegenteil. Du hast mir sehr gefehlt, und ich habe große Sehnsucht nach dir gehabt. Glaubst du, dass ich sonst hier wäre?«
Ihre braunen Augen standen voller Tränen. »Dann nimm mich mit! Bitte, bitte, nimm mich mit!«, flehte sie. »Ich halte es im Internat einfach nicht mehr aus!«
»Ich bin ja gekommen, um dich zu holen!«
»Und wohin fahren wir?«
»Nun, zuerst einmal, denke ich, irgendwohin Mittag essen!«
»Aber wir dürfen nicht in Hannover bleiben, Omar«, erklärte sie aufgeregt, »sie würden uns erwischen! Wir müssen fort... weit fort!«
Er versuchte, sie zum Wagen zu führen. »Steig erst mal ein! Alles andere können wir uns unterwegs überlegen!«
Aber sie blieb stehen. »Versprich mir, dass du mich nie, nie mehr allein lassen wirst, Omar!«, verlangte sie.
»Aber ja doch!«
»Schwöre es mir!«
»Lizzi«, sagte er ungeduldig, »was soll denn das? Du kannst doch nicht erwarten, dass ich hier auf der Straße vor dir auf die Knie falle! Die Leute werden ja schon auf uns aufmerksam. Komm endlich!«
Sie zögerte immer noch. »Ich habe Angst, Omar!«
»Wovor denn, zum Teufel?«

»Wenn sie uns erwischen, geht es mir schlecht! Du ahnst nicht, wie streng es bei uns im Internat zugeht. Sie werden mich fürchterlich bestrafen!«
»Das hättest du dir vorher überlegen müssen!«
»Ich hatte gehofft, du hättest dir einen Plan ausgedacht, wie du mich verstecken und ... wie du mich heiraten kannst!«
»Ich werde dich heiraten, Lizzi, das habe ich dir doch nun schon tausendmal versprochen! Aber ich kann das doch nicht ohne Erlaubnis deines Vaters!«
»Doch! Fahr mit mir nach Gretna Green!«
Er war plötzlich ernüchtert. »Ach so«, sagte er, »so hast du dir das also vorgestellt!«
»Wenn du mich wirklich liebtest, Omar ...«
»Du weißt, dass ich das tue! Wenn du mich liebtest, würdest du nicht so ein Theater machen! Ich habe mich anscheinend doch in dir getäuscht.« Er tat so, als wenn er sich zum Gehen wenden wollte. »Leb wohl, Lizzi.«
Es hatte sie Überwindung gekostet, ihm Widerstand entgegenzusetzen; jetzt war ihre Kraft erschöpft. »Bitte«, rief sie, »bitte, nimm mich mit! Ich fahr' mit dir, wohin du willst!«
Sie lief neben ihm die Stufen zur Straße hinunter, als eine schrille Stimme vom Portal her ertönte.
»Lizzi!«
Die beiden jungen Leute blieben wie angewurzelt stehen.
Es war Fräulein Schultheiß, die nach Lizzi gerufen hatte. Sie kam auf Omar und das junge Mädchen zugelaufen, packte ihren Zögling beim Arm.
»Da bin ich wohl gerade noch recht gekommen! Dachte ich's mir doch, dass Sie ...«
Omar fiel ihr ins Wort. »Was haben Sie sich gedacht, gnädige Frau?«, fragte er höflich. Sein hübsches Gesicht war glatt und ausdruckslos.
»Wer sind Sie?«
Omar verbeugte sich. »Ein Reisender, fremd in dieser schönen Stadt. Ich sah das Fräulein Tochter vor der Kirche stehen und fragte sie nach dem Weg. Das Fräulein Tochter war bereit, ihn mir zu zeigen. Nichts Böses lag in meiner Absicht. Wenn ich geahnt hätte, dass dem Fräulein Tochter durch ihre Freundlichkeit Schwierigkeiten entstehen könnten ...«
»Die junge Dame ist nicht meine Tochter!«
Omar tat erstaunt. »Oh, nicht? Dann verstehe ich wirklich nicht ...«
»Schon gut«, sagte Fräulein Schultheiß ärgerlich, »kommen Sie jetzt, Lizzi! Ich nehme an, Sie fühlen sich wieder besser... wohl genug, das Ende der Predigt mitanzuhören!«
Lizzi blieb nichts anderes übrig, als sich zu fügen. Sie konnte Omar nur noch einen einzigen, verzweifelten Blick zuwerfen, ehe sie sich mit hängenden Schultern wie ein Opferlamm in die Kirche zurückziehen ließ.
Omar zog eine Grimasse und fluchte leise in sich hinein.
Er überlegte, ob er nicht jetzt noch, nachträglich, zu Heinzel fahren sollte, und bei dem Gedanken an die Bestürzung, die sein Auftauchen ohne Zweifel bei Irene und Hassan verursachen würde, verzog sich sein glattes Gesicht zu einem hämischen Grinsen.

Aber dann überlegte er es sich doch wieder anders. Es reizte ihn durchaus nicht, Stunde um Stunde in einer langweiligen bürgerlichen Familie verbringen zu müssen. Der Spaß war den Preis nicht wert.
Entschlossen setzte er sich an das Steuer seines Autos und fuhr langsam los. Er wollte seine Freiheit von der brüderlichen Aufsicht genießen. Bestimmt würde es ihm gelingen, ein abenteuerlustiges junges Mädchen aufzutreiben, das seinem orientalischen Charme und der Eleganz des roten Sportwagens nicht widerstehen konnte.

Der Tag, den Hassan in der Familie seiner deutschen Freundin verbrachte, verlief einigermaßen harmonisch, obwohl Hassan und Irene bis zuletzt davor zitterten, dass es doch noch zu einem Zusammenstoß zwischen den beiden Männern kommen könnte.
Irene war ständig bemüht, das Gespräch auf Themen zu lenken, die nicht die Gefahr in sich trugen, ein Aufbrechen der Gegensätze hervorzurufen. Frau Heinzel unterstützte ihre Tochter nach Kräften darin. Immer wieder verstand sie es, mit einem Lächeln oder einem fröhlichen Wort, jede aufkommende Dissonanz im Keim zu ersticken. Selbst Klaus, der wusste, worum es ging, nahm sich sehr zusammen und verzichtete auf vorwitzige Fragen und vorlaute Bemerkungen, wenn es ihm auch manchmal sehr schwer fiel.
So verlief der Familientag zwar ein wenig steif und gezwungen, aber immerhin ohne offenen Streit, und Hassan hatte mehr als einmal Gelegenheit, Irenes Vater zu beweisen, dass er ein intelligenter, aufgeschlossener und verantwortungsbewusster junger Mann war.
Beim Abschied schwang sich Landgerichtsrat Dr. Heinzel sogar zu einer nahezu freundschaftlichen Geste auf; er legte Hassan väterlich die Hand auf die Schulter. »Es war sehr nett, Sie näher kennen zu lernen, Herr Sidi«, sagte er, »wir alle würden uns freuen, wenn Sie uns bald einmal wieder besuchen würden!« Irene strahlte.

In den nächsten Monaten machte Hassan von dem Angebot seines zukünftigen Schwiegervaters, wenn auch mit Maßen, Gebrauch. Wenn Irene über das Wochenende bei ihren Eltern war, pflegte er zu kommen, und meist brachte er sie dann in seinem Wagen nach Göttingen zurück.
Mehr und mehr wurde die Familie Heinzel mit ihm vertraut. Die anfängliche Gezwungenheit verschwand. Die Heinzels gewöhnten sich daran, Hassan jetzt schon als Familienmitglied zu betrachten, und besonders Klaus war von dem zukünftigen Schwager begeistert und fasste den Entschluss, später als Arzt, Ingenieur oder Lehrer nach Saudi-Arabien zu gehen. Das hatte auf seine Schulleistungen einen erfreulichen Einfluss, denn jetzt, da er ein Ziel vor Augen sah, hatte das Lernen plötzlich einen Sinn für ihn bekommen, und er gab sich redliche Mühe, seine Leistungen zu verbessern.
Irenes Mutter hatte Hassan vom ersten Augenblick an ins Herz geschlossen, und auch dem Landgerichtsrat wurde Hassan von Mal zu Mal sympathischer.
Einmal, als Hassan, Irene und Klaus am Sonntagnachmittag ins Kino gegangen waren, wagte Frau Heinzel einen Vorstoß.

»Na«, sagte sie, »wie gefällt dir nun eigentlich Hassan?«
»Ein prächtiger junger Mann«, gab Landgerichtsrat Dr. Heinzel zu.
Seine Frau konnte ein Lächeln der Genugtuung nicht unterdrücken. »Siehst du«, sagte sie, »und dabei warst du anfangs so sehr gegen diese Verbindung!«
»Das bin ich noch«, erwiderte Dr. Heinzel mit Nachdruck.
»Heinrich!«
»Sieh mich nicht so an, als wenn ich ein Ungeheuer wäre... ja, ja, ja, Hassan ist sympathisch, er ist intelligent und wahrscheinlich auch anständig. Aber er ist und bleibt doch ein Fremder, der Sohn einer anderen Rasse und einer anderen Kultur. Es gehört mehr als Liebe und guter Wille dazu, solche Gegensätze zu unterdrücken.«
»Nun, ehrlich gestanden«, widersprach seine Frau, »mir kommt er gar nicht mehr fremd vor. Ich finde, er hat sich doch sehr gut angepasst.«
»Stimmt. Er hat es verstanden, sich unserer westlichen Zivilisation anzupassen, ohne sich selber aufzugeben. Das imponiert mir ja gerade an ihm. Aber ob Irene das in seiner Heimat ebenso gut fertig bringen wird?«
»Aber sicher«, sagte seine Frau, »sie liebt ihn doch.«
»Wir, Magdalene, sind dem jungen Mann mit sehr viel Verständnis entgegengekommen... lach nicht! Dass ich ihn anfangs meine Ablehnung habe spüren lassen, zählt doch nicht. Ihr habt mich ja schnell genug klein gekriegt. Aber ich zweifle sehr daran, ob seine Familie Irene mit der gleichen Herzlichkeit aufnehmen wird.«
»Warten wir's ab, Heinrich!«
»Etwas anderes wird uns ja auch nicht übrig bleiben«, erklärte der Landgerichtsrat resigniert.
Natürlich erfuhr Irene von diesem Gespräch, und so verzichtete sie darauf, ihren ursprünglichen Plan durchzuführen und ihren Vater doch zu überzeugen, dass es richtiger wäre, Hassan gleich nach Abschluss seines Studiums hier in Deutschland zu heiraten und mit ihm als seine Frau nach Saudi-Arabien zu fliegen. Die Mutter machte ihr klar, dass der Vater in diesem Punkt niemals nachgeben würde.

»Ach Hassan«, sagte Irene einmal, »mir ist das Herz so schwer!«
Es war ein Sonntagabend Anfang März. Hassan hatte sie nach Göttingen gebracht, und wie immer nahmen sie vor dem alten Haus an der Leine, in dem Irene ihr möbliertes Zimmer hatte, voneinander Abschied. In der nächsten Woche sollte das mündliche Examen stattfinden, zu dem auch Omar und Hassan antreten wollten.
Er lächelte auf sie herab. »Hast du Angst, dass ich durch die Prüfung falle?«
Sie bemühte sich, sein Lächeln zu erwidern. »Unsinn, Hassan! Du wirst mit Auszeichnung bestehen!« – »Also... was macht dir dann Kopfschmerzen?«
»Nicht der Kopf, das Herz tut mir weh!«, gestand sie. »Bald wirst du fort sein, weit fort... ich darf gar nicht daran denken!«
Er zog sie in die Arme. »Aber, Liebes! Du kommst doch schon in ein paar Wochen nach... zu Beginn der Semesterferien... so ist es doch abgesprochen!«
»Und wenn nun etwas dazwischen kommt?«

Seine dunklen, schön gebogenen Augenbrauen zogen sich zusammen. »Du meinst... dein Vater könnte seine Erlaubnis zurücknehmen?«
»Nein, das bestimmt nicht. Vati steht zu seinem Wort.«
»Aber dann ...«
»Hassan, du wirst bald wieder in deiner Heimat sein... bei deiner Familie. Vielleicht wird dann alles anders für dich aussehen ... vielleicht wirst du bald vergessen, dass es mich überhaupt gibt ... oder unsere ganze Liebe wird dir wie ein Traum erscheinen, der nichts mit der Wirklichkeit zu tun hat!«
»Zweifelst du an meiner Liebe?«
»Nein, natürlich nicht! Nur ...« Sie stockte, wusste nicht, wie sie die widerstrebenden Empfindungen, die ihr bei dem Gedanken an die nahe Zukunft zusetzten, in Worte kleiden sollte.
»Ich liebe dich über alles in der Welt, Irene«, sagte er ernsthaft.
»Aber du bist noch nie auf den Gedanken gekommen, einfach hierzubleiben!«, platzte sie heraus.
»Hier?«
»Natürlich nicht hier in Göttingen und auch nicht in Clausthal-Zellerfeld. Aber hier in Deutschland!«
Sie sah, wie sein Gesicht sich verschloss, aber sie war zu weit gegangen, um das Thema einfach fallen lassen zu können.
»Es würde alles so viel einfacher für uns sein, Hassan«, sagte sie, »ich könnte weiterstudieren, wenigstens vorläufig, vielleicht käme ich sogar noch dazu, mein Examen zu machen ...«
Er fiel ihr ins Wort. »Liegt dir so viel daran?«
»Es ist ja nicht nur das«, sagte sie. »Wenn du hierbleibst, würde das eine große Beruhigung für meinen Vater sein. Auch für meine Mutter. Sie ist tapfer und fröhlich. Aber ich spüre genau, wie sie bei der Vorstellung leidet, dass ich sie und alles, was mir bisher lieb war, verlassen soll.«
»Irene«, sagte er, »wenn ich dich so reden höre, müsste ich es eigentlich sein, der Angst haben sollte!«
»Du?! Wovor denn?«
»Dich zu verlieren, Irene. Du überlegst ja jetzt schon, ob es richtig ist, mir in meine Heimat zu folgen!«
»Du verstehst mich ganz falsch, Hassan! Ich... ich würde dich nie im Stich lassen, ich würde dir folgen bis ans Ende der Welt! Ich habe mir nur gedacht, dass alles viel einfacher wäre, wenn du hierbleibst. Deshalb habe ich dir das gesagt.«
»Meine Heimat braucht mich, Irene«, sagte er sehr ernst, »ich würde mir nie verzeihen, wenn ich die Hoffnung, die mein Vater... die mein Land in mich gesetzt hat, enttäuschen würde.«
»Gut, Hassan«, sagte sie, »ich verstehe das ja... reden wir also nicht mehr darüber!«
Sie küssten sich zum Abschied, zärtlich wie immer, aber als sie sich trennten, blieb in beiden ein Gefühl der Bedrückung.
Hassan war nicht zufrieden mit sich. Zum ersten Mal hatte er Irene etwas verschwiegen. Ein bedeutendes Werk im Ruhrgebiet war an ihn herangetreten, um ihn als Ingenieur zu gewinnen. Die Arbeitsbedingungen waren günstig gewesen, das Gehalt, das man ihm angeboten hatte, großzügig.

Aber Hassan hatte abgelehnt. Jetzt plötzlich fühlte er sich schuldbewusst, weil er sich keine Bedenkzeit ausgebeten, nicht wenigstens mit Irene darüber gesprochen hatte. Aber gleichzeitig wusste er, dass ihre Stellungnahme nichts an seinem Entschluss geändert hätte.
Es war seine Pflicht, in die Heimat zurückzukehren.

Irene hatte sich nicht getäuscht. Hassan Sidi bestand sein Examen als Ingenieur mit Auszeichnung. Auch Omar kam durch die Prüfung, wenn auch mit Ach und Krach. Aber immerhin, auch er hatte es geschafft.
Jetzt gab es nichts mehr, was die beiden jungen Männer in Europa hielt. Fünf Tage, nachdem sie ihre Diplome in Händen hielten, brachte Irene sie zum Flugplatz. Ihr stand das Weinen sehr viel näher als das Lachen. Aber sie hielt sich tapfer, um sich vor Omar keine Blöße zu geben.
Sie umarmten sich kurz und heftig. Omar blieb stehen und dachte nicht daran, sich auch nur abzuwenden. So hatten sie nicht einmal mehr Gelegenheit, sich noch einmal ihrer Liebe zu versichern.
Dann, als die Brüder schon in der Gruppe der anderen Fahrgäste das Flugfeld überquert hatten und die Gangway hinaufgestiegen waren, drehte Hassan sich noch einmal um. Seine Augen suchten Irene, die, eine schlanke Gestalt, sehr rührend in ihrer Verlorenheit, sehr weit entfernt, in der Tür des Flugsteiges stand und ihm zuwinkte. Ihr blondes Haar schimmerte im Licht der Frühjahrssonne, aber ihr Gesicht war nur noch als ein ovaler heller Fleck zu erkennen.
Hassan hob den Arm, um ihr zu zeigen, dass er sie erkannt hatte. Plötzlich überkam ihn das Gefühl, dass es ein Verbrechen war, sie jetzt und auf diese Weise allein zu lassen. Jähe Angst überfiel ihn - Angst, sie in diesem Augenblick für alle Zeiten zu verlieren.
Gleichzeitig wurde es ihm bewusst, dass es noch nicht zu spät war. Noch war Zeit zur Umkehr. »Irene!«, rief er laut. »Irene!«
Er dachte nicht daran, dass sie ihn über die Entfernung hin nicht hören konnte, sah, wie sie sich abwandte und in das Fluggebäude zurücktrat.
In dem Moment, da sie seinen Augen entschwand, überfiel ihn der unbezwingliche Wunsch ihr zu folgen, sie in die Arme zu nehmen und ihr die Tränen fortzuküssen. Er machte eine jähe Bewegung, als wolle er die Flugzeugtreppe hinunter- und zu Irene zurückeilen.
Aber sein Bruder packte ihn beim Arm und hielt ihn fest. »Hoppla, Alter«, sagte er, »was ist los mit dir?«
Hassan versuchte, sich von dem Griff des Jüngeren zu befreien. »Lass mich!«
»Kommt nicht in Frage!«, entgegnete Omar, und grinsend fügte er hinzu: »Mir scheint, dass diesmal ich auf dich aufpassen muss!«
Hassan gewann seine Beherrschung zurück. »Du hast recht«, sagte er, »es gibt kein Zurück.«
»Na also. Komm schon!«
Eine lächelnde Stewardess führte die beiden orientalischen Brüder in das kleine, von der Touristenklasse abgetrennte Erste-Klasse-Abteil, nahm ihnen die Mäntel und das Handgepäck ab. Omar begann sofort einen heftigen Flirt mit

dem Mädchen. Hassan achtete nicht weiter darauf. Er fühlte sich der Verantwortung für seinen Bruder schon fast enthoben. Seine eigenen Probleme bedeuteten ihm weit mehr.

Als sich die Maschine von der Startbahn erhob, war ihm das Herz schwer wie ein Stein. Verzweifelt wehrte er sich gegen das Gefühl, dass der Abschied von Irene endgültig war, dass er sie nie wiedersehen würde.

Sie hatte ihm versprochen nachzukommen. Aber würden ihre Bedenken jetzt, da er nicht mehr bei ihr war, nicht stärker sein als ihre Liebe? Bei dem Gedanken, dass sich ein junger Mann ihrer Rasse und ihrer Herkunft um Irene bemühen könnte - eine Vorstellung, die ihm sonst immer ganz fern gelegen hatte, schoss ihm eine heiße Welle der Eifersucht durchs Blut.

Erst als sie schon hoch über den Wolken schwebten, gewann er allmählich sein inneres Gleichgewicht zurück. Er begriff, dass es an ihm und nur an ihm lag, ob er Irene endgültig gewinnen oder für immer verlieren würde. Sie hatte für ihn gekämpft, jetzt war es an ihm, sich seinem Vater gegenüber durchzusetzen. Er begann einen Plan zu entwerfen und die Worte zurechtzulegen, mit denen er seinen Vater zu überzeugen hoffte.

Der Flug verlief ohne Zwischenfälle, abgesehen davon, dass Omar dem reichen Alkoholangebot, der im Service der ersten Klasse einbegriffen war, kräftig zusprach.

Er nahm vor dem Imbiss einen Aperitif zu sich, trank während des Essens eine kleine Flasche Wein, anschließend eine Flasche französischen Champagner, und als er sich zum Kaffee noch ein Glas Cognac einschenken ließ, hielt Hassan es doch für nötig, einzugreifen.

Um seinen Bruder nicht zu blamieren, wollte Hassan warten, bis die Stewardess sich zurückgezogen hatte. Aber Omar, der seine Absicht durchschaute, hielt das Mädchen mit unentwegtem Gerede fest.

Als sie sich endlich entfernte, um sich um die anderen Gäste zu kümmern, hatte er auch seinen Cognac schon getrunken

»Wenn du so weitermachst«, sagte Hassan, »wirst du stockbetrunken sein, wenn wir in Dschidda landen!«

»Gönn mir doch den Spaß«, erwiderte Omar, »mir wird jetzt schon ganz schlecht, wenn ich an die lange Durststrecke denke, die vor mir liegt!«

»Was glaubst du, was unser Vater sagen wird, wenn er merkt, dass du betrunken bist?«

»Er wird es schon nicht merken. Woher auch? Er hat sicher noch nie im Leben einen Betrunkenen gesehen.«

»Red doch nicht so leichtfertig daher!«, sagte Hassan ärgerlich. »Vater war oft genug im Ausland, um zu wissen ...«

»Sehr richtig!«, sagte Omar unbekümmert. »Und glaubst du, dass er nicht auch die Gelegenheit wahrgenommen hat, einen zu zwitschern?«

Die beiden Brüder führten ihre Unterhaltung in arabischer Sprache, nur das Wort ›zwitschern‹ sagte Omar auf deutsch, und dieser Ausdruck, den er irgendwo aufgelesen hatte, wirkte besonders abstoßend auf Hassan.

»Wenn du keine Vernunft annehmen willst, muss ich selber mit der Stewardess sprechen und ihr verbieten, dir weiterhin Alkohol vorzusetzen!«

Omar fuhr auf. »Mit welchem Recht?«
»Mit dem Recht des älteren Bruders. Ich trage für dich die Verantwortung.«
»Allah sei Dank... nicht mehr lange!«
»Mein Dank an Allah wird ehrlicher sein als deiner.«
Hassans Drohung hatte gewirkt. Als die Stewardess noch einmal mit der Cognacflasche kam, lehnte Omar ab. Aber seine gute Laune war verflogen. Er saß in bösem, verstecktem Schweigen neben seinem Bruder, schenkte auch der Stewardess kein Wort mehr und kein Lächeln.
In Genf ging das Flugzeug zu einer Zwischenlandung nieder. Die Passagiere wurden gebeten auszusteigen und in den eleganten, bequemen Warteraum geführt. Die Brüder nahmen in den dick gepolsterten Ledersesseln Platz.
Aber Omar war unruhig. Er sprang auf, setzte sich wieder, sprang abermals auf, ging ein paar Schritte auf und ab, murmelte etwas, dass er sich erfrischen wollte und verschwand.
Erst einige Minuten später wurde Hassan klar, dass das Verhalten des Bruders merkwürdig gewesen war. Er hätte doch schon im Flugzeug jede Gelegenheit gehabt, sich frisch zu machen. Das Verantwortungsgefühl trieb ihn hoch; er schlenderte durch die Räumlichkeiten.
Als er am Duty-free-Shop vorbei kam, sah er Omar an der Theke stehen und mit der Verkäuferin verhandeln. Ihm war sofort klar, was das bedeutete - Omar hatte sich zollfreien Whisky verschafft.
Als Omar herauskam, prallte er fast gegen seinen Bruder. »Spionierst du mir nach?«, schrie er aufgebracht.
»Du scheinst ein schlechtes Gewissen zu haben«, erwiderte Hassan ruhig.
»Bloß, weil ich mir eine Stange Zigaretten gekauft habe?« Unter Hassans bohrendem Blick senkte er die Augen. »Na schön. Ich habe auch eine Flasche Whisky erstanden. Was ist schon dabei?! Jeder Mensch, der kein ausgesprochener Idiot ist, würde eine solche Gelegenheit nutzen.«
»Kein wirklicher Mohammedaner würde es tun.«
»Bist du denn noch einer? Bist du es wirklich? Du, der eine Christin liebt?«
»Liebe kann niemals ein Verbrechen sein.«
»Und hin und wieder mal ein Glas zu trinken, ist es auch nicht. Ich sehe nicht ein, warum ich, nur weil Mohammed zufällig ein Abstinenzler war, darunter leiden soll. Dass ausgerechnet du mir deswegen Vorhaltungen machst! Du, der du dich den europäischen Sitten angepasst hast wie kein Zweiter!«
»Ich gebe zu«, sagte Hassan, »dass vieles an unseren Sitten und Gesetzen überholt sein mag, nicht mehr in die heutige Zeit und die heutige Welt passt ...«
»Na also! Warum hackst du dann auf mir herum?«
»Für die Europäer mag es richtig sein zu trinken. Wenn ich auch gelesen habe, dass unter ihnen Alkoholmissbrauch schwere Schäden anrichtet. Für uns Orientalen ist es bestimmt falsch. Wir vertragen keinen Alkohol ...«
»Du vielleicht nicht! Ich schon!«
»Das stimmt nicht, Omar. Alkohol bekommt dir schlecht. Und in unserem Klima wird er dir noch schlechter bekommen. Mohammed war sehr weise, als er uns das Trinken verbot.«
»Aber du bist schließlich nicht der Prophet persönlich oder ...?«

»Omar, bitte, nimm dich zusammen... tu es mir, deinem Vater und dir selber zuliebe... mach die Bestellung rückgängig!«
»Ich denke ja nicht daran!«
»Du weißt, was dir blüht, wenn man den Whisky bei dir findet!«
»Lass das nur meine Sorge sein.«
»Sechzig bis hundert Stockschläge auf die nackten Sohlen sind dir gewiss!«
Omar verzog das Gesicht zu einem boshaften Grinsen. »Du bist so rührend besorgt um mich, dass ich fast weinen könnte. Als wenn es dir wirklich etwas ausmachte, wenn ich geschlagen würde. Nein, mein Lieber, das nehme ich dir nicht ab. Lass du mich mein Leben leben und mit meinen Problemen fertig werden... kümmere du dich lieber um dich selber!«
»Wie du willst«, sagte Hassan gefasst, »aber ich habe dich gewarnt.« Er wandte sich ab.
Omar packte ihn beim Arm. »Niemand wird den Whisky bei mir finden, wenn du mich nicht verrätst!«, sagte er lauernd.
Hassans schöne Augen wurden fast schwarz vor Zorn; er schüttelte die Hand des Bruders ab. »Traust du mir das zu? Nun, dann will ich dir sagen... ich bin kein Verräter. Aber ich zweifle daran, dass du das mit der gleichen Ehrlichkeit von dir selber behaupten kannst!«
Omars Lächeln erstarrte, er senkte den Blick. Hassan ließ ihn stehen und trat in den Duty-free-Shop. Er erstand ein kostbares Parfüm für seine Mutter.
Bis zum Weiterflug sprachen die ungleichen Brüder kein Wort mehr miteinander. Als die Maschine aufgerufen wurde, nahm jeder seinen Papiersack mit den Einkäufen am Ausgang in Empfang.
Hassan sagte nichts mehr, als der Bruder, sobald das Flugzeug seine vorgeschriebene Höhe erreicht und die Erlaubnis zum Abschnallen durch den Lautsprecher kam, weiter trank.
Er war entschlossen, Omar seinem eigenen Schicksal zu überlassen.

Kurz nach elf Uhr europäischer Zeit landete der Düsenclipper in Dschidda.
Als Hassan und Omar das Flugzeug verließen, schlug ihnen die drückend heiße Luft wie eine glühende Welle entgegen. Die samtdunkle Nacht wurde von den Scheinwerfern des Flughafens durchschnitten, deren breite helle Bahnen hin und wieder auch über die Dächer glitten, auf denen Araber hockten, weiß und unbeweglich in ihren langen Hudums, den bis zu den Knöcheln reichenden Obergewändern.
Omar und Hassan waren wieder zu Hause, aber sie waren so lange in Europa gewesen, dass sie beide, so verschieden sie auch in ihrem Charakter und ihrer Wesensart waren, die Heimat fast als Fremde empfanden.
Aber dann, als sie den Flugsteig betraten und durch die Zollabfertigung gingen, war plötzlich alles verändert. Ihr Vater, Scheich Mustafa, und der väterliche Freund, Scheich Abbas, erwarteten sie, und mit ihnen eine Horde junger Männer, Freunde aus früherer Zeit und deren Freunde. Es gab eine überschwängliche, lärmende Begrüßung, bei der das Gefühl des Fremdseins rasch hinwegschmolz. Die Zollbeamten beeilten sich, die Gepäckstücke der Brüder auszuhändigen; die Achtung vor den Männern aus königlichem Geblüt siegte

über die Gewissenhaftigkeit. Hassan schoss es durch den Kopf, dass es Omar gar nicht nötig gehabt hätte, den verbotenerweise eingeführten Whisky so sorgfältig zu verstecken, wie er es gewiss getan hatte.
In einer langen Kolonne offener Autos ging es durch die Stadt, unter Lachen und Scherzen. Die sonst so ernsten und würdevollen Araber feierten die Heimkehr der erfolgreichen Brüder mit der Ausgelassenheit von Kindern.
In Dschidda selber hatte sich kaum etwas verändert. Alles wirkte vertraut, nur kleiner und unbedeutender, als die Brüder es in Erinnerung gehabt hatten, und vieles kam ihnen hoffnungslos veraltet vor. Aber sie äußerten keine Kritik und hatten auch keine Gelegenheit dazu, denn sie wurden schon während der Fahrt mit Fragen überschüttet. Die Freunde wollten jede Einzelheit über ihr Leben und ihre Erfahrungen in Europa wissen.
Dann hielt die Wagenkolonne vor dem engbrüstigen Haus mit den schön geschnitzten Haremsbalkonen, in dem sie ihre Kindheit verbracht hatten. Omar und Hassan war es auch bewusst, dass ihre Mütter und Schwestern, dass alle Frauen des Harems sich jetzt auf den Balkonen drängten und durch die Sehschlitze einen Blick auf die Ankömmlinge zu erhaschen suchten. Aber keinem von ihnen fiel es ein, auch nur einmal nach oben zu sehen oder gar grüßend die Hand zu heben - dieser Empfang war eine reine Männerangelegenheit, und die Frauen hatten nichts damit zu tun. Hassan hätte sich gern nach dem Befinden seiner Mutter Khadija und seiner Lieblingsschwester Leila erkundigt, die bei seinem letzten Besuch in der Heimat noch ein Kind gewesen war, ein überzartes wunderschönes kleines Mädchen. Aber er verbot sich diese Frage, weil er wusste, dass sein Vater sie als ungehörig empfunden hätte. Selbst wenn seine Mutter krank gewesen oder inzwischen verstorben wäre, sein Vater hätte es ihm an diesem ersten Abend nicht gesagt, denn ein wirklicher Araber musste sich immer den Anschein geben, als wären die Frauen völlig unwichtig für ihn, obwohl das tatsächlich oft nicht stimmte, gerade was Scheich Mustafa betraf, denn ihm bedeutete Khadija, mit der er seit fünfundzwanzig Jahren verheiratet war, sehr viel. Aber niemals hätte er das zugegeben.
Es gab ein großes Festmahl unter dem Sternenhimmel im Garten - aber auch hierbei ließ sich keine Frau sehen. Sklaven servierten Hammelfleisch, Huhn, Reis mit Mandeln, Nüssen, Oliven, vielerlei Obst, süße rosa und grüne Puddings, erfrischende Getränke und den parfümierten grünen Kaffee - aber natürlich keinen Tropfen Alkohol.
Hassan merkte seinem Bruder an, wie sehr es ihm schwerfiel, sich durch das fette, lauwarme Essen hindurchzuarbeiten, und er wunderte sich nicht, dass Omar alle zehn Minuten verschwand; er war sicher, dass Omar immer wieder einen Schluck aus der Flasche nahm, um sich zu stärken. Jedesmal war er aufgekratzt, wenn er wiederkam, aber keiner der Herren merkte, was er draußen trieb.
Die Männer saßen mit gekreuzten Beinen auf dem Boden, eine Haltung, an die sich Hassan rasch wieder gewöhnte, auch daran, mit den Fingern zu essen. Der Vater hatte zwar Bestecke neben die Plätze seiner Söhne gelegt, aber sein ernstes Gesicht leuchtete auf, und er warf Scheich Abbas einen triumphierenden Blick zu, als er sah, dass Hassan und auch Omar wie in alten Zeiten mit

den Händen zugriffen. Er rollte einen Brocken fettes Fleisch und Reis zu einem Kügelchen, steckte es Hassan in den Mund, tat noch einmal das Gleiche, und diesmal war Omar der Empfänger - beide schluckten gehorsam, denn sie wussten, dass dies eine Auszeichnung bedeutete.
Das Mahl, mit vielen Reden gewürzt, zog sich Stunden hin. Omar führte das große Wort. Wenn man ihn reden hörte, so musste man glauben, dass er der erfolgreichere der beiden Brüder war, denn jedes einzelne Erlebnis aus seiner Studienzeit wurde in seiner Erinnerung ein Triumph für ihn.
Hassan widerstrebte es, mit dem Bruder in Wettstreit zu treten oder ihn gar der Lüge zu bezichtigen. Er hörte höflich zu, aß so wenig wie möglich, rauchte viele Zigaretten, weil er das fette Essen nicht mehr gewohnt war.
Natürlich kam das Gespräch auch auf die deutschen Mädchen, denn gerade das war es natürlich, was die jungen Männer, von denen die unverheirateten außer ihrer Mutter und ihren Schwestern noch nie eine unverschleierte Frau zu Gesicht bekommen hatten, am meisten interessierte.
»Stimmt es«, fragten sie, »dass die deutschen Mädchen mit den Männern zusammen baden? Und dass sie dabei nur winzige Höschen und Büstenhalter tragen?« - »Wagen sie es, mit den Männern Arm in Arm zu gehen?« - »Lassen sie sich wirklich küssen?« - »Ist es wahr, dass sie reden, ohne gefragt zu sein?« - »Gibt es tatsächlich Frauen, die Geld verdienen?«
Natürlich fühlte sich Omar jetzt ganz in seinem Element. Er prahlte mit seinen Erfolgen und Abenteuern, und die jungen Araber, für die dies alles ganz unvorstellbar war, hörten ihm neidvoll und bewundernd zu.
Hassan saß wie auf glühenden Kohlen. Er spürte, wie ihm das Blut zu Kopf stieg und hatte den heftigen Wunsch, den Bruder zurechtzuweisen. Aber er wollte es nicht gleich am ersten Abend zu einem offenen Streit kommen lassen und beherrschte sich mühsam.
Es war sein Vater, der den unerträglichen Redeschwall Omars beendete. Er richtete sich hoch auf und sah seinen Sohn so gebieterisch an, dass Omar sich verhedderte, mitten im Satz stockte und endlich schwieg.
»Eine gute Frau findet Gnade vor dem Angesicht Allahs«, sagte Scheich Mustafa, »aber schlechte Frauen sind weniger wert als die räudigen Hunde. Wer sie anfasst, steckt sich an, und wer über sie redet, beschmutzt seine Zunge.«
Ein betretenes Schweigen entstand.
Omar murmelte eine Entschuldigung, sprang wieder einmal auf und verschwand im Inneren des Hauses.
Hassan war seinem Vater dankbar für diese strengen Worte. Dennoch spürte er mit Unbehagen, dass Omar mit seinen leichtfertigen Reden schon viel verdorben hatte.
»Es gibt in Deutschland auch andere Frauen«, sagte er, »gute Frauen, kluge und anständige Mädchen.«
»Erhebe dein Auge nicht zu fremden Frauen, mein Sohn«, sagte sein Vater, »ihr Antlitz ist nur für den Blick des eigenen Mannes bestimmt.«
»Wer weiß«, mischte sich Scheich Abbas ein, »vielleicht werden auch bei uns die Mädchen eines Tages unverschleiert gehen... mit unseren Söhnen zusammen studieren.«

»Das wird nie geschehen«, erklärte Scheich Mustafa mit Nachdruck.
»Aber es steht nicht im Koran, dass die Frauen verschleiert gehen müssen!«, wagte Hassan noch einen zweiten Vorstoß.
»Würdest du es ertragen, dass ein anderer Mann deine Frau sieht?«, fragte einer der jungen Männer.
»Ja«, erwiderte Hassan mit Festigkeit, »die Frau, der ich vertraue, ist durch ihre Tugend und ihre Treue besser geschützt als durch einen Schleier.«
»Das sind große Worte, Hassan«, sagte sein Vater, »aber sie haben kein Gewicht in unserer Welt, in die du zurückgekehrt bist. Die angeborene Scham verbietet es unseren Frauen, ihr Gesicht dem Fremden zu zeigen.«
Darauf hätte Hassan noch einiges zu sagen gehabt, aber er schwieg, weil ihm dies nicht der richtige Ort und die passende Gelegenheit für eine Auseinandersetzung zu sein schien. Er war froh, als das Mahl beendet war und er sich endlich auf sein Zimmer zurückziehen durfte.

Am nächsten Morgen besuchte Hassan seine Mutter Khadija im Frauenhaus.
Er wurde erwartet, und die Gänge waren leer - seine unverheirateten Schwestern wagten es nicht, sich dem fremd gewordenen Bruder zu zeigen. Ihm schien diese ängstliche Zurückhaltung, die ihm früher ganz selbstverständlich vorgekommen war, unnatürlich und verkrampft.
Erst als er die Tür zum Zimmer seiner Mutter schon erreicht hatte, schossen ihm drei kleine Kinder, zwei Mädchen und ein Junge, zwischen die Beine, Kinder, von deren Existenz er bisher noch nichts erfahren hatte, obwohl es sich um einen Halbbruder und zwei kleine Halbschwestern handelte.
Er verteilte Bonbons an sie, plauderte mit ihnen und half ihnen, ihre Schüchternheit zu überwinden. Aber viel war aus ihnen nicht herauszubringen; sie starrten ihn nur aus riesengroßen dunklen Augen an, lächelten ernst und zaghaft.
Erleichtert liefen sie davon, als er sich abwandte. Hassan begriff, dass er ein Fremder für sie war, ein Fremder in seinem europäischen Anzug, den er, ohne nachzudenken, in der Früh angezogen hatte. Jetzt bedauerte er es fast und fürchtete, dass auch seine Mutter sich daran stören könnte.
Aber Khadija sah nicht seine Kleider, sie sah nur ihn, ihren Stolz, ihren Sohn - sah, dass er groß und stark und schön war, und aus ihren dunklen Augen strahlte reine Mutterliebe.
Dennoch schloss sie ihn nicht in die Arme, sondern verbeugte sich, wie eine Sklavin, mit gekreuzten Armen vor ihm und wartete demütig, bis er das Wort an sie richtete.
»Mutter«, sagte er herzlich, »liebe Mutter! Ich bin so froh, dich wiederzusehen!«
»Allah sei Dank, dass er deine Schritte zu mir gelenkt hat!«
Hassan lächelte. »Aber, Mutter, das war doch selbstverständlich! Am liebsten wäre ich gleich nach meiner Ankunft gekommen!«
Er legte den Arm mit scheuer Zärtlichkeit um sie - wie gerne hätte er sie geküsst und gestreichelt, aber das war etwas, was die Sitte verbot, und es hätte sie eher erschreckt als erfreut.

»Setz dich doch, Mutter«, sagte er. »Wie geht es dir? Bist du gesund? Du hast mir sicher vieles zu erzählen!«
Er führte sie zu dem mit rotem Plüsch bezogenen Sessel, der mitten in dem mit prächtigen Teppichen ausgelegten Raum stand. Er war die einzige europäische Sitzgelegenheit, sonst gab es nur dicke Kissen, und auf einem davon nahm Hassan zu ihren Füßen Platz.
»Was für ein schöner Sessel«, sagte er.
»Ja«, bestätigte sie stolz, »dein Vater hat ihn mir geschenkt! Auf solchen Sesseln sitzen die Menschen in dem Land, aus dem du kommst, nicht wahr?«
Er nickte und sah bewundernd zu ihr auf.
Sie war eine immer noch schöne, schlanke Frau, und ihre Habara, der elegante schwarze Überwurf, in den sie sich gehüllt hatte, betonte noch den Glanz ihrer dunklen Haare, in die sich kein einziger grauer Faden mischte. Ja, sie war schön, wenn auch ihre Züge hart und ihr Mund schmal, allzu beherrscht wirkten. Hassan konnte sich gut vorstellen, wie sie von diesem Plüschsessel aus, auf den sie so stolz war, das Frauenhaus seines Vaters mit Strenge, Unnachsichtigkeit und Gerechtigkeit regierte. Er wusste, dass die jüngeren Frauen und die Sklavinnen vor ihr zitterten, und verstand auch, dass sein Vater, der sie schätzte und achtete, sich doch nicht in ihrer Gegenwart wohl fühlen konnte.
»Ich habe die Sklavinnen fortgeschickt, damit wir allein sein können«, sagte Khadija.
Hassan begriff, wie glücklich sie war, dass er wohlbehalten aus der Fremde zurückgekehrt war - aber niemals hätte sie dieses Gefühl in Worte gekleidet und zugegeben, dass sie sich nach ihm gesehnt und um ihn gebangt hatte.
»Auch meine Schwestern?«, fragte er. »Ich vermisse Leila ... geht es ihr gut?«
»Sie ist herangewachsen«, erklärte seine Mutter.
»Wirst du sie später rufen?«
»Nein.«
Diese kurze Ablehnung seines begreiflichen Wunsches verblüffte ihn. »Warum denn nicht?«
»Sie bereitet sich auf ihre Hochzeit vor.«
»Schon?«, rief Hassan impulsiv. »Aber sie muss doch noch ein Kind sein!«
»Sie ist reif!«, behauptete seine Mutter. »Als dein Vater mich zur Frau nahm, war ich zwölf Jahre alt. Du weißt, wir zählen die Jahre unserer Mädchen nicht, sie sind nicht wichtig. Aber Leila ist viele Jahre älter, als ich damals war.«
Hassan versuchte nachzurechnen, aber das war sehr schwer, denn der Geburtstag eines Mädchens wurde nirgends aufgezeichnet und niemals gefeiert. Aber er war sicher, dass Leila nicht älter als fünfzehn sein konnte.
»Die Zeiten haben sich geändert, Mutter«, sagte er.
»Männer und Frauen ändern sich nicht, mein Sohn«, entgegnete Khadija, »aber jetzt erzähle mir etwas über dich! Wie ist es dir in der Fremde ergangen?«
Hassan gab sich redliche Mühe, seiner Mutter einen Eindruck von seinem Leben und seinem Studium in Deutschland zu vermitteln, aber das war sehr schwer. Da seine Mutter nicht lesen konnte und niemals im Ausland gewesen war, konnte sie sich, trotz aller angeborenen Klugheit, nur schwer ein Bild von

jener Welt machen, zu der sie keinen Schlüssel besaß. Sie war so befangen in den Vorstellungen, in denen sie erzogen worden war und in denen sie lebte, dass er sie, wie er bald spürte, mit einer Schilderung europäischer Sitten nur verwirren und schockieren konnte. So versuchte er denn, das Gespräch auf ein anderes Thema zu bringen.

»Jedenfalls«, sagte er, »bin ich sehr froh, dass ich wieder zu Hause bin!«

»Wie ich höre«, sagte Khadija, ohne ihn anzusehen, »wirst du bald heiraten ...«

»Hat mein Vater dir das gesagt?«

Khadija lächelte. »Mir wird wenig gesagt, aber ich höre vieles.«

»Vater möchte mich verheiraten«, gab Hassan zu.

Das war für Khadija eine frohe Botschaft; kein Muskel in ihrem Gesicht zuckte, aber ihre dunklen Augen leuchteten auf. »Allah schenke dir eine gute Frau und eine Schar gesunder Söhne!«

Hassan wusste, jetzt oder nie musste er auf das Thema kommen, das ihm am Herzen lag. »Die gute Frau, die du mir wünschst«, gestand er, »habe ich schon gefunden!«

Mit ihrer nächsten Bemerkung verriet Khadija, wie sehr sie tatsächlich informiert war. »Ist es eine Tochter von Scheich Abbas?«, fragte sie.

»Nein«, erklärte er, »du kennst sie nicht!«

Ihre schmalen, harten Lippen verzogen sich zu einem Lächeln. »Ich kenne jedes Mädchen aus Dschidda, jedes Mädchen aus guter Familie, das im heiratsfähigen Alter ist, in Er-Rijad, in Mekka und Medina. Seit langem halte ich Ausschau nach einer Frau für meinen Sohn und die Söhne deines Vaters.«

»Ich weiß, du bist eine gute Mutter! Aber die Frau, die ich liebe ...«

Sie fiel ihm, ganz im Gegensatz zu ihrer sonstigen zurückhaltenden und beherrschten Art, ins Wort. »Wie kannst du sie lieben, da du noch nicht verheiratet bist?«

Es war alles noch viel schwerer, als er sich vorgestellt hatte, und er fand nicht sogleich die richtigen Worte, um ihr die Situation zu erklären. »In Europa«, sagte er, »lernen Männer und Mädchen sich vor der Ehe kennen. Sie verkehren miteinander wie... wie gute Freunde, verstehst du, Mutter? Sie studieren miteinander, sie feiern miteinander, und manchmal wird aus dieser freundschaftlichen Begegnung eben Liebe.«

»Wie furchtbar!«

»Ich weiß wirklich nicht, was daran furchtbar sein soll! Die westlichen Mädchen wären entsetzt, einen Mann heiraten zu müssen, den sie vor der Ehe nicht kennen... und das scheint mir viel unnatürlicher, Mutter. Denk doch mal zurück! Wie war dir zu Mute, als du als zwölfjähriges Mädchen einem fremden Mann zugeführt wurdest?«

»Ich war stolz, dass ein Mann wie dein Vater den Preis für mich gezahlt hatte!«

»Sei ehrlich, Mutter... hattest du nicht Angst?«, fragte er eindringlich.

»Jedes Mädchen scheut vor der Ehe. Aber ich wusste, die Liebe würde kommen, und sie ist gekommen.«

Er seufzte. »Du hast Glück gehabt, Mutter. Aber du hättest auch an einen anderen Mann geraten können als an meinen Vater! Hättest du jeden anderen Mann auch geliebt?«

»Es ist die Pflicht der Frau, den Mann, der sie in seinen Harem nimmt, zu lieben, ihm zu gehorchen und ihm Kinder zu gebären.«
Hassan war von der Nutzlosigkeit dieser Unterhaltung, von der er sich so viel versprochen hatte, fast entmutigt; der starke Geruch der silbernen Räucherlampe, die in der Mitte des Zimmers auf dem Boden stand, bereitete ihm Kopfschmerzen. »Dann, Mutter«, sagte er, »weißt du gar nicht, was Liebe wirklich ist!«
»Es ist das, was ich für deinen Vater empfinde!«
Hassan sprang auf. »Nein«, sagte er, »nein... Liebe, das ist etwas ganz anderes! Ich habe in Deutschland viele Mädchen kennen gelernt, schöne und dumme, kluge und anständige, und mit den meisten von ihnen könnte ich zusammen leben, wenn es sein müsste! Ich könnte wahrscheinlich auch mit dem Mädchen leben, das du oder Vater mir aussuchen würdet... ich könnte sie beschützen, sie verwöhnen, nett zu ihr sein, und sicher würde sie es mir danken. Aber das alles ist nicht Liebe, es hat mit Liebe gar nichts zu tun.«
Khadija hatte ihm fast verstört gelauscht. »Ich verstehe dich nicht mehr«, sagte sie jetzt.
Er zwang seine Stimme zur Beherrschung, aber er begann auf und ab zu gehen, weil er auf diese Weise seiner inneren Erregung Luft zu machen hoffte. »Es gibt nur eine Frau, die ich wirklich liebe... Irene! Sie ist das einzige Mädchen von all den vielen Mädchen auf der Welt, der wirklich mein ganzes Herz gehört. Ich liebe nur sie, und ich werde nie eine andere lieben können! Sie ist klug und treu und anständig und schön, aber nicht deshalb liebe ich sie... ich weiß ja, dass es noch andere Mädchen mit guten, vielleicht sogar besseren Eigenschaften gibt... ich liebe Irene, weil ich sie liebe!«
Seine Mutter schien von dieser Rede nur eines verstanden zu haben. »Sie heißt Irene?«, fragte sie.
Hassan blieb vor ihr stehen, wischte sich mit seinem Taschentuch über die Stirn. »Ja«, sagte er. »Sie heißt Irene, und ich werde sie heiraten. Und wenn du und Vater euch gegen diese Verbindung stellt, werde ich euch verlassen.« Er wusste, dass er sehr weit gegangen war und wagte es nicht, seine Mutter anzusehen.
»Niemals«, sagte sie, »niemals hätte ich gedacht, dass das geschehen könnte. Du warst immer ein guter Sohn.«
»Aber jetzt bin ich erwachsen, Mutter, und will mein eigenes Leben leben. Ich will die Frau meiner Wahl heiraten, und niemand wird mich daran hindern.«
»Hast du mit deinem Vater darüber gesprochen?«, fragte Khadija.
»Nein, ich wollte erst mit dir reden, Mutter. Ich hatte gehofft, du würdest mir helfen.«
Sie sah ihn mit undurchdringlichem Gesicht an. »Wie könnte ich das, da du ja entschlossen bist zu handeln, wie es dir richtig erscheint?«
»Ich möchte euch doch nicht verlassen, Mutter«, sagte Hassan, »dich nicht und Vater auch nicht! Ich möchte euch keinen Kummer bereiten. Ich habe nur den einen Wunsch, dass ihr meine Ehe segnet!«
»Du hast also schon geheiratet?«
»Nein, Mutter. Ich will ehrlich sein, ich hätte es gerne getan, denn der Gedan-

ke, Irene zu verlieren, ist mir unerträglich. Aber Irenes Vater wünscht, dass auch ihr eure Einwilligung gebt.«

»Wie können wir das?«, fragte Khadija, »da wir weder das Mädchen noch ihre Familie kennen?«

»Es ist eine gute Familie. Irenes Vater ist ein hoher Richter, ein angesehener Mann. Und ihr werdet sie selber kennen lernen, denn sie wird kommen, um euch zu besuchen.«

Khadija hob die geraden schwarzen Augenbrauen. »Uns?«

»Ja. Euch und mich. Sie möchte meine Familie kennen lernen und das Land, in dem sie als meine Frau leben wird.«

»Warum«, fragte Khadija, »kommt denn nicht ihr Vater, um mit deinem Vater den Preis auszuhandeln?«

Hassan entschloss sich, die Frage des Preises ganz aus dem Spiel zu lassen, denn er wollte seiner Mutter nicht auch noch zumuten, sich mit der Tatsache, dass europäische Mädchen Geld und eine Aussteuer mit in die Ehe bringen, anstatt, wie es in Saudi-Arabien üblich war und heute noch üblich ist, ihrem Vater Geld einzubringen.

»Irene ist sehr selbstständig«, sagte Hassan deshalb nur, »ein freier, selbstständiger erwachsener Mensch. Sie wird allein reisen und sich selber von den Lebensverhältnissen hier bei uns unterrichten.«

Khadija schüttelte den Kopf. »Dann kann sie kein anständiges Mädchen sein!«

»Bilde dir kein Urteil, bevor du sie kennst! Sprich mit ihr, sieh sie dir an... ich bin sicher, Mutter, du wirst sie lieb gewinnen! Es kann nicht anders sein, da du doch mich, deinen Sohn, liebhast.«,

Khadija legte die Hand, die mit kostbaren funkelnden Ringen geschmückt war, unter das Kinn, verharrte einige Zeit in dieser nachdenklichen Haltung, und ihr Sohn wagte nicht, sie zu stören.

»Gut«, sagte sie endlich, »ich werde sie im Harem empfangen!«

Hassan war so erleichtert, dass er im ersten Augenblick keine Worte finden konnte. »Oh, Mutter!«, rief er dann. »Mutter! Das werde ich dir nie vergessen!«

»Du brauchst mir nicht zu danken«, sagte sie beherrscht, »ich habe mich zu diesem Entschluss durchgerungen, um Schlimmeres zu verhüten!«

»Und wirst du nett zu ihr sein, Mutter? Wirst du sie anhören? Wirst du nicht versuchen, sie einzuschüchtern?«

Ein bitteres Lächeln zuckte um Khadijas Lippen. »Du scheinst viel vergessen zu haben in den Jahren, da du in der Fremde weiltest, mein Sohn«, sagte sie, »sonst würdest du wissen, dass jeder Gast, ob er nun willkommen ist oder nicht, bei uns geehrt und geachtet wird.«

Hassan begriff, dass er bei dieser ersten Aussprache nicht mehr erreichen konnte. »Ich danke dir, Mutter«, sagte er deshalb noch einmal. »Du wirst mir helfen, es Vater beizubringen?«

»Er ist der Herr, und in seinem Haus kann nur geschehen, was er will.«

»Ja, ja, ja, Mutter«, sagte Hassan ungeduldig, »aber da du doch bereit bist, sie zu empfangen... da du eingesehen hast, dass es das Richtige ist, wirst du diese Meinung doch auch Vater gegenüber vertreten. Er hört auf dich, ich weiß es ganz genau... jeder weiß es.«

»Ich werde ihm darlegen«, erklärte Khadija langsam, »dass keine Frau wichtig genug ist, einen Sohn ihretwegen zu opfern.«
Als Hassan den Harem verließ, glaubte er für Sekunden Leila zu sehen. Ein schlankes Mädchen stand schweigend vor einer dunkelroten Portiere und sah ihn an, als wünsche sie mit ihm zu sprechen. Aber da ihr Gesicht bis zu den Augen verschleiert war, wusste er nicht mit Sicherheit, ob sie es wirklich war oder eine ihrer Schwestern oder Freundinnen.
Er machte einen raschen Schritt auf sie zu. Aber da verschwand sie wie ein Schatten hinter dem schweren Vorhang.

Hassans erster Brief aus der Heimat war für Irene eine Enttäuschung. Seine liebevollen und sehnsüchtigen Worte halfen ihr nicht über die Erkenntnis hinweg, dass er noch nicht mit seinem Vater gesprochen hatte und dass seine Mutter zwar bereit war sie zu empfangen, nicht aber, sie als Schwiegertochter zu akzeptieren.
Als sie über das Wochenende nach Hause fuhr, bestürmten sie alle - die Mutter, Klaus und auch Landgerichtsrat Dr. Heinzel - mit Fragen, ob und was für Nachricht sie von Hassan erhalten hatte. Aus ihren ausweichenden Antworten ersah ihr Vater sehr rasch, dass durchaus nicht alles in Ordnung war, wie sie vorzugeben versuchte.
»Was erwartet ihr denn?«, rief Irene hitzig. »Schließlich... Hassan war ja erst ein paar Tage zu Hause, als er mir schrieb! Ihr könnt doch keine Wunder erwarten!«
»Wunder nicht«, entgegnete Dr. Heinzel ruhig, »aber hattest du nicht auch gehofft, er würde sofort vor seinen Vater treten und die Situation klären!?«
Irene zuckte unmutig die Schultern. »Anscheinend hat sich noch keine Möglichkeit ergeben.«
»Wenn er der Mann wäre, den du in ihm siehst«, widersprach der Vater, »hätte er eine solche Möglichkeit schaffen müssen!«
»Nein, der Meinung bin ich durchaus nicht! Schließlich haben wir ja lange genug gebraucht, dich mit dem Gedanken vertraut zu machen, ich könnte einen Ausländer heiraten... und immerhin bist du kein schwieriger alter Scheich!« Frau Heinzel und Klaus lachten.
Aber der Landgerichtsrat blieb ernst. »Jedenfalls bin ich unbedingt dafür«, sagte er, »dass du deine Reise aufschiebst, bis du sicher sein kannst, dass Hassans Familie über eure Pläne Bescheid weiß!«
»Ich denke ja nicht daran!«, rief Irene. »Alles ist geplant und vorbereitet. Du hast es mir erlaubt, Paps! Ich werde nach Saudi-Arabien fliegen... und zwar zum vereinbarten Termin!«
Landgerichtsrat Dr. Heinzel sah seine Tochter sehr ernst und sehr nachdenklich an. »Ich fürchte, Irene«, sagte er, »du bist im Begriff, einen schweren Fehler zu machen!«
Irene warf mit einer trotzigen Kopfbewegung ihr schönes blondes Haar in den Nacken. »Und wenn schon!«, rief sie. »Ich bin erwachsen, und ich habe das Recht, meine eigenen Fehler zu machen! Bist du denn ganz sicher, Vater, dass alles, was du in deinem Leben unternommen hast, goldrichtig war?«

»Das ist eine Frage, die hier gar nicht zur Debatte steht!«
Irene lief zu ihm hin, warf ihre Arme um seinen Hals. »Ach, Väterchen, mach nicht so ein bitterböses Gesicht! Ich wollte dich ja nicht beleidigen! Aber ich finde es wirklich nicht recht von dir, dass du immer und immer wieder Bedenken anmeldest. Du hast mir doch erlaubt, nach Dschidda zu fliegen, du hast es mir ausdrücklich versprochen.«
Dr. Heinzel klopfte seiner großen Tochter zärtlich auf den Rücken. »Aber siehst du denn nicht ein, dass es ein Blödsinn ist, deinem Freund nachzufliegen, solange die ganze Situation dort unten noch gar nicht geklärt ist?«
»Wenn ich erst mal da bin«, erklärte Irene selbstbewusst, »werde ich die Angelegenheit schon in Ordnung bringen. Wäre doch gelacht, wenn ich den alten Scheich nicht weich machen könnte. Hassan hat einen Riesenrespekt vor seinem Vater, das ist sein Fehler. Aber ich werde mich nicht einschüchtern lassen, verlass dich drauf!«

Scheich Mustafa hatte für die Zukunft seiner Söhne ganz bestimmte Pläne. Sie sollten - mit seinem Geld und ihren Kenntnissen - eine Pumpenfabrikation in der Hafenstadt Dschidda aufziehen.
Weder Hassan noch Omar waren von dieser Idee beglückt. Hassan hatte sich schon während seiner Studienzeit mit einem Projekt befasst, das dem ganzen Lande zugute kommen sollte. Er wollte die Sandmassen der Wüste, die bei jedem Sturm aufgewirbelt wurden, die landwirtschaftlichen Anlagen vernichteten und die Städte mit gelbem Staub überschütteten, durch einen Teil des reichlich fließenden Öls zu einer festen Masse binden. Es gab eine Gruppe junger Akademiker in der Hauptstadt Er-Rijad, die sich darum bemühten, König Ibn Saud für dieses Projekt zu interessieren, und Hassans Mitarbeit schien ihnen wertvoll, ja unerlässlich.
Omar hingegen hatte den Wunsch, eine Anstellung in Dharan zu finden. In Dharan waren die riesigen Ölfelder, dort arbeiteten die Amerikaner, es ging dort freier zu als im übrigen Saudi-Arabien. Omar hoffte, wenn er erst der väterlichen und der brüderlichen Aufsicht entronnen war, als Ingenieur bei einer amerikanischen Gesellschaft das Leben fortsetzen zu können, wie er es in Europa genossen hatte. In Dharan glaubte er an Alkohol kommen zu können und an Mädchen, was beides in Dschidda ausgeschlossen war. Mädchen bekam ein junger Mann nur verschleiert zu Gesicht, und selbst ein harmloser Flirt war völlig ausgeschlossen. Alkohol konnte man nur unter großen Schwierigkeiten und zu stark überhöhten Preisen beziehen und musste dabei ständig befürchten, erwischt, bestraft und aus der guten Gesellschaft der anständigen Mohammedaner ausgestoßen zu werden.
Aber beide, weder Hassan noch Omar, wagten es, dem Vater offen Widerstand entgegenzusetzen. Sie waren in der Auffassung erzogen worden, dem Familienoberhaupt absoluten Gehorsam zu schulden, und so versuchten sie nur, nach orientalischer Weise, die Gründung der Pumpenfabrik endlos hinzuziehen. Scheich Mustafa fiel das nicht auf. Er hatte Zeit, viel Zeit, unendlich viel Geduld, und er erwartete gar nicht, dass sich die Pläne, die er mit seinen Söhnen hatte, von heute auf morgen verwirklichen ließen.

Hassan lag um so mehr daran, den Vater nicht zu enttäuschen, als er keine Sekunde sein Hauptanliegen aus den Augen verlor: Scheich Mustafa für seine Verbindung mit Irene günstig zu stimmen. Dies schien ihm wichtiger als alles andere, und er war bereit, seine beruflichen Träume für dieses eine Ziel zu opfern.

Nicht aus Feigheit hatte er bisher mit dem Vater noch nicht darüber gesprochen, sondern weil er wusste, wie wichtig es war, seinen Wunsch vorzubringen, ohne dass er ein spontanes Nein zur Antwort bekam. Scheich Mustafa war ein eisenharter Mann, der hinter dem Mantel orientalischer Höflichkeit einen unbeugsamen Willen verbarg. Niemals, solange Hassan ihn kannte, hatte er je nachträglich seine Stellungnahme geändert oder seine Meinung revidiert. Es würde schwer sein, darüber gab sich Hassan keiner Täuschung hin, sehr schwer, ihn zu überzeugen...

Eines Abends schien sich endlich eine günstige Gelegenheit für ein Gespräch zu ergeben.

Scheich Mustafa hatte einen riesigen Lagerschuppen in Hafennähe gekauft, der als Werkshalle für die spätere Fabrikation bestimmt war. Die ersten Maschinen aus Europa waren eingetroffen, und den ganzen Tag war Hassan damit beschäftigt gewesen, ihre Aufstellung zu überwachen - Omar, der mit ihm zum Hafen gefahren war, hatte sich in der glutheißen Mittagszeit zurückgezogen und war nicht wieder aufgetaucht.

Jetzt, als die Arbeit getan war, bemühte Hassan sich, die ölverschmierten Hände mit einem Putzlumpen zu reinigen. Sein Quamis, das einfache, bis zu den Füßen reichende weiße Gewand, zeigte die Spuren seiner Tätigkeit; es war schmutzig und zerknittert. Hassan rollte die weiten Ärmel, die er hochgekrempelt hatte, wieder herunter. Er hätte sich viel bequemer und zweckmäßiger bekleidet in Blue Jeans und einem offenen Hemd gefühlt, aber er hatte sich in diesem Punkt der Sitte des Landes gebeugt. Er rückte sich den schwarzen Ring zurecht, der sein weißes Kopftuch hielt und betrachtete sein verschwitztes Gesicht in der Spiegelscherbe, die ein Arbeiter an der Wand befestigt hatte. Unwillkürlich zog er eine kleine Grimasse. Wenn Irene ihn so sehen könnte!

In diesem Augenblick trat Scheich Mustafa in die Halle, würdevoll und elegant wie immer in seinem schwarzen Überwurf mit den goldenen Litzen, gefolgt von seinem Sklaven Hamid.

»Allah sei mit dir, mein Sohn«, grüßte er feierlich, »bist du zufrieden?« Sein stolzer Blick glitt über die Werkbänke und Maschinen.

Hassan zog sich eilig den gestreiften Überwurf an, um den Zustand seines Quamis zu verbergen. »Sehr, Vater«, sagte er, »allerdings... ich habe die Maschinen noch nicht prüfen können.«

Scheich Mustafa schritt langsam durch die ganze Halle. »Du musst mir sagen, was du noch brauchst, mein Sohn. Alles, was du für die Fabrikation benötigst, sollst du bekommen.«

Hassan eilte an seine Seite. »Das größte Problem«, sagte er, »werden nicht die Maschinen, sondern die Arbeiter darstellen. Es wird nicht leicht sein, geeignete Kräfte zu finden, und auch sie, fürchte ich, müssen noch geschult werden, wenn wir nicht auf Ausländer zurückgreifen wollen.«

»Wir haben Zeit, viel Zeit«, sagte der Scheich.
»Vielleicht hast du recht, Vater«, sagte Hassan, »aber ich bin von Europa her ein anderes Tempo gewöhnt.«
»Wir haben den längeren Atem.«
»Mag sein«, gab Hassan zu, ohne überzeugt zu sein.
»Oder kannst du die Zeit nicht abwarten, bis du endlich selbstständig bist und einen eigenen Harem gründen kannst?«
»Ich brauche keinen Harem«, sagte Hassan, »nur eine einzige Frau!«
Scheich Mustafa lächelte. »Warte nur ab, bis du älter geworden bist. Frauen sind wie die Schmetterlinge. Sie verlieren rasch ihren Glanz. Das Herz des Mannes aber sehnt sich nach Schönheit.«
»Nicht Schönheit ist es, die den Wert der guten Frau ausmacht«, gab sein Sohn zurück.
»Das ist ein weises Wort«, stimmte sein Vater zu, »Treue und Gehorsam schenkt eine gute Frau dem Mann, ihre Tugend wächst mit der Zahl der Söhne, die sie ihm gebiert.« Er schritt weiter. »Dies alles«, sagte er mit einer großen Handbewegung, »wird dir und Omar gehören, zu gleichen Teilen. Ihr werdet reich werden und unabhängig.«
»Ich danke dir für deine große Güte!«
Hassans Stimme klang gezwungen, aber sein Vater merkte es nicht.
»Hamid hat noch einen Gang für mich zu tun«, sagte er, »willst du mich nach Hause fahren?«
»Gerne, Vater!«
Sie traten vor die Halle hinaus. Hier draußen war es noch heißer als drinnen, aber die Luft war rein, und ein leichter Wind vom Meer her brachte Abkühlung.
Hassan hatte sein Auto vor der Halle geparkt. Jetzt öffnete er die Tür zum Cadillac seines Vaters. Der Scheich stand in einiger Entfernung und gab Hamid Anweisungen. Hassan wartete, bis der Vater auf ihn zukam, half ihm beim Einsteigen und setzte sich selbst ans Steuer.
Langsam fuhr er am Hafen vorbei und musste bremsen, weil ein Strom von Mekkapilgern eines der Schiffe verließ. Sich stoßend und drängend - jeder wollte der Erste sein, der die Erde des heiligen Landes berührte - überquerten die Pilger den Kai und die Fahrbahn. Einige warfen sich sogar nieder, um den staubigen Boden zu küssen.
Scheich Mustafa und Hassan warteten geduldig.
»Ich habe Hamid fortgeschickt«, sagte Scheich Mustafa, »weil ich unter vier Augen mit dir reden wollte.«
»Ich werde deine Worte mit Ehrfurcht in mir aufnehmen.«
»Du bist jung, du bist stark«, sagte sein Vater, »ich verstehe, dass die Ungeduld in dir zerrt.«
»Nein, Vater«, sagte Hassan, »es ist nur... ich glaube, dass unser Land mich für wichtigere Aufgaben braucht. Ich habe versucht, dir meine Pläne darzulegen. Die ständig wiederkehrenden Sandstürme ...« Scheich Mustafa fiel ihm ins Wort. »Davon spreche ich jetzt nicht. Du bist mein Sohn. Ich habe deine und Omars Ausbildung bezahlt, weil ich bestimmte Pläne mit euch habe. Lass

andere gegen Sand und Wind kämpfen. Ihr sollt euch eure eigene Zukunft aufbauen.«
Hassan unterdrückte einen Seufzer. »Ja, Vater.«
»Du bist wild wie ein junges Füllen, das den Sattel nicht tragen will. Es ist nicht der Ehrgeiz, der dich so unruhig macht, dazu kenne ich dich zu gut. Du sehnst dich nach einer Frau, die dir Söhne schenkt.«
»Ja, Vater.«
»Mein Harem ist groß, in ihm ist Platz auch für deine Frau.«
»Ich weiß, Vater, und ich danke dir, dass du mir helfen willst, aber ...«
»Ich werde dir eine Frau kaufen, wie ich es dir versprochen habe!«
»Vater«, sagte Hassan, »bitte, nun hör mich einmal an. Hör mich an mit Geduld und Liebe. Ich weiß, es wird schwer für dich sein, mich zu verstehen... aber ich habe meine Wahl schon getroffen.«
»Das freut mich zu hören. Welcher unserer Freunde hat dir seine Tochter angeboten? Du solltest nicht vorschnell einschlagen, mein Sohn. Sprich erst mit deiner Mutter. Sie kennt alle Töchter dieses Landes.«
Hassan zog ein Zigarettenpäckchen aus der Tasche seines Gewandes, steckte sich eine Zigarette zwischen die Lippen und zündete sie an; er tat einen tiefen Zug. »Die Frau, die ich erwählt habe, ist keine Tochter dieses Landes«, sagte er dann.
Scheich Mustafa schwieg.
Hassan wagte nicht, ihn anzusehen. »Ich will nicht meinen Willen dem deinen entgegensetzen«, sagte Hassan, »ich möchte, dass du mir deinen Segen nicht vorenthältst. Das Mädchen wird nach Dschidda kommen, du wirst sie selber prüfen können ... ich bitte dich nur um eines, entscheide dich nicht jetzt, nicht bevor du sie selber gesehen hast. Das ist alles, um was ich dich bitte, Vater... sag nicht nein!«
»In meinem ganzen Leben«, sagte der Scheich mit Würde, »habe ich nicht in das Gesicht eines Mädchens oder einer Frau geblickt, die nicht zu meinem Harem gehört. Meine eigenen Töchter verschleiern ihr Antlitz vor mir, wenn sie herangereift sind... wie könnte ich eine Fremde ansehen!«
»Aber du warst doch im Ausland, Vater! Da gibt es doch Frauen und Mädchen genug... du musst sie doch gesehen haben!«
»Wenn ich meinen Blick nicht immer zur Seite gewendet habe, so möge Allah mir die Sünde verzeihen!«
Der Pilgerzug hatte sich aufgelöst. Hassan löste die Handbremse, fuhr weiter; er spürte, dass es keinen Sinn hatte, länger die ganze Wahrheit zurückzuhalten. »Das Mädchen, das ich heiraten werde«, sagte er, »ist eine Deutsche!«
»Sheitan muss deine Sinne verwirrt haben, wenn du das deinem Vater zu sagen wagst!«
»Sie ist ein gutes Mädchen, sie ist treu, sie ist tugendhaft, und sie ist klug. Sie ist ganz anders, als du sie dir vorstellst, Vater... bitte, urteile nicht, bevor du sie kennst!«
Scheich Mustafa schwieg so lange, dass Hassan schon die Hoffnung aufgab, je eine Antwort zu bekommen. Aber dann entschloss sich sein Vater doch, das Gespräch weiterzuführen.

»Wie hoch ist der Preis?«, fragte er.
»Sie ist eine Europäerin, Vater. Ihre Familie verlangt nichts von mir, als dass ich sie glücklich mache.«
Scheich Mustafa strich sich nachdenklich über das Kinn. »Auch keine Sicherstellung für den Fall, dass du sie eines Tages verstößt?«
»Irene ist ein sehr selbstständiges Mädchen«, erklärte Hassan, »sie hat studiert. Sie würde sich das, was sie zum Leben braucht, selber verdienen können.«
»Nun«, sagte sein Vater, »ich weiß nicht, ob du deine Wahl klug getroffen hast, jedenfalls ist sie billig.«
»Du bist also einverstanden, dass sie kommt?«
»Warum nicht?«, gab Scheich Mustafa zurück. »Wird sie ihren Flug selber bezahlen?«
»Aber ja, natürlich. Sie möchte nicht von mir abhängig sein, bevor sie selber entschieden hat, ob sie bei mir bleiben will. Aber ich weiß nicht, warum dir das Geld in diesem Fall so wichtig scheint... dir, der du sonst immer so großzügig warst!«
Scheich Mustafa lächelte überraschend. »Nun, ich will ehrlich sein. Ich hätte dir kein Geld gegeben, um eine solche Frau zu kaufen. Aber wenn es so ist, wie du erzählst, wie kann ich sie daran hindern zu kommen? Sie soll kommen, wenn sie will, und sie kann gehen, wenn sie will. Ich hindere sie nicht. Wer gäbe mir denn das Recht dazu?«
Plötzlich durchschaute Hassan den Vater. »Du hoffst, dass es ihr hier nicht gefallen wird«, sagte er, »du hoffst, dass sie sich von mir abwendet! Aber das darfst du nicht tun, wenn dir etwas an meinem Glück liegt. Ich liebe Irene!«
»Auch ich habe meine erste Frau geliebt. Ich habe sie fortgeschickt, weil sie keine gute Frau war. Das Herz eines Mannes ist wandelbar. Die Liebe, die er einer Frau schenkt, ehrt ihn nicht. Die Frauen verdienen nicht unsere großen Gefühle. Sie sind zufrieden, wenn man sie lobt und straft wie die Kinder.«
Hassan hatte schon eine Entgegnung auf der Zunge, aber er verbiss sie sich. »Ich werde deine Worte beherzigen, Vater«, sagte er, »aber wenn du Irene erst kennst, wirst du vielleicht deine Meinung ändern. Die Frauen sind größer als du glaubst, wenn wir Männer sie nicht klein halten.«
»Eben das ist die Kunst, einen Harem zu beherrschen!«, sagte Scheich Mustafa. »Lass die Frauen nie groß werden... ihre Größe ist eine schillernde Seifenblase, hinter der sich nichts verbirgt als Luft.«
Hassan drückte seine Zigarette aus. »Jedenfalls danke ich dir, Vater, für dein Entgegenkommen... und Dank, dass du mir Gelegenheit zu einer Aussprache gegeben hast.«
Sie waren vor dem Haus mit den kunstvoll verzierten Haremsbalkonen angekommen. Hassan bremste. Er half seinem Vater aussteigen, bevor er selbst den Cadillac in die hundert Meter entfernte, ganz moderne Garage fuhr.
Er wusste, dass der Kampf noch lange nicht gewonnen war. Dennoch fühlte er sich unendlich erleichtert, weil er das Gespräch endlich hinter sich gebracht hatte. Wenn auch der Vater seine Missachtung deutlich gezeigt hatte, so war er doch immerhin Irenes Besuch nicht völlig abgeneigt. Das war schon viel, sehr viel; mehr hatte er nicht erhoffen dürfen.

Irenes Sehnsucht nach Hassan war so stark, dass sie wahrscheinlich auch dann nach Saudi-Arabien geflogen wäre, wenn er ihr keine so günstige Nachricht gesandt hätte. Jetzt aber zeigte sie triumphierend den Brief ihrer Familie, den Hassan ihr gesandt hatte und in dem er das Gespräch mit seinem Vater schilderte - nicht ganz der Wahrheit entsprechend, denn auch Hassan war von dem heißen Wunsch beseelt, Irene auf jeden Fall wiederzusehen.
Landgerichtsrat Dr. Heinzel meldete noch einmal seine Bedenken an, aber er wurde von Mutter und Tochter überstimmt.
Am nächsten Wochenende überreichte er Irene die Flugkarte, und sie umarmte ihren Vater strahlend.
Er wehrte ihre Dankesbezeugungen ab. »Nichts zu danken«, sagte er, »ich kann nicht behaupten, ich hätte es gern getan... aber was blieb mir denn anderes übrig? Das Geld ziehe ich dir übrigens von der Aussteuer ab.«
Irene lachte.
»Ich brauche keine Aussteuer«, sagte sie, »das weißt du ja! Im Gegenteil, ein echter Araber zahlt noch für seine Braut!«
»Das möchte ich mir aber schwer verbitten!«, protestierte Dr. Heinzel.
»War ja auch nur ein Scherz«, sagte Irene vergnügt, »aber als studierte Tochter habe ich ja sowieso kein Anrecht auf eine Aussteuer.«
Sie wurde ernst, blätterte in dem Heftchen mit den Flugscheinen, das ihr Vater ihr gegeben hatte.
»Du hast so viel getan«, sagte sie, »ich weiß wirklich nicht, wie ich dir je dafür danken kann.«
»Von meinem Gehalt«, sagte Dr. Heinzel, »hätte ich das alles gar nicht finanzieren können. Zum Glück war da noch die kleine Erbschaft von Onkel Joachim ...«
Irenes Augen wurden groß, als sie die Flugscheine näher betrachtete. »Aber wieso hast du mir denn auch einen Rückflug gekauft? Ich will doch in Dschidda bleiben, Vati. Das haben wir ja alles besprochen!«
»Sieh genauer hin«, sagte ihr Vater, »ein Termin für den Rückflug ist nicht gebucht. Das musst du noch in Dschidda selber veranlassen. Wahrscheinlich gibt's ein Stadtbüro oder sonst am Flughafen.«
»Ja, natürlich, aber ...«
»Versprich mir, dass du die Karte gut aufbewahrst und auf keinen Fall aus der Hand gibst, was auch immer geschieht. Sie ist drei Monate lang gültig. Ich hätte dir ja auch das Geld mitgeben können, Irene, aber mit Geld ist das so eine Sache, es kann verloren gehen oder gestohlen werden. Mir wird es eine große Beruhigung sein, dass zu jederzeit zurück kannst, ohne auf die Hilfe von fremden Menschen angewiesen zu sein.«
»Du tust, als wenn ich mutterseelenallein zu einer Expedition in den Urwald aufbräche! Saudi-Arabien ist ein zivilisiertes Land, und der Mann, den ich liebe, wird mir zur Seite stehen.«
Darauf erwiderte Dr. Heinzel nichts mehr; er hatte begriffen, dass Irene allen Warnungen gegenüber unzugänglich war. Überraschend stellte sich seine Frau diesmal auf seine Seite. »Vater hat ganz recht, Irene«, sagte sie, »auch für mich ist es eine Beruhigung, dass man dich dort auf keinen Fall wider deinen Wil-

len festhalten kann. Erkundige dich gleich nach deiner Ankunft, wo die Deutsche Botschaft ist... und am besten stellst du dich sobald wie möglich dort vor.«
»Ja, ja, ja«, sagte Irene ungeduldig, »immerhin darf ich dich vielleicht darauf aufmerksam machen, dass Mohammedaner keine Menschenfresser sind!«
Frau Heinzel überhörte diese Bemerkung. »Nimm nicht zu viel mit, nur das Nötigste! Gepäck ist immer eine solche Belastung, das habe ich auf unserer letzten Spanienreise zu spüren bekommen. Wenn du wirklich bleibst, werden wir dir alle deine anderen Sachen sofort nachschicken... auch die Bettwäsche, die ich schon für dich angeschafft habe, und das Tafelsilber!«
»Aber, Mutti«, sagte Irene, »Hassans Familie ist sehr reich!«
»Trotzdem werden sie auch dort gerne auf guten deutschen Betttüchern schlafen, und es ist für eine Frau ein angenehmes Gefühl, etwas mit in die Ehe gebracht zu haben!«
Irene lachte. »Silberbesteck! Die Araber essen mit den Händen!«
Herr und Frau Heinzel sahen sich an, und Irene wurde klar, dass sie das besser nicht gesagt hätte. Mit dieser Erklärung hatte sie das Vorurteil ihrer Eltern nur noch verstärkt.
»Hassan kann mit Messer und Gabel umgehen«, sagte sie hitzig, »das werdet ihr wohl bemerkt haben!«
»Nun, du bist aber selber der Meinung, dass er diese europäische Sitte in seiner Heimat wieder ablegt«, sagte ihr Vater, »und wahrscheinlich wird es nicht das Einzige sein, was er sehr rasch vergessen wird, wenn er erst unter seinesgleichen ist.«
»Da kennt ihr ihn aber schlecht«, entgegnete Irene.
Sie war froh, dass in diesem Augenblick Klaus hereinkam und die Auseinandersetzung damit, wenigstens für den Augenblick, beendet war. Aber sie musste noch viele Warnungen, Mahnungen, Ratschläge und Bedenken mitanhören, bis der Tag des Abfluges endlich gekommen war.
Noch nie war die Zeit für Irene so langsam vergangen. Sie hatte jedes Interesse an ihrem Studium verloren, versäumte die Vorlesungen, schrieb lange, sehnsuchtsvolle Briefe an Hassan und beschäftigte sich damit, ihre Garderobe zusammenzustellen. Sie musste sich mit ihren alten Sommerkleidern begnügen und alles, was sie sonst noch zu benötigen glaubte, selber schneidern. Ihr Vater hatte sich strikt geweigert, ihr dazu einen Zuschuss zu geben.
»Es lohnt sich nicht«, hatte er gesagt, »der Flug und der Hotelaufenthalt sind teuer genug. Wenn du in Dschidda bleibst, wirst du dir dort alles beschaffen können, was du brauchst, und wenn du zurückkommst, kannst du mit all dem Zeug doch nichts mehr anfangen!«
»Ich werde nicht zurückkommen!«, hatte Irene mit blitzenden Augen erwidert. Aber ihr Vater hatte nur gelächelt.
Irene wusste, dass ihre Eltern sie liebten und ehrlich um sie besorgt waren. Trotzdem gingen sie ihr auf die Nerven, wie alles in der Heimat, die ihr auf einmal klein, eng, spießbürgerlich erschien. Ihr Fernweh und ihre Sehnsucht nach Hassan wurden von Tag zu Tag größer, und in der Nacht vor ihrem Abflug, die sie im Elternhause verbrachte, konnte sie vor Aufregung kaum ein

Auge zutun. Sie schlief erst ein, als der Morgen schon heraufdämmerte. So kam es, dass ihr Vater schon auf das Gericht, ihr Bruder Klaus in die Schule gegangen waren, als die Mutter sie weckte. Irene bedauerte es nicht. Sie hatte genug vom Abschiednehmen.

Ihren Koffer hatte sie schon am Abend zuvor gepackt, so blieb ihr Zeit genug, sich mit Sorgfalt anzuziehen. Sie hatte sich ein leichtes blaues Leinenkostüm zurechtgelegt, das ihr für das Klima in Saudi-Arabien angemessen schien. Darüber wollte sie einen sportlich geschnitten Mantel ziehen, denn in Hannover war es noch kühl jetzt vor Ostern. Der Vorfrühling hatte eben erst begonnen.

Frau Heinzel hatte ihrer Tochter ein besonders gutes Frühstück gerichtet, aber Irene brachte nur ein halbes Brötchen hinunter.

»Sei mir nicht böse, Mutti«, bat sie, »ich habe wirklich keinen Hunger... außerdem bekomme ich ja im Flugzeug etwas zu essen!«

Frau Heinzel verzichtete darauf, ihre Tochter zum Essen zu drängen, sie spürte zu gut, was in dem jungen Mädchen vorging. Schweigend schenkte sie ihr noch eine Tasse Kaffee ein.

Irene zündete sich eine Zigarette an. »Hoffentlich kriegen wir rechtzeitig ein Taxi!«

»Wir haben ja noch viel Zeit. Aber immerhin, wenn es dich beruhigt, ich kann ja jetzt schon einmal anrufen.«

Als Frau Heinzel sich erhob, klingelte es an der Haustür.

»Das wird die Post sein«, sagte Irene.

»Nein, die war schon da!«

Irene fuhr hoch. »Vielleicht ein Telegramm für mich!«

»Aber Schätzchen, die werden doch immer zuerst telefonisch durchgesagt!«

Trotzdem eilte Irene zur Haustür, von panischer Angst ergriffen, dass vielleicht noch im letzten Augenblick eine Absage von Hassan kommen könnte. Sie wusste, dass sie erst wieder richtig ruhig sein würde, wenn das Flugzeug sich mit ihr in die Lüfte erhob und nichts mehr sich zwischen sie und Hassan drängen konnte.

Sie riss die Haustür auf und - stand Lizzi Müller gegenüber.

Irenes Erleichterung war so groß, dass sie im ersten Augenblick kein Wort herausbringen konnte.

»Entschuldigen Sie, dass ich einfach so hier bei Ihnen aufkreuze«, sagte Lizzi schüchtern, »aber Omar hat mir geschrieben... ist es wahr? Fliegen Sie wirklich nach Dschidda?«

»Ja.«

»O Sie Glückliche! Wie ich Sie beneide!« Lizzi war in die kleine Diele getreten.

»Leider habe ich furchtbar wenig Zeit«, sagte Irene, »Sie haben sich den denkbar ungünstigsten Moment für Ihren Besuch ausgesucht... ich bin gerade im Aufbruch begriffen.«

»Sie wollen schon heute fliegen?«

»Ja.«

»Ach, wenn ich doch mitkommen könnte!« Lizzis runde blaue Augen füllten sich mit Tränen.

»Kommen Sie, kommen Sie, Lizzi«, sagte Irene beruhigend, »das ist doch kein

Grund zum Weinen! Ich werde Omar schöne Grüße von Ihnen ausrichten, ja?«
»Sagen Sie ihm, dass ich ihn liebe und dass ich immer auf ihn warten werde!«
»Ja«, versprach Irene.
Sie wusste selber nicht, warum ihr Lizzis Besuch so unangenehm war. Immer hatte sie ihre Liebe zu Hassan für etwas Einmaliges gehalten. Nun war es ihr, als wenn sie in Lizzi ihr eigenes Spiegelbild sähe. Sie fand es herabwürdigend.
Frau Heinzel trat in die Diele, Irenes Tasche in der Hand. »Das Taxi kommt gleich ...«, sagte sie, dann unterbrach sie sich. »Ich sehe, du hast Besuch bekommen!«
»Lizzi Müller wollte mir nur Adieu sagen«, erklärte Irene rasch.
»Ach so!«
Irene hätte es gerne vermieden, dass die Mutter erfuhr, welche Beweggründe Lizzi zu ihr getrieben hatten. Aber Lizzi machte ihr einen Strich durch die Rechnung.
»Sie werden mir schreiben, nicht wahr?«, bat sie. »Sie werden mir schildern, wie es Omar geht... und ob er noch an mich denkt, und ob er es ehrlich meint, wenn er schreibt, dass er mich kommen lassen will!«
»Aber ja doch«, sagte sie unbehaglich.
»Irene wird alles genau auskundschaften«, versprach Frau Heinzel, »deshalb fliegt sie ja hinüber, und wenn sie zurückkommt ...«
Irene fiel der Mutter ins Wort. »Wenn ich zurückkomme!«, wiederholte sie bedeutungsvoll.
»Wollen Sie nicht mit uns zum Flughafen fahren, Lizzi?«, schlug Frau Heinzel vor. »Ich nehme Sie dann nachher wieder mit in die Stadt zurück!«
Lizzi warf einen fragenden Blick auf Irene, aber als sie ihr Gesicht sah, hielt sie es für besser, dankend abzulehnen. Sie verabschiedete sich rasch, weil sie fühlte, dass sie die Tränen nicht länger zurückhalten konnte.
»Du warst nicht gerade freundlich zu der Kleinen«, sagte Frau Heinzel vorwurfsvoll.
Irene war in ihren Mantel geschlüpft. »Sie ist ein dummes, leichtfertiges Ding!«
»Urteilst du da nicht ein wenig hart? Blinde Verliebtheit hat auch schon klügere Leute töricht gemacht!«
»Du vergleichst sie mit mir!«, rief Irene. »Genau das hatte ich erwartet! Aber der Unterschied zwischen mir und Lizzi ist mindestens so groß wie zwischen Omar und Hassan!«
Frau Heinzel strich sich ihre Locken zurecht, setzte sorgfältig ihren Hut auf.
»Und doch sind die beiden Brüder«, sagte sie.
Irene konnte ihre Gereiztheit nicht länger unterdrücken. »Ach«, sagte sie böse, »mit dir kann man ja nicht reden!«
Erst als sie zehn Minuten später im Taxi saßen und die Stadt in Richtung Flughafen verließen, wurde ihr bewusst, wie undankbar und ungerecht ihr Verhalten gewesen war. Frau Heinzel hatte es sich nicht anmerken lassen, dass sie sich gekränkt fühlte; sie war gleichbleibend freundlich und ruhig geblieben.
Irene drückte die Hand ihrer Mutter. »Bitte«, sagte sie zerknirscht, »bitte, sei

mir nicht mehr böse! Ich weiß, ich habe mich schlecht benommen. Es war nicht so gemeint!«
»Natürlich nicht, Liebling«, sagte Frau Heinzel, »du bist ganz aus dem Häuschen vor Aufregung. Das ist alles.«
»Und ich werde auch mit Omar sprechen und Lizzi schreiben«, versprach Irene, »mir tut sie ja auch leid, nur... ich kann einfach nicht verstehen, wie man sich in einen windigen Burschen wie Omar verlieben kann!«
»Sei froh, dass wir nicht so unduldsam sind wie du! Hassan ist zwar gewiss kein windiger Bursche, aber doch alles andere als der ideale Schwiegersohn, das wirst du wohl zugeben.«
»Für mich ist er der ideale Mann!«
»Hoffentlich, Liebling... wir alle gönnen dir dein Glück von Herzen, falls es wirklich dein Glück ist!«
Die weitere Fahrt zum Flughafen verlief schweigend, weil beide Frauen Angst hatten, sich mit jedem Wort, das sie sprachen, weh zu tun, und beide wollten es auf keinen Fall in der kurzen Zeit, die ihnen noch blieb, zu einem Streit kommen lassen. Frau Heinzel spürte, dass Irene in Gedanken schon weit, weit fort war, und das Herz tat ihr weh. Sie hatte Zeit genug gehabt, sich daran zu gewöhnen, dass Irene erwachsen geworden war und ihre eigenen Wege gehen wollte - und doch, in dieser letzten Stunde, bevor Irene in eine ferne unbekannte Welt zog, war es ihr, als wenn sie wieder ihr kleines Mädchen wäre. Am liebsten hätte sie sie noch im letzten Moment angefleht zu bleiben.
Am Flughafen entlohnte sie den Fahrer, half Irene das Gepäck aufgeben und blieb bei ihr, bis sie die Karte mit der Nummer des Flugsitzes hatte.
»Ich glaube«, sagte sie dann gezwungen, »es hat keinen Zweck, wenn ich warte, bis es so weit ist.«
Irene verbarg ihre Erleichterung. »Du willst schon zurück?«
»Ja. Du brauchst mich jetzt nicht mehr. Leb wohl, Irene, mach es gut... gib auf dich acht!« Sie umarmte ihre Tochter, riss sich los, fast gewaltsam, und wandte sich ab.
Erst als die Schwingtür hinter ihr zufiel, begriff Irene, was dieser Abschied bedeutete - vielleicht eine Trennung auf viele Jahre, wenn nicht für immer. Es war nicht abzusehen, wann sie, wenn sie erst Hassans Frau geworden war, wieder nach Europa kommen würde, und wer wusste denn, was in der Zwischenzeit alles geschehen konnte.
»Mutti!«, schrie sie.
Aber Frau Heinzel hatte das Flughafengebäude schon verlassen und hörte sie nicht mehr.
»Mutti!«
Irene vergaß all ihre künstliche Überlegenheit; sie rannte nach draußen und kam gerade noch zurecht, als ihre Mutter in ein Taxi stieg. »Warte!«, rief sie. »Bitte, warte noch!«
Frau Heinzel gab dem Fahrer ein Zeichen und tupfte ihre Tränen ab, bevor sie ihr Gesicht zeigte.
»Ja?«, fragte sie beherrscht. »Hast du etwas vergessen?«
Irene nahm ihre Mutter in die Arme. »Ich habe vergessen, dir zu danken... für

all deine Liebe und deine Güte, für alles, was du mir getan hast, mein ganzes Leben lang! Ich habe vergessen, dir zu sagen, wie lieb ich dich habe... und dass ich immer an dich denken und dir so oft wie möglich schreiben werde! Oh, Mutti, Mutti, halt mich fest, halt mich ganz fest! Wie sehr werde ich euch alle vermissen... Vater und Klaus und dich, meine allerliebste Mutti!«

Der Flug hätte für Irene ein großes Erlebnis sein können. Aber ihre Aufregung und ihre Sehnsucht waren viel zu groß, als dass sie den Komfort an Bord oder den weiten Blick über weiße Wolkenbänke, über Gebirge, Meer und Stadt wirklich genießen konnte.

Bei jeder Landung stieg ihre Ungeduld aufs Höchste. Im Flugzeug verging die Zeit schnell, aber in den Aufenthaltsräumen der Flughäfen von Genf und Beirut wollte und wollte der Uhrzeiger nicht vorwärts rücken.

Drei junge Orientalen - Irene schätzte sie als Studenten ein - gaben sich heftige Mühe, ihre Aufmerksamkeit zu erregen und mit ihr ins Gespräch zu kommen. In Beirut wurden sie schließlich geradezu massiv.

Irene wahrte eiserne Zurückhaltung, schenkte ihnen weder ein Lächeln noch einen Blick. Sie wunderte sich über sich selber. In Europa hätte sie nichts dabei gefunden, sich auf einer Reise auch mit Unbekannten in ein Gespräch einzulassen. Oft hatte sie ausländischen Studenten, die sich in der Universität oder der Stadt nicht zurechtfanden, bereitwillig Auskunft gegeben und sich auch einmal zu einer Tasse Kaffee einladen lassen.

Hier in der Fremde erschien ihr plötzlich alles zwielichtig. Die jungen Männer lachten laut, sprachen lebhaft in ihrer Heimatsprache miteinander, die Irene nicht verstand, und sie konnte sich des Eindrucks nicht erwehren, dass sie sich über sie unterhielten, und zwar in einer schmutzigen boshaften Weise.

Warum machten sie sich über sie lustig? Weil sie sie hatte abblitzen lassen? Oder einfach deshalb, weil sie, eine alleinreisende Frau, eine Europäerin, in ihren Augen nichts galt? Hielten sie sie für Freiwild?

Endlich, endlich war auch die letzte Etappe des Fluges überwunden.

Der Düsenclipper durchstieß die Wolkenbank und senkte sich langsam über Dschidda, der weißen Stadt am Meer, nieder. Irene glaubte, in der nachtschwarzen Dunkelheit die Positionslichter der Schiffe im Hafen wahrzunehmen. Das Flugzeug zog einen weiten Bogen, setzte auf der Rollbahn auf und fuhr langsam aus.

Irene versuchte, als Erste beim Ausgang zu sein. Aber die Studenten waren schneller. Einer stieß sie rücksichtslos - ob mit Absicht oder versehentlich - mit dem Ellbogen gegen die Brust.

Unwillkürlich schrie Irene leise auf.

Ein anderer, ein schlanker junger Mann, der sie in gewisser Weise an Hassan erinnerte, drehte sich zu ihr um. »Entschuldigen Sie, bitte«, sagte er auf deutsch.

Irene war es, als wenn er sie für das Benehmen, das er und seine Kameraden während des ganzen Fluges gezeigt hatten, um Verzeihung bitten wollte.

Sie hatte erwartet, dass es heiß sein würde, aber die dumpf glühende tropische Luft, die im Augenblick, da sie das Flugzeug verließ, auf sie niederstürzte, war

heißer, als sie sich je hätte vorstellen können. Von einer Sekunde zur anderen war sie in Schweiß gebadet. Ihr leichtes kleines Kostüm klebte an ihrem Körper.
Tief atmete sie durch, um den Schock zu überwinden. Aber von Schritt zu Schritt wurde es eher schlimmer als besser.
Die weißen Gestalten, die regungslos auf den Dächern ringsum kauerten, erschienen ihr unheimlich, wie Aasgeier, die auf eine Beute warteten. Ihr Verstand sagte ihr, dass diese Menschen nur Kühlung suchten, aber ihre innere Bedrückung blieb.
Die Zollformalitäten verliefen rasch und ohne Schwierigkeiten. Die Beamten waren höflich und zurückhaltend, aber Irene fiel es auf, dass keiner sie ansah, wenn er mit ihr sprach.
Dann hatte sie ihren Koffer. Sie wagte nicht, ihn einem der Träger anzuvertrauen, und nahm ihn selber in die Hand. In diesem Augenblick war sie ihren Eltern dankbar, weil sie ihr geraten hatten, so wenig wie möglich mitzunehmen.
Sie verließ den Zollraum - ihr Herz klopfte höher in der Erwartung, Hassan gleich vor sich zu sehen. Aber ihre Augen suchten ihn vergebens.
Der Student, der sich im Flugzeug bei ihr entschuldigt hatte, trat an sie heran, während seine Kameraden in einiger Entfernung warteten.
»Kann ich Ihnen behilflich sein?«, fragte er.
»Nein, danke«, gab Irene kurz zurück, »ich werde erwartet!«
Der Student zog sich mit einer kleinen Verbeugung zurück, drängte seine Freunde, die zu Irene hinüber blickten, wieder sehr lebhaft gestikulierend in ein Auto. Die drei fuhren davon, und Irene blieb allein zurück.
Sie stellte ihren Koffer zu Boden und wartete. Hassan erschien nicht. Es dauerte lange, bis sie begriff, dass er nicht kommen würde.
Sie war ein vernünftiges und durchaus nicht überängstliches junges Mädchen. Doch jetzt, als sie vor dem nächtlichen Flughafen von Dschidda stand - in einem fremden Land und unter fremden Sternen -, spürte sie, wie eine Welle von Panik auf sie zukam.
Sie musste all ihre innere Kraft dagegenstemmen, damit nicht auch ihr letzter Rest von Vernunft davongeschwemmt wurde.
›Hassan ist aufgehalten worden‹, beschwor sie sich selber, ›das hat nichts zu bedeuten, so etwas kann doch passieren! Diese weißen Gestalten mit den dunklen Gesichtern sind Menschen wie du - du bist in einem zivilisierten Land, nichts kann dir passieren!‹
Dennoch liefen ihr trotz der unheimlichen Hitze Kälteschauer über den Rücken, und ihre Wangenmuskeln spannten sich krampfhaft bei dem Versuch, das Klappern ihrer Zähne zu bezwingen.
Ein schwarzes Auto rollte langsam vor, die Tür wurde geöffnet - Irene wich unwillkürlich zurück, als fürchtete sie, in den Wagen hineingerissen und entführt zu werden. Es dauerte Sekunden, bis sie begriff, dass sie ein Taxi vor sich hatte, und ihre Erleichterung war unendlich. »Bitte«, sagte sie mühsam, »bitte, fahren Sie mich zum Kantare-Hotel!«
Dann erst wurde ihr klar, dass der Fahrer, ein junger Mann im weißen

Gewand, der sich höflich vor ihr verbeugte, wohl kaum deutsch verstand. Sie wiederholte ihren Wunsch auf englisch.
In den dunklen Augen des jungen Mannes blitzte Verständnis auf. »Kantare-Hotel«, wiederholte er. »Yes!«
Er nahm Irene den Koffer aus der Hand, öffnete ihr die Tür zum Fond, ließ sie einsteigen, stellte den Koffer neben den Fahrersitz und setzte sich selber ans Steuer.
Das Auto glitt davon, auf die Lichter von Dschidda zu.
Irene vermochte sich nicht zu entspannen. Sie saß auf der vorderen Kante des bequem gepolsterten Sitzes, jeden Augenblick bereit, aus dem fahrenden Auto zu springen, falls Gefahr drohen sollte - eine Gefahr, von der sie nur eine ganz verschwommene Vorstellung hatte. Aber während der kurzen Fahrt schoss ihr alles durch den Kopf, was ihr Vater ihr über Mädchenhändler im Orient und ihre skrupellosen Methoden erzählt hatte, und Angstschweiß perlte ihr von der Stirn.
Als das Kantare-Hotel endlich vor ihr auftauchte, ein großes weißes, im Kolonialstil errichtetes Gebäude, war es im ersten Augenblick für sie wie eine Fata Morgana.
Aber sie hatte sich nicht getäuscht, und bald begriff sie, dass der Fahrer nicht die geringste böse Absicht gehabt hatte. Er steuerte das Auto vor das Portal des hell erleuchteten Hotels, bremste und drehte sich lächelnd zu ihr um.
»Kantare-Hotel, Madam ...«
»Thank you«, sagte Irene, »thank you so much ...«
Sie riss die Autotür auf und stieg aus, noch ehe der Fahrer ihr helfen konnte, öffnete ihre Handtasche, holte eine Handvoll arabischer Münzen heraus, hielt Sie dem Mann hin - sie achtete nicht darauf, was er sich nahm, es war ihr in diesem Augenblick auch völlig gleichgültig.
Die riesenhohen Palmen vor dem Hotel, deren Blätterbüschel nicht grün und glänzend, sondern seltsam stumpf und grau wirkten, warfen gespenstische Schatten.
Der Fahrer holte den Koffer aus dem Auto. Irene wollte ihn dem Mann aus der Hand nehmen, aber er winkte lächelnd ab, ließ es sich nicht nehmen, ihn bis zu der gläsernen Schwingtür zu tragen, wo ein uniformierter Page ihn an sich riss.
Irene hatte das Gefühl, kein selbstständiger Mensch mehr zu sein, sondern eine Figur aus einem Bühnenstück, die nach dem Willen eines unsichtbaren Autors hin und her dirigiert wurde.
Aber in diesem Augenblick, da sie die Halle des Kantare-Hotels betrat, wurde alles anders. Die frische kühle Luft, die ihr nach der drückenden Hitze draußen völlig überraschend entgegenschlug, wirkte wie ein prickelndes Bad.
Irene atmete tief durch und fand wieder zu sich selber zurück. Plötzlich war alles wieder normal, geradezu europäisch. Hier, im Inneren, unterschied sich das Kantare-Hotel in nichts von tausend anderen Hotels in Europa - es gab einen langgestreckten Empfangstisch aus dunklem, poliertem Holz, dicke Teppiche, Klubsessel und kühle Luft, die von einer erstklassigen Klimaanlage reguliert wurde. Herren in gut geschnitten Anzügen saßen herum, tranken,

rauchten, lasen Zeitungen, sprachen gedämpft miteinander. Allerdings gab es auch Araber in weißen oder bunten, bis zu den Knöcheln reichenden Gewändern, weißen Tüchern und schwarzen Kopfringen - aber in dieser Umgebung wirkten sie wie fremdländische Gäste.
Der Empfangschef verbeugte sich lächelnd. »Ich hoffe, gnädige Frau, dass Sie sich wohl bei uns fühlen werden«, sagte er in gutem, wenn auch ein wenig fremdländisch klingenden Deutsch.
Es war herrlich, die Muttersprache an einem Ort so fern der Heimat zu vernehmen; Irene errötete vor Freude. »Sie sprechen deutsch?«
»Ein wenig«, sagte der Empfangschef bescheiden.
»Haben Sie in Deutschland studiert?«
»Nein, aber in einem deutschen Hotel gearbeitet. In Baden-Baden. Zwei Jahre lang. Ich bin Ägypter.«
»Jedenfalls freue ich mich sehr, dass ich einen Menschen gefunden habe, mit dem ich mich wirklich verständigen kann. Arabisch spreche ich nicht, und mein Englisch ist auch nicht besonders.«
»Darf ich Sie um Ihren Pass bitten?«
Irene hielt ihm den geöffneten Ausweis entgegen, er nahm ihn ihr aus der Hand, blätterte darin, betrachtete aufmerksam ihr Bild, bevor er ihn ihr zurückgab.
»Danke«, sagte sie und steckte den Pass wieder in ihre Tasche.
Der Empfangschef beobachtete sie verstohlen unter seinen langen dichten Wimpern her. »Für einen kurzen Aufenthalt wird es sicher genügen«, sagte er.
»Oh, ich weiß noch gar nicht, wie lange ich bleiben werde!«, erklärte Irene offen. »Wenn es mir gut gefällt ...«
Sie sprach ihren Satz nicht zu Ende, denn sie begriff, dass es übereilt gewesen wäre, dem wildfremden Menschen ihr Schicksal, ihre Wünsche und Hoffnungen anzuvertrauen, nur weil er ihre Sprache beherrschte.
»Dies ist ein interessantes Land«, sagte der Ägypter, »aber kein Land für Frauen, glauben Sie mir!«
Irene wünschte nichts weniger, als ausgerechnet jetzt, nachdem sie die weite Reise gemacht und dem Ziel ihrer Sehnsucht so nahe war, wieder nichts als Warnungen zu hören. Rasch wechselte sie das Thema. »Mein Zimmer ist reserviert?«, fragte, sie.
Der Ägypter spürte die unausgesprochene Zurechtweisung, und sein dunkles, gut geschnittenes Gesicht verschloss sich. »Selbstverständlich, gnädige Frau... der Page wird Sie hinaufbegleiten! Wenn Sie noch etwas essen wollen ...« Er reichte dem Pagen, der mit dem Koffer wartete, den Zimmerschlüssel.
»Nein, danke«, sagte Irene, »aber ich habe Durst!«
»Ich werde Ihnen, was Sie wünschen, auf Ihr Zimmer bringen lassen... allerdings führen wir keine alkoholischen Getränke, wie Sie wohl wissen werden.«
»Ein Flasche Mineralwasser genügt mir vollkommen«, sagte Irene, »gute Nacht also!«
»Schlafen Sie gut, gnädige Frau!«
Irene hatte sich schon halb zum Gehen gewandt, als er sie zurückrief. »Beinahe hätte ich es vergessen... es ist eine Nachricht für Sie abgegeben worden!«

Wie elektrisiert drehte Irene sich zu ihm um. »Ein Brief?«
»Ja, gnädige Frau ...«
Der Ägypter zog einen weißen Umschlag aus einem der Fächer hinter dem Empfangstisch, Irene nahm ihn mit zitternden Händen entgegen. Ihr Herz schlug höher, als sie Hassan Sidis runde, ausgeglichene Schrift erkannte.
Sie musste an sich halten, ihn nicht gleich jetzt, auf der Stelle zu öffnen, aber sie spürte die verstohlene Neugier des Empfangschefs und wollte ihm um keinen Preis ein Schauspiel geben. Also bedankte sie sich nur, so gelassen, wie es ihr möglich war, und folgte dann dem Pagen mit dem Koffer zum Lift.
Das Zimmer, in das er sie begleitete, lag im dritten Stock, ein hübscher, unpersönlich eingerichteter Raum mit einem grün gekachelten Bad, dessen Tür der Page mit einem gewissen Stolz öffnete.
Irene gab ihm ein Trinkgeld und war froh, als der junge Mann, der in ihrer Gegenwart sehr unsicher wirkte und nicht ein einziges Mal wagte, ihr ins Gesicht zu sehen, sich rasch zurückzog. Sie verschloss die Tür hinter ihm, riss, noch im Stehen, Hassans Brief auf und nahm den Bogen, der nur wenige Zeilen enthielt, heraus.
›Meine geliebte Irene‹, las sie, ›du wirst dir vorstellen können, wie unglücklich ich darüber bin, dass ich dich nicht vom Flughafen abholen konnte! Wie hatte ich mich darauf gefreut, dich als Erster in meiner Heimat zu begrüßen! Auch du wirst enttäuscht und traurig sein, bitte, verzeih mir! Mein Vater befahl mir, ihn nach Mekka zu begleiten, und ich konnte mich diesem Wunsch nicht entziehen. Aber in wenigen Tagen werde ich wieder zurück sein und sofort zu dir eilen.
Verlass das Hotel bis dahin nicht, bleib möglichst in deinem Zimmer. Noch bist du fremd hier und kennst zu wenig von unseren Sitten und Gebräuchen. Ich liebe dich sehr! In Eile, dein Hassan!‹
Irene las diesen Brief einmal, zweimal, dreimal, und jedesmal veränderte sich der Eindruck, den er auf sie machte.
Zuerst war sie glücklich, eine Nachricht von Hassan, einen Beweis seiner Liebe, in Händen zu halten. Dann kamen ihr Zweifel, ob er sie wirklich liebte - hätte er sonst nicht dieses eine Mal seinem Vater entgegentreten müssen? Endlich aber schienen ihr nur noch die letzten Sätze von Bedeutung.
Hassan verlangte unmissverständlich von ihr, die nächsten Tage, bis er sich endlich zu ihr bequemen würde, auf ihrem Zimmer zu bleiben und die Wände anzustarren. Was dachte er sich dabei!? Hatte er etwa vor, sie, kaum dass sie den Boden seines Landes betreten hatte, zu einer Sklavin zu machen?
Sie liebte ihn sehr, aber nie und unter keinen Umständen würde sie bereit sein, sich ihm zu unterwerfen. Wenn eine Sklavin das war, was er wünschte, dann sollte er sich eine Frau seines Landes nehmen - sie, Irene, war als selbstständiger Mensch erzogen, und sie war entschlossen, ihre Freiheit mit allen Mitteln zu verteidigen.

Am nächsten Morgen, gleich nach dem Frühstück - einer europäischen und durchaus langweiligen Angelegenheit - entschloss sich Irene zu ihrem ersten Erkundungsgang durch die Stadt.

Der Eindruck von Hassans Brief hatte sich jetzt, nachdem sie ausgeschlafen war, nicht verbessert, im Gegenteil, ihr Misstrauen hatte sich noch verstärkt. Gab es womöglich etwas in dieser Stadt, in diesem Land, das er ihr vorenthalten wollte? Sollte sie etwa deshalb nur mit ihm zusammen das Hotel verlassen? Damit er ihr zeigen konnte, was sie sehen durfte, und eine Möglichkeit hatte, all das vor ihr zu verbergen, was sie womöglich abschrecken würde?

Sehr unternehmungslustig und sehr hübsch in ihrem blaurosa gestreiften Hemdblusenkleid, weiße Sandalen an den bloßen Beinen, eine weiße Tasche am Riemen über dem Arm, durcheilte sie die Hotelhalle, gab ihren Schlüssel ab. »Guten Morgen«, rief sie freundlich.

Der Empfangschef erwiderte ihren Gruß. »Haben Sie gut geschlafen?«

»Ja, danke. Sehr. Falls jemand nach mir fragen sollte... um die Mittagszeit bin ich wahrscheinlich wieder zurück.«

»Darf ich Ihnen ein Taxi bestellen?«

Irene wehrte ab. »Nicht nötig. Ich gehe lieber zu Fuß. Vom Fenster aus habe ich gesehen, dass das Hotel ja ziemlich im Zentrum der Stadt liegt.«

Die Miene des Ägypters zeigte Bestürzung. »Sie wollen doch nicht etwa ...? Wenn ich Ihnen einen Rat geben darf, gnädige Frau ...«

Irene unterbrach ihn. »Danke«, sagte sie kalt, »wenn ich einen Rat von Ihnen brauche, werde ich Sie darum bitten!« Sie drehte sich auf dem Absatz um und trat durch die breite gläserne Schwingtür auf die Straße.

In der kühlen Luft des Hotels hatte sie vergessen, wie heiß es draußen war. Sekundenlang verschlug ihr die schwere, glühende Treibhausluft den Atem. Schweiß brach ihr aus allen Poren. Sie war nahe daran, auf der Stelle umzukehren und sich wieder ins Haus zu flüchten. Aber nein! Diese Blöße wollte sie sich nun doch nicht geben.

Tapfer schritt sie weiter, obwohl das Kleid an ihrem Körper zu kleben begann.

Die Palmen in Dschidda waren wirklich grau, sie hatte sich am Abend zuvor nicht getäuscht, sie waren grau vom Staub der Straße.

Die überraschende Vielfalt des Verkehrs lenkte Irene für eine Weile von ihrem körperlichen Unbehagen ab.

Es gab Ochsen und Eselkarren, die fortwährend von den riesigen amerikanischen Straßenkreuzern überholt wurden oder ihnen den Weg abschnitten. Nach wenigen Metern entdeckte sie sogar eine ganze Gruppe Kamele, die sehr selbstverständlich und friedlich dahinschritten.

Irene bedauerte, ihren Fotoapparat im Hotel gelassen zu haben. Das hätte einen hübschen Schnappschuss für ihre Eltern gegeben!

Langsam schlenderte sie weiter, ohne auf die seltsamen Blicke der entgegenkommenden Männer zu achten.

Eine Weile bewunderte sie den Polizisten, der auf einer Kanzel mitten in einer Straßenkreuzung stand und mit lebhaftem Armeschwingen den Tumult in geordnete Bahnen zu lenken versuchte.

Von dem Minarett der nahen Moschee klang die Stimme des Muezzins herüber, die die Gläubigen zum Gebet aufrief. »Ala ilaha illa 'llah ...« Im gleichen Augenblick stieg der Polizist von der Kanzel, rollte seinen Gebetsteppich auf, warf sich - in Richtung Osten, nach Mekka zu - auf die Knie und begann mit

seinen rituellen Gebeten, während der Verkehr um ihn weiter brandete, nicht regelloser als vorher.
Auch einige andere Männer hatten ihre Teppiche ausgebreitet, auf dem Fußsteig, dort, wo sie gerade gegangen waren, und vertieften sich in ihr Gebet.
Irene wurde es sehr unbehaglich zu Mute und sie machte, dass sie weiterkam, war froh, endlich einen kleinen Park zu erreichen. Hier gab es einen Brunnen, Palmen, einen mit grauem Staub bedeckten Rasen, einige Bänke. Aber weit und breit war keine Menschenseele zu sehen. Die müßigen Männer waren wohl alle beim Gebet, und die Frauen ja, wo waren die Frauen?
Auf einmal wurde Irene sich bewusst, dass sie, seit sie das Hotel verlassen hatte, höchstens zwei, drei Frauen gesehen hatte, und alle waren tief verschleiert gewesen, Mohammedanerinnen.
Seltsam, dachte sie, dieser schattige und verschwiegene Platz wäre doch eigentlich ein Platz für Frauen, die ihre Kinder beaufsichtigen. Aber anscheinend ist hier wirklich alles anders, als ich aus Europa gewohnt bin.
Sie erhob sich, ging weiter und erreicht den Souk. Hier drängte sich ein Verkaufsstand an den anderen, und hier gab es auch Frauen, tief verschleiert allerdings auch sie, aber lachend, fröhlich, den ausgelegten Schmuck betrachtend, scherzhaft feilschend.
Als Irene sich einer solchen Gruppe näherte - lächelnd, um ihre gute Absicht zu zeigen -, wurde sie aus bestürzten dunklen Augen gemustert. Die Mohammedanerinnen zogen ihre Tücher tiefer in die Stirn und stoben auseinander wie eine Schar erschreckter Hühner.
Aber der Kaufmann, an dessen Stand sie getreten war, begann sofort seine Ware anzupreisen. Irene verstand seine Sprache nicht, und sie wünschte auch nichts zu kaufen. Sie schüttelte lächelnd den Kopf, hob abwehrend die Hand.
Der Kaufmann stieß ein paar heftige Worte aus, die Irene zum Glück genauso wenig verstand wie das, was er ihr früher gesagt hatte - es war eine Verwünschung gewesen, die sich nicht nur auf sie, sondern auch auf ihre Kinder und Kindeskinder bezog.
Irene ging unbekümmert weiter. Hier, im Trubel der vielen Menschen, die aneinander vorbei und einander nachdrängten, fühlte sie sich wohl. Niemand beachtete sie, und sie konnte sich einbilden, dazuzugehören. Sie betrachtete die ausgebreiteten Teppiche, die Stoffe - bunte Ballen von Seide, Wolle, Baumwolle -, die elfenbeinernen Schnitzereien, die geflochtenen Körbe, kupfernen Kessel und Räucherpfannen. Das bunte, vielfältige Leben, das sich hier auf engstem Raume abspielte, faszinierte sie.
Sie ging weiter und weiter und konnte sich nicht satt sehen.
Eine dichte Menschenmenge drängte sich um ein hölzernes Podium, und Irene trat näher, weil sie glaubte, dass dort etwas ganz Besonders geboten werden müsste.
Über der Menge, einen gestreiften Rock über dem Untergewand, stand ein alter Mann mit hennarot gefärbtem Bart und redete sehr zungenfertig und eifrig. Erst glaubte Irene, es wäre ein Spaßmacher, denn einige der Männer lachten immer wieder laut. Der Mann mit dem roten Bart hatte drei verschleierte Frauen neben sich stehen. Jede einzelne nahm er bei der Hand und zog sie

nach vorne, ließ sie sich wenden und drehen. Das Ganze wirkte ähnlich wie die Anpreisungen des Ausrufers eines Raritätenkabinetts auf einem Volksfest in Deutschland.
Aber dann plötzlich änderte sich die Szene. Ein Araber stieg nach oben, begann eine Frau nach der anderen zu betasten, hob den Schleier, um ihr ins Gesicht zu sehen, ließ sie den Mund öffnen, um ihre Zähne zu betrachten.
Eine der Frauen schien seinen Ansprüchen zu genügen. Er verhandelte, mit dem Rücken zu den Zuschauern, mit dem Mann mit dem hennarot gefärbten Bart, gab ihm schließlich eine Summe Geld, nahm das Mädchen beim Handgelenk und zog es mit sich. Irene glaubte ihren Augen nicht zu trauen - war es möglich, war dies wirklich ein Sklavenmarkt? Wurden hier Menschen angepriesen, begutachtet und verkauft?
Sie hatte das Gefühl, dies alles nicht länger ertragen zu können, aber sie stand wie gebannt. So erlebte sie mit, wie der gleiche Vorgang sich vielfach wiederholte. Immer wieder stiegen Männer auf das Podium. Einige konnten sich nicht zum Kauf entschließen oder hatten sich vielleicht auch nur das Vergnügen gönnen wollen, eine wehrlose fremde Frau in Augenschein zu nehmen und berühren zu können, aber nach etwa einer halben Stunde hatten auch die beiden anderen Frauen - eine wirkte alt und schon ein wenig krumm, die andere war noch ein halbes Kind - einen Käufer gefunden und wurden fortgeführt.
Niemand, außer Irene, schien etwas an diesem Vorgang zu finden. Sie wartete, bis die Menge, in die sie eingekeilt war, sich auflöste und wollte den Souk so schnell wie möglich verlassen. Sie war völlig durcheinander und immer noch im Zweifel, ob das, was sie mit eigenen Augen gesehen hatte, der Wirklichkeit entsprach oder ob sie einen harmlosen Vorgang missverstanden und falsch gedeutet hatte.
Wieder rief der Muezzin zum Gebet, aber in ihrer Aufregung überhörte sie es. Sie war ringsum von Männern umgeben, die alle in eine bestimmte Richtung drängten. Irene wurde mitgeschoben.
Plötzlich fühlte sie sich so heftig beim Arm gerissen, dass sie unwillkürlich laut aufschrie. Die Männer neben, hinter und vor ihr stießen Flüche und Verwünschungen aus. Ehe sie noch recht begriff, was ihr geschah, hatte man sie aus der Menge herausgezerrt, Stockhiebe trafen sie auf dem Rücken und auf der Brust, unwillkürlich hob sie die Hände vor das Gesicht, um sich gegen die unbarmherzigen Schläge zu schützen.
Ein Schlag traf sie auf dem Hinterkopf. Sie stolperte, verlor das Gleichgewicht und fiel der Länge nach auf den schmutzigen Boden des Souk.
›Mein Gott‹, konnte sie nur noch denken, ›das ist das Ende!‹ Dann verlor sie die Besinnung.

Als Irene Heinzel wieder zu sich kam, sah sie in ein hässliches, von Narben entstelltes Gesicht, aus dem zwei dunkle, besorgte Augen sie freundlich anblickten.
»Erschrecken Sie nicht«, sagte eine sanfte Stimme auf englisch, »es ist alles vorbei. Sie sind in Sicherheit!«

Aber der überstandene Schock war zu stark gewesen, dass Irene sich nicht sogleich beruhigen konnte. Mit verwirrten Augen sah sie sich in dem dämmrigen Gewölbe um, in dem sie sich jetzt befand.
»Wo bin ich«, rief sie, »lassen Sie mich gehen! Ich will nicht ...«
Der Fremde fiel ihr ins Wort. »Ich verstehe Ihre Sprache nicht«, sagte er, »sprechen Sie englisch, wenn ich Sie verstehen soll! Niemand will Ihnen ein Leid tun! Wie fühlen Sie sich?«
Irene beantwortete diese Frage nicht; sie versuchte sich aufzurichten und begriff, dass sie auf einem Diwan lag. »Wer sind Sie?«
Der Fremde legte zart seine Hand auf ihre Schulter und drückte sie nieder. »Ich bin Ashaf, der Armenier ...«
Als er sah, dass die Angst nicht aus ihren Augen weichen wollte, schlug er seinen Umhang zurück, öffnete sein Hemd. Auf seiner braunen, stark behaarten Brust schimmerte ein kleines goldenes Kreuz. »Ich bin Christ«, sagte er.
»Sie sind kein... Sklavenhändler?«
Ashaf lächelte. »Aber nein! Ich handle mit allerlei Kram, Kostbarem und Unedlem, aber nicht mit Menschen. Ich habe Sie in meinen Laden geholt, als die Ullahs von Ihnen abließen. Ich wollte nicht, dass Ihnen noch mehr Schaden zugefügt würde.«
»Waren es Ullahs, die mich geschlagen haben?«
»Ja, Kirchenpolizisten.«
»Aber warum? Warum!? Was habe ich ihnen getan?«
Ashaf richtete sich auf, ging zu einem kupfernen Samowar, ließ dunklen Tee in eine Tasse fließen und brachte Irene das Getränk. »Setzen Sie sich auf und trinken Sie. Ich werde Ihnen alles erklären!« Er tat zwei Löffel voll braunen Zucker in die Tasse. Sie trank in vorsichtigen kleinen Schlucken, spürte erleichtert, wie ihre Nerven sich allmählich zu beruhigen begannen.
»Die Ullahs«, sagte Ashaf, »pflegen mit ihren Stöcken zur Gebetsstunde die Säumigen oder Zögernden in die Moschee zu treiben, verstehen Sie?«
»Aber doch nicht die Frauen!«
»Nein. Aber Sie, die Ungläubige, sind zwischen die Männer geraten, die zur Moschee strömten... verstehen Sie jetzt?«
»Ich wusste das nicht«, sagte Irene, »und ich wollte gar nicht mit. Ich wurde einfach geschoben.«
Ashaf holte eine Schachtel Zigaretten aus seinem Kaftan, bot sie Irene an.
Sie zögerte. »Darf ich?«, fragte sie. »Oder würde ich damit wieder gegen ein Gesetz verstoßen, das ich nicht kenne?«
»Viele Mohammedanerinnen rauchen. Der Prophet hat es nicht verboten.«
Irene griff dankbar zu und ließ sich Feuer geben.
Ashaf setzte sich auf den Rand seines Diwans. »Ich habe Sie schon eine ganze Zeit beobachtet«, sagte er, »ich hätte Sie warnen sollen. Aber als Christ in einem mohammedanischen Land... man muss vorsichtig sein. Ich mische mich nicht gern in fremde Angelegenheiten.«
»Was habe ich falsch gemacht?«, fragte Irene.
»Sie hätten nicht unverschleiert in den Souk gehen dürfen... es ist auch für Ausländerinnen verboten, ihr Gesicht den Gläubigen zu zeigen.«

Irene setzte die Tasse ab. »Das kann doch nicht wahr sein!«, rief sie. »Schließlich... wir leben im Zeitalter des Fortschritts ... im Jahre neunzehnhundertzweiundsechzig! Wenn die Araberinnen sich das gefallen lassen, ist das ihre Sache! Aber mir, als Europäerin, kann man das doch nicht zumuten!«
»Doch, man kann!«, widersprach Ashaf ruhig. »Im Übrigen... Sie leben in der westlichen Welt im Jahre neunzehnhundertzweiundsechzig, aber wir hier haben eine andere Zeitrechnung. Sie beginnt mit der Flucht des Propheten nach Medina, und so schreiben wir heute das Jahr dreizehnhundertvierundfünfzig. Vielleicht erklärt Ihnen das manches.«
»Man hätte mir das sagen müssen!«
»Sicher. Es war nicht Ihr Fehler. Sie haben Ihren Mangel an Erfahrung bitter büßen müssen. Haben Sie noch Schmerzen?«
Irene schüttelte den Kopf. »Nicht sehr. Es war wohl mehr der Schock, der mich die Besinnung hat verlieren lassen.«
»Das mag sein. Die Ullahs pflegen nicht wirklich hart zuzuschlagen. Die Stockhiebe dienen der Ermahnung, nicht der Strafe.«
»Das ist immerhin ein Trost«, murmelte Irene.
»Trotzdem sollten Sie es nicht noch einmal darauf ankommen lassen!«
»Nein, das werde ich gewiss nicht. Ich danke Ihnen für alles, was Sie für mich getan haben. Aber jetzt möchte ich ins Hotel zurück.«
Ashaf stand auf. »Natürlich. Ich werde Ihnen eine Mandil geben, damit Ihnen nicht noch einmal etwas zustößt!«
Er nahm ein farbiges Tuch von einem Stapel, legte es über Irenes Haar.
»Sie müssen die Mandil vor das Gesicht binden, warten Sie, ich zeige Ihnen, wie es gemacht wird!«
Irene hatte sich erhoben und ihre Zigarette ausgedrückt. Sie ließ sich geduldig von Ashaf vermummen, aber plötzlich fiel ihr siedendheiß etwas ein.
»Wo ist meine Handtasche?«, rief sie erschrocken. »Meine Tasche ist weg, man muss sie mir entrissen haben! Meine Papiere waren darin... und all mein Geld!«
»Nein, nein!«, sagte der Armenier. »Ihre Tasche ist hier! Ich habe sie aufgehoben.«
»Gott sei Dank!«
Irene riss Ashaf die weiße Tasche, die jetzt schmutzig geworden war, fast aus der Hand, öffnete sie und begann hastig den Inhalt nachzuprüfen.
»Es ist alles da«, sagte sie erleichtert.
»Ich wusste es«, sagte Ashaf lächelnd, »in diesem Lande wird nichts gestohlen ... jedenfalls nicht von den Saudis.«
»Sind sie so ehrlich?«
»Die Strafen sind sehr hart. Ein überführter Dieb muss damit rechnen, dass ihm die Hand abgeschlagen wird.«
»Entsetzlich!«, rief Irene.
»Nun, für Sie hat es doch sein Gutes gehabt. Sie haben Ihr Eigentum zurückbekommen. Kommen Sie, ich bringe Sie jetzt zu einem Taxi!« Irene klopfte sich den Staub vom Kleid, folgte ihrem Retter. Obwohl sie begriff, dass die Gefahr vorüber war, zitterten ihr immer noch die Knie.

Khadija, Hassans Mutter, saß mit einigen anderen Frauen des Harems zusammen in ihrem Zimmer. Es ging sehr fröhlich zu, und tatsächlich gab es auch etwas zu feiern: Scheich Mustafa hatte eine kostspielige Klimaanlage im ganzen Haus einbauen lassen, und seine Frauen und Töchter konnten sich, genau wie ihre Sklavinnen, nicht genug tun, die wunderbare Errungenschaft zu preisen, die eine so herrliche Kühle verbreitete.
Sie tranken unzählige Tassen des grünen, parfümierten Kaffees, aßen kleine süße Kuchen, gezuckerte Früchte, naschten Pistazien und schnatterten durcheinander.
Nur Khadija, die in ihrem roten Plüschsessel wie eine Königin über den anderen Frauen thronte, hielt sich zurück. Auch ihr Herz war voll Freude und Dankbarkeit, aber wie stets war sie auf ihre Würde bedacht, denn nie vergaß sie auch nur für eine Sekunde, dass sie allein die Verantwortung für Anstand und Frieden im Harem ihres Gatten trug.
Missbilligend zog sie die starken, schön geschwungenen Augenbrauen zusammen, als plötzlich die Tür aufgerissen wurde und Samia hereinstürzte, sehr aufgeregt, mit glühenden Wangen.
Aber gleich darauf lächelte sie schon wieder, denn man konnte Samia nicht böse sein. Sie, die zweite Frau Scheich Mustafas, war immer noch ungestüm wie ein junges Mädchen, obwohl sie ihrem Gatten fünf Kinder geboren hatte. Sie war die Mutter Omars und Leilas, eine immer noch hübsche, ein wenig rundliche Frau, mit heller glatter Haut, runden braunen Augen und flinken Bewegungen.
»Habt ihr schon gehört ...«, platzte sie heraus.
Dann unterbrach sie sich, biss sich auf die Lippen, weil ihr bewusst geworden war, dass sie es an Achtung Khadija gegenüber hatte fehlen lassen, verbeugte sich leicht vor der ersten Frau ihres Gatten.
»Hast du schon gehört, Khadija, was heute im Souk passiert ist?«, fragte sie.
»Wie sollte ich?«, erwiderte Khadija, »da ich es nicht gewohnt bin, mich um Dinge zu kümmern, die außerhalb des Hauses vor sich gehen!«
»Es interessiert dich also nicht?«, fragte Samia enttäuscht.
»Aber mich!«, rief eine hübsche junge Frau mit ebenholzschwarzem Haar.
»Und mich!« - »Und mich!« - »Und mich!«, riefen die anderen. »Uns alle! Ach, bitte, Khadija, lass Samia erzählen!«
»Du hörst, dass deine Neuigkeit offene Ohren findet«, sagte Khadija lächelnd. »Komm, setz dich zu mir und berichte!«
Samia ließ sich anmutig auf ein Kissen zu Khadijas Füßen, das ihr eine der Sklavinnen rasch hingeschoben hatte, nieder und begann, sehr ausführlich und mit vielen Ausschmückungen zu erzählen, was Irene am Morgen im Souk zugestoßen war.
Die anderen Frauen hörten gebannt zu, stießen hin und wieder kurze Laute der Überraschung, des Entsetzens und des Mitleids aus.
Samia war mit dem Echo, das ihr Bericht fand, sehr zufrieden. Sie sonnte sich im allgemeinen Interesse.
»Und wisst ihr, wer die Fremde ist?«, rief sie endlich. »Sie heißt Irene, und sie ist gekommen, Prinz Hassan zu besuchen!«

»Woher weißt du das?«, fragte Khadija scharf.
»Mein Sohn Omar hat es mir berichtet!«
»Er hat also diesen Vorfall miterlebt?«
»Aber ja! Alles! Von Anfang an!«, erklärte Samia strahlend.
»Und er hat es nicht für nötig gefunden, die Fremde zu warnen oder sie zu schützen?«
Samias braune Augen wurden groß vor Verständnislosigkeit. »Aber... was geht ihn diese Fremde an?«
»Du sagtest selber, dass sie gekommen ist, seinen Bruder zu besuchen!«
»Du nimmst sie in Schutz? Eine Schamlose? Eine Ungläubige? Eine schlechte Frau, die ihr Gesicht den begehrlichen Blicken der Männer preisgibt?«
Khadija zögerte mit der Antwort; sie war sich selber noch nicht ganz klar darüber, wie sie sich zu dem Fall stellen sollte. »Sie kommt aus einem anderen Lande«, sagte sie schließlich, »unsere Sitten sind ihr unbekannt.«
»Sie ist eine verdorbene, schlechte Person«, widersprach Samia.
»Kennst du sie so gut, dass du ein Urteil abgeben könntest?«
»Nein, aber Omar sagt ...«
Khadija ließ sie nicht aussprechen. »Es wäre besser«, sagte sie scharf, »Omar gäbe auf sich selber acht. Du weißt, dass er die Gebote des Propheten nicht beachtet. Ihm steht es nicht zu, einen Menschen zu verurteilen, der diese Gebote nicht kennt.«
Samia ließ den Kopf sinken, ihr glattes Gesicht nahm einen bekümmerten Ausdruck an. »Er hat mir fest versprochen, nie mehr zu trinken«, sagte sie, »bitte, verrate ihn nicht Scheich Mustafa, bitte!«
Khadija überhörte diese Bitte. »Unsere Söhne, Hassan und Omar«, sagte sie nachdenklich, »waren viele Jahre in Europa, Fremde in einem fremden Land. Sie haben manche Zurückweisung erfahren, aber auch viel Freundlichkeit und Güte. Nie aber sind sie geschlagen und zu Boden gestoßen worden, und doch sind sie Männer, die sich hätten zur Wehr setzen können. Ich bin nicht stolz darauf, dass man einer Fremden in unserem Lande solche Schmach zugefügt hat.«
»Aber Omar sagt ...« Samia brach ab, biss sich auf die rosigen Lippen.
»Was sagt er? Sprich es nur aus!«
»Er sagt, dass ihr recht geschehen wäre, und dass es gut wäre, was passiert ist, denn jetzt würde sie bestimmt das nächste Flugzeug nehmen und ins Land ihrer Väter zurückfliegen.«
Khadija sah die Nebenfrau fast mit Verwunderung an. »So, das sagt er? Und du meinst das auch?«
»Ich meine gar nichts«, versicherte Samia rasch, »ich bin eine törichte Frau, du weißt es. Wie soll ich Geschehnisse beurteilen, von denen ich nichts verstehe?«
»Nun, dann werde ich dir helfen. Bedeutet es Ehre oder Schmach für uns, wenn sie in das Land ihrer Väter zurückkehrt und erzählt, dass sie, die mit guter Absicht kam, geschlagen und zu Boden gestoßen worden ist?«
»Sie wollte sich mit den Männern in die Moschee drängen«, sagte Samia, aber ihre Stimme war unsicher.

»Wenn sie das wollte, so wusste sie nicht, dass es verboten war. Mein Sohn Hassan hat mir erzählt, dass er viele Moscheen der Christen in Deutschland besucht und besichtigt hat, Moscheen, von deren Pracht und Schönheit er nicht genug berichten konnte. Aber die Christen haben ihn nicht gehindert, sie haben ihn nicht zurückgestoßen, sie haben ihre Heiligtümer nicht vor ihm verborgen. Woher konnte das fremde Mädchen wissen, dass es hier bei uns anders ist?«

»Das konnte sie sicher nicht«, gab Samia zu.

Khadija hob den Kopf mit den schönen, ein wenig scharf geschnittenen Zügen. »Ich bin die Tochter eines Beduinenstammes«, sagte sie, »und von klein auf hat man mich gelehrt, dass die Gastfreundschaft eines der heiligsten Gesetze des Propheten ist. Wir Beduinen gewähren unsere Gastfreundschaft dem Fremden, ja, auch dem Verbrecher, dem Abtrünnigen und dem Sünder... ich ertrage den Gedanken nicht, dass ein Mädchen, das meinen Sohn besuchen wollte, beleidigt und verletzt worden ist.«

»Aber sie ist nicht dein Gast, Khadija«, wagte Samia einzuwenden, »sie wohnt ja im Hotel!«

Khadija war zu einem Entschluss gekommen. »Ich werde ihr die Gastfreundschaft bieten, die ihr zusteht«, erklärte sie mit fester Stimme. »Wo ist Leila?«

»Sie hat sich in ihrem Zimmer eingeschlossen, Khadija, du weißt, dass sie sehr unglücklich ist.«

»Sie ist trotzig und unerzogen. Es wird Zeit, dass du sie zur Vernunft bringst. Hole sie jetzt, sie soll mir einen Brief schreiben... ich werde die Fremde zu uns in den Harem einladen, und ihr alle werdet freundlich zu ihr sein!«

Samia erhob sich, und die anderen Frauen begannen erregt das unerwartete Ereignis zu besprechen. Sie verstanden zwar nicht recht, warum Khadija die Fremde aufnehmen wollte, aber sie freuten sich darauf, eine Europäerin kennen zu lernen und erhofften sich Abwechslung und Unterhaltung durch ihre Anwesenheit.

»Sag uns nur eines, Samia«, rief die junge Frau mit dem ebenholzschwarzen Haar, »ist sie hübsch, diese Fremde?«

Samia, die schon bei der Tür war, wandte sich noch einmal um.

»Oh nein«, sagte sie, »sie ist mager wie ein dürrer Zweig, ihre Augen haben die Farbe trüben Wassers und ihr Haar ist gelb wie Messing!«

Die Frauen lachten, und Samia verließ das Zimmer.

»Dann ist es kein Wunder«, rief ein junges Mädchen, »dass sie ihr Gesicht nicht verhüllte. Sie besitzt ja keinen Reiz, den sie vor den Männern verbergen müsste!«

Die Behandlung, die Irene auf dem Souk durch die Ullahs widerfahren war, hatte ihr einen schrecklichen Schock versetzt. Nicht Vernunftgründe bestimmten ihre Handlungsweise in den nächsten Stunden, sondern reine Panik.

Sie wollte fort, weit fort aus diesem Lande, in dem die Frauen nichts, eine Fremde noch weniger zu gelten schienen, sie wollte heim nach Europa.

Selbst der Gedanke an Hassan konnte sie nicht umstimmen. Sie fühlte sich von dem Mann, den sie liebte, im Stich gelassen und verraten. Wenn sie ihm wirklich etwas bedeuten würde, so dachte sie, hätte er sich dem Wunsch seines Vaters, ihn nach Mekka zu begleiten, entzogen. Schließlich war er ein erwachsener Mann und hätte sich in erster Linie ihr, seiner Verlobten gegenüber, verpflichtet fühlen müssen.

Nein, sie wollte keinen Tag länger in dieser unheimlichen Stadt bleiben, in diesem Hotel, wo sie in jedem Blick Verachtung und Missbilligung las.

Entschlossen packte sie ihren Koffer, fuhr in die Halle hinunter, um ihre Rechnung zu bezahlen und ein Taxi zum Flughafen zu bestellen. Sie wusste zwar nicht, wann die nächste Maschine ging, hatte noch keinen Platz gebucht, hoffte aber, das zu erfahren und erledigen zu können, wenn sie erst draußen war.

Sie war nicht traurig, dass der elegante Ägypter nicht am Empfang war - gerade ihm zu begegnen nach dem, was passiert war, wäre ihr besonders peinlich gewesen.

Der junge Mann, der ihn vertrat, war nicht so sprachgewandt, und die Verständigung mit ihm war wesentlich schwieriger.

Immerhin gelang es Irene, ihm ihren Wunsch klarzumachen, die Rechnung zu erhalten und zu bezahlen. Sie ließ sich ein Telegrammformular geben, füllte es aus, bat ihn, es an die angegebene Adresse ihrer Eltern zu senden.

Dann ersuchte sie ihn, ein Taxi zu bestellen.

»Your car is just waiting, Madam«, erklärte er mit einer lächelnden Verbeugung.

Irene nahm an, dass er ihrem Wunsch zuvorgekommen war und bedankte sich.

Ein Page brachte ihr den Koffer aus dem Hotel, ein Araber im weißen Gewand verstaute ihn im Gepäckraum eines blauen Cadillacs, öffnete ihr die Tür.

Irene ließ sich in die Polster sinken. Ihr war sterbenselend zumute.

Erst als der Wagen sich in Bewegung setzte, begann sie sich besser zu fühlen. Zwar hatte sie eine Niederlage erlitten, war jäh und schmerzlich aus ihren schönen Träumen in die raue Wirklichkeit hinabgestürzt, alle ihre Hoffnungen hatten sie betrogen, und dennoch - bald würde sie wieder zu Hause sein, in der klaren übersichtlichen Welt, die sie kannte und in der sie sich wohl fühlte.

Es dauerte eine ganze Weile, bis sie merkte, dass der Chauffeur nicht die Straße zum Flughafen eingeschlagen hatte. Sie erschrak, fasste sich aber bald wieder - das konnte sich doch nur um einen Irrtum handeln!

Sie beugte sich vor. »Zum Flughafen«, sagte sie eindringlich, »Airport!«

Der Fahrer drehte sich zu ihr um lächelte. »Yes, yes!«

Aber er machte keine Anstalten zu wenden, und voll Entsetzen wurde Irene sich bewusst, dass er immer tiefer in die alte Stadt hineinfuhr. Die Straßen wurden enger, es wimmelte von weiß gekleideten Männern, dazwischen eilten tief verschleierte Frauen.

»Bringen Sie mich sofort zurück!«, rief Irene. »Zum ›Kantare-Hotel‹!«

Der Fahrer fuhr mit der linken Hand in eine Tasche seines weißen Gewandes, reichte ihr einen Brief über die Schulter nach hinten.

Irene atmete auf. Sie war überzeugt, dass es sich um eine Nachricht von Hassan handeln musste. Mit zitternden Fingern riss sie den Umschlag auf und sah mit einem Blick, dass der Brief nicht die Schriftzüge ihres Freundes trug. Für Sekunden schloss sie die Augen. Dann las sie.

»Geehrte Fremde! Khadija, Gattin Scheich Mustafas, Mutter Hassans, ist das Ungemach zu Ohren gekommen, dass Ihnen auf dem Souk widerfahren ist. Sie bedauert es tief. Sie möchte nicht, dass Sie dieses Land verlassen mit einer bösen Erinnerung im Herzen. Deshalb bietet sie Ihnen Gastfreundschaft im Harem Scheich Mustafas an, solange Sie diese genießen wollen, in Allahs Namen ...«

Dieser Brief war nicht geeignet, Irenes Ängste zu zerstreuen. Sie erinnerte sich daran, dass Hassan ihr einmal erzählt hatte, dass seine Mutter weder schreiben noch lesen konnte. Wie war es dann möglich, dass sie diesen Brief verfasst hatte.

Irene trommelte mit beiden Fäusten auf den Rücken des Fahrers. »Halten Sie!«, schrie sie. »Ich will aussteigen! Halten Sie sofort!«

Aber ihr Ausbruch blieb ohne jede Wirkung.

Irene begriff, dass es ihr kaum etwas genutzt hätte, auch wenn der Mann sie jetzt wirklich hätte aussteigen lassen. Sie hätte allein und verloren in jenem Menschengetümmel gestanden, das sie so sehr fürchten gelernt hatte.

Nein, es half nichts. Es gab keine Möglichkeit zur Flucht. Sie musste sich in ihr Schicksal fügen und konnte nur hoffen, dass alles sich zum Guten wenden würde.

Nach wenigen Minuten hielt das Auto dann doch vor einem Haus mit kunstvoll verzierten Haremsbalkonen. Der Araber stieg aus, öffnete Irene die Tür. Sie sah sich in einer engen, fast verlassenen Gasse. Jetzt hätte sie vielleicht noch fliehen können, aber es fehlte ihr der Mut.

Wohin hätte sie sich auch wenden können? Sie wusste ja nicht einmal, wo sie war. Sie hatte keinen Freund in der ganzen Stadt als jenen Armenier, der sich heute früh ihrer angenommen hatte. Aber ganz davon abgesehen, dass sie nicht einmal wusste, in welcher Richtung der Souk von hier aus lag, hätte sie sich auch nicht mehr dorthin getraut.

Trotzdem machte sie unwillkürlich eine rasche Bewegung, nur um sich zu vergewissern, dass sie noch frei war - aber der Araber, der sie hierher gebracht hatte, missverstand sie. Er packte sie mit hartem Griff beim Arm, riss sie in das Haus hinein.

Irene befand sich in einem düsteren, gewölbten Gang. Der Araber zog sie mit sich, zerrte sie in eine Ecke, eine Treppe hinauf, wieder einen Gang entlang bis zu einer schweren Tür, die diesen Teil des Hauses vom übrigen abteilte.

Er klopfte an. Die Tür öffnete sich sofort, eine schmale schöne Mädchenhand, mit wundervollen Ringen geschmückt, streckte sich Irene entgegen.

Irene ergriff die Hand, der Araber löste seinen Griff, sagte ein paar Worte, die Irene nicht verstand, wendete sich ab und ging. Irene wurde durch die halbgeöffnete Tür gezogen. Voll Überraschung sah sie sich einem schönen, europäisch gekleideten Mädchen gegenüber, das sie zaghaft anlächelte.

»Willkommen«, sagte sie in einem etwas mühsamen Deutsch, »ich bin Leila!«

Irenes Telegramm aus Dschidda wurde ihrer Mutter am Tag, nachdem sie es aufgegeben hatte, telefonisch durchgesagt. Daraufhin rief Frau Heinzel sofort ihren Mann am Amt an.
»Stell dir vor«, berichtete sie, »Irene kommt zurück! Du hast also doch recht behalten!«
»Wann?«, fragte Landgerichtsrat Dr. Heinzel nüchtern.
»Mit dem nächsten Flugzeug, so hat sie jedenfalls telegrafiert.«
»Sag mir mal den genauen Text durch!«
Die Bitte brachte Frau Heinzel in Verwirrung. »Ach, das tut mir leid, Ernst«, sagte sie, »ich habe nicht mitgeschrieben, und so genau erinnere ich mich nicht mehr. Soll ich versuchen, beim Telegrafenamt rückzufragen?«
»Nein, das hat keinen Zweck«, entschied Dr. Heinzel, »warten wir lieber ab, Es muss ja morgen früh mit der Post kommen.«
»Und wenn Irene früher eintrifft?«
»Dann wird sie sich am Flughafen ein Taxi nehmen und zu uns nach Hause fahren.«
Das Telegramm, das ihnen dann am nächsten Tag zugestellt wurde, war reichlich verstümmelt. Dr. Heinzel, seine Frau und selbst Klaus studierten lange daran herum.
»Eines steht wenigstens fest«, sagte Landgerichtsrat Dr. Heinzel schließlich, »Irene telegrafiert, dass sie mit dem nächsten Flugzeug nach Hause kommt. Eine bestimmte Maschine ist nicht angegeben. Entweder ist diese Einzelheit verloren gegangen, oder sie hat es selber noch nicht gewusst.«
Klaus nahm dem Vater das Telegramm aus der Hand. »Das Datum«, sagte er, »ist von vorgestern... oder haben die da unten eine andere Zeitrechnung?«
»Das auch. Aber in diesem Fall muss es sich um das europäische Datum handeln, sonst stünde ja nicht neunzehnhundertzweiundsechzig darauf.«
»Wenn das so ist«, sagte Frau Heinzel erschrocken, »müsste sie doch eigentlich schon hier sein!«
»Vielleicht ist sie unterwegs wo ausgestiegen«, meinte Klaus.
»Nein«, widersprach sein Vater, »viel wahrscheinlicher ist es, dass sie nicht auf Anhieb einen Platz bekommen hat. Ganz bestimmt wird sie morgen oder übermorgen hier eintreffen, und dann werde ich sehr, sehr froh sein!«
»Ich aber auch«, stimmte seine Frau ihm zu, »Irene muss sehr unangenehme Erfahrungen gemacht haben. Sie gehört nicht zu den Menschen, die irgendetwas, was sie sich in den Kopf gesetzt haben, leichten Herzens aufgeben. Ich fürchte fast, wir hätten sie gar nicht fliegen lassen sollen.«
Ihr Mann sah sie bedeutungsvoll an. »Das fällt dir reichlich spät ein, mein Schatz. Muss ich dich daran erinnern, dass du es warst, die Irene sehr tatkräftig in ihren Plänen unterstützt hat?«
»Es tut mir leid, Heinrich, ich habe ja nicht gewußt ...«
Dr. Heinzel fiel ihr ins Wort.
»Niemand macht dir einen Vorwurf, Magdalene. Es lag mir nur daran, die Tatsachen richtig zu stellen.«
»Damit ist Irene auch nichts genutzt. Könnten wir nicht irgendetwas unternehmen? Vielleicht über die Deutsche Botschaft in Dschidda?«

»Solch ein Schritt muss reichlich überlegt sein. Schließlich ist Irene kein Baby mehr, das einfach unterwegs verlorengehen kann.«
»Ich weiß jetzt, was geschehen ist!«, rief Klaus. »Irene wollte zurück, weil sie sich mit Hassan gezankt hat, das ist doch ganz klar. Inzwischen haben sie sich wieder versöhnt, und da ist sie eben geblieben.«
»Ohne uns wenigstens Bescheid zu geben?«, fragte Frau Heinzel zweifelnd.
Dr. Heinzel stimmte seinem Sohn überraschend zu. »Vielleicht hat sie in der ersten Aufregung gar nicht daran gedacht oder vielleicht ist ein zweites Telegramm von ihr verlorengegangen oder mit verstümmelter Adresse übermittelt worden. Ich finde die Vermutung von Klaus gar nicht aus der Luft gegriffen.«
Dr. Heinzel faltete seine Zeitung auseinander, um seiner Familie zu verstehen zu geben, dass die Beratung für ihn hiermit beendet war.
Seine Frau seufzte schwer. »Ich mache mir solche Sorgen. Das arme Kind, ganz allein in einem fremden Land! Wenn ihr nur nichts zugestoßen ist!«
Klaus legte seinen Arm um die Taille seiner Mutter. »Warum müsst ihr Frauen bloß immer gleich das Schlimmste annehmen? Irene beißt sich schon durch, nur keine Bange, sie ist bestimmt nicht unter die Räuber gekommen.« Er rieb zärtlich sein struppiges Haar an ihrer Wange.
»Wir wollen es hoffen, aber eines weiß ich genau... ich werde keine Ruhe mehr finden, bis Irene endlich wieder bei uns ist.«
Klaus lachte. »Dann musst du dich aber auf einen unruhigen Lebensabend gefasst machen! So viel ich weiß, hat sie doch vor, in Saudi-Arabien zu bleiben und sich dort zu verheiraten!«
Dr. Heinzel ließ überraschend seine Zeitung sinken. »Es sieht nicht mehr so aus, als ob sie diesen Plan verwirklichen würde, und ich bin sehr froh darüber. Jetzt hört aber, bitte, endlich auf, euch und auch mich verrückt zu machen. Wenn Irene zu helfen wäre, ich würde nichts unversucht lassen. So wie die Dinge jetzt stehen, gibt es dazu aber keine Möglichkeit. Warten wir also in Ruhe ein paar Tage ab. So oder so wird sich alles klären.«
Frau Heinzel, die zugeben musste, dass Irene ohne ihre Unterstützung niemals von ihrem Vater die Erlaubnis zu dem saudi-arabischen Abenteuer erlangt hätte, zwang sich zu schweigen, obwohl sie in keiner Weise beruhigt war. Wenn es nach ihr gegangen wäre, hätte Dr. Heinzel sich in das nächste Flugzeug setzen und nach Dschidda fliegen müssen, um seine Tochter zu suchen.
Doch sie wusste, dass dieser Vorschlag unvernünftig gewesen wäre - vielleicht würde Irene ja schon eine halbe Stunde später, nachdem ihr Vater gestartet war, in Hannover eintreffen - deshalb wagte sie nicht, ihn auszusprechen.
Aber ihr Herz war schwer, und sie quälte sich mit heftigen Selbstvorwürfen.

Irene war es seltsam ergangen. Sie lebte jetzt schon drei Tage im Harem des Scheichs Mustafa, und immer noch brauchte sie, wenn sie morgens auf ihrem seidenen Lager erwachte, lange Zeit, um sich zurechtzufinden. Alles, was sie in diesen Tagen erlebt hatte, schien ihr wie ein Traum.
Konnte es das wirklich noch geben, heute im zwanzigsten Jahrhundert, Haremsdamen, die Tag für Tag in völligem Nichtstun verbrachten und sich von ihren Sklavinnen bedienen ließen? Denn das war für Irene das Erstaun-

lichste an der Lebensweise der reichen arabischen Frauen, dass sie keine groben Arbeiten ausführen mussten, war schließlich noch verständlich. Irene kannte auch Frauen in Europa, die ein großes Talent darin besaßen, sich bedienen und verwöhnen zu lassen. Aber mit diesen Frauen hier war das anders. Sie taten wirklich nichts, einfach gar nichts. Sie lasen nicht, sie schrieben nicht, sie stickten nicht, sie nähten nicht, sie trieben keinen Sport. Seit Irene unter ihnen lebte, hatte nicht eine von ihnen auch nur für eine Stunde den Harem verlassen. Alles, was sie brauchten, wurde ihnen ins Haus gebracht.

Irene konnte sich vorstellen, dass ihre Eltern inzwischen ihr Telegramm bekommen hatten und in großer Unruhe waren. Aber bisher hatte sie noch keine Möglichkeit gehabt, irgendeine Nachricht an die Außenwelt gelangen zu lassen.

Der einzige Mensch, mit dem sie über ihre Sorgen sprechen konnte, war Leila. Das junge Mädchen hatte zwei Jahre in einem Schweizer Internat verbracht und dort ein wenig Deutsch gelernt. Außerdem sprach sie nahezu fließend Französisch, sodass eine Verständigung nicht weiter schwierig war.

»Ich muss meine Eltern verständigen«, sagte Irene, »sie wissen nicht, wo ich bin. Warum stellt mir Khadija nicht den Wagen zur Verfügung, mit dem ich gekommen bin, und lässt mich zu einem Postamt bringen?«

Leila schüttelte den Kopf. »Ich habe ihr deinen Wunsch vorgetragen, aber sie will es nicht zulassen.«

»Aber warum denn nicht?«

»Sie sagte es nicht, und ich habe kein Recht, sie nach dem Grund zu fragen. Aber ich glaube, sie fürchtet, du würdest nicht zurückkommen.«

Irene ergriff beschwörend die schmale Hand des Mädchens. »Leila«, sagte sie, »ich bin gerne hier. Es fehlt mir an nichts. Ich fühle mich in Sicherheit, und ich denke nicht daran fortzugehen, ehe ich mit Hassan gesprochen habe. Kannst du ihr das nicht klarmachen?«

»Sie fühlt sich deiner nicht sicher.«

»Aber ich schwöre, dass ich nicht fliehen werde... ich bin bereit, es ihr zu beschwören bei allem, was mir heilig ist.«

Leila lächelte traurig.

»Du musst Khadija verstehen. Du bist eine Ungläubige ...«

Irene fiel ihr ins Wort. »Ich bin Christin!«

»Christen sind in den Augen der Mohammedaner Ungläubige. Deshalb gilt dein Schwur nichts.«

Irene tat einen tiefen Seufzer. »Na gut. Aber wenn sie mir schon nicht glaubt... warum kann sie nicht wenigstens einen Sklaven oder eine Sklavin mit einem Telegramm losschicken?«

»Du darfst ihr nicht Unrecht tun«, sagte Leila, »Khadija möchte dir sicher gern helfen. Aber solange Hamid nicht da ist, geht es nicht.«

»Und wer ist Hamid? Wo ist er? Und wann wird er zurückkommen?«

»Hamid ist der Lieblingssklave und Sekretär Scheich Mustafas, ein intelligenter Mann. Er als Einziger wäre im Stande, ein Telegramm richtig aufzugeben. Aber er ist mit Scheich Mustafa und Hassan nach Mekka gefahren.« Leila lächelte Irene zaghaft an. »Gedulde dich, liebe Irene, gedulde dich. Ich verste-

he deine Unruhe, glaub mir. Aber den anderen hier bedeutet sie nichts. Sie denken orientalisch; für sie ist Zeit etwas Unwesentliches.«
Irene krauste die Stirn. »Du willst doch wohl nicht behaupten, dass Khadija sich nicht aufgeregt hätte, wenn ihr Sohn spurlos in Deutschland verschwunden wäre?«
»Für sie ist er verschwunden, sobald er den Harem verlässt. In all den Jahren, in denen er in Deutschland studiert hat, hat sie nie ein Telegramm, nie einen Brief von ihm bekommen. Sie hat geduldig gewartet, dass Scheich Mustafa ihr etwas von ihm berichtete... glaub nicht, dass sie sich nur einmal erlaubt hätte, sich von sich aus nach seinem Befinden zu erkundigen.«
»Dann hat sie ihn nicht lieb!«, rief Irene impulsiv.
Leila lächelte mit ernsten Augen. »Er ist ihr Stolz und ihre ganze Liebe. Sie würde sich ihr Herz aus der Brust reißen, wenn ihm damit geholfen wäre.«
»Wie sonderbar das ist«, sagte Irene nachdenklich. Alles war sonderbar.
Irene hatte immer noch nicht gelernt, sich in dem Frauenharem mit all seinen vielen Zimmern, Winkeln, Treppen und Gängen zurechtzufinden, und sie kannte sich auch noch nicht unter den Frauen und Mädchen aus, die diesen Harem bevölkerten.
Da war Khadija, die in ihrem roten Plüschsessel über allen thronte, die hübsche verspielte, immer lächelnde Samia, Omars Mutter, dann gab es eine Frau mit ebenholzschwarzem Haar und harten Zügen, Huda, die Einzige, die sich Irene gegenüber feindlich zeigte. Alle anderen hatten rasch ihre anfängliche Scheu überwunden, und Irene musste sich nicht gegen ihre Angriffe, sondern gegen ihre Zudringlichkeiten zur Wehr setzen.
Samia zum Beispiel liebte es, Irenes Rock hochzuheben, um festzustellen, was für Unterwäsche sie trug. Sie tat das ganz unbefangen und konnte sich scheinbar nicht vorstellen, dass Irene das als peinlich empfand.
»Bitte, Leila«, bat Irene, »sag Samia, dass sie das lassen soll. Ich habe so etwas nicht gerne.«
Als Leila diese Nachricht übermittelt hatte, hob Samia strahlend ihr eigenes Kleid, die Tannura, den leinenen Unterrock und zeigte der überraschten Irene, dass sie darunter schwarze Spitzenunterwäsche trug.
»Samia versteht deine Scheu nicht«, erklärte Leila, »sie ist stolz darauf, dass sie elegante Pariser Unterwäsche trägt und würde sie am liebsten jedem zeigen.«
»Das ist doch kindisch«, sagte Irene, »frag sie, wie alt sie ist!«
Die Antwort, die Leila ihr übermittelte, war noch mehr dazu angetan, Irene zu verwirren. »Sie sagt, sie ist zwölf Jahre alt.«
»Zwölf Jahre, das ist doch unmöglich! Ihr Sohn Omar ist ja schon dreiundzwanzig. Will sie sich über mich lustig machen?«
»Bestimmt nicht«, sagte Leila beruhigend, »aber sieh mal, das ist bei uns so. Der Geburtstag oder das Geburtsdatum der Mädchen, auch der Prinzessinnen, wird nirgendwo verzeichnet. Es gilt als unwichtig. So kann sich jede Frau für so alt ausgeben, wie sie will. Zwölf Jahre gilt als ein wunderbares Alter, wie etwa in Europa siebzehn. Mit zwölf Jahren hat Samia geheiratet, und von diesem Alter hat sie sich bis heute nicht getrennt.«
»Das ist doch absurd!«, rief Irene.

Leila lächelte. »Niemand kann ihr das Gegenteil beweisen!«
Trotz allem mochte Irene die unbekümmerte Samia gern. Sie hatte in ihrer ganzen Art viel Ähnlichkeit mit Omar, nur dass ihr jede Bosheit fehlte.
Dann gab es im Harem noch eine sehr scheue junge Frau, die vierte des Scheichs Mustafa, die er erst vor einem Jahr, nachdem ihm eine andere Frau im Kindbett gestorben war, geheiratet hatte. Sie hieß Buthaina und war, nach Irenes Schätzung - sie hütete sich, noch einmal zu fragen - höchstens fünfzehn Jahre alt und hochschwanger.
Neben diesen vier Frauen lebten noch einige Sklavinnen im Harem, die Scheich Mustafa Kinder geboren hatten und deshalb mehr Rechte besaßen als die gewöhnlichen Sklavinnen, die die notwendigen Arbeiten verrichteten.
Auch diese Sklavinnen im Rang von Nebenfrauen, von denen nur die ebenholzschwarze Jamila durch ihre außerordentliche Würde und Gelassenheit einen gewissen Eindruck auf Irene machte, waren elegant gekleidet und besaßen kostbaren Schmuck. Sie schienen es durchaus nicht als schmerzlich zu empfinden, dass sie unfrei waren - tatsächlich schien ihnen ihr niederer Stand größere Rechte zu verleihen. Sie verließen, natürlich tief verschleiert, häufiger den Harem, und sie waren es, die die Neuigkeiten und den Tratsch der ganzen Stadt mit nach Hause brachten.
»Warum versuchen sie nicht zu fliehen, Leila?«, fragte Irene einmal.
»Warum sollten sie?«, erwiderte das junge Mädchen. »Es fehlt ihnen ja an nichts. Sie haben ein gutes Los getroffen, als Scheich Mustafa sie heiratete. Ihre Kinder sind gleichberechtigt mit denen der anderen Frauen. Auch sie sind Prinzen und Prinzessinnen.«
»Das ist zu hoch für mich!«
»Du wirst alles noch lernen und es verstehen, wenn du erst länger bei uns bist!«

Dieses Gespräch fand statt, während Leila auf einem Kissen hockte und beobachtete, wie Irene sich anzog, die arabische Frauenkleidung, die Khadija ihr geschickt hatte. Außer Leila und Irene war nur eine junge Sklavin anwesend, die Irene beim Anlegen der ihr ungewohnten Kleidung half. Wahrscheinlich war es diese seltene Intimität - seit sie im Harem wohnte, war Irene immer von Frauen, Mädchen und Kindern umringt gewesen -, die Leila ermutigte, zum ersten Mal eine direkte Frage an Irene zu richten.
»Stimmt es, dass Hassan dich heiraten will?«
»Ja.«
»Und du willst ihm deine Freiheit und deine Selbstständigkeit opfern? Ich weiß, wie europäische Frauen leben, ganz anders als wir hier... ich würde alles darum geben, eine wie du zu sein!«
Irene sah Leila erstaunt an; dieser Ausbruch kam für sie ganz unerwartet.
»Hassan ist ein modern denkender Mensch«, sagte sie, »er würde nicht von mir verlangen, dass ich in einem Harem lebe.«
»Du würdest es doch tun müssen«, sagte Leila niedergeschlagen, »wenigstens die ersten Jahre. Du bist abhängig von Hassan, und Hassan ist abhängig von Scheich Mustafa. Es werden schon moderne Wohnungen hier in Dschidda

gebaut. Aber woher sollte Hassan das Geld dafür nehmen, wenn es ihm nicht sein Vater gibt?«
Irene beobachtete, wie die Sklavin die Habara, den schwarzseidenen eleganten Überwurf, um ihre Schultern legte.
»Hassan ist Diplomingenieur«, sagte sie, »er kann überall und immer arbeiten und Geld verdienen. Und auch ich könnte sicher hier in Dschidda eine Arbeit finden ... bei einem Arzt oder in einem Büro.«
»Das«, sagte Leila, »würde Scheich Mustafa niemals erlauben. Dadurch würdest du sein Haus entehren.«
»Das wäre mir gänzlich schnuppe!«
Leila machte große Augen. »Schnuppe? Was heißt das?«
»Gleichgültig. Egal.«
»Aber Hassan nicht. Er mag sich noch so modern geben, wie er will, in seinem Herzen wird er immer Araber bleiben und sich nach den Traditionen seines Landes richten«.
»Ach, Traditionen können sich ändern!«
»Vielleicht«, sagte Leila, aber es klang durchaus nicht überzeugt und sie wechselte das Thema. »Jetzt noch den Ukah«, sagte sie, »dann siehst du fast aus wie eine echte Araberin!«
Irene ließ sich von der kleinen Sklavin das Kopftuch umbinden.
»Niemals«, sagte sie, »höchstens wie eine weiße Sklavin!«
»Khadija wirst du so bestimmt gefallen... komm! Sie erwartet uns!«

Als Irene an der Seite Leilas in Khadijas Zimmer trat, erlebte sie eine Überraschung - alle Frauen, selbst Khadija, hatten sich europäisch gekleidet. Sie trugen elegante Abendkleider, denen man ansah, dass sie in der Haute Couture entstanden waren, Abendkleider aus schwerer Seide, aus Brokat, mit Strass und mit kleinen Steinen besetzt, und sie wirkten in dieser Aufmachung so verändert, dass Irene sie im ersten Augenblick gar nicht wiedererkannte.
Alle lachten über die gelungene Überraschung und klatschten in die Hände.
»Wir haben ebenso viel Geschmack wie du!«, rief Samia strahlend. »Wir können so elegant sein wie die Europäerinnen!«
»Ihr seht reizend aus«, sagte Irene höflich.
Huda musterte Irene auf die gewohnte geringschätzige Art. »Schade, dass du kein Abendkleid besitzt. Ich würde dir gerne eins leihen, aber ich fürchte, dass du zu mager bist.«
Leila, die diese Bemerkung übersetzte, gab sich Mühe, sie zu entschärfen, aber Irene merkte doch, dass Huda versuchte, sie herauszufordern.
»Sag ihr, dass ich zu Hause ein Abendkleid besitze«, sagte sie zu Leila.
»Eins?«, rief Huda. »Ich habe fünf!«
»Ich drei!« - »Ich vier!« - »Ich sieben!«, riefen die anderen durcheinander.
»Sag ihnen, Leila«, bat Irene, »dass man bei uns in Europa nicht so oft Gelegenheit hat, Abendkleider zu tragen!«
Aber auch mit dieser Bemerkung machte sie keinen Eindruck.
»In den Magazinen und Illustrierten tragen die Damen sie fast immer«, sagte Huda, »aber vielleicht bist du in Europa gar keine Dame?«

Khadija wies Huda scharf zurecht, worauf sich Huda sofort entschuldigte. Aber Leila hatte ihre boshafte Bemerkung inzwischen schon übersetzt.
Irene wurde blass, aber sie blieb beherrscht. »Die Magazine«, sagte sie, »geben kein wirkliches Bild vom Leben der europäischen Frauen. Feste, bei denen das Tragen von Abendkleidern angebracht ist, gibt es nur selten, als Höhepunkte zwischen arbeitsreichen Wochen. Wir Europäerinnen könnten ein Leben im Nichtstun nicht ertragen. Wir sind es gewohnt zu arbeiten, und wir arbeiten gern.«
Die Haremsdamen zeigten das Entsetzen, das sie bei dieser Vorstellung empfanden, ganz unverhüllt. Hudas Gesicht verzerrte sich zu einer spöttischen Grimasse. Samia schlug beide Hände vor den Mund und starrte Irene ganz ungläubig an.
Dann zwitscherten alle auf einmal so rasch durcheinander, dass Leila mit dem Übersetzen nicht mehr mitkam und es aufgeben musste.
Nur Khadija blieb gelassener. »Wir«, sagte sie, »sehen unseren Stolz und unsere Aufgabe darin, dem Mann, mit dem wir verheiratet sind, Söhne zu schenken.«
»Das tun unsere Frauen auch«, erwiderte Irene, »aber das allein würde uns nicht genügen.«
Samia hatte sich von ihrem Erstaunen immer noch nicht erholt. »Ihr arbeitet?!«, rief sie. »Nein, das kann ich nicht glauben! Du hast das nur gesagt, um Huda zu ärgern. Welcher wirkliche Mann würde es denn zulassen, dass seine Frau arbeitet?«
»Bei uns ist das eine Selbstverständlichkeit!«
»Dann weiß ich auch, warum du Hassan heiraten willst, und ihm von so weit her nachgereist bist. Eure Männer sind schlecht, wenn sie zulassen, dass ihr arbeitet, sie taugen nichts. Deshalb suchst du einen wirklichen Mann, der dich beschützt, dir alle Arbeit und alle Verantwortung abnimmt!«
»Du irrst dich, Samia«, sagte Irene, »ich scheue mich weder vor der Arbeit noch vor der Verantwortung. Ich möchte Hassan heiraten, weil ich ihn liebe. Aber ich wäre glücklich, wenn ich neben meiner Ehe noch eine Arbeit finden würde, die mich ausfüllt.«
Jetzt brach ein wahrer Sturm los.
Alle Frauen redeten durcheinander, gestikulierten, lachten und empörten sich. Irene fühlte sich ihnen so fremd wie nie zuvor. Da standen sie nun in ihren europäischen Kleidern, spielten eine Teeparty, wie sie sie sich vorstellten, und waren doch genauso engstirnig wie immer.
Leilas Hand stahl sich in Irenes. »Du hättest das nicht sagen dürfen«, flüsterte sie, »es hat keinen Zweck, sie verstehen dich nicht. Sie haben immer in einem Harem gelebt, erst zu Hause, dann hier bei Scheich Mustafa. Sie kennen kein anderes Leben.«
»Mag sein. Aber ich könnte ein solches Dasein nicht ertragen. Ich würde sterben, wenn ich so leben müsste.«
»Sei still«, raunte Leila, »sonst fragt mich Khadija, was du gesagt hast. Ich müsste es ihr übersetzen.«
Irene straffte die Schultern. »Tu das!«, befahl sie. »Sag Khadija, dass ich auf

ihren Sohn verzichte, sag ihr, sie soll mich fortlassen. Ich will nach Hause, zurück zu meiner Familie. Zurück in die Freiheit.«

»Sie wird dich nicht gehen lassen, bevor Hassan dich gesprochen hat. Sie fürchtet seinen Zorn.«

»Übersetz ihr, was ich gesagt habe, Leila«, beharrte Irene, »ich will endlich reinen Tisch machen. Ich ertrage es nicht länger.«

Zögernd erfüllte Leila ihren Wunsch. Sie sprach leise, aber sehr langsam und deutlich. Alle anderen Frauen hörten auf zu reden und starrten sprachlos auf Irene. Eine tödliche Stille entstand, als Leila geendet hatte.

In Khadijas ebenmäßigem Gesicht zuckte kein Muskel. »Irene kann gehen, woher sie gekommen ist«, erklärte Khadija hart, »ich halte sie nicht fest. Ich weiß, sie würde meinem Sohn Hassan nur Unglück bringen.«

Irene blickte Leila fragend an.

»Du bist frei«, sagte das junge Mädchen, »du darfst den Harem verlassen ...«
Mit einer impulsiven Geste legte sie ihre Arme um Irene, drückte das Gesicht an ihre Brust. »Oh, wie ich dich beneide!«

»Lass die Fremde«, sagte Khadija scharf. »Sei froh, dass sie fort will. Sie hat einen schlechten Einfluss auf dich ausgeübt.«

Leila gab Irene nicht frei, aber sie wendete Khadija ihr blasses Gesicht mit den übergroßen dunklen Augen zu. »Ich habe Irene gern«, sagte sie, »sie war wie eine Freundin für mich.«

»Wir sind deine Freundinnen, Leila, nicht diese Fremde. Aber ich habe seit langem gemerkt, dass du unsere Liebe und Güte nicht zu schätzen weißt. Deshalb sollst auch du fort, sobald Scheich Mustafa zurück ist.«

Irene verstand nicht, um was es ging, sie war überzeugt, dass Leila und Khadija über sie sprachen.

»Was sagt sie, Leila? Übersetz es mir!«

Leila schüttelte den Kopf.

»Warum erklärst du der Fremden nicht, dass du heiraten wirst? Es ist eine große Ehre für dich, die Frau des Prinzen Hassan zu werden... sag es ihr, und sie wird dich beneiden!«

Leilas dunkle Augen wurden noch größer. »Nein!«, schrie sie. »Nein! Ich will nicht!«

»Das sind Worte, die sich nicht für ein gut erzogenes Mädchen ziemen. Ein Nein ist Sache des Mannes, nicht der Frau!«

»Aber ich will nicht heiraten! Ich kann nicht heiraten!«

Leila löste sich von Irene, lief mit flehend erhobenen Händen zu Khadija hin. »Sei gnädig, habe Verständnis, erspare es ...« Mitten im Satz brach sie zu Khadijas Füßen zusammen.

Irene stürzte zu Leila hin. Das ungewohnt lange Gewand hinderte sie in dieser heftigen Bewegung. Sie stolperte, aber es gelang ihr sich zu fangen. Sie kniete sich neben das ohnmächtige junge Mädchen auf dem dicken Teppich nieder und fühlte nach ihrem Puls. Er war schlecht zu fühlen, kaum spürbar.

»Schafft sie hinaus!«, sagte Khadija hart auf arabisch.

Irene verstand den Befehl nicht. Sie fuhr mit der Hand über Leilas eiskalte Stirn und beobachtete die bläuliche Verfärbung der Nasenspitze. Ein schreckli-

cher Verdacht stieg in ihr auf. Sie nahm Leilas Hände, sah, dass auch die Fingerkuppen unter den gepflegten zartrosa lackierten Nägeln bläulich verfärbt waren.
»Leila ist krank«, sagte sie, »schwer krank!«
Sie hob den Kopf, begegnete Khadijas zornigem Blick, aus dem auch nicht ein Funken Verständnis sprach.
»She is sick«, wiederholte sie verzweifelt auf englisch, »man muss den Arzt holen... den Doktor!«
Einige der Frauen schienen nun doch verstanden zu haben, um was es ging, sie redeten auf Khadija ein. Ohne Erfolg.
»Fort aus meinen Augen!«, befahl Khadija eisern.
Obwohl Irene die Worte selber nicht verstand, begriff sie doch deren Bedeutung, die durch eine gebieterische Bewegung zur Tür hin unterstrichen wurde. Sie nahm Leila auf ihre Arme wie ein Kind, eine federleichte Last, trug sie in ihr eigenes Zimmer, bettete sie auf ihrem Lager und schob ihr eines der dicken reich bestickten Kissen unter die Füße, um ihre Beine hochzulagern.
Eine Weile stand sie reglos, betrachtete Leilas schönes, von Krankheit gezeichnetes Gesicht. Sie hatte noch niemals selbstständig eine Patientin behandelt, und hier, in einem fremden Land ohne Medikamente und ohne Hilfsmittel, fühlte sie sich völlig überfordert.
Aber tiefes Mitleid für das junge Mädchen, Freundschaft und Verantwortungsgefühl trieben sie an.
Plötzlich fiel ihr ein, dass sie aus irgendwelchen unklaren Erwägungen heraus ihr Stethoskop mitgenommen hatte, bevor sie Hannover verließ. Bisher hatte sie es nicht ausgepackt, aber jetzt war der Moment gekommen, wo es ihr nützlich sein konnte. Sie lief zu ihrem Koffer, der in der Ecke des Zimmers stand, holte das Instrument heraus und eilte zu Leilas Lager zurück.
In diesem Augenblick öffnete Leila die dunklen Augen, erkannte Irene und schloss sie wieder mit einem Ausdruck unendlicher Erleichterung. »Ich bin bei dir«, sagte sie kaum hörbar.
»Ja. Du bist in Khadijas Zimmer ohnmächtig geworden. Hast du solche Anfälle schon öfter gehabt?« Irene kniete sich neben Leilas Lager und öffnete behutsam ihr Kleid.
»Ja«, hauchte Leila, »es hat nichts zu bedeuten ...«
Leila zuckte leicht zusammen, als das eiskalte Metall des Stethoskops ihre Haut berührte. »Was ist das?«, fragt sie. »Was machst du?«
»Sei jetzt ganz still. Es tut nicht weh, ist gleich vorüber ...«
Mit angehaltenem Atem horchte Irene. Der paukende erste Herzton über der Herzspitze war sehr deutlich, der zweite kam schwach, gespalten. Irene versuchte sich einzureden, dass sie sich irrte, aber je länger sie lauschte, desto deutlicher wurde der unregelmäßige Schlag.
Als sie sich aufrichtete, zwang sie sich ein Lächeln ab, das durch den Ernst ihrer Augen Lügen gestraft wurde. »Schon passiert«, sagte sie, »na, war es schlimm?«
»Nein.«
»Na, siehst du!«

Irene erhob sich, aber Leila zog sie an der Hand zurück.
»Du hast mich untersucht, nicht wahr? Was hast du gefunden?«
»Ich bin noch keine richtige Ärztin«, entgegnete Irene ausweichend, »ich kann also auch keine Diagnose stellen.«
»Sag mir die Wahrheit«, bettelte Leila, »ich habe keine Angst... ich bin krank, nicht wahr?«
»Ja«, gab Irene zögernd zu.
»Sehr krank?«
»So genau weiß ich es nicht. Jedenfalls gehörst du in ärztliche Behandlung, so viel ist sicher.« In Leilas blasse Wangen kam Farbe. »Allah sei gelobt«, murmelte sie. Irene sah sie verständnislos an. »Du freust dich, krank zu sein?«
»Es gibt Schlimmeres als Krankheit, Irene... viel Schlimmeres!«
Die Tür öffnete sich. Die beiden jungen Mädchen wandten den Blick und sahen Samia eintreten.
»Khadija ist sehr böse«, sagte sie, »auf dich und auf die Fremde. Sie soll sofort den Harem verlassen.«
Leila übersetzte diese Bemerkung.
»Samia ist doch deine Mutter, Leila«, sagte Irene, »wieso ist sie gar nicht besorgt um dich? Warum fragt sie nicht, wie es dir geht, und ob du dich erholt hast?«
Leila lächelte schwach. »Samia macht sich niemals Sorgen, höchstens über sich selber.«
»Dann sag ihr, dass ich nicht daran denke, den Harem zu verlassen, bevor ich dich nicht in ärztlicher Obhut weiß.«
Irene wartete ab, bis Leila ihr Samias Antwort übersetzte.
»Samia sagte, Khadija hat befohlen, dass du gehst. Sie wird dich mit dem Wagen zum Flugplatz bringen lassen.«
Irene zögerte. Jetzt, endlich, bot sich ihr Gelegenheit, die Freiheit zurückzugewinnen. Sie zweifelte keinen Augenblick daran, dass Khadija ihr Versprechen halten würde. Wenn sie sich jetzt fügte, konnte sie schon in wenigen Stunden hoch in der Luft sein, auf dem Weg zurück in die Heimat. Die Aussicht war verlockend, aber Irene widerstand der Versuchung. Sie wollte bleiben, nicht, um Hassan wiederzusehen, sondern einfach, weil sie es nicht übers Herz brachte, Leila unter diesen Umständen hilflos und allein zu lassen.
»Frag deine Mutter«, sagte sie, »wie dieser Hinauswurf sich mit der berühmten arabischen Gastfreundschaft vereinen lässt!«
Leila übersetzte die Frage, und Samia wurde unsicher.
»Es ist nicht mein Wunsch, dass die Fremde geht«, sagte sie, »ich habe sie gern ... sag ihr das, Leila! Von mir aus kann sie bleiben, solange sie will. Aber nicht ich, Khadija hat zu bestimmen.«
»Dann überbring Khadija Irenes Antwort!«
Samia vollführte eine beredte Geste mit ihren kleinen rundlichen Händen. »Ich tu es nicht gern«, sagte sie, »Khadija wird mich schelten. Aber... was bleibt mir anderes übrig?« Sie zog sich zurück.
»Na, den ersten Sturm hätten wir also wohl überstanden«, sagte Irene lächelnd. »Du brauchst keine Angst zu haben, Leila, ich lasse dich nicht allein.

Reg dich nicht auf, was auch immer geschieht.« Sie zog sich ein Kissen heran, ließ sich neben Leila auf den Boden sinken.
»Du bleibst... meinetwegen?«, fragte Leila.
»Ja.«
Irene nahm Leilas zarte kalte Hand zwischen ihre kräftigen warmen Hände. »Das ist kein Opfer für mich, das darfst du nicht glauben. Ich versäume nichts, wenn ich bleibe, und ich habe auch nichts zu befürchten. An mir wird eure Khadija sich noch die Zähne ausbeißen. Nur ...« Sie stockte, konnte einen Seufzer nicht unterdrücken.
»Bitte, sprich weiter«, drängte Leila.
»Wenn ich nur meinen Eltern eine Nachricht senden könnte! Sie machen sich bestimmt schon schreckliche Sorgen!«
»Bald wird Hassan zurückkommen«, tröstete Leila, »er ist ein Mann. Er kann gehen, wohin er will. Er wird deinen Eltern ein Telegramm senden.«
»Ich bin nicht mehr so sicher, ob er wirklich frei ist«, sagte Irene, »wäre er sonst nicht schon längst zu mir gekommen?«
»Er muss Rücksichten nehmen. Hab Geduld, Irene!«
Irene streichelte Leilas Hände. »Ich will dich nicht mit meinen Sorgen belasten«, sagte sie, »sprechen wir lieber von dir. Seit ich dich kenne, bist du traurig. Willst du mir nicht anvertrauen, was dich bedrückt?«
»Du würdest kein Verständnis dafür haben.«
»Lassen wir es auf den Versuch ankommen. Khadija hat dir vorhin etwas gesagt, was dich sehr aufgeregt hat. Ich konnte es nicht verstehen. Erzähl mir, was es war.«
»Ich soll heiraten«, sagte Leila tonlos.
»Und du willst nicht?«
»Eher möchte ich sterben!«
»Aber jedes Mädchen muss einmal heiraten. Das ist auch bei uns so. Und du kannst doch nicht ewig hier im Harem deines Vaters leben.«
»Du sprichst wie alle anderen«, sagte Leila bitter.
»Liebst du den Mann nicht, dem du zur Frau gegeben werden sollst?«
»Lieben! Wie könnte man Prinz Hassan lieben!«
Irene war es, als wenn ihr Herz stehen blieb. »Hassan?«, fragte sie entsetzt.
Leila begriff, was in der deutschen Freundin vorging. »Nein, nein«, sagte sie rasch, »nicht den Hassan, den du kennst... er ist doch mein Bruder! Hassan ist bei uns kein seltener Name. Der Mann, der mir bestimmt ist, heißt Prinz Hassan Kariki... Hassan, der Verschwender, wird er von Freund und Feind genannt.« Sie umspannte Irenes Hände mit schmerzhaftem Griff. »Er ist ein furchtbarer Mann, Irene, glaub mir. Aufgeschwemmt, hässlich ...«
»Ja... kennst du ihn denn?«, fragte Irene erstaunt. »Ich dachte, ihr dürft keine Männer sehen?«
»Wir dürfen unser Gesicht niemandem zeigen, Irene, das ist etwas anderes! Oh, ich war ja so bereit zu heiraten, nur um mich Khadija dankbar zu erweisen... Khadija, die dafür gesorgt hat, dass ich zwei Jahre in die Schweiz in ein Internat gehen durfte. Auch als mir die Sklavinnen erzählten, dass Hassan Kariki alt ist, dass ich seine vierte Frau werden sollte... auch da dachte ich

noch nicht daran, mich zu weigern. Doch dann... dann sah ich ihn ...« Leila bedeckte schaudernd ihr Gesicht mit den Händen.
»Bitte, bitte, weine nicht«, sagte Irene, »du wirst ihn nicht heiraten, ich werde dir helfen! Aber reg dich nicht auf, du bist krank, es könnte dir schaden!«
Sie wusste, dass sie mehr versprach, als sie halten konnte, aber es kam ihr vor allem darauf an, Leila jetzt, in diesem Moment, zu beruhigen.
»Aber... wie hast du das nur geschafft, ihn zu sehen?«, fragte sie.
Leila nahm die Hände vom Gesicht. »Ich war zu einer Party eingeladen ...«
Das Wort Party klang sehr seltsam aus ihrem Mund, hier, in diesem Haremszimmer voll orientalischer Pracht, und Irene musste lächeln.
»... zu einem Fest für junge Mädchen«, erzählte Leila weiter. »Wir fuhren im Wagen hin, eine Sklavin begleitete mich und zwei meiner Schwestern. Beim Souk wiesen wir den Fahrer an, zu halten. Wir waren natürlich tief verschleiert, schlenderten durch die Gasse mit den vielen Läden. Es gehört sich nicht, aber wir tun das alle hin und wieder. Und da zeigte mir die Sklavin Prinz Hassan, den Verschwender... er ist ein widerlicher, ein schrecklicher Mann. Bei seinem Anblick sank ich in Ohnmacht. Die Sklavin fing mich auf und brachte mich zum Wagen zurück. Sie schleppten mich zur Party, denn sie hatten Angst, Khadija könnte sonst etwas von dem Zwischenfall erfahren.«
»So war das also«, sagte Irene, »ich muss sagen, du hast den Ausflug in die Freiheit teuer bezahlt. Vielleicht wäre es besser gewesen... nein, ich glaube, es war gut so, dass du ihn gesehen hast, bevor du seine Frau geworden bist.«
»Ich bin ihm schon versprochen«, sagte Leila trostlos, »alle sagen, es gibt keinen Ausweg für mich. Außer dem Tod.«
»An so etwas darfst du überhaupt nicht denken«, erklärte Irene energisch, »es wird alles gut werden, ganz bestimmt. Außerdem ... vorläufig bist du viel zu krank, um zu heiraten.«
»Wirklich? Bist du sicher?«
»Ja«, erklärte Irene sehr bestimmt. »Aber verrate mir nur eines ... warum sollst du ausgerechnet einen so scheußlichen alten Mann heiraten? Bestimmt gibt es doch viel nette junge Männer hierzulande, die eine Frau suchen.«
»Dieser schreckliche Mann hat Geld, Irene, und ich bin sehr teuer. Weil ich schön bin und eine besonders gute Erziehung genossen habe... Oh, wenn ich das gewusst hätte, nie hätte ich darauf gedrängt, ins Ausland zu kommen! Die Zeit dort war schön, ich war glücklich... aber damit hat das Elend für mich begonnen. Hassan, der Verschwender, ist reich und hat gute Beziehungen zum Hof... kein junger Mann könnte mit ihm konkurrieren!«

Hassan Sidi weilte jetzt schon drei Tage lang mit seinem Vater, Scheich Mustafa, in der heiligen Stadt Mekka. Sie hatten jeden Tag wieder in der siebentürmigen Moschee Mesdschid el-Haram gebetet, und sie hatten rituelle Waschungen am heiligen Brunnen Semsem vorgenommen, dessen Wasser jeden, der von ihm trank, Heil des Körpers und der Seele schenkte. Vor allem aber hatten sie die Kaaba aufgesucht, ein würfelförmiges schwarz verhängtes Gebäude im Innenhof der großen Moschee von Mekka, das den berühmten schwarzen Stein umgab, einen Meteoriten, der zu Ehren des Propheten

Mohammed vom Himmel gefallen war. Während aber Scheich Mustafa aus all diesen religiösen Übungen geistige Erhebung zu gewinnen schien, wurde Hassan von Tag zu Tag ungeduldiger. Es drängte ihn mit aller Macht nach Dschidda zurück. Keine Stunde verging, ohne dass er an Irene dachte. Sein Herz brannte vor Sehnsucht.

Dennoch wagte er nicht, sich seinem Vater gegenüber offen zu seiner Liebe und seinem Verlangen zu bekennen, denn er wusste, dass er sich dadurch in den Augen Scheich Mustafas nur verächtlich gemacht hätte.

In der heiligen Stadt wimmelte es von Pilgern aus allen Ländern der Erde, in denen Mohammedaner lebten - man sah schwarze, gelbe und asiatische Gesichter, zerlumpte Gestalten, die sich bis nach Mekka durchgebettelt hatten, und reich gekleidete Männer, die nicht willens waren, auch nur vorübergehend auf den gewohnten Luxus zu verzichten. Aber hier in Mekka waren sie alle gleich, fühlten sich als Allahs Kinder und gläubige Anhänger des Propheten.

Selten begegneten Hassan und Mustafa Sidi in dem Gewimmel bekannten Gesichtern, aber ausgerechnet an dem Abend, als Scheich Mustafa sich endlich doch zur Heimreise entschlossen hatte, traf er vor der siebentürmigen Moschee einen Jugendfreund, Abdulazzis aus Er-Rijad, den er seit Jahren nicht mehr gesehen hatte.

Die beiden alten Männer begrüßten sich herzlich. Scheich Mustafa stellte Scheich Abdulazzis voller Stolz seinen studierten Sohn vor, gemeinsam suchten sie die Herberge auf, in der Abdulazzis abgestiegen war und begannen von alten und neuen Zeiten zu erzählen. Hassan saß mit kaum gezügelter Ungeduld dabei und sann auf eine Gelegenheit, sich verabschieden zu dürfen.

Er fühlte eine Schwäche in der Magengrube, als Scheich Abdulazzis den Jugendfreund aufforderte, ihn auf seinem künstlich bewässerten Landgut in der Nähe von Er-Rijad zu besuchen. Hassan sah seine schwärzesten Befürchtungen erfüllt, als der Vater freudig diese Einladung annahm, und die beiden Männer, ohne ihn überhaupt zu befragen, beschlossen, am nächsten Morgen gemeinsam nach der Hauptstadt des Landes abzureisen.

Er warf alle Zurückhaltung von sich und mischte sich ungefragt in das Gespräch der beiden älteren Männer. »Deine Einladung ist eine große Ehre für mich, Scheich Abdulazzis«, sagte er, »es wäre mein sehnlichster Wunsch, meinen verehrten Vater auf dein Landgut zu begleiten. Aber leider verhindern widrige Umstände mir im Augenblick die Erfüllung dieses Wunsches. Wichtige Geschäfte ziehen mich nach Dschidda zurück.«

Scheich Abdulazzis lächelte ungläubig. »Wichtige Geschäfte? Was kann ein junger Mann von deiner Herkunft und deinem Vermögen für wichtige Geschäfte haben?«

»Mein verehrter Vater gab mir Gelegenheit, in Deutschland zu studieren. Jetzt brenne ich darauf, mein Wissen in die Tat umzusetzen.«

»Das kannst du auch bei mir, Hassan! Du wirst auf meinem Landgut viele Neuerungen finden, die gerade für dich als Ingenieur interessant sein dürften.«

Hassan beharrte auf seiner Weigerung. »Es wird mir eine Ehre sein, dich bald zu besuchen. Nur gerade jetzt ist es mir ganz unmöglich. Ich bin dabei, in

Dschidda eine Pumpenfabrikation ins Leben zu rufen, und gerade deshalb ...«
Jetzt mischte sich Scheich Mustafa ein, dessen Gesicht sich in den letzten Minuten verdüstert hatte. »Ich, dein Vater«, sagte er, »erlaube dir, eine Zeitlang einmal nicht an deine Arbeit zu denken. Es kann wichtiger für dich sein, dich erst einmal in deinem Lande umzusehen. Omar wird dich währenddessen vertreten.«
Hassan war nicht bereit nachzugeben; er wusste, dass er durch seinen Widerstand den Zorn des Vaters auf sich zog, aber er blieb hart. »Dank für deine großzügige Erlaubnis«, sagte er, »aber nur Allah allein kann einen Mann von seinen Pflichten entbinden.«
Die Stimme Scheich Mustafas erhob sich drohend. »Du willst also nicht mit mir nach Er-Rijad fahren?«
Hassan zwang sich zu einem Lächeln. »Ich weiß, dass du mir niemals befehlen würdest; meine Pflichten zu vernachlässigen.«
In Wirklichkeit war er sich dessen natürlich durchaus nicht sicher, aber er wusste, dass er, wenn überhaupt, nur mit Diplomatie etwas erreichen konnte.
Zu seinem Glück griff Scheich Abdulazzis ein; er legte Hassan väterlich die Hand auf die Schulter. »Ich habe viel Gutes von den jungen Leuten gehört, die in Europa studiert haben. Deine Haltung bestätigt mir, dass das Gute, was mir berichtet wurde, nicht übertrieben ist. Stolz wäre ich, wenn meine eigenen Söhne so denken würden wie du. Aber sie kennen nur Spiel und Vergnügungen.«
Dieses Lob aus dem Munde seines Jugendfreundes besänftigte Scheich Mustafa für den Augenblick.
»Es ist wahr«, sagte er, »meine Söhne nehmen die Arbeit ernst, wenn sie auch darüber versäumen, ihrem Vater Freude zu machen.«
»Wir haben gelernt«, sagte Hassan, »dass auch die Zeit ihren Wert hat. Sie zu verschwenden ist genauso leichtsinnig, als würde man sein Geld an die Bettler auf der Straße verteilen oder mit seinen Freunden verprassen.«
»Ich sehe schon, es ist dir ernst, Hassan«, sagte Scheich Abdulazzis, »du kommst also nicht mit. Schade. Aber du sollst wissen, dass du mir immer und jederzeit willkommen sein wirst.«
»Dank dir, Scheich Abdulazzis«, erwiderte Hassan höflich, »bestimmt werde ich eines Tages von deiner ehrenvollen Einladung Gebrauch machen.«
Er war froh, dass er sich herausgewunden hatte, aber er kannte seinen Vater gut genug, um zu wissen, dass damit noch lange nicht alles überstanden war.
Als Scheich Abdulazzis sich verabschiedet hatte, brach dann auch das Gewitter los.
Noch nie hatte Hassan den Vater so zornig gesehen. »Wie kannst du es wagen, dich meinem Willen zu widersetzen?«, grollte er. »Nur der Tatsache, dass ich dich nicht vor Scheich Abdulazzis habe demütigen wollen, verdankst du es, dass ich dich nicht sofort zurechtgewiesen habe! Was fällt dir ein? Wichtige Geschäfte! Pumpenfabrikation! Du weißt genau, dass es nichts gibt, was deine Anwesenheit in Dschidda wirklich erfordert.«
»Doch, Vater«, erwiderte Hassan beherrscht, »es gibt in Dschidda einen Menschen, der mich braucht.«

Scheich Mustafa wusste genau, auf was sein Sohn anspielte.
Nur um ihn von Irene fernzuhalten, hatte er ihn ja mit nach Mekka genommen, und aus dem gleichen Grunde war er auch so rasch und freudig bereit gewesen, die Einladung von Scheich Abdulazzis anzunehmen.
Trotzdem sagte er: »Ich ahne nicht einmal, von was du redest.«
Hassan wollte Irenes Namen nicht ins Spiel bringen. »Da es entschieden ist, dass ich nicht mit nach Er-Rijad reise ...«, begann er.
Sein Vater fiel ihm ins Wort. »Nichts ist entschieden. Du wirst mich begleiten.«
Zum ersten Mal bot Hassan seinem Vater die Stirn. Er hatte viel geschluckt, seit er aus Europa zurückgekommen war. Jetzt war das Maß voll. »Nein, Vater!«
Scheich Mustafa vergaß seine orientalische Würde. Er sprang auf. »Du wagst es mir zu widersprechen!?«, donnerte er.
Hassan hatte diese unumgängliche Auseinandersetzung seit langem auf sich zukommen sehen, und er hatte sich davor gefürchtet, denn er liebte seinen Vater, und das Gefühl, ihm Respekt zu schulden, war tief in ihm verwurzelt. Aber jetzt, da es so weit war, fühlte er sich plötzlich ganz ruhig. Der Weg, den er gehen musste, lag klar vor ihm, und am Ende dieses Weges stand Irene. Diese Gewissheit gab ihm Mut und Kraft.
»Verzeih mir, Vater«, sagte er beherrscht, »du weißt, dass ich mich zeit meines Lebens bemüht habe, dir ein gehorsamer Sohn zu sein. Aber jetzt bin ich kein Knabe mehr, ich bin ein Mann geworden. Ich habe eine neue Verantwortung auf mich genommen, und es wäre edler, wenn du diese Voraussetzung respektieren würdest.«
»Du verlangst Respekt von mir?«, brüllte sein Vater.
»Nein«, erwiderte Hassan ruhig, »nur Verständnis!«
Die beiden Männer sahen einander in die Augen. Jeder versuchte, dem anderen den eigenen Willen aufzuzwingen, keiner wollte den Blick senken. Endlich entschloss sich Scheich Mustafa, zum Kernpunkt des Problems vorzudringen.
»Habe ich dir nicht Verständnis genug bewiesen, indem ich dir erlaubte, diese Fremde kommen zu lassen?«
»Da du es erlaubtest«, erwiderte Hassan, »musst du jetzt auch zulassen, dass ich mich um das Mädchen, das um meinetwillen aus Deutschland gekommen ist, auch kümmere. Es stünde dir und mir schlecht an, wenn ich sie im Stich ließe.«
Scheich Mustafa murmelte etwas Unverständliches durch die Zähne, setzte sich wieder. »Kein Mädchen, keine Frau ist es wert«, sagte er, »dass man sich ihretwegen mit dem Vater überwirft.«
»Du bist es, der mich zu einer Entscheidung zwingt!«
Scheich Mustafas Gesicht verzog sich wie unter einem inneren Schmerz, er biss sich auf die Lippen.
»Vater«, sagte Hassan wärmer, »warum bist du so unnachgiebig? Wir haben Irene eingeladen, jetzt ist sie allein in Dschidda, wartet seit Tagen auf mich, eine Fremde in einer fremden Stadt, deren Sitten sie nicht kennt ...«

»Sie ist nicht allein«, sagte Scheich Mustafa.
»Was soll das heißen?«
»Khadija hat sie in den Harem geholt.«
Diese unerwartete Nachricht verschlug Hassan für Sekunden die Sprache. »Nein«, sagte er endlich, »nein! Das ist doch nicht möglich!«
Seine Überraschung gab dem Vater die fast verlorene Sicherheit zurück; er lächelte selbstgefällig. »Du siehst«, sagte er, »das deutsche Mädchen ist gut aufgehoben. Ich hätte dir das längst erzählt, wenn ich nur geahnt hätte, dass du dir Sorgen ihretwegen machst. Also, wir haben uns ausgesprochen, du reist mit mir nach Er-Rijad.«
»Vater, nein! Irene im Harem... das ist ganz unvorstellbar! Ich muss sofort zurück, noch heute Nacht!« Hassan sprang auf.
»Setz dich, mein Sohn«, sagte Scheich Mustafa mit Nachdruck, »es besteht kein Grund zur Aufregung. Wo ist eine Frau besser aufgehoben als im Harem?«
»Aber Irene doch nicht, Vater! Sie ist eine Europäerin, ein selbstständiger Mensch ...«
Scheich Mustafa fiel ihm ins Wort. »... dann wird sie sich überall zurechtfinden, auch im Frauenhaus.«
»Ich muss zu ihr, versteh doch, ich muss!«
»Hassan!« Scheich Mustafa legte beschwörend seine Hand auf den Arm des Sohnes. »Dieses Mädchen ist in unser Land gekommen, um deine Frau zu werden. Sie wird sich daran gewöhnen müssen, im Harem zu leben. Wenn sie das nicht kann oder nicht will, dann muss sie dahin zurückfahren, wo sie hergekommen ist.«
»Dann«, sagte Hassan, »fahre ich mit!«
Dieser Satz war ihm herausgerutscht, noch ehe er ihn recht bedacht hatte, aber um nichts in der Welt hätte er ihn jetzt noch zurückgenommen.
Scheich Mustafa schwieg lange, es war ein bedrohliches Schweigen. »Was verlangst du also?«, fragte er endlich.
»Dass du mich nach Dschidda lässt!«
»Dies sei dir bewilligt«, erklärte Scheich Mustafa steif, »ich habe das Vergnügen an deiner Gesellschaft verloren.«
»Tut mir leid, Vater! Darf ich jetzt gehen?«
»Wir sind noch nicht zu Ende. Setz dich endlich. Es geziemt sich nicht zu stehen, wenn ein Älterer dir erlaubt, Platz zu nehmen!«
Hassan ließ sich nieder. Seine Nerven waren bis zum Zerreißen gespannt.
»Wie stellst du dir deine Zukunft vor?«, fragte der Vater.
»Ich werde Irene heiraten. Mit oder ohne deinen Segen.«
»Allah straft den Sohn, der sich gegen den Vater kehrt!«
»Allah straft auch den Mann, der die Frau, die er gewählt hat, ohne Grund verstößt!«, erwiderte Hassan.
Wieder sahen sich die beiden Männer an, tasteten sich mit Blicken ab, schwiegen lange.
»Du sollst dieses Mädchen heiraten, da es dein Wille ist«, erklärte Scheich Mustafa dann überraschend.

Diese plötzliche Nachgiebigkeit beunruhigte Hassan; er witterte eine Falle.
»Ich warte auf deine Bedingungen«, sagte er.
»Es gibt keine.«
Hassan traute seinen Ohren nicht. »Du bist einverstanden?«
»Du hast es gehört.«
»Ich darf mir also eine Wohnung in einem der modernen Häuser mieten? Mit Irene mein eigenes Leben leben?«
»Warum nicht? Sobald du genügend Geld verdienst, kann niemand dich daran hindern.«
Hassan wurde blass unter der glatten braunen Haut. »Du weißt, dass ich noch finanziell von dir abhängig bin.«
»Ich freue mich über deine Einsicht«, erwiderte Scheich Mustafa gelassen.
Hassan verlor die Beherrschung. »Treib es nicht zum Äußersten!«, rief er. »Willst du mich zwingen, mir selber eine Stellung zu suchen?«
»Das würde dir nichts nützen. Du hast viel gelernt, das stimmt, du bist klug und tüchtig, das stimmt auch. Aber ich bin ein Mann von Einfluss, vergiss das nicht. Ein Wort von mir, nur ein Wink... und alle Türen sind dir verschlossen.«
»Was willst du also? Warum quälst du mich so?«
»Ich will, dass du in meinem Hause bleibst, bis deine Zeit gekommen ist.«
»Und Irene im Harem?«
»Ja.«
»Du verstößt mich also«, sagte Hassan tonlos.
»Du legst in meine Worte einen falschen Sinn. Ich will dich nicht verlieren, Hassan, das ist die Wahrheit. Antworte mir nichts, du brauchst dich nicht jetzt zu entscheiden. Kehre nach Dschidda zurück, sprich mit dem Mädchen, das aus Deutschland gekommen ist.«
Hassan erhob sich langsam; sein Gesicht war verschlossen. »Ich fahre noch heute Nacht.«
»So sei es, mein Sohn. Sende mir deinen Bruder Omar. Er wird mich an deiner Stelle nach Er-Rijad begleiten.«

Irene war sich darüber klar, dass sie ihre Liebe zu Hassan keineswegs überwunden hatte. Sie brauchte nur an ihn zu denken - und das geschah, obwohl sie sich dagegen sträubte, viele, viele Male während des langen ereignislosen Tages und noch öfter in den Nachtstunden, die ihr kaum Schlaf brachten - sie brauchte nur an ihn zu denken, und ihr Herz zog sich zusammen vor schmerzlicher Sehnsucht.
Aber ihr Verstand hatte aufgehört, ihr Gefühl zu bejahen. Sie liebte ihn, aber sie hatte eingesehen, dass ihre Liebe keine Zukunft haben konnte.
Alles, was ihr Vater ihr erzählt hatte, war richtig gewesen, seine Warnungen hatten sich erfüllt, und Irene gab sich zu, einen Fehler gemacht zu haben, als sie in dieses fremde Land mit seinen fremden Menschen gereist war.
Und dennoch, sie bereute es nicht. Sie spürte, dass diese Erfahrung notwendig gewesen war, um zur Vernunft zu kommen. Vor allem aber war da Leila, die zarte, schöne, junge Leila, die ohne ihren Schutz zu Grunde gegangen wäre.

Irene war fest entschlossen, eine ärztliche Untersuchung Leilas durchzusetzen. Danach erst würde ihre Aufgabe erfüllt sein, und sie würde in die Heimat zurückfliegen - ohne Hassan gesehen zu haben. Dass er es bisher nicht für nötig gehalten hatte, sie auch nur zu begrüßen, das war die schlimmste Enttäuschung für sie.
Ihre Fantasie reichte nicht, sich vorzustellen, dass er ihr unfreiwillig fern geblieben war.
Manchmal war sie so weit, ihn wegen seiner Rücksichtslosigkeit zu hassen - aber dieser Hass grenzte so gefährlich nahe an Liebe, dass sie ihn sich verbot. Sie kämpfte um Überlegenheit, Gelassenheit, Abgeklärtheit, und sie war sicher, sie zu gewinnen, wenn sie erst dieses Land, das ihr feindlich war, auf immer verlassen hatte.
Aber als Hassan dann in der Tür ihres Haremszimmers stand - unangemeldet, unerwartet und nicht einmal mehr erhofft -, zerbrach Irenes erzwungene Härte wie unter einem Schlag.
Sie hatte an Leilas Lager gesessen und leise und beruhigend auf das kranke Mädchen eingesprochen, als Hassan erschien - jetzt hob sie den Blick zu ihm, spürte, wie ein warmes Rot ihr in die Wangen stieg, wollte etwas sagen, etwas Gleichgültiges, Böses, Verletzendes, und fand doch keine Worte.
Unfähig, sich zu bewegen, konnte sie ihn nur ansehen - sein ebenmäßiges Gesicht mit den breiten dunklen Augen, der edel geformten Nase, dem schönen vollen Mund.
Zum ersten Mal erblickte sie ihn in der Kleidung seiner Heimat, dem bis zu den Knöcheln reichenden bunten Gewand, und er schien ihr faszinierender denn je zuvor - aber auch fremd und sehr weit entfernt, obwohl nur wenige Meter zwischen ihnen lagen.
Für Hassan war der Schock dieser Begegnung mindestens so groß. Seit er nach Saudi-Arabien zurückgekehrt war, hatte er kein Mädchenantlitz mehr gesehen - und Irenes helles Gesicht mit den klaren schönen Augen, aus denen all die Liebe sprach, die ihr Mund verschwieg, war wie ein Wirklichkeit gewordener Traum für ihn.
»Verzeih mir«, sagte er mühsam.
Diese demütige Bitte, mehr noch die Qual in seinen tiefschwarzen Augen, löste Irenes Verkrampfung. Sie sprang auf, flog ihm in die Arme.
»Oh, Hassan, Hassan!«, rief sie. »Endlich! Ich habe mich so nach dir gesehnt!«
Erhielt sie ganz fest, streichelte sie zärtlich, presste sie an sich, als wenn er sie nie wieder loslassen wollte.
»Irene«, stammelte er, »ich liebe dich... ich liebe dich mehr als alles andere in der Welt!«
»Warum hast du mich so lange warten lassen?«, fragte sie. »Warum?«
Er ließ sie so unvermittelt los, dass sie taumelte. »Es ist schwer, dir das zu erklären«, sagte er, »ich fürchte, du wirst es niemals verstehen!«
»Ich verstehe alles, weil ich dich liebe!«
Er legte seine schlanken braunen Hände auf ihre Schultern. »Du willst mich nicht verlassen? Du hast noch nicht genug von mir? Noch nicht genug von all den seltsamen Menschen und veralteten Sitten?«

»Nein«, erwiderte sie, ohne zu überlegen, »ich gehöre zu dir!«
Sie wurde sich gar nicht bewusst, dass sie mit dieser Erklärung ihre ganze mühsam erworbene Einstellung aufgab und sich ihm auslieferte. Ihr Gefühl war so stark, dass es keinen Bedenken mehr Raum ließ.
»Ich danke dir!« Er küsste sie mit großer Zärtlichkeit auf den Mund, auf die Augen und auf die Stirn.
»Wir werden noch viele Kämpfe auszufechten haben, bis wir am Ziel sind!« sagte er. »Fühlst du dich stark genug?«
»Wenn du bei mir bist, fürchte ich mich vor nichts!«
Leila hatte die ganze Begegnung von ihrem Lager aus beobachtet, aber sie hatte sich nicht gerührt. Sie spürte, dass für diese beiden Menschen die Welt versunken war, und sie hielt sich ganz still, um das Wiedersehen nicht zu stören. Aber sie konnte die Tränen nicht zurückhalten, die aus ihren Augen drängten. Sie fühlte sich ausgestoßen aus dem Kreis der Glücklichen.
Als sie aufschluchzte, lösten sich die Liebenden voneinander.
Hassan trat auf das Lager seiner Stiefschwester zu. »Leila, was ist?«, fragte er. »Bist du böse, dass ich dich nicht begrüßt habe?«
Voll Scham verbarg Leila ihr Gesicht hinter einem Seidentuch, nur ihre großen schwarzen Augen blickten hervor und sahen Hassan tränenerfüllt an.
Mit wenigen Schritten war Irene an Hassans Seite. »Sie ist krank, Hassan«, sagte sie leise, »sehr krank.«
»Wer kümmert sich denn um sie?«
»Nur ich, Hassan. Khadija lässt nicht zu, dass sie von einem Arzt untersucht wird.«
Hassan sah ungläubig von einem der Mädchen zum anderen. »Aber das kann doch nicht sein! Sicher hat meine Mutter dich nicht richtig verstanden, Irene! Wenn Leila wirklich krank ist ...«
»Khadija glaubt es nicht. Sie ist überzeugt, dass Leila nur so tut und ich mit ihr im Bunde stehe.«
Hassan legte seinen Arm um Irenes Schultern, ein ungläubiges Lächeln spielte um seinen Mund. »Das hört sich aber alles sehr unwahrscheinlich an, Liebling! Meine Mutter ist streng, ich weiß es, aber sie ist doch nicht herzlos oder gar unmenschlich!«
»Leila gegenüber ist sie es doch!«, beharrte Irene. »Ich verstehe, dass du es nicht glaubst, Hassan. Ich selber hätte es nicht für möglich gehalten, wenn ich es nicht miterlebt hätte.«
»Du verstehst unsere Sprache nicht!«
»Frag Leila selber!«
Hassan wandte sich an Leila, versuchte, sie zum Reden zu bringen, aber er bekam von ihr nur Tränen als Antwort. »Leila schämt sich«, erklärte Irene, »sie soll einen Mann heiraten, den sie nicht liebt ...«
Hassan fiel ihr ins Wort. »Bei uns sagt man, dass die Liebe erst in der Ehe kommt, und Leila ist in dieser Anschauung erzogen worden!«
»Aber sie verabscheut diesen Mann! Sie hat ihn gesehen, Hassan... man kann doch ein Mädchen nicht zwingen, einen Mann zu heiraten, vor dem ihr graust!«
»Bei uns kann man das leider doch, Irene!«

Irene sah Hassan aus großen Augen an; plötzlich war wieder die Fremdheit zwischen ihnen, die sie schon überwunden glaubte. »Hast du nicht wenigstens Mitleid mit ihr?«
»Sie tut mir sehr, sehr leid, Irene. Aber du musst das verstehen... ich kann ihr nicht helfen. Khadija ist, nach unseren Gesetzen, im Recht, wenn sie auf ihrem Willen besteht. Außerdem ist nicht sie es, sondern mein Vater, der diese Ehe vermittelt hat.«
»Aber darum geht es doch gar nicht, Hassan«, sagte Irene verzweifelt, »Leila ist krank, ich sagte es doch schon. Sie kann in diesem Zustand nicht heiraten... sie könnte es auch dann nicht, wenn sie selber sich nach dieser Ehe sehnte! Sie ist wirklich krank.«
Hassan war immer noch nicht überzeugt. »Woher willst du das wissen?«
»Du scheinst zu vergessen, dass ich Medizinerin bin. Ich habe sie untersucht. Leila leidet an einem Lutembacher Syndrom.«
»Was ist denn das?«
Irenes Stimme wurde noch leiser. »Ein krankhaft verändertes Herz. So etwas kann angeboren sein oder auch von einer schweren Erkrankung in der Kindheit herrühren, etwa von Rheuma. Auf jeden Fall ist es lebensgefährlich.«
Hassans Gesicht war plötzlich sehr ernst geworden; dennoch war er immer noch nicht ganz überzeugt. »Du kannst dich aber doch auch geirrt haben«, sagte er.
»Sicher«, gab Irene zu, »ich hoffe es sogar zu Gott. Dennoch ist es lebenswichtig, dass Leila von einem Facharzt untersucht wird. Sie muss ins Krankenhaus, besser heute als morgen. Nur dort ist eine einwandfreie Diagnose möglich.«
Jetzt, zum ersten Mal, seit Hassan gekommen war, öffnete Leila den Mund. »Ich will lieber sterben, als diesen Mann heiraten.«
»Sag das nicht, Leila«, rief Irene erschrocken, »du weißt ja nicht, was du da redest!«
»Doch, ich weiß es genau.«
»Trotzdem solltest du es nicht sagen, selbst wenn du so denkst. Sonst muss ja jeder glauben, auch Hassan, dass du tatsächlich nur einen Weg suchst, dieser Ehe zu entgehen.«
Sie wandte sich an ihren Freund. »Hör nicht auf sie, Hassan! Sie weiß ja selber nicht, wie krank sie ist! Du musst mit Khadija sprechen, du musst sie überzeugen, dass Leila in ärztliche Behandlung gehört! Du bist der Einzige, der ihr jetzt helfen kann!«
Er zögerte immer noch. »Ich weiß nicht, ob das klug wäre, Irene, wir beide haben selber genug Schwierigkeiten ...«
»Aber wir sind frei, Hassan! Niemand kann von mir verlangen, dass ich hier im Harem bleibe, niemand kann dich zwingen, dich deinem Vater zu beugen! Leila ist ganz hilflos. Wenn wir ihr nicht helfen, geht sie zu Grunde! Wir dürfen doch nicht nur an unser eigenes Glück denken und eine solche Schuld auf unser Gewissen laden!«
Er nahm sie in die Arme und küsste sie zärtlich auf die Stirn. »Du hast recht, Irene! Verzeih mir, dass ich so... so schwerfällig und feige war. Aber ich habe den Kopf so voll, und das alles kam so überraschend für mich!«

»Ich verstehe dich ja, Hassan«, sagte sie, »aber jetzt sprichst du mit deiner Mutter, nicht wahr?«
»Ja. Aber wenn du dich geirrt hast ...«
Sie fiel ihm ins Wort. »... wird niemand glücklicher sein als ich! Ich verspreche dir... das kannst du auch Khadija sagen... ich werde mich nicht in eure Familienangelegenheiten mischen. Aber... es geht um ein Menschenleben!«
Erst als Hassan schon im Begriff stand, das Zimmer zu verlassen, fiel ihr ein, dass sie etwas sehr Wichtiges beinahe vergessen hätte, und sie eilte ihm nach.
»Hassan!«
»Ja?«
»Du musst heute unbedingt noch meinen Eltern telegrafieren! Sie wissen nicht, wo ich bin, und werden sich sicher schon Sorgen machen.«

Khadija thronte, umgeben von einigen jüngeren Frauen, in ihrem roten Plüschsessel. Ihre streng geschnittenen Züge wurden weich, als ihr ältester Sohn, der Stolz ihres Herzens, in ihr Zimmer trat. Die anderen Frauen verhüllten sofort ihre Gesichter, aber ihre Augen glänzten vor Neugier, während sie die zeremonielle Begrüßung zwischen Mutter und Sohn beobachteten.
Nachdem einige einleitende Worte gewechselt waren und dem Anstand Genüge getan worden war, bat Hassan allein mit Khadija sprechen zu dürfen, und ein Wink Khadijas genügte, um die anderen Frauen aus dem Raum zu entfernen.
Hassan setzte sich, der Mutter gegenüber, mit übereinander gekreuzten Beinen auf eines der dicken, reich bestickten Kissen und überlegte noch, wie er sein Anliegen am diplomatischsten formulieren sollte.
Da ergriff Khadija das Wort.
»Du willst mit mir über diese Fremde sprechen?«, fragte sie.
Hassan hielt es für besser, zuerst einmal auf dieses Thema, das ihr offensichtlich am Herzen lag, einzugehen. »Ja, Mutter«, sagte er.
»Ich habe sie hierher in den Harem geholt.«
»Ich weiß, Mutter, und ich danke dir dafür.«
»Du brauchst mir nicht zu danken. Es war ein schrecklicher Fehler von mir. Sie passt nicht zu uns.«
»Du musst ihr Zeit geben, sich einzuleben.«
Khadija schüttelte den Kopf. »Nein. Die Zeit kann aus einem schamhaften Mädchen eine schlechte Frau machen, niemals aus einem verdorbenen Mädchen eine gute Frau.«
»Irene ist nicht verdorben, sie ist nur anders.«
»Sie passt nicht in unser Haus und nicht in unser Land. Sie ist eine Fremde und wird eine Fremde bleiben.«
Hassan atmete tief durch und straffte die Schultern. »Ich liebe diese Fremde, Mutter.«
»Sie hat dich betört und deine Sinne verwirrt. Ich wollte, du hättest sie nie kennen gelernt... ich wollte, du wärest nie in dieses fremde Land gereist, das auch dich, mein Sohn, schon verdorben hat.«
Hassan unterdrückte einen Seufzer. »Du bist sehr hart, Mutter.«

»Nein, Hassan, ich sehe die Dinge nur, wie sie sind. Diese Fremde stiftet Unglück und Verwirrung, wohin sie kommt. Sie hat Leila ermutigt, mir Widerstand zu leisten... wenn sie länger hierbleibt, wird es weder Ordnung noch Sitte im Harem geben. Allen Frauen und Mädchen erzählt sie schamlose Dinge, erweckt Sehnsüchte in ihnen, die sie bisher nie gekannt haben.«
»Du tust Irene Unrecht, Mutter, glaub mir doch!«
»Nein, Hassan. Ich sehe diese Fremde, wie sie ist. Du musst dich von ihr lösen, sie in ihre Heimat zurückschicken, wohin sie gehört.«
»Ich habe mit Irene gesprochen«, sagte Hassan.
Sekundenlang sah es aus, als wenn Khadija ihre starre, seit langem geübte Beherrschung, die ihr fast zur zweiten Natur geworden war, verlieren würde; in ihrem dunklen Gesicht zuckte es. »Du hast sie gesehen?«, fragte sie scharf. »Hier? Im Harem? Das verstößt gegen die gute Sitte und gegen die Gebote des Propheten!«
»Aber Mutter, ich bitte dich, kannst du dich nicht für einen Augenblick von deinen festgefahrenen Vorstellungen lösen?! In Deutschland konnte ich Irene sprechen und sehen, wann und wo immer ich es wollte. Nichts trennte uns als die Entfernung und unser Studium. Wir kennen uns seit langem und lieben uns seit langem. Was ändert es daran, dass sie jetzt hier ist, im Harem meines Vaters wohnt?«
Khadija wich nicht zollbreit von ihrem Standpunkt. »Du verachtest die Gesetze Mohammeds«, sagte sie kalt.
»Um Allahs willen, lass den Propheten aus dem Spiel! Willst du nicht wenigstens hören, was Irene mir gesagt hat?!«
»Nein. Die Meinung einer Fremden ist mir gleichgültig.«
»Aber es geht um das Leben eines Menschen, Mutter... um Leilas Leben!«
»Leila ist jung, sie ist gesund ...«
Hassan vergaß alle Zurückhaltung, die er sonst im Gespräch mit der Mutter zu wahren pflegte, und fiel ihr ins Wort. »Nein, das ist sie eben nicht! Sie ist todkrank!«
»Sie verweigert mir und ihrem Vater den Gehorsam. Sie stellt sich krank, um sich unseren Befehlen zu entziehen. Die Fremde hat ihr das eingegeben. Sie hat sie auf gehetzt und unterstützt sie in ihrem Widerstand.«
Hassans Kopf begann zu schmerzen. Die unvernünftige und uneinsichtige Haltung seiner Mutter quälte ihn. Die schwere, von Parfüm und dem Duft der Räucherlampen gesättigte Luft des Haremszimmers bereitete ihm Unbehagen. Er war nahe daran, den Kampf aufzugeben, aber dann dachte er an Irene, sah ihr klares, kluges Gesicht vor sich, die Forderung in ihren hellen Augen. Er begriff, dass er sie verlieren würde, wenn er jetzt schwach wurde.
Er zwang sich zur Geduld. »Irene ist Medizinerin«, sagte er eindringlich, »sie hat studiert, sie weiß, was sie sagt, wenn sie behauptet, dass Leila schwer krank ist... warum willst du ihr nicht glauben, Mutter?!«
»Sie ist ein schlechtes Mädchen. Du musst sie in ihre Heimat zurückschicken.«
»Aber es geht jetzt doch gar nicht um Irene! Es geht um Leila, Mutter! Du riskierst doch nichts, wenn du sie ins Krankenhaus schickst und sie untersuchen lässt! Wenn du es nicht tust, ist sie verloren.«

Khadijas Gesicht blieb streng und verschlossen. »Unser aller Leben liegt in Allahs Hand.«
Hassan erhob sich mit einer geschmeidigen Bewegung. »Ist das dein letztes Wort?«
»Schick Irene fort, und es wird wieder Frieden in unserem Harem eintreten.«
»Ja, der Frieden des Todes! Leila wird sterben, wenn du nicht nachgibst!«
»Es geschehe, wie Allah will!«

Irene und Leila hatten mit steigender Unruhe auf die Rückkehr Hassans gewartet.
»Du wirst sehen«, sagte Irene immer wieder, »Hassan wird es schaffen! Er wird Khadija zur Einsicht bringen!«
Leila hockte sehr blass, mit fest zusammengepressten Lippen, auf ihrem Lager. Ihre wunderschönen schwarzen Augen wirkten riesengroß in dem schmalen abgezehrten Gesichtchen.
»Du kennst sie nicht«, sagte sie, »sie ist unerbittlich!«
Irene konnte sich nicht vorstellen, dass Khadija nicht alarmiert sein würde, wenn Hassan ihr nur richtig klarmachte, dass es um das Leben des jungen, ihr anvertrauten Mädchens ging.
Aber im Augenblick, da Hassan wieder ins Zimmer trat, begriff sie, dass Leila Recht behalten hatte. Hassans Gesicht war beherrscht, aber in seinen Augen spiegelten sich nur zu deutlich Zorn und Enttäuschung.
Irene sprang auf und lief ihm entgegen. »Hassan«, rief sie, »was ist geschehen?«
Er sah an ihr vorbei. »Ich kann es dir nicht erklären. Du würdest es nicht verstehen.«
»Khadija weigert sich, einen Arzt hinzuzuziehen? Aber hast du ihr denn nicht klargemacht ...«
»Ich habe alles versucht, es ist sinnlos. Khadija würde eher Leila opfern als zugeben, dass sie im Unrecht ist!«
»Nein!«, rief Irene entsetzt.
Leila lächelte. »Du hast es gut gemeint, Irene«, sagte sie, »ich danke dir! Du bist der einzige Mensch, der je wirklich Anteil an meinem Schicksal genommen hat!«
Irene drehte sich um, lief zu der jungen Araberin hin und nahm sie in ihre Arme. »Aber du darfst nicht aufgeben, Leila! Du bist ja nicht allein! Hassan und ich werden einen Weg suchen, dich zu retten, und wir werden ihn finden!«
Leila schmiegte sich an Irene. »Nein«, sagte sie, »du hörst ja, was Hassan sagt. Es ist sinnlos.«
»Du musst um dein Leben kämpfen!«
»Wozu? Mein Leben hat ja keinen Wert. Was bedeutet schon das Leben einer Frau? Sklaverei und Unterdrückung ...«
»Sprich nicht so«, rief Irene, »ich bitte dich!«
»Frag Hassan, und er wird dir bestätigen, dass ich Recht habe. Wir Frauen sind nur dazu bestimmt, der Lust der Männer zu dienen und ihnen Söhne zu gebären. Unsere Sterbestunde wird so wenig aufgezeichnet wie das Datum

unserer Geburt. Man verscharrt uns tief in der Erde, denn für unsere Seelen gibt es keine Auferstehung.«
Irene war erschüttert; sie sah Hassan fragend an.
Er schüttelte den Kopf. »Du tust Unrecht, so zu denken, Leila«, sagte er, »wir stehen am Anfang einer neuen Zeit. Alles wird anders werden!«
»Aber das werde ich nicht mehr erleben!«, sagte Leila traurig. »Nur etwas möchte ich noch wissen... bitte, sag es mir, Irene! Werde ich wirklich sterben, wenn ich nicht in Behandlung komme?«
»Ich bin keine fertige Ärztin, Leila, ich habe noch nicht ausstudiert«, sagte Irene ausweichend.
»Aber du glaubst, dass ich sterben muss?«
»Ja«, sagte Irene ehrlich, »und gerade deshalb solltest du ...«
Leila brachte sie mit einer Handbewegung zum Schweigen. »Wenn das so ist«, sagte sie leise, »ist alles gut. Ich werde mich Khadija fügen, ich werde diesen schrecklichen Mann heiraten. Es kann ja nur eine kurze Zeit dauern, und dann... dann bin ich wirklich frei!«
Irene richtete sich auf und zwang Hassan, ihr in die Augen zu sehen. »Willst du das wirklich zulassen?«
»Nein!«
Ihre Anspannung löste sich. »Oh, Hassan«, sagte sie, »ich habe es ja gewusst! Du wirst uns nicht im Stich lassen! Du wirst noch einmal mit Khadija sprechen? Oder mit deinem Vater?«
»Mein Vater ist nach Er-Rijad gereist, mit Omar, ich weiß nicht, wann er zurückkommt, und Mutter... nein, sie wird sich nicht umstimmen lassen.«
»Was aber dann?«
Hassan nahm Irene beiseite. »Wie ernst ist Leilas Zustand tatsächlich?«, fragte er. »Glaubst du, es besteht akute Gefahr?«
»Ja«, gab Irene leise zurück, »auch diese Spannungen und Aufregungen sind Gift für sie. Wir müssen schnell handeln, wenn wir ihr helfen wollen.«
»Wir können also nicht warten, bis mein Vater wieder da ist?«
»Du weißt ja nicht einmal, wann das sein wird.«
Hassan unterdrückte einen Seufzer. »Und ich könnte auch nicht dafür garantieren, dass er sich auf unsere Seite stellt.«
»Also, was dann?«, fragte Irene noch einmal. »Was sollen wir tun?«
Ehe Hassan noch etwas sagen konnte, beantwortete sie sich selber diese Frage. »Wir müssen Leila heimlich ins Krankenhaus bringen... wir müssen sie aus dem Harem befreien.«

Omar hatte Hassans Aufforderung, sich zu seinem Vater nach Mekka zu begeben und mit ihm weiter nach Er-Rijad zu reisen, nur sehr ungern zur Kenntnis genommen. Er hatte in Dschidda mit großen Schwierigkeiten eine Quelle aufgetan, von der er, zu stark überhöhten Preisen, versteht sich, Whisky und echtes Münchner Bier beziehen konnte.
Da sein Vater ihn zwar nicht gerade knapp hielt, seine Finanzen aber immerhin solch kostspieligen Extraausgaben nicht gewachsen waren, hatte er Schulden gemacht. Es fiel ihm, als Sohn des ehrenwerten und vermögenden

Scheichs Mustafa, nicht schwer, Geld aufzutreiben - über die Rückzahlung machte er sich keine Gedanken, leichtsinnig, wie er von Natur aus war, hoffte er, dass sich diese Dinge eines Tages schon irgendwie regeln lassen würden.
Die Vorstellung, dass er nun Tage, vielleicht sogar Wochen in der Nähe seines Vaters verbringen und auf den Genuss des gewohnten Alkohols verzichten sollte, hatte ihm fast körperliche Übelkeit bereitet. Aber er war klug genug gewesen, zu begreifen, dass es diesmal kein Ausweichen gab, und war unverzüglich aufgebrochen.
Die ungewöhnlich gnädige Haltung Scheich Mustafas entschädigte ihn in etwa für die ungewohnte Entziehungskur. Sehr bald merkte er, dass die Freundlichkeit des Vaters ihre Ursache in einer veränderten Einstellung Hassan gegenüber hatte.
Omar gab sich unbefangen, spielte den gehorsamen und braven Sohn und wartete geduldig auf eine günstige Gelegenheit, Hassan noch mehr in Misskredit zu bringen.
Diese Gelegenheit kam bald.
Auf der Fahrt nach Er-Rijad hatten Scheich Mustafa und Scheich Abdulazzis, von dem die Einladung ausgegangen war, die hinteren Plätze in dem mit allen Schikanen ausgestatteten Cadillac des Gastgebers eingenommen. Omar saß vorne neben dem Chauffeur. Sie fuhren über eine breite, gerade Straße durch die weite Wüstenlandschaft, deren gelbe Hügel sich im heißen Wind wie die Wellen eines Sees kräuselten, vorbei an Oasen, an armseligen Dörfern aus Lehmhütten. Omar blickte in die vor Hitze flimmernde Landschaft, genoss die Kühle im Innern des Wagens, der mit einer kostspieligen und gut funktionierenden Klimaanlage ausgestattet war.
Während der ersten Stunden kümmerten sich die beiden älteren Herren kaum um den jungen Mann; sie tauschten Jugenderinnerungen und politische Betrachtungen aus. Aber schließlich, so gegen Mittag, waren diese Themen erschöpft, und Scheich Abdulazzis wandte sich an den Sohn seines Freundes.
»Du hast doch zusammen mit deinem Bruder Hassan in Europa studiert«, sagte er, »ich nehme an, du hast viele interessante Erfahrungen dort gemacht ...«
Omar drehte sich halb nach hinten um, zeigte lächelnd seine weißen Zähne. »O ja, das stimmt, Scheich Abdulazzis!«
»Willst du uns nicht etwas über die politische Lage im Westen berichten?«
»Verzeih mir«, sagte Omar geschwind, »aber für Politik habe ich mich nicht sehr interessiert. Mein Studium nahm mich zu sehr gefangen.«
»Nur dein Studium?«, fragte Scheich Abdulazzis augenzwinkernd.
Omars Lächeln wurde breiter.
»Nicht nur«, bekannte er, »es gibt einiges, was mir den Aufenthalt in Deutschland sehr angenehm gemacht hat.«
Scheich Abdulazzis beugte sich vor. »Warst du oft in Nachtlokalen? Hast du Striptease-Tänzerinnen gesehen?«
Scheich Mustafas Miene verfinsterte sich. »Das möchte ich doch von meinem Sohn nicht hoffen.«
»Sei nicht zu streng«, sagte sein Freund, »man ist nur einmal jung«.
»Aber der Prophet verbietet ...«

»Verzeih mir, dass ich dir ins Wort falle, alter Freund! Ich kenne den Koran so gut wie du. Aber ich bin nicht sicher, dass der Prophet seine Gesetze im fremden Land so streng angewandt wissen wollte wie in seiner Heimat.«
Scheich Abdulazzis beugte sich vor, legte Omar die Hand auf die Schulter. »Mir scheint, junger Mann, wir beide sollten uns über diese Dinge einmal unter vier Augen unterhalten, ohne die Anwesenheit deines strengen Vaters. Ich brenne darauf, mehr über die europäischen Sitten zu erfahren.«
»Ich fürchte, Scheich Abdulazzis«, sagte Omar, »alles, was ich berichten kann, würde dich enttäuschen. Unser Studienort war eine kleine Stadt in Norddeutschland, ohne Nachtlokale und Striptease.«
»Dann seid ihr doch sicher manchmal in die nächste größere Stadt gefahren?«
»Nach Hannover? Nein, dort ist in dieser Beziehung auch nicht viel los. Im übrigen meinen die Europäer, dass Striptease etwas für alte Männer ist. Die jungen amüsieren sich anders.«
»Erzähle!«, bat Scheich Abdulazzis begierig.
»Wenn mein verehrter Vater es erlaubt«, sagte Omar vorsichtig.
Scheich Mustafa hatte sich in die Polster zurückgelehnt und schloss die Augen. »Sprich, und ich werde nicht hinhören«, sagte er.
Scheich Abdulazzis lachte. »Du schließt die Augen, um nicht zu hören? Nun gut, wir werden deine Haltung respektieren... sprich, Omar, erzähle!«
»Man braucht nicht in ein Nachtlokal zu gehen, um zu sehen, wie ein junges Mädchen sich auszieht«, sagte Omar grinsend, »das tun sie alle, sie lassen sich gar nicht lange bitten.«
Scheich Abdulazzis leckte sich die Lippen. »Keine Märchen, Omar«, sagte er, »die Wahrheit!«
»Es ist wahr«, beteuerte Omar, »die europäischen Frauen sind schamlos.«
»Ja, ich weiß«, sagte Scheich Abdulazzis, »sie zeigen ihre Gesichter, ja, sogar ihre Arme und Beine nackt auf offener Straße. Das meinst du, nicht wahr?«
»Nein«, sagte Omar, »ich meine, dass man sie mit auf sein Zimmer nehmen kann, dass sie tun, was man von ihnen will, und sie nehmen nicht einmal Geld dafür. Sie nennen es Liebe.«
Scheich Abdulazzis stieß seinen Freund mit dem Ellbogen in die Seite. »Wenn es so ist, sollten wir beide doch auch bald einmal nach Europa fliegen, wie?«
Omar grinste. »Ihr würdet am eigenen Leibe erfahren, dass jedes Wort, das ich sage, stimmt.«
»Wie viel Mädchen hattest du?«, fragte Scheich Abdulazzis.
»Jedes, das ich wollte. Es ist ein billiges Vergnügen dort. Wenn man genug von einer hat, schickt man sie wieder nach Hause.«
»Und was wird aus diesen Mädchen? Später?«
»Nur keine Sorge. Irgendeiner findet sich schon, der sie heiratet.«
Die Augen von Scheich Abdulazzis wurden groß vor staunendem Unglauben. »Obwohl sie ihre Unschuld verloren haben?«
Omar zuckte die Achseln. »Das macht den Europäern nichts. Sie heiraten nur eine Frau und fühlen sich deshalb uns überlegen. Aber jeder von ihnen hat viele Freundinnen, und die eigenen Frauen sind ihnen auch nicht treu.«
»Und werden nicht zu Tode gesteinigt?«

Omar lachte hässlich. »In ganz Europa gibt es nicht genug Steine, die ausreichen würden, wenn man alle untreuen Frauen steinigen wollte.«
»Was für merkwürdige Sitten«, sagte Scheich Abdulazzis beeindruckt, »und was für merkwürdige Menschen!«
»Die Europäer finden das ganz in Ordnung. Sie halten uns für merkwürdig.«
Scheich Abdulazzis konnte nur den Kopf schütteln. »Ein seltsames Volk«, sagte er, »sehr, sehr seltsam.«
»Sie sind Heiden«, erklärte Omar wegwerfend, »sie kennen nicht die Gesetze des Propheten.«
Scheich Abdulazzis hätte gern noch mehr gehört, er begann, Omar nach Einzelheiten auszufragen, aber Omar kam nicht dazu zu antworten, denn sein Vater richtete sich zu seiner vollen Größe auf, öffnete die Augen.
»Genug«, sagte er energisch, »ihr beschmutzt eure Zungen und eure Ohren mit solchen Gesprächen. Die Gebetsstunde ist gekommen. Lasst uns anhalten und uns gegen Mekka beugen, auf dass wir Allah nicht erzürnen.«
Omar musste in sich hineingrinsen, denn er wusste jetzt, dass seine Erzählung ihren Zweck nicht verfehlt hatte. Sein Vater hatte jedes Wort gehört und missbilligt, und gerade das war es, was er gewollt hatte.
Scheich Abdulazzis gab dem Fahrer Anweisung zu halten. Auch das andere Auto, das, den Sklaven Hamid am Steuer, ihnen nachgefahren war, parkte am Straßenrand. Die Männer breiteten ihre Teppiche aus und verrichteten die vorgeschriebenen Gebete.
Nachher speisten sie im Schatten eines bizarren roten Felsens aus eisgekühlten Picknickboxen, deren Inhalt Hamid auf einem weißen Tuch vor ihnen anrichtete. Es gab gebratenes Huhn, Eier, Süßigkeiten, Obst, dazu wurde moussierender Obstsaft getrunken. Omar brachte kaum etwas hinunter, die Gier nach Alkohol hatte ihm den Mund ausgedörrt.
Aber eine Frage seines Vaters entschädigte ihn für sein körperliches Unbehagen. Als sich Abdulazzis nach dem Essen für einige Minuten zurückgezogen hatte, wandte sich Scheich Mustafa an seinen Sohn.
»Was du da vorhin von den europäischen Frauen erzählt hast... war das die Wahrheit?«
Omar blickte ihn treuherzig an. »Ja, Vater, warum sollte ich lügen?«
»Kannst du diese Wahrheit beim Andenken Mohammeds beschwören?«
»Wenn du es verlangst!«
Schweigend zog Scheich Mustafa mit einem Stock Kreise in den sandigen Boden. Obwohl sie im Schatten saßen, war es glühend heiß, und Omar spürte, wie ihm der Schweiß über den Rücken rann. Er musste den Impuls unterdrücken, zu einem der wartenden Autos zurückzukehren. Jetzt, das fühlte er genau, war die Stunde gekommen, Hassan den entscheidenden Schlag zu versetzen und ihm alle Demütigungen heimzuzahlen, die er durch ihn erduldet hatte.
»Ich kann nicht glauben, dass mein Sohn Hassan, die Freude meines Alters, ein solches Mädchen liebt«, sagte Scheich Mustafa endlich, »sie muss anders sein als diejenigen, von denen du uns erzählt hast. Wie könnte er sie sonst in seinen Harem aufnehmen wollen!?«

Omar lachte auf. »Irene? Weißt du, wie alt sie ist? Zweiundzwanzig Jahre!«
»Eine alte Frau«, sagte Scheich Mustafa verblüfft.
»Schlimmer noch... eine erfahrene Frau. Bei uns heiraten die Mädchen mit zwölf, spätestens mit sechzehn Jahren... in Europa machen sie in diesem Alter ihre ersten Erfahrungen.«
Scheich Mustafa starrte vor sich auf die verschlungenen Kreise im Sand. »Du willst behaupten, dass sie... nicht mehr unschuldig ist?«
»Wenn sie es war, als sie Hassan kennen lernte... und schon das würde an ein Wunder grenzen... dann hätte er sie ihr längst genommen. Die beiden kennen sich seit fast drei Jahren, waren jedes Wochenende zusammen.«
Als er das finstere Gesicht seines Vaters sah, fügte er heuchlerisch hinzu: »Du darfst es ihr nicht übel nehmen. Sie ist in der Auffassung erzogen worden, dass sie mit ihrem Körper machen darf, was sie will.«
»Wenn es so ist, wie du sagst, ist sie ein schlechtes, ein schamloses Mädchen. Warum will dein Bruder Hassan eine solche Person heiraten?«
»Sie ist raffiniert, Vater, sie kennt Künste, mit denen sie sich einen Mann hörig machen kann. Er steht ganz in ihrem Bann.«
»Eine solche Frau zu heiraten, wäre ein Unglück.«
»Du sagst es. Deshalb habe ich dir ja auch seinerzeit geschrieben und dir alles berichtet. Aber du hast meine Warnung in den Wind geschlagen.«
»Das soll nicht wieder geschehen.« Scheich Mustafa wischte mit der Hand die Kreise aus, die er gezeichnet hatte und erhob sich. »Ich danke dir für deine Offenheit, mein Sohn«, sagte er, »ich werde Hassan vor dieser Frau bewahren.«

Irene und Hassan hatten lange beratschlagt, wie Leilas Flucht aus dem Harem am besten zu bewerkstelligen wäre. Zuerst waren sie auf den Gedanken verfallen, Leila in Irenes Kleider zu stecken und sie so, an der Seite von Hassan, ganz offiziell, aus dem Frauenhaus hinauszuschleusen.
Aber diese Idee erwies sich als undurchführbar. Leila war einen halben Kopf kleiner als Irene, und selbst wenn sie ihr schwarzes Haar und ihr Gesichtchen unter einem dichten Schleier verbarg, würden die neugierigen Frauen den Betrug bestimmt durchschauen. Auch im besten Fall, wenn die Flucht auf diese Weise gelingen würde, hätte Irene selber im Harem zurückbleiben müssen, ohne sich verständigen oder rechtfertigen zu können, da ihr die kleine Dolmetscherin fehlte. Das wollte Hassan auf keinen Fall zulassen.
Nach einigem Hin und Her einigten sich die beiden auf einen Fluchtplan, der nicht weniger kühn war, aber doch immerhin einige Aussicht auf Erfolg hatte. Zum Harem Scheich Mustafas gehörte ein von hohen Mauern umschlossener Hof, der allerdings nicht an die Straße grenzte, sondern an den größeren Hof des Männerhauses.
Hier, im sogenannten Haremsgarten, pflegten die Frauen und Mädchen zur Stunde des Sonnenuntergangs, wenn die Luft kühler geworden war, spazieren zu gehen und sich zu erfrischen. Tagsüber spielten nur die Kinder um den künstlich angelegten Brunnen herum; zur Zeit der größten Mittagshitze aber war der Hof wie ausgestorben. Diesen Umstand sollten sich Leila und Irene zu Nutze machen. Sie sollten dann in den Hof hinausgehen, wenn er sonst von

jeder Menschenseele verlassen war. Auf einen Pfiff von Irene hin - sie .wählten dazu eine Melodie aus der Oper ›Tannhäuser‹, mit der sie sich auch in Deutschland verständigt hatten - sollte Hassan eine Strickleiter über die Mauer werfen, auf der die beiden Mädchen in den Männerhof hinüberklettern sollten.

Sie besprachen diesen Plan wieder und wieder bis in die kleinsten Einzelheiten und gaben sich erst zufrieden, als sie sicher waren, dass es kein unvorhergesehenes Ereignis geben könnte.

»Ich glaube, so wird es gehen«, sagte Irene endlich, »nur... ich sehe nicht, wie wir Gepäck mitnehmen können.«

»Das könnt ihr auch nicht«, erklärte Hassan, »es würde Verdacht erregen. Ihr müsst so tun, als wenn ihr euch nur ein bisschen hinaussetzen wolltet.«

»Aber Leila braucht doch wenigstens ein Nachthemd und eine Zahnbürste ...«

»Irene«, sagte Hassan, »ich kenne dich gar nicht wieder! Wieso bist du auf einmal so umständlich? Das können wir doch alles unterwegs kaufen. Hast du etwa Angst?«

Irene zwang sich zu einem Lächeln »Ein bisschen schon.«

»Dann müssen wir uns etwas anderes überlegen«, entschied Hassan.

»Nein, nein«, sagte Irene hastig, »wir haben ja schon alles durchdacht, einen anderen Ausweg gibt es nicht. Ich werde tapfer sein. Ganz bestimmt.«

Hassan wandte sich an seine junge Stiefschwester. »Und du, Leila, fürchtest du dich auch?«

Leila sah ihn aus ihren schwarzen traurigen Augen an. »Vor was sollte ich Angst haben? Das Schlimmste, was mir geschehen kann, ist nicht schlimmer als das, was passiert, wenn ich bleibe.«

Irene nahm sie in die Arme, küsste sie auf beide Wangen. »Du hast ganz recht, Leila. Was soll Khadija schon tun, wenn sie uns erwischt? Wir haben wirklich nichts zu verlieren ...«

Aber sie schlief trotzdem in der folgenden Nacht schlecht, und erst, als die Mittagszeit nahte, das Warten vorbei war und sie endlich handeln konnte, begann sie sich besser zu fühlen. Sie half Leila all ihren Schmuck unter dem weiten Gewand anlegen, denn darauf wollte das junge Mädchen auf keinen Fall verzichten, steckte selber zwei Gesichtstücher - eines für sich und eines für Leila - in den Gürtel ihres einfachen, rosa-weiß gestreiften langärmeligen Hemdblusenkleides.

Als sie gerade mit ihren Vorbereitungen fertig waren und das Zimmer verlassen wollten, trat, heiter wie immer, Samia ein. Es war das erste Mal, dass eine der Frauen die beiden Mädchen aufsuchte, seit sie sich in die selbstgewählte Verbannung zurückgezogen hatten, und beide ahnten sofort, dass dieses Ereignis nichts Gutes zu bedeuten hatte.

»Du bist auf, Leila?«, fragte Samia. »Das ist gut. Man hat mir berichtet, dass du dich krank fühlst.«

»Es geht mir heute etwas besser«, antwortete Leila ausweichend.

»Das wird Khadija freuen. Du sollst zu ihr kommen, Tochter.«

Leila konnte ihren Schrecken nicht verbergen. »Jetzt?«, fragte sie. »Sofort?«,

»Nein, nein, sie lässt dir Zeit. Sie erwartet dich zu der Stunde, da sie ihren

Kaffee nimmt.« Leila und Irene wechselten einen raschen, erleichterten Blick.
»Wir wollten gerade in den Hof hinunter gehen«, erklärte Irene.
Leila übersetzte diese Bemerkung.
»Doch nicht in dieser Hitze?!«, rief Samia entsetzt.
»Die frische Luft wird Leila gut tun«, behauptete Irene, »und ,Hitze ist gerade das, was sie braucht.«
Samia schüttelte verständnislos den Kopf, als Leila ihr auch dies übersetzt hatte. »Es ist wirklich viel zu heiß!«
»Wir werden uns auf die Bank im Schatten des Rosenbusches setzen«, sagte Leila, »bitte, Mutter, lass uns gehen. Ich fühle, es wird mir bekommen. Ich werde pünktlich bei Khadija sein.«
»Nun, wenn ihr darauf besteht, hinunterzugehen«, sagte Samia munter, »werde ich euch begleiten.«
Die beiden Mädchen sahen keine Möglichkeit, ihr diesen Wunsch abzuschlagen, ohne sich zu verraten.
Als sie in den Garten traten, wurden die Kinder gerade von einigen Sklavinnen ins Haus und zur Mittagsruhe gescheucht. Der Hof lag jetzt so verlassen da, wie sie erwartet hatten, nur - Samia blieb bei ihnen. Leila und Irene setzten sich auf die Bank unter dem Rosenbusch. Sie wussten, dass Hassan auf der anderen Seite der Mauer jetzt auf das verabredete Zeichen wartete.
Irene und Leila hofften inständig, dass es Samia von selber zu dumm werden und sie sich wieder ins Haus zurückziehen würde. Sie sprachen absichtlich kaum ein Wort, aber Samia machte das nichts aus. Sie bemerkte das Schweigen der beiden Mädchen gar nicht, weil sie selber munter drauflos plapperte.
»Wir können nicht länger warten«, sagte Irene auf deutsch, »es wird gefährlich, wenn wir zu viel Zeit verlieren.«
»Es wird uns nichts übrig bleiben, als meine Mutter einzuweihen«, antwortete Leila in derselben Sprache.
»Unmöglich«, widersprach Irene, »sie würde gewiss gleich zu Khadija laufen und alles ausplaudern!«
»Bis sie zurückkommt, wären wir fort.«
»Und wenn sie um Hilfe schreit?«, gab Irene zu bedenken.
»Das wird sie nicht tun.«
»Nein, nein«, sagte Irene energisch, »wir dürfen Samia nicht mit hineinziehen. Sie würde bei Khadija in Ungnade fallen, wir müssen uns etwas anderes ausdenken,«
»Was redet ihr beiden Mädchen da?«, fragte Samia. »Willst du es mir nicht übersetzen?«
Leila zögerte.
Irene hatte einen Einfall. »Sag ihr, dass ich ihr Pariser Abendkleid neulich so sehr bewundert hätte und dass ich glücklich wäre, wenn ich es einmal hier draußen, in der Helligkeit des Tages, sehen könnte... sag ihr, du hättest versucht, mir das auszureden, weil es ihr bestimmt zu viel Mühe machen würde.«
Als Leila ihrer Mutter diesen Wunsch und ihre eigenen vorgeblichen Bedenken mitgeteilt hatte, sprang Samia freudestrahlend auf.
»Aber gar nicht!«, rief sie. »Warum sollte mir das Mühe machen? Ich laufe

gleich nach oben und ziehe mich um... sag Irene, dass ich in fünf Minuten wieder da bin!«
Sie konnten es kaum erwarten, bis Samia endlich im Haus verschwunden war. Dann stieß Irene den verabredeten Pfiff aus. Fast im gleichen Augenblick wurde die Strickleiter über die Mauer geworfen.
»Rasch«, drängte Irene, »beeil dich! Du musst als Erste hinüber... ich folge dir!«
Aber Leila war noch nicht so weit. Sie riss eines der Tücher aus Irenes Gürtel, sie verloren kostbare Zeit, bis Leila es vor das Gesicht gebunden hatte.
Irene spürte, wie ihre Nervosität von Sekunde zu Sekunde wuchs. Sie musste an sich halten, Leila nicht anzuschreien. Am liebsten wäre sie als Erste über die Mauer geklettert. Nur das Bewusstsein, dass es jetzt ja im Grunde nicht um sie, sondern nur um Leila ging, hielt sie zurück.
Endlich hatte Leila ihr Gesicht verschleiert. Irene half ihr, die ersten Stufen der schwankenden Strickleiter zu erklimmen, sah ängstlich zum Haus zurück, während Leila ganz hinaufstieg.
Ein kleiner Schrei ließ sie zusammenfahren, erschrocken wandte sie sich um.
Auf der Höhe der Mauer kam Leila ins Schwanken, sie stürzte mit ausgebreiteten Armen in den jenseitigen Teil des Hofes hinab. Irene lauschte auf den Aufprall, der jetzt folgen musste, aber er blieb aus.
Sie atmete auf. Offensichtlich war es Hassan gelungen, seine Schwester aufzufangen. Rasch kletterte sie Leila nach. Drüben stand Hassan, die ohnmächtige Leila in den Armen, außer Stande, ihr zu helfen.
Irene besann sich keinen Augenblick. Sie musste springen, und sie tat es. Beim Aufsprung spürte sie einen heftigen Schmerz im Knöchel, richtete sich trotzdem geistesgegenwärtig auf, zog die Strickleiter herunter - keine Minute zu spät.
Aus dem Haremshof klang die Stimme Samias herüber, die laut und fragend rief. Irene konnte die Worte nicht verstehen, aber ihre Bedeutung war ihr klar. Samia suchte die beiden Mädchen und konnte nicht verstehen, wohin sie so plötzlich verschwunden waren.
»Fort«, sagte Irene zu Hassan, »nur fort! Komm, ich helfe dir, Leila tragen!«
»Aber dein Fuß! Es sah aus, als ob du ...«
»Das spielt jetzt keine Rolle! Rasch, wo ist dein Auto?«
Sie mussten das Männerhaus durchqueren. Einige Sklaven starrten dem seltsamen Aufzug erstaunt nach, aber keiner wagte, eine Frage zu stellen oder sie zu behindern.
Draußen wartete Hassans Auto mit laufendem Motor. Sie betteten Leila auf den Hintersitz. Irene setzte sich neben sie und nahm ihren Kopf auf den Schoß. Hassan stieg vorne ein. Er gab Gas. Das Auto schoss mit einem Ruck vorwärts. Die Flucht war gelungen.
Irene hatte keinen Blick für das farbige, bewegte Leben der orientalischen Stadt. Sie bemühte sich, Leila wieder ins Bewusstsein zu rufen und war glücklich, als das junge Mädchen endlich die Augen wieder aufschlug.
»Wo bin ich?«, fragte Leila schwach.
»Im Auto«, sagte Irene, »wir fahren dich ins Krankenhaus!«
Leila stieß einen tiefen Seufzer aus. »Allah sei Dank!«

»Ja«, sagte Irene, »wir haben noch einmal Glück gehabt!«
»Was ist passiert? Ich erinnere mich nicht ...«
»Dir ist schwindelig geworden und du bist in Ohnmacht gefallen. Aber Hassan konnte dich auffangen.«
Zaghaft berührte Leila die deutsche Freundin mit ihrer schmalen kalten Hand. »Es tut mir so leid, dass ich euch solche Schwierigkeiten mache!«
Irene lächelte ihr herzlich zu. »Es ist nicht deine Schuld. Mach dir keine Gedanken darüber. Du bist krank, das ist alles!«
»Ob sie uns schon verfolgen?« Irene warf einen Blick durch das Rückfenster. »Nein. Niemand. Du kannst ganz beruhigt sein.«
»Aber Samia wird Alarm schlagen, wenn sie uns nicht findet.«
»Nicht sofort«, sagte Irene, »erst einmal wird sie im ganzen Harem nach uns suchen. Darauf, dass wir über die Mauer geklettert sind, wird sie so schnell sicher nicht kommen.«
»Aber dann...«
»Dann sind wir längst im Krankenhaus. Hör auf, dir Sorgen zu machen, Leila. Das Schwierigste haben wir geschafft. Jetzt kann gar nichts mehr passieren.«

Hassan Sidi hatte sich schon vor der Flucht mit dem Chefarzt des Krankenhauses, Dr. Nahdi, in Verbindung gesetzt und ihm den Fall geschildert. Dr. Nahdi empfing sie sofort und führte sie in sein nüchternes Sprechzimmer, in dem der Ventilator surrte. Er war ein magerer, hoch gewachsener Mann mit strengen Zügen und klugen Augen, ein Pakistani, der schon viele Jahre in Dschidda lebte und - da er einige Jahre in Deutschland studiert hatte - fließend deutsch sprach.
»Natürlich werde ich mich des Falles annehmen«, sagte er, »aber ich muss ehrlich sagen, es wäre mir lieber gewesen, Sie hätten mich nicht in die ganzen Zusammenhänge eingeweiht!«
»Sie meinen, wir hätten Sie anlügen sollen?«, rief Irene.
Dr. Nahdi lächelte leicht. »Warum nicht? Wir Ärzte sind es doch gewöhnt, belogen zu werden, das müssen Sie als Kollegin doch eigentlich wissen.«
»Nein, nein, das kann ich nicht glauben!«
Dr. Nahdi zündete sich eine Zigarette an; seine Finger waren gelb vom Nikotin. »Warten Sie nur ab, bis Sie erst mehr Erfahrungen haben. Auch in Deutschland gehen viele Frauen im Grunde nur zum Arzt, um... na, sagen wir, um sich mal richtig aussprechen zu können. Was sie über ihre Leiden sagen, darf man gar nicht ernst nehmen. Und hier bei uns besteht der Hauptteil der Patientinnen auch nur aus Frauen, die mal was erleben, aus der Enge des Harems heraus wollen, und sei es auch nur für ein paar Wochen. Das ist die hiesige Art, Urlaub zu machen.«
Irenes Augen wurden groß. »Wollen Sie damit sagen, dass es in Saudi-Arabien kaum wirkliche Krankheiten gibt?«
»O doch. Mehr als genug. Aber die wirklich Kranken schrecken davor zurück, zum Arzt zu gehen. Sie haben Angst vor der Behandlung, Angst, die Wahrheit über ihren Zustand zu erfahren ...«
Ganz unvermutet mischte sich die schüchterne Leila in das Gespräch. »Ich

habe keine Angst«, sagte sie. »Stimmt«, erwiderte Dr. Nahdi ruhig, »eben darum bin ich skeptisch«.
»Sie glauben also«, sagte Hassan, »das Ganze wäre eine Intrige, um meine Schwester einer unerwünschten Eheschließung zu entziehen?«
Dr. Nahdi beugte sich vor und sah ihn an. »Ich bin sicher, dass Sie mit dieser Intrige nichts zu tun haben, Prinz!«
Irene sprang auf. »Komm, Hassan«, sagte sie, »gehen wir! Suchen wir einen anderen Arzt! Einen, der seine Aufgabe ernst nimmt!«
Dr. Nahdi hob beschwörend die Hände. »Nicht so rasch, werte Kollegin! Eigentlich müsste ich ja jetzt beleidigt sein, aber ich verstehe Ihre Empörung. Ich habe versprochen, die Prinzessin gewissenhaft zu untersuchen, und ich werde es tun.«
Irene sah ihn mit flammenden Augen an. »Wenn Sie das wirklich vorhaben, was soll dann dieses ganze Gerede?«
»Ich wollte Sie vor einer Enttäuschung bewahren!«, sagte Dr. Nahdi ruhig. »Sie wollen der Prinzessin helfen, und Sie haben gewiss ehrenwerte Gründe dafür. Ich verstehe Ihre Haltung voll und ganz. Trotzdem dürfen Sie nicht erwarten, dass ich Ihre Pläne unterstütze ...«
»Das verlangt ja auch niemand von Ihnen! Alles, was wir wünschen, ist eine Untersuchung und eine Diagnose!«
»Sie wollen also wirklich nur die Wahrheit wissen?«
»Ja.«
Dr. Nahdi drückte seine Zigarette aus. »Das ist gut, das ist ausgezeichnet. Ich hasse es, in einen Gewissenskonflikt hineingedrängt zu werden. Scheich Hassan ist ein mächtiger Mann, und ich bin ein Fremder in einem fremden Land.«
»Wir verstehen Ihre Situation vollkommen, Doktor«, sagte Hassan Sidi, »und wir verlangen weder etwas Ungesetzliches, noch etwas Unkluges von Ihnen.«
Irene ärgerte sich über diese Auseinandersetzung besonders, weil sie in Anwesenheit der Patientin stattfand. »Keine Angst, Dr. Nahdi«, rief sie zornig, »Sie brauchen keine Zivilcourage zu beweisen, sondern nur Ihre ärztliche Pflicht zu erfüllen!«
Sie wollte zu Leila eilen und sie beruhigen, in die Arme nehmen, aber der linke Fuß versagte ihr den Dienst; sie knickte ein, konnte einen Schmerzenslaut nicht unterdrücken. »Auch das noch!«, stöhnte sie. »Verflixt noch mal!«
Hassan und Dr. Nahdi waren fast gleichzeitig bei ihr, und obwohl sie behauptete, dass es gar nicht so schlimm wäre, bestand der Arzt darauf, ihren Knöchel fest zu bandagieren.
Währenddessen führte eine Schwester Leila und ihren Bruder in das für sie vorbereitete Krankenzimmer.
Der Griff des Arztes war schmerzhaft, und Irene bohrte die Zähne in die Unterlippe, um die Tränen zurückzuhalten. Ausgerechnet vor Dr. Nahdi, mit dem sie so heftig aneinandergeraten war, wollte sie sich keine Blöße geben.
»Schon vorbei«, sagte Dr. Nahdi endlich, »hoffentlich kommen Sie noch in den Schuh?«
Zum Glück hatte Irene vor der Flucht leichte, bequeme Sandalen angezogen,

die sie trotz des Verbandes anziehen konnte. Aber das Auftreten fiel ihr immer noch schwer, das Bein war angeschwollen.
»So ein Pech«, sagte sie, »und ich hatte gehofft, endlich mal wieder tanzen gehen zu können!«
»Dazu«, sagte Dr. Nahdi, »würden Sie in Dschidda so und so keine Gelegenheit haben. Ich würde Ihnen vorschlagen, bleiben Sie am besten gleich hier im Krankenhaus. Ihre Gegenwart wird sicher auf Prinzessin Leila beruhigend wirken.«
»O nein!«, rief Irene impulsiv. »Nein, das möchte ich nicht!«
»Haben Sie es so eilig, wieder in den Harem zurückzukommen?«
»Das nicht«, sagte Irene zögernd.
Zum ersten Mal wurde ihr bewusst, dass sie keine Ahnung hatte, wohin sie sich jetzt wenden sollte.
Der Harem, den sie freiwillig verlassen hatte, war ihr nach der Flucht verschlossen, und eine Rückkehr in das ›Kantare-Hotel‹ erschien ihr auch nicht gerade reizvoll.
»Vielleicht haben Sie Recht«, gab sie zu, »ich muss erst noch mit meinem Verlobten sprechen.«
»Ich bin sicher, er wird meiner Meinung sein«, erklärte Dr. Nahdi.
Hassan, der in diesem Augenblick ins Zimmer kam, war nach Irenes Ansicht fast zu schnell mit dem Vorschlag des Arztes einverstanden. Irene begriff, dass auch er sich schon vergeblich Gedanken darüber gemacht hatte, wo er jetzt mit ihr hin sollte.
»Morgen früh bin ich wieder da, um nach euch beiden Mädchen zu sehen«, sagte er, »ich würde es auch für richtiger halten, dass du vorläufig bei ihr bleibst, Irene. Natürlich nur, wenn du es selber möchtest.«
»O doch«, sagte Irene bitter, »ich habe mich schon lange danach gesehnt, mal eine Nacht im Krankenhaus zu verbringen!«
»Ich verstehe, wie schrecklich das alles für dich ist«, sagte er tonlos, »es war mein Fehler, dich in meine Heimat kommen zu lassen.«
»Bereust du es?«
»Deinetwegen, Irene.«
Sie holte tief Atem. »Wir dürfen uns jetzt keine Vorwürfe machen, Hassan«, sagte sie, »das hat keinen Zweck. Wir müssen es zusammen durchstehen.«
»Irene!« Er machte eine Bewegung, als wolle er sie in die Arme nehmen, beherrschte sich dann aber doch noch, weil ihm die Gegenwart des Arztes bewusst wurde.
»Wann werden Sie die Untersuchung durchgeführt haben, Doktor Nahdi?«, fragte Irene.
»Wie die Dinge liegen, dürfen wir keine Zeit verlieren«, sagte der Arzt, »ich werde die Nacht durcharbeiten, auch wenn ich die Patientin ungebührlich damit belaste.« Er tat, als fiele ihm plötzlich etwas Wichtiges ein und eilte zur Tür. »Entschuldigen Sie mich, bitte, einen Moment!«
Irene und Hassan flogen sich in die Arme, kaum, dass er das Zimmer verlassen hatte, und küssten sich mit leidenschaftlicher Zärtlichkeit, die alle künstlichen Schranken zwischen ihnen zerbrach.

»Doktor Nahdi scheint doch ein ganz anständiger Bursche zu sein«, sagte Hassan, als er sie endlich freigab.
»Hoffen wir's!«, sagte Irene. »Leilas Schicksal liegt jetzt in seiner Hand!«
»Und unseres!«, fügte Hassan Sidi ernst hinzu. »Ich kenne meine Mutter. Sie wird dir nie verzeihen, wenn Doktor Nahdi nicht bestätigt, dass Leila wirklich schwer krank ist.«
»Auch dann nicht, Hassan«, sagte Irene, »sie hat mich vom ersten Augenblick an gehasst!« Sie sahen sich in die Augen, sekundenlang fast gelähmt von der Aussichtslosigkeit ihrer Situation.

Scheich Mustafa war auf der Weiterfahrt zu dem Landgut seines Freundes bedrückt und in tiefe Gedanken verloren gewesen. Auch nach ihrer Ankunft änderte sich das nicht. Die sorgfältig angelegten Orangengärten und die Bewässerungsanlagen, auf die Scheich Abdulazzis so stolz war, entlockten ihm keine echte Begeisterung. Er zeigte sich zwar interessiert, lobte sie anerkennend, aber das Echo, das Scheich Abdulazzis erwartet hatte, blieb aus. Selbst der moderne, blitzsaubere Kuhstall, der in Saudi-Arabien seinesgleichen suchte, ließ ihn im Grunde genommen kalt, wenn er sich auch um Höflichkeit bemühte.
Als Omar am späten Nachmittag bat, nach Er-Rijad fahren zu dürfen, stellte er, entgegen seiner gewohnten Art, keine Fragen nach dem Zweck und Ziel dieses Vorhabens, sondern stimmte zerstreut zu. Omar verzog sich eiligst, sehr erfreut, der Gesellschaft der beiden älteren Herren zu entkommen und in der Hoffnung, in Er-Rijad irgendwo Alkohol auftreiben zu können, denn sein Vorrat ging zu Ende.
Nach einem reichlichen Mahl, das die beiden Herren auf bequemen Kissen im herrlich bepflanzten Garten des Gutes eingenommen hatten, wagte Scheich Abdulazzis endlich eine Frage zu stellen. In der Ferne ging die Sonne, ein riesiger, rotglühender Ball, über den weißen Türmen Er-Rijads unter. Ein Sklave brachte die Wasserpfeifen, legte die glühenden Holzkohlenstückchen hinein.
Scheich Abdulazzis nahm einen tiefen Zug und sah seinen Gast nicht an.
»Du bist schweigsam, mein Freund!«, sagte er tastend.
»Ich genieße den Abendfrieden«, erwiderte Scheich Mustafa.
»Deine Stirn ist umwölkt!«
»Die Reise hat mich erschöpft!«
Scheich Abdulazzis winkte den Sklaven, sich zu entfernen.
»Ich bin bekümmert«, sagte er, »keine Freude in deinen Augen zu lesen. Sollten ich oder mein Haus es an etwas dir gegenüber haben fehlen lassen? Sprich offen! Ich stehe dir zu Diensten.«
Seufzend nahm Scheich Mustafa die Pfeife aus dem Mund. »Verzeih mir, Abdulazzis, wenn ich dich gekränkt habe. Ich bin ein schlechter Gesellschafter und ein sehr unhöflicher Mensch. Meine Augen sind verdunkelt, und mein Herz kann sich nicht freuen. Sorgen nagen an meiner Seele.«
Scheich Abdulazzis stellte keine Fragen. Er wusste, der Freund würde sich zum Sprechen entschließen, und er hatte Zeit, viel Zeit, zu warten. Auch als Scheich Mustafa sich überwand, ihm seine Sorgen über seinen Sohn Hassan

und das Mädchen Irene, das aus Deutschland gekommen war, zu eröffnen, vermied er jede Zwischenfrage und äußerte keine Bemerkung.
»Was soll ich tun?«, fragte Scheich Mustafa endlich. »Was würdest du tun, wenn einer deiner Söhne ein schlechtes Mädchen zur Frau nehmen wollte!«
»Keine Frau«, sagte Scheich Abdulazzis, »ist es wert, dass man sich den Kopf über sie zerbricht. Sie sind alle schlecht, wenn man ihnen zu viel Freiheit lässt. Sie sind wie Kinder, die man strafen und beherrschen muss.«
»Was würdest du tun?«, fragte Scheich Mustafa noch einmal.
»Nichts. Ich würde den Dingen ihren Lauf lassen. Wenn dem jungen Mann die Augen aufgehen, wird er sie verstoßen.«
»Wer einen Aussätzigen anrührt, wird krank, und wer etwas Schlechtes anfasst, beschmutzt sich. Mein Sohn Hassan ist mein Stolz, er war die Freude meiner alten Tage... soll ich ihn in einem Sumpf versinken lassen, weil eine böse Frau seine Sinne verwirrt hat?«
Scheich Abdulazzis rauchte bedächtig. »Kennst du das Mädchen?«, fragte er zwischen zwei Zügen.
»Nein.«
»Ist sie schön?«
»Sie ist weiß, ihr Haar ist gelb, ihre Augen haben die Farbe trüben Wassers.«
Scheich Abdulazzis schnippte kurz mit den Fingern, und lautlos tauchte ein junger Sklave aus dem Dunkeln, füllte seinen Becher mit eisgekühlter, süßer Limonade.
»Der Geschmack der Europäer«, sagte er, »ist dem unseren fremd. Ich habe einmal in Kairo einen Film gesehen... Allah verzeih mir die Sünde ...« Scheich Abdulazzis nahm einen tiefen Schluck, um seine Kehle anzufeuchten.
»Mein Sohn Hassan ist kein Europäer«, sagte Scheich Mustafa heftig.
»Aber er hat lange Jahre in Europa gelebt. Ich bin sicher, dass für ihn dieses Mädchen schön ist, denn sonst könnte er sie nicht lieben... was hat eine Frau dem Manne zu bieten, außer ihrer Schönheit?«
»Sie soll ihm Kinder schenken und ihm dienen.«
»Dafür«, sagte Scheich Abdulazzis, »wird er sie achten, aber nur ihres Reizes wegen liebt er sie. Du bist ein Mann, warum muss ich es dir sagen? Wenn die Reize der Frau welken, schwindet auch unsere Liebe. So ist es seit den Zeiten des Propheten.«
»Worauf willst du hinaus?«, fragte Scheich Mustafa. »Ich kann nicht warten, bis sie altert und das Herz meines Sohnes sich von ihr wendet.«
»Zeig ihm eine andere Frau, vor deren Schönheit die Reize der Europäerin verblassen. Warte!«
Scheich Abdulazzis schnappte wieder mit den Fingern, der Sklave erschien, nahm seine halblaut gesprochenen Befehle entgegen, verschwand lautlos.
»Das Herz eines Jünglings«, sagte Scheich Abdulazzis, »ist schwankend wie ein Rohr im Winde. Warum erlaubt uns der Prophet viele Frauen? Weil er weiß, dass sich das Herz eines Mannes nie mit einer einzigen begnügen kann.« Er legte seine Hand auf Scheich Mustafas Knie. »Du wirst sehen, mein Freund... ich werde dir ein Schauspiel bieten, das deine Sinne erfreuen und deinen Geist erfrischen wird!«

Sklaven huschten durch den Garten und befestigten rote, blaue, gelbe Lampions in den Zweigen der Bäume, bis das dunkle Grün der Zypressen smaragden aufschimmerte. Auf einem freien Platz, wenige Meter von den beiden Männern entfernt, wurde ein kostbarer, buntfarbener Teppich aufgerollt. Der Garten war jetzt in ein geheimnisvolles, verlockendes Licht getaucht, vor dem der Glanz des aufgehenden Mondes fast verblasste.

Scheich Abdulazzis klatschte in die Hände. Aus dem Dunkel erklang das Klopfen eines Tamburins, eintönig und doch in einem erregenden Rhythmus.

Abermals schlug der Hausherr die Hände gegeneinander, und wie durch Zauberkraft herbeigerufen tauchte ein junges Mädchen auf, fast ein Kind noch, aber in ihren schwarzen glänzenden Augen lag das Wissen einer reifen Frau.

Mit übereinander gekreuzten Armen verbeugte sie sich tief vor den beiden Männern, dann reckte sie sich in die Höhe, begann ihren ebenmäßigen geschmeidigen Körper im Rhythmus des Tamburins zu bewegen.

Sie tanzte barfuß. Ihre schmalen Hüften wurden von einem roten Seidentuch umspannt, dessen seitlicher Schlitz ihr braunes schlankes Bein bis zu den Oberschenkeln freigab. Ihr nackter flacher Leib wand sich, schnellte vor und sprang zurück in immer rasenderem Wirbel.

Es war ein aufreizender Tanz, den sie vorführte, doppelt aufreizend deshalb, weil ihr Gesicht, im Gegensatz zu ihrem Körper, schamvoll verhüllt war. Ihr hüftlanges, kohlschwarzes Haar wurde von einer breiten Spange zusammengehalten, von der ihr auf die Stirn wie ein Blutstropfen ein großer Rubin herabhing.

Scheich Mustafa wurde es heiß, trotz der Kühle des Abends; ein schwerer Seufzer, fast ein Keuchen, kam über seine Lippen.

»Gefällt sie dir?«, fragte Scheich Abdulazzis. »Das habe ich mir gedacht. Sie heißt Buthania.«

»Sie ist sehr schön«, sagte Scheich Mustafa gepresst.

»Deshalb kaufte ich sie. Sie ist nicht nur schön, sondern auch klug. Sie kann lesen, auch ein wenig schreiben, spricht englisch und ein paar Brocken französisch.«

»Ich beneide dich um sie.«

Scheich Abdulazzis schüttelte leicht den Kopf. »Sie ist noch unberührt.«

Scheich Mustafa warf ihm einen raschen fragenden Blick zu, vermied es dann aber doch, die Frage zu stellen, die ihm schon auf der Zunge lag.

»Ich weiß, was dir jetzt durch den Kopf geht«, sagte Scheich Abdulazzis, »und ich will es dir erklären. Ich habe das Mädchen gekauft, weil mein Blut nach ihr brannte. Aber Alter kühlt das Feuer der Begierde rasch. Vernunft ist besser als Leidenschaft.«

»Du willst sie nicht mehr?«

»Was ist wichtiger? Das verzehrende Glück einer flüchtigen Stunde? Oder der Friede der reifen Jahre?«

Scheich Mustafa fühlte sich plötzlich ernüchtert. »Du hast recht«, sagte er.

»Ich wusste, du würdest mich verstehen. Ein junges wildes Pferd braucht einen kräftigen Reiter. Den Mann, dessen Schenkel erlahmt sind, wird es abwerfen. Dein Sohn Hassan ist jung, er ist stark... schenk ihm das Mädchen!«

Das Schlagen des Tamburins hatte sich zu einem rasenden Wirbel gesteigert, der in Buthanias wildem Tanz seinen Ausdruck fand. Dann, von einer Sekunde zur anderen, brach der Wirbel ab. Die plötzliche Stille dröhnte den Männern in den Ohren. Mit einem kleinen spitzen Schrei sank das Mädchen bäuchlings zu Boden.
Scheich Abdulazzis winkte ihr, sie erhob sich und näherte sich den beiden Männern langsam, fast schüchtem.
»Fass sie an«, sagte Scheich Abdulazzis, »ihr Fleisch ist fest, ihre Haut ist glatt und geschmeidig!«
Scheich Mustafa folgte dieser Aufforderung. »Sie ist ohne Fehl«, sagte er.
»Zeig deine Zähne, Buthania«, sagte Scheich Abdulazzis, »öffne den Mund ... weit!« Er wandte sich an den Freund.
»Du siehst, sie sind gesund und stark, einer wie der andere. Ich könnte sie dir schenken, aber ich möchte dich mir nicht über Gebühr verpflichten. Ich lasse sie dir zu dem Preis, den ich selber für sie gezahlt habe.«
»Ich danke dir.«
»Geh jetzt, Buthania«, sagte Scheich Abdulazzis, »du wirst meinen Freund in seinen Harem begleiten, wenn er uns verlässt. Halte dich bereit.«
Buthania zeigte weder Überraschung noch Enttäuschung. Sie senkte die Lider mit den langen, sanft geschwungenen Wimpern über die funkelnden Augen und verbeugte sich artig. »Ja, Herr!«
Und wie ein Schatten war sie im Dunkel verschwunden.

Die Untersuchungen, die Dr. Nahdi an Leila vornahm, hatten bis tief in die Nacht gedauert. Irene hatte bei ihr gesessen und ihre Hand gehalten, während ein EKG gemacht und sie geröntgt wurde. Für sie, die Medizinerin, war dies alles nichts Ungewöhnliches, und ihre Ruhe übertrug sich auf die kranke kleine Prinzessin. Sie hielt sich tapfer, aber als endlich alles vorüber war, wirkte sie doch erbarmungswürdig erschöpft.
»Was ist, Doktor Nahdi?«, fragte Irene. »Können Sie uns schon etwas sagen?«
»Morgen«, wehrte der Doktor ab, »erst muss ich die Untersuchungsergebnisse auswerten.«
»Morgen... wann?«, drängte Irene.
»Kommen Sie mit Hassan Sidi zu mir. Das Mädchen lassen Sie am besten schlafen. Sie braucht nichts dringender als Ruhe.«
Irene erwachte am nächsten Morgen früh, aber sie blieb still liegen, bis eine freundliche Schwester ihr Tee und Toast zum Frühstück brachte. Sie aß und trank mit großem Appetit, zog sich geräuschlos an, verließ das Zimmer und setzte sich in die kleine kühle Halle, um auf Hassan zu warten. Niemand nahm Anstoß daran, dass sie ihr Gesicht nicht verschleiert hatte. Auch die Schwestern - Sudaneserinnen, Ägypterinnen, Pakistani - zeigten ihr Gesicht unter den weißen Häubchen. Die Klinik, so orientalisch sie in manchem anmutete, wirkte doch wie eine Insel europäischer Zivilisation.
Als Hassan kam, lief sie ihm entgegen und wollte sofort mit ihm zu Dr. Nahdi. Aber es stellte sich heraus, dass er noch bei der Visite war, und wieder hieß es warten.

»Ist es nicht schrecklich«, sagte sie, »eigentlich müsste ich doch wünschen, ich hätte mich geirrt, Leila litte an nichts weiter als an Blutarmut oder irgendeiner anderen harmlosen Krankheit! Und doch, ich kann nur hoffen, dass meine Diagnose stimmt!«
»Reg dich nicht auf«, mahnte er, »wir können doch nichts ändern.«
Seine fatalistische Gelassenheit wirkte aufreizend auf sie.
»Wie kannst du nur so ruhig sein!«, rief sie. »Du weisst doch genau ... wie viel für uns alle von dem Ergebnis der ärztlichen Untersuchung abhängt!«
Er lächelte auf sie herab. »Ich bin Orientale, Irene. Es ist unsere Art, die Entscheidung des Schicksals ergeben hinzunehmen.«
»Du machst es dir leicht! Was soll werden, wenn Leila gesund ist? Wenn sie wieder in den Harem zurück und diesen grässlichen Mann heiraten muss?«
»Sie würde nur das Schicksal vieler, vieler unserer Mädchen teilen. Bei uns sagt man, die Liebe kommt in der Ehe. Aber oft kommt sie auch nicht.«
»Und was dann?«
Hassan zuckte die Achseln. »Man kann auch ohne Liebe leben. Schmuck, schöne Kleider, ein behagliches Leben sind ein gewisser Trost. Und dann die Kinder ...«
»Könntest du es, Hassan?«
»Was?«
»Ohne Liebe leben?«
»Wenn du mir genommen würdest, müsste ich es.«
»Du würdest es ... einfach hinnehmen?«
Er presste ihre Hand mit leidenschaftlichem, fast schmerzhaftem Druck. »Nein, ich würde um dich kämpfen, Irene!«
»Dann ist es gut.«
Sie schwiegen beide lange, hielten sich bei den Händen und spürten beglückt, dass sie sich endlich wieder, auch innerlich, nahe waren. Sie wagten nicht zu sprechen, aus Angst, das Bild der Gefahr, in der ihre Liebe schwebte, aufs Neue heraufzubeschwören.
»Hast du meinen Eltern telegrafiert?«, fragte sie endlich.
»Ja«, sagte er, »in deinem Namen. Ich dachte mir, dass dies eine größere Beruhigung für sie sein müsste. Sie haben mir ja nie getraut.«
»Doch«, sagte Irene, »Mutter schon. Und Klaus hat dich sehr gern gehabt.«
Er ließ ihre Hand los. »Aber dein Vater nicht.«
»Er hat alles vorausgesehen, was uns bevorstand. Du kannst nicht behaupten, dass er engstirnig ist.«
»Ich habe dich nicht kränken wollen, Irene.«
»Dazu hast du auch kein Recht!«, sagte sie heftig. »Wenn deine Eltern nur halb so großzügig und einsichtig wären wie meine ...« Sie unterbrach sich. »Verzeih mir, Hassan, bitte! Ich weiß nicht, was in mich gefahren ist... in Deutschland haben wir uns doch immer so gut verstanden, und hier, in deiner Heimat... es ist wie verhext!«
»Die Schuld liegt nicht bei dir«, sagte er.
Sie atmeten beide auf, als eine Schweser sie bat, ihr in das Sprechzimmer des Chefarztes zu folgen.

Dr. Nahdi empfing sie sehr höflich und bat sie, Platz zu nehmen. »Entschuldigen Sie, dass ich Sie habe warten lassen«, sagte er.
»Aber dafür haben wir doch volles Verständnis«, erwiderte Irene. »Haben Sie noch einmal nach Leila gesehen? Wie fühlt sie sich?«
»Sie ist noch nicht erwacht, und ich bin froh darüber!« Er zog ein Zigarettenpäckchen aus seinem weißen Kittel, bot es Irene an. »Nehmen Sie! Es sind Amerikanische!«
Irene griff zu. »Danke. Jetzt kann ich wirklich eine brauchen!«
Als Dr. Nahdi auch Hassan eine Zigarette anbieten wollte, lehnte dieser dankend ab, aber er gab Irene Feuer.
Dr. Nahdi nahm ein paar hastige Züge mit der Gier eines Kettenrauchers. »Sie wollen wissen, welches Bild ich mir von dem Zustand der Prinzessin gemacht habe«, sagte er, »nun, ich kann Ihnen versichern, ich habe alles getan, was in meiner Macht stand, um eine einwandfreie Diagnose zu stellen. Es wäre natürlich nötig, eine Angiocardiografie durchzuführen ...«
»Was ist das?«, fragte Hassan dazwischen.
»Eine Methode der Herzuntersuchung«, erklärte Irene. »Man injiziert dazu unter hohem Druck ein Kontrastmittel in die Vene, das in das Herzinnere und die herznahen Gefäße dringt. Dadurch bekommt man ein Röntgenbild, das die Herzfunktion ziemlich genau erkennen lässt.«
Dr. Nahdi verbeugte sich leicht, mit einem kleinen Lächeln. »Sehr gut, werte Kollegin! Ja, so ist es. Aber zur Anwendung dieser etwas komplizierten Methode fehlt mir, ganz ehrlich, die Erfahrung.«
»Bitte, Herr Doktor«, sagte Irene, »machen Sie es kurz! Was ist mit Leila?«
In diesem Augenblick wurde die Tür aufgerissen: die Vorzimmerschwester hastete herein. »Herr Doktor, eine Dame«, sagte sie, »will Sie sofort sprechen, lässt sich nicht abweisen!«
»Hat sie ihren Namen genannt?«
»Ja. Sie sagt, sie sei die erste Frau des Scheichs Mustafa.«
Irene hatte von diesem kurzen Wortwechsel nichts verstanden, aber sie begriff, dass etwas Unerwartetes geschehen sein musste.
»Was sagt die Schwester, Hassan?«, fragte sie. »Ist etwas mit Leila?«
Hassan war blass geworden, aber sein Gesicht war unbewegt. »Nein«, sagte er, »meine Mutter ist gekommen!«
»O Gott!«
Dr. Nahdi war aufgesprungen, nahm Irene bei der Hand und führte sie zu einer Seitentür. »Gehen Sie da hinaus! Durch das Untersuchungszimmer auf den Gang und zu der Prinzessin! Warten Sie dort, aber sagen Sie der Prinzessin nichts!«
Irene wollte sich wehren; sie warf einen hilfesuchenden Blick zu Hassan.
»Aber warum ...«
Seine dunklen, breitgeschnittenen Augen brannten in dem bleichen Gesicht.
»Es ist besser so, Irene!«
Kaum hatte Dr. Nahdi Irene aus dem Zimmer gedrängt und die Tür hinter ihr geschlossen, als Khadija eintrat. Sie drängte die Schwester beiseite, ging geradewegs auf Dr. Nahdi zu, eine schlanke, hoheitsvolle, tief verschleierte Gestalt.

Sie schenkte Hassan keinen Blick, sondern hielt die Augen gebieterisch und entschlossen auf den Arzt gerichtet. Eine ebenfalls verschleierte Sklavin folgte ihr in respektvollem Abstand.

»Eine Tochter Scheich Mustafas ist entführt worden!«, behauptete sie mit scharfer Stimme. »Man hat sie hierher verschleppt. Ich wünsche, dass sie sofort zu mir geführt wird, damit ich sie in den Harem zurückbringen kann.«

Dr. Nahdis dunkles markantes Gesicht blieb unbewegt. »Bitte, setzen Sie sich doch, gnädige Frau«, sagte er ruhig.

Khadija machte eine Bewegung, als wollte sie protestieren.

Aber Hassan kam ihr zuvor und legte mit hartem Druck seine Hand auf ihre Schulter. »Tu, was der Doktor dir sagt, Mutter!«

Khadija, immer noch außer sich vor Empörung, gehorchte. Von kleinauf gewöhnt, sich der Autorität der Männer zu fügen, brachte sie auch jetzt nicht die Kraft zum Widerstand auf.

Hassan blieb dicht neben ihr stehen, während Dr. Nahdi sich hinter seinen Schreibtisch setzte.

»Prinzessin Leila ist hier«, erklärte der Arzt, »und wenn Sie es wünschen, können Sie sie selbstverständlich mit zurück in den Harem nehmen.«

»Deshalb bin ich gekommen.«

»Ja, ich weiß. Aber vorher muss ich Ihnen erklären, wie es um die Gesundheit der Prinzessin steht ...«

»Sie haben sie ohne Erlaubnis Scheich Mustafas untersucht!«

»Aber Mutter«, sagte Hassan, »das ist doch jetzt ganz unwesentlich. Hör dir doch erst einmal an, was der Doktor zu sagen hat!«

»Ich will nichts wissen!«

»Du musst es wissen, Mutter. Du hast selber gesagt, dass du für Leila verantwortlich bist. Der Doktor hat sie auf meinen ausdrücklichen Wunsch hin untersucht. Interessiert es dich denn gar nicht, wie das Ergebnis lautet?«

»Ich verstehe nichts von Medizin«, erklärte Khadija hartnäckig.

Dr. Nahdi mischte sich ein. »Gnädige Frau, Prinzessin Leila ist sehr krank!«

»Das glaube ich Ihnen nicht! Sie spielt krank, weil sie ungehorsam ist... weil sie sich weigert, den Mann zu heiraten, den ihr Vater ihr ausgesucht hat!«

Dr. Nahdi blieb ganz ruhig. »Ich verstehe Ihre Einstellung, gnädige Frau. Aber Sie sind in einem Irrtum befangen. Prinzessin Leila ist wirklich krank!«

Hassan atmete auf - ›Also hat Irene doch Recht gehabt‹, dachte er, ›und ich habe recht gehandelt, Leila bei der Flucht aus dem Harem zu unterstützen. Allah sei Dank!‹

Aber seine Mutter war nicht so schnell zu überzeugen. »Ich werde sie mit nach Hause nehmen und gesundpflegen«, erklärte sie starrsinnig.

»Mit Pflege allein ist der Prinzessin nicht zu helfen. Sie muss operiert werden.«

Khadija erhob sich voller Würde. »Das wird Scheich Mustafa nicht zulassen. Führen Sie sie sofort zu mir. Sie haben kein Recht, sie hier festzuhalten.«

»Ich habe Ihnen gesagt, dass Sie Prinzessin Leila mit nach Hause nehmen dürfen, wenn Sie es wünschen... aber ich erwarte und verlange von Ihnen, dass Sie mich zuerst in Ruhe anhören«, widersprach der Arzt.

»Ich habe genug gehört!«

Die verschleierte Sklavin, die bisher stumm im Hintergrund des Sprechzimmers gestanden hatte, war schon an der Tür und öffnete sie ihrer Herrin.
Aber Hassan kam seiner Mutter zuvor; er drückte die Tür ins Schloss, schickte die Sklavin auf ihren Platz zurück und vertrat Khadija den Weg. »Du wirst bleiben, Mutter«, befahl er mit fester Stimme, »man kann die Wahrheit nicht ungeschehen machen, indem man sich vor ihr versteckt!«
Khadijas dunkle Augen hinter dem Schleier blitzten auf. »Die Wahrheit?! Meinst du, ich wüsste nicht, dass du den Arzt bestochen hast, um ...«
»Mutter!«
Khadija zuckte zusammen. »Verzeih, dass ich es wagte, meine Gedanken zu äußern!«
»Deine Gedanken haben meine Ehre verletzt. Wie kannst du mir, dem Sohn Scheich Mustafas unterstellen, unehrenhaft zu handeln!?«
»Du bist nicht mehr der, der du warst, bevor du nach Europa gingst«, sagte Khadija leise, »das fremde Mädchen hat dir den Verstand geraubt und das Herz verdunkelt.«
Dr. Nahdi war aufgestanden; er stellte sich zwischen Mutter und Sohn. »Das fremde Mädchen«, sagte er, »hat Prinzessin Leila das Leben gerettet. Wenn Sie sie jetzt trotz meiner Warnungen in den Harem zurückholen, werden Sie alles zunichte machen. Sie werden zur Mörderin werden.«
Khadija machte keine Bewegung. Nur die lange Pause, die nach diesen eindringlichen Worten des Arztes entstand, zeigte, wie betroffen sie war.
Hassan versuchte, ihr den Weg zur Einsicht zu ebnen. »Komm, Mutter«, sagte er, »lass dir erklären, was Dr. Nahdi bei seiner Untersuchung festgestellt hat. Kann er dich nicht überzeugen, so nimm Leila in den Harem zurück und trage die Verantwortung.«
»Und wenn sie stirbt?«
»Sie wird sterben«, erklärte der Arzt, »die kleinste Aufregung oder körperliche Anstrengung kann auf der Stelle ihren Tod herbeiführen. Hat die Prinzessin in ihrer Kindheit an fieberhaftem Rheumatismus gelitten?«
»Ja«, gab Khadija zögernd zu.
»Der rheumatische Prozess hat sich bei ihr nicht nur an den Gelenken abgespielt, er hat auch die Herzklappen angegriffen. Die Herzklappen sind verdickt. Sie öffnen sich nicht mehr weit genug, um Blut in ausreichendem Maß durchzulassen. Das Blut staut sich, fließt zurück, der Körper wird nicht versorgt... es kann jederzeit zu einem Kreislaufzusammenbruch kommen.«
Khadija schwieg.
Sie verstand nichts von medizinischen Dingen, aber sie war, trotz ihrer Unbildung, eine kluge Frau, und sie hatte begriffen, dass das, was der Arzt ihr sagte, nicht aus der Luft gegriffen sein konnte.
»Es ist fast ein Wunder, dass die Prinzessin trotz dieses schweren Herzfehlers das sechzehnte Lebensjahr erreichen konnte«, erklärte Dr. Nahdi, »aber es hieße das Schicksal herausfordern, wollte man die Operation noch länger hinauszögern.«
»Darüber muss mein Mann entscheiden«, sagte Khadija.
»Selbstverständlich, gnädige Frau. Von heute auf morgen lässt sich so und so

nichts machen. Im ganzen Orient ist die Durchführung einer solchen Herzoperation unmöglich, man braucht dazu eine Herz-Lungen-Maschine. Die Prinzessin müsste nach Amerika oder Europa gebracht werden.«
»Also... könnte ich sie vorerst doch mit in den Harem zurücknehmen?«, fragte Khadija, aber aus ihrer Stimme klang jetzt doch Zweifel.
»Dazu würde ich nicht raten, gnädige Frau. Hier in der Klinik können wir den Zustand der Patientin unter Kontrolle halten... wenn Sie es allerdings riskieren wollen ...« Er zuckte die Achseln.
»Nein, nein«, sagte Khadija rasch, »aber... darf ich sie wenigstens sehen?«
»Warum nicht? Aber, bitte, keinerlei Aufregungen. Sie wissen ja jetzt selber Bescheid.«
Dr. Nahdi öffnete die Tür. Khadija und Hassan traten auf den Gang. Die Sklavin huschte als Letzte hinaus.
»Wir sehen uns später, Prinz«, sagte Dr. Nahdi.
Offensichtlich hatte er kein Interesse, Zeuge des Familientreffens zu werden.

Irene Heinzel hatte an Leilas Bettrand gesessen, als Khadija eintrat. Jetzt sprang sie erschrocken auf. Hassan nickte ihr hinter dem Rücken seiner Mutter ermutigend zu.
Khadija beachtete sie nicht. Sie beugte sich über Leila, die ihr mit angstvoll geöffneten Augen entgegenstarrte, sprach so lange leise und beruhigend auf sie ein, bis ein zaghaftes Lächeln auf dem schmalen, durchsichtig blassen Gesicht des schönen Mädchens erschien.
»Oh, Irene«, rief sie auf deutsch, »denk dir, es wird alles gut! Khadija glaubt jetzt, dass ich wirklich krank bin... ich brauche diesen Mann nicht zu heiraten! Ich darf nach Europa fliegen und mich operieren lassen, wenn Vater es erlaubt.«
Irene erwiderte ihr Lächeln. »Das wird er sicher. Er hat dich doch lieb.«
Leila streckte ihre dünnen Arme nach Irene aus. »Du bist es, der ich alles verdanke! Du hast mich gerettet, Irene! Wenn du nicht gekommen wärst ...«
»Nicht aufregen, Liebes!« Irene beugte sich über das Mädchen und drückte ihr einen sanften Kuss auf die Stirn.
Leila legte Khadijas und Irenes Hände zusammen und sagte etwas auf arabisch, was Irene nicht verstand.
»Leila bittet, dass ihr euch aussöhnen sollt«, übersetzte Hassan.
In dieser Minute bewies Khadija ihre Größe. Sie richtete sich auf und sprach zu Irene.
»Meine Mutter dankt dir«, übersetzte Hassan, »für alles, was du für Leila getan hast. Sie bittet dich um Verzeihung.«
»Sag ihr, dass auch ich sie um Verzeihung bitte«, erklärte Irene, »ich habe an ihrer Liebe zu Leila gezweifelt ... und ich habe bestimmt auch vieles falsch gemacht, weil ich die Sitten eures Landes nicht kannte.«
»Meine Mutter bittet dich, zurück in den Harem zu kommen und weiter ihr Gast zu sein, bis du zur Familie gehörst.«
Irene spürte, wie groß das Entgegenkommen Khadijas war, und sie wusste, dass sie von nun an in der Mutter Hassans eine starke Verbündete haben

würde. Dennoch zögerte sie, das Angebot anzunehmen. »Ich wollte eigentlich bei Leila bleiben!«
»Nein«, sagte Leila, »für mich ist nun gesorgt. Jetzt geht es um dein Glück, Irene. Du darfst Khadija nicht kränken. Kehre mit ihr heim. Wenn ich erst gesund bin und aus Europa zurückkomme, wirst du Hassans Frau sein... oh, dann werden wir alle glücklich sein!«
Irene küsste Leila gerührt. Ihr fiel der Abschied schwer. Leila war ihre einzige Freundin im Harem gewesen, die einzige, die sie verstanden hatte.
Aber als Khadija den Arm um ihre Schultern legte, fasste sie wieder Mut. Ihre Augen begegneten Hassans Blick, und sie wusste, dass es für sie kein Zurück mehr gab. Sie musste weiterschreiten in eine unbekannte Zukunft, weiter darum kämpfen, mit dem Mann, den sie liebte, für immer verbunden zu sein.
»Ich komme, Hassan«, sagte sie, »ich komme!«

Drei Tage später traf Scheich Mustafa mit Omar wieder in Dschidda ein, und mit ihnen die schöne, braunhäutige Buthania, die sofort in den Harem gebracht und der Obhut Khadijas übergeben wurde.
Hassan benutzte die nächste Gelegenheit, um mit seinem Vater über Leila zu sprechen, und Scheich Mustafa zeigte sich sehr besorgt. Er begleitete Hassan sofort ins Krankenhaus und hatte eine lange und ausführliche Unterredung mit Dr. Nahdi, in deren Verlauf beschlossen wurde, Leila nach Freiburg in Deutschland zu bringen, wo der bekannte Spezialist Professor Gürtler die lebensrettende Operation durchführen sollte. Eine der pakistanischen Schwestern aus der Klinik sollte sie auf der Fahrt nach Deutschland betreuen und begleiten.
Als sie die Klinik verließen, legte Scheich Mustafa die Hand auf die Schulter seines Sohnes. »Mir scheint, Hassan«, sagte er, »ich habe die Fremde doch unterschätzt. Nach allem, was Doktor Nahdi mir berichtete, sieht es so aus, als wenn unsere Leila ihr das Leben verdankte.«
»So ist es, Vater.«
»Nun ja, man hört ja immer wieder, die deutschen Frauen sind tüchtig, sehr tüchtig. Sie leben und arbeiten wie Männer.«
Hassan lächelte. »Nicht ganz, Vater. Irene ist trotz ihrer Klugheit und ihres Wissens eine richtige Frau. Du wirst sie ja bald kennen lernen, Vater.«
»Ich schätze sie schon jetzt«, erklärte Scheich Mustafa überraschend.
Hassans dunkle, breit geschnittene Augen leuchteten auf. »Das freut mich«, sagte er verhalten.
Der Sklave Hamid, der die beiden Herren zur Klinik gefahren hatte, öffnete die Autotür. Scheich Mustafa stieg ein und winkte Hassan, sich neben ihn zu setzen. »Ja, ich schätze sie«, wiederholte er, »aber ich bedaure den Mann, der sie zur Frau bekommen wird.«
Hassan seufzte; er merkte, dass ihm wieder einmal eines jener orientalischen Wortgeplänkel bevorstand, an denen er in Europa den Geschmack verloren hatte. »Es ist wunderbar, eine Frau zu haben, die nicht nur Dienerin des Mannes, sondern auch Kameradin ist, wirkliche Partnerin.«
Scheich Mustafa verschloss sich. »Das sind fremde Worte für mich.«

»Es ist die Sprache der Zukunft«, erklärte sein Sohn.
»Mag sein. Aber die Zukunft liegt fern. Noch leben wir in der Gegenwart.«
»Meine Liebe ist die Gegenwart.«
Hamid trat auf die Bremse. Draußen, im flirrenden Sonnenlicht, behinderte eine Kamelkarawane den Verkehr. Drinnen im Wagen war es kühl.
Scheich Mustafa lehnte sich in die Polster zurück und betrachtete seinen Sohn aus halb geschlossenen Augen. »Du bist also nach wie vor entschlossen, dieses Mädchen zu heiraten?«
»Ja, Vater«, erwiderte Hassan mit fester Stimme, »mehr denn je.«
Scheich Mustafa rieb seine schönen, etwas weichen Hände gegeneinander. »Du sollst deinen Willen haben, mein Sohn«, sagte er, »ich kann dir meinen Segen nicht länger verweigern.«
»Vater!« Hassan griff nach der Hand des Vaters, um sie zu küssen. »Ich danke dir!« Er sah nicht das seltsame Lächeln, das um die Lippen seines Vaters zuckte.
»Ich werde den Hochzeitstermin festsetzen«, erklärte Scheich Mustafa, »wie viel Zeit braucht die Fremde, um mit den Vorbereitungen fertig zu sein?«
»Sie ist bereit!«
»Gut. Sagen wir... in einer Woche!«

Als Hassan ihr die große Neuigkeit mitteilte, war Irene im ersten Augenblick genauso begeistert wie er. Aber dann, als er sich schon verabschieden wollte, meldete sich ihr Verstand. Es kamen ihr Bedenken.
»Hassan«, sagte sie, »bitte, einen Augenblick noch ...«
»Ja?«
Die Haremsfrauen umdrängten sie zwitschernd und lächelten. Sie hatten verstanden, um was es ging, und jede war bemüht, Irene ihre Freude zu zeigen.
»Können wir nicht irgendwo allein sprechen?«, fragte Irene, »nur fünf Minuten?«
Er schüttelte den Kopf. »Das geht nicht, Liebling. Das würde gegen die Sitte verstoßen. Es ist schon ein großes Entgegenkommen von Khadija, dass ich überhaupt mit dir hier reden kann... dass ich dein Gesicht sehen darf, ehe wir noch verheiratet sind.«
»Sei mir nicht böse, Hassan«, sagte sie ungeduldig, »aber mich macht das rasend.«
»Aber du weißt doch, sie verstehen kein Wort von dem, was wir sprechen!«
»Trotzdem, Hassan, ich kann auf die Dauer nicht hier im Harem bleiben. Es stimmt, alle sind lieb und nett zu mir, geben sich die größte Mühe. Aber... das ist eine Welt, in die ich nicht hineinpasse.«
»Das begreife ich doch, Liebling.«
»Allmählich«, erwiderte sie, »kommt es mir so vor, als wenn das eben doch nicht der Fall wäre. Oder hast du schon mit deinem Vater geklärt, wie unsere Ehe später aussehen wird? Wo wir leben werden!?«
»Wir müssen einen Schritt nach dem anderen tun. Erst die Hochzeit und dann ...«
Sie fiel ihm ins Wort., »Ich fände es doch besser, wenn diese Dinge vorher eindeutig festgelegt würden.«

Seine schönen Augen wurden traurig. »Du musst Geduld haben, Irene. Bei uns hier ist alles eben... furchtbar kompliziert. Glaub mir, ich leide ja selber darunter.«
»Verzeih mir«, sagte sie betroffen, »ich wollte dich nicht verletzen.«
»Das hast du auch nicht getan, Liebling. Wenn wir beide nicht offen und ehrlich zueinander sein können, dann hätte ja alles keinen Sinn mehr. Ich verspreche dir, ich werde dafür kämpfen, dass wir sobald wie möglich in ein eigenes Heim ziehen werden.«
Sie hätte es gern dabei gelassen und sich mit diesem Versprechen zufrieden gegeben, denn sie merkte, wie sehr Hassan litt und fühlte sich schuldbewusst, dass sie ihm die Freude über seinen endlich errungenen Sieg verderben musste. Aber sie konnte nicht auf halbem Weg stehen bleiben.
»Hassan«, sagte sie, »erinnerst du dich, wie sehr mir mein Vater ans Herz gelegt hat, nicht hier in Saudi-Arabien und nicht nach mohammedanischem Ritus zu heiraten? Eure Ehegesetze sind für die Frauen sehr ungünstig ...«
Sein dunkles Gesicht verschloss sich. »Ich werde meinen Vater bitten, einen hohen Betrag in den Ehevertrag einzusetzen, für den Fall, dass wir uns später scheiden lassen. Ist es das, was du willst?«
»Nein, Hassan. Es geht hier nicht um Geld. Versteh doch ... wenn ich dich hier und nach eurem Recht heirate, verliere ich meine deutsche Staatsangehörigkeit.«
Auf seiner glatten Stirn entstand eine steile Falte. »Bedeutet dir das so viel?«
Sie sah ihm gerade in die Augen. »Ja, Hassan. Ich bin es gewohnt, als freier Mensch in einer freien Welt zu leben; ich kann nicht so einfach all meine Rechte aufgeben und mich zu deiner Sklavin machen.«
»Das«, sagte er hart, »hättest du dir früher überlegen müssen. Wenn du kein Vertrauen zu mir hast ...«
»Du tust mir Unrecht, und du weißt es!«, rief Irene. »Ich habe Vertrauen zu dir, ich liebe dich, sonst wäre ich doch gar nicht hierher gekommen! Aber was wird sein, wenn dir etwas zustößt? Sag jetzt nicht, dein Vater würde für mich sorgen, ich weiß, das wird er tun... aber ich würde mit meinen Kindern im Harem leben müssen, bis ans Ende meiner Tage! Ich würde nie mehr nach Deutschland zurückkehren!«
»Das ist nicht sicher ...«
»Nein, sicher ist es nicht. Es kann auch passieren, dass dein Vater mich verstößt und nur unsere Kinder behält oder dass er mich mit einem anderen Mann verheiraten will! Ich kenne deinen Vater nicht, aber ich halte ihn für einen guten Menschen, nur weil er dein Vater ist. Trotzdem wäre es mir unerträglich, seiner Gnade ausgeliefert zu sein!«
Er schwieg lange und sah sie prüfend an.
»Du willst mich also nicht heiraten?«, fragte er endlich.
»Doch, Hassan, nur... ich möchte ...«
»Ich weiß. Du möchtest meine Frau werden und deine Rechte behalten.«
»Ich möchte mich nicht ausliefern«, sagte sie leise.
Wortlos wandte sich Hassan ab und schritt zur Tür. Die Haremsfrauen wurden plötzlich sehr still. Sie hatten, ohne die Sprache zu verstehen, in der die

Liebenden sich unterhalten hatten, doch begriffen, dass es zu einem Streit gekommen war.
Sekunden stand Irene wie erstarrt. Dann, schlagartig begriff sie, dass sie Hassan für immer verloren hatte, wenn sie ihn jetzt gehen ließ, und niemals zuvor hatte sie so stark gefühlt, wie sehr sie ihn liebte. Sie ertrug es nicht. »Hassan«, rief sie, »bitte ...«
Dieser halblaute Zuruf veranlasste Hassan, sich zu ihr umzudrehen. Sie lief zu ihm, umschlang ihn mit beiden Armen, barg ihren Kopf an seiner Brust.
»Ich weiß, wie dir zu Mute ist«, sagte er sehr ernst, »und ich wünsche bei Allah, es gäbe einen anderen Weg für uns. Aber ich kenne meinen Vater nur zu gut. Er wird nicht nachgeben. Eher würde er mich verstoßen.«
»Das ist alles so schrecklich ...«
»Wenn wir beide nur zusammenhalten... hast du das nicht immer gesagt?«
Sie nickte stumm.
»Das gilt auch jetzt noch«, sagte er, »wir haben keine andere Wahl. Wir müssen unserer Liebe vertrauen. Sie wird stärker sein als alle Gesetze. Willst du?«
»Ja.«
Sie wusste, es gab keine andere Antwort auf diese Frage, denn sie liebte Hassan mehr als ihr Leben. Aber von dieser Minute an saß die Angst in ihrem Herzen.

Seit Leila in der Klinik war, fühlte Irene sich im Harem verlassener und fremder als je zuvor. Zwar zeigte Khadija sich jetzt ihr gegenüber ausgesprochen liebenswürdig, und die anderen Frauen folgten ihrem Beispiel. Aber die sprachliche Verständigung war sehr schwer. Mit den paar Brocken Arabisch, die sie inzwischen aufgeschnappt hatte, war keine wirkliche Unterhaltung zu führen. Dazu kam, dass das dauernde Nichtstun, das den Frauen und Töchtern Scheich Mustafas zur zweiten Natur geworden war, auf Irene geradezu zermürbend wirkte. Mit viel Mühe hatte sie eine alte arabische Grammatik aufgetrieben und versuchte zu lernen, aber ohne jede Unterweisung kam sie schlecht voran. Sonst gab es keine Bücher im Harem, nichts, womit sie sich hätte die Zeit vertreiben können, nur die unentwegten Plaudereien und Streitereien der anderen Frauen, denen sie nicht recht folgen konnte und die ihr auch völlig uninteressant waren.
So war sie glücklich, als sie entdeckte, dass Buthania, die schöne, braunhaarige Sklavin, die der Scheich aus Er-Rijad mitgebracht hatte, etwas Englisch und Französisch beherrschte. Aber auch Buthanias Interessen reichten keinen Zoll weit über die Haremsmauer hinaus.
Niemals hatte Irene vorher so lange Zeit nur unter Frauen verbracht, nie zuvor war sie zum Nichtstun verurteilt gewesen. Sie sehnte sich nach Hassan - aber er durfte sie, seit der Heiratstermin feststand, nicht mehr besuchen - sehnte sich nach Arbeit, nach wirklichen Gesprächen. Sie hatte nur noch die eine Hoffnung, dass Hassan nach der Heirat durchsetzen würde, dass sie eine eigene Wohnung bekamen, in der sie leben konnte, wie sie es gewöhnt war.
Buthania zeigte sich über Irenes Zurückhaltung nicht gekränkt. Sie bemühte sich unentwegt, ihr die Gespräche der anderen Frauen zu übersetzen, Irene aufzuheitern, sich ihr durch kleine Handreichungen nützlich zu machen.

Eines Tages entstand große Aufregung im Harem, und Irene brauchte nicht lange, bis sie erkannte, was der Grund war. Die Frauen und Töchter Scheich Mustafas und auch sie selber waren zu einem großen Fest im alten Königspalast in der Medinahstraße eingeladen. Die Einladung war von König Ibn Saud persönlich ausgegangen.
Sofort begannen die Frauen eine wahre Modenschau aufzuführen, jede wählte ihr schönstes Kleid und ihren wertvollsten Schmuck für diesen Anlass aus. Khadija schenkte Irene, die auf eine solche Gelegenheit nicht vorbereitet war, ein langes Abendkleid aus fließender blauer Seide, an dem nur wenig geändert werden musste. Buthania, die geschickte Finger hatte, machte sich sofort an die Arbeit und ließ es sich auch nicht nehmen, Irene vor dem Aufbruch persönlich zu frisieren. Sie bürstete und toupierte Irenes schönes blondes Haar, bis es wie eine goldene Wolke ihr schmales Gesicht umgab, zog ihre Augenbrauen dunkel nach und legte silberne Schatten auf ihre Lider. Zum Schluss erkannte Irene sich selber nicht wieder, musste aber zugeben, dass sie sehr schön und attraktiv wirkte.
»Zufrieden?«, fragte Buthania strahlend.
Irene fühlte sich zwar in der ungewohnten Aufmachung nicht gerade sehr wohl, wollte aber Buthania die Freude nicht verderben.
»Sehr«, sagte sie lächelnd, »ich danke dir.«
»Wenn du willst«, sagte Buthania in ihrem etwas mühsamen Englisch, »ich dich werden jeden Tag so schön machen.«
Irene lachte. »Jeden Tag? Das wäre doch wohl übertrieben!«
»Du nicht verstehen. Männer lieben schöne Frauen.«
»Hassan liebt mich so, wie ich bin.«
»Hassan dich mehr lieben, wenn du bist schön.«
Irene kam dieses Gespräch einigermaßen albern vor, und sie versuchte, das Thema zu wechseln. »Du bist noch nicht umgezogen, Buthania«, sagte sie, »du musst dich beeilen ...«
»Ich nicht gehen mit auf das Fest.«
»Schade, dann werde ich dir morgen alles erzählen.«
Buthania zog Irene die blauen Satinschuhe über die schmalen Füße. »Lieb von dir«, sagte sie, »später, wenn erst verheiratet, ich werden dich immer begleiten.«
»Wenn ich verheiratet bin«, sagte Irene arglos, »will Hassan sehen, dass wir eine eigene Wohnung bekommen.«
Buthania kniete vor ihr und lächelte sie an. »Eigenes Haus, das ist gut. Wir werden haben eigenes Haus. Sehr gut. Wir werden uns immer vertragen.«
Irene verstand immer noch nicht. »Du möchtest also, dass ich dich mitnehme?«
Buthania zeigte ihre schönen, perlweißen Zähne. »Du Hassan Sidis erste Frau, ich Hassan Sidis zweite Frau, so abgemacht.«
Irene öffnete den Mund, wollte etwas sagen, aber sie brachte kein Wort heraus. Diese Eröffnung, die Buthania ganz beiläufig gemacht hatte, war zu ungeheuerlich.
»Du nicht Angst haben, Irene«, sagte Buthania, »ich schön, du auch schön.

Wir streiten, nix gut. Wir zusammenhalten, sehr gut. Wenn Frauen zusammenhalten, Mann muss tun, was Frauen wollen. Du verstehen?«
»Nein«, sagte Irene mühsam, »nein, das glaube ich nicht. Das kann nicht sein, dass Hassan dich heiraten will. Das ... das hätte er mir doch gesagt!«
»Vielleicht Angst, du wirst sein böse?«, sagte Buthania.
»Er wird dich nicht heiraten, das bildest du dir nur ein... oder du willst dir einen Spaß mit mir machen! Gib es zu, das alles ist ein dummer Scherz!«
Irene beugte sich herab, schüttelte das schöne Mädchen bei den Schultern. Buthania ließ es sich widerstandslos gefallen und machte keine Bewegung der Abwehr. »Du mir tun weh«, sagte sie nur.
Irene schämte sich, sich an dem wehrlosen Mädchen vergriffen zu haben und ließ sie los.
»Scheich Mustafa«, erklärte Buthania, »mich haben gekauft von altem Scheich in Er-Rijad. Alter Scheich gut, seine Frauen nix gut. Frauen böse, weil Buthania schön. Ich froh, dass ich bekomme Frau von jungem Mann Hassan, froh, dass Hassan dich liebt. So er wird lieben uns beide.«
»Buthania«, sagte Irene, »bist du sicher, dass du Hassans Frau werden sollst?«
»Scheich Mustafa es mir haben versprochen.«
»Und Hassan!? Hat er es dir selber gesagt?«
»Hassan mich erst wird sehen in Hochzeitsnacht. So mohemmedanische Sitte. Ich ihn werden glücklich machen, er mich lieben. Buthania weiß viel von Liebe, wird es dich lehren, wenn du gut zu mir bist.«
Irene übermannte ein Gefühl, als wäre die ganze Welt verrückt geworden, als stünde plötzlich alles auf dem Kopf. Aber sie begriff, dass an Buthanias Aufrichtigkeit nicht zu zweifeln war. Das Mädchen war intelligent und gutwillig. Warum sollte sie sich eine so ungeheure Lüge ausdenken? Nur um sie zu ärgern?
»Du Hassan fragen«, sagte Buthania, »er dir sagen, es ist wahr.«
Sie sah, dass Irenes Gesicht wie versteinert war, legte sanft die kleine braune Hand auf Irenes Knie. »Du nicht böse auf Buthania... bitte, nicht!«
Irene erhob sich. »Nein, ich bin nicht böse auf dich«, sagte sie, »du bist ein gutes Mädchen!«
Buthania sprang auf, sie strahlte schon wieder. »Wir uns gut verstehen. Viel Spaß haben. Hassan viele Söhne schenken, schöne Kleider haben, viel Schmuck.«
Irene hätte sich am liebsten das Abendkleid vom Leibe gerissen, sich auf ihr Lager geworfen und hemmungslos geweint. Aber irgendwie gelang es ihr, die Beherrschung zu bewahren. Sie musste auf dieses Fest im Königspalast, und sie wollte auf dieses Fest. Sicher, so hoffte sie, würde sie dort Hassan begegnen und ihn zur Rede stellen können.

Aber Irene sollte bald genug merken, dass sie sich getäuscht hatte. Zu spät fiel ihr ein, dass es in Saudi-Arabien keine Festlichkeiten gab, an der Frauen und Männer zugleich teilnahmen. Wenn ein Mann Gäste hatte, blieben die Frauen unsichtbar, und luden die Frauen ein, so ließ sich kein Mann sehen.
So war es auch diesmal. Mehr als tausend Frauen waren in dem herrlichen,

hell erleuchteten Garten des alten Palastes zusammengekommen, der ganz mit wundervollen Orientteppichen ausgelegt worden war, sodass keiner der zierlichen Füße den nackten Boden berühren musste. Tausende von Frauen, alte und junge, Beduinenfrauen mit ihren Säuglingen auf dem Arm, Frauen von wunderbarer Schönheit in malerischen Gewändern, in Kleidern von Dior und Schubert. Sie alle bewegten sich frei, lachten, plauderten und ließen sich bewundern - doch weit und breit war kein Mann zu sehen.
Dieses einmalige Fest hätte für Irene zu einem unvergleichlichen Erlebnis werden können, wenn ihr Herz nicht so verstört gewesen wäre. So nahm sie alles nur wie durch einen Schleier wahr.
Nach einiger Zeit nahm man auf bequemen Sesseln Platz. Palastdienerinnen servierten Tee und Kaffee. Viele Damen rauchten, auch Irene zündete sich eine Zigarette an. Erst zu spät fiel ihr auf, dass es keine Aschenbecher gab. Es blieb ihr nichts anderes übrig, als dem allgemeinen Beispiel zu folgen - sie drückte den Stummel auf dem Teppich aus. Flüchtig konstatierte sie, dass die Palastdienerinnen später auch die Reste von Kaffee und Tee einfach auf die Teppiche schütteten.
Endlich erschien doch ein Mann, König Ibn Saud, in Begleitung seiner Frauen. Er wurde von den anwesenden Damen mit Begeisterung empfangen. Keine dachte daran, ihr Gesicht oder ihre Schultern zu verhüllen. Der König schien eine Ausnahmerolle im Denken der Mohammedaner zu spielen.
Später, als einzelne Künstlerinnen auftraten und die Gäste mit Musik und Tanz unterhielten, verließ Irene unauffällig ihren Platz. Sie suchte nach einer Gelegenheit zu entfliehen. Aber sie musste bald einsehen, dass es keine Möglichkeit gab, denn der Garten war von hohen Mauern umgeben, und die Eingänge des Palastes wurden bewacht. Sie hatte Mühe, zu ihrem Platz zurückzufinden.
Eines war ihr klar geworden: für eine Aussprache mit Hassan war es zu spät. Selbst wenn es ihr gelungen wäre, ihn noch vor der Hochzeit zu sprechen, es hätte nichts genutzt. Sie spürte, dass sie ihn trotz allem noch liebte, und gerade deshalb fürchtete sie sich vor der Begegnung. Sie hatte Angst, es könnte ihm gelingen, sie noch einmal umzustimmen.
Aber sie wollte ihn nicht mehr heiraten, wollte nicht in diesem fremden Land, das ihr von Anfang an feindlich gesinnt war, bleiben. Eine Ehe zu dritt war das Entwürdigendste, was sie sich vorstellen konnte.
Eine Versöhnung war nicht mehr denkbar, jetzt galt es nur noch, sich selber und ihre Ehre zu retten. Der einzige Ausweg blieb die Flucht.
Aber sie wusste nicht, wie sie sie ohne Hilfe von außen bewerkstelligen sollte. Sie wusste nur, dass sie schnell handeln musste, wenn sie nicht für immer eine Gefangene bleiben wollte, eine Gefangene des Harems.

Sie verbrachte eine schlaflose Nacht. Aber am nächsten Morgen hatte sie einen Plan ausgearbeitet. Sie hatte erkannt, dass nur eine List ihr helfen konnte, den Harem zu verlassen. Sie bat Khadija, Leila in der Klinik aufsuchen zu dürfen, um sich von ihr zu verabschieden und ihr die notwendigen Sachen zu bringen, die sie für ihre Reise nach Freiburg brauchte.

Buthania spielte die Übersetzerin, und nach einigen schwierigen und mühevollen Verhandlungen erhielt Irene die Einwilligung, um die sie gekämpft hatte. Allerdings befahl Khadija, dass Samia und Buthania ihr helfen sollten, Leilas Koffer zu packen, und sie ordnete auch an, dass die beiden Frauen sie in die Klinik zu begleiten hatten.
Irene verbarg ihre Enttäuschung. Sie bedankte sich höflich und umständlich, wie es die arabische Sitte befahl. Trotz allem, was ihr geschehen war und ihr jetzt noch drohte, hatte sie ein schlechtes Gewissen, weil sie Hassans Mutter hintergehen musste. Aber es half nichts; es gab keinen anderen Weg.
Es fiel Irene nicht schwer, ihren eigenen Koffer unter das für Leila bestimmte Gepäck zu schmuggeln. Am Nachmittag, als die glühende Hitze ein wenig nachgelassen hatte, verließen die drei Frauen das Haus - Samia und Buthania sehr vergnügt über die kleine Abwechslung, Irene gespannt und schweigsam. Sie waren alle drei tief verschleiert.
Der Sklave Hamid beaufsichtigte zwei andere Sklaven, die das Gepäck im Kofferraum des Cadillacs verstauten. Dann setzte er sich selber ans Steuer und fuhr die Damen zur Klinik hinaus. Samia und Buthania schwatzten die ganze Zeit ununterbrochen.
Als das große, weiße Auto vor der Klinik hielt, gab Irene Anweisung, das Gepäck auf den Gang, vor die Tür von Leilas Zimmer zu stellen. Ihre Reisetasche, die ihren Pass, ihr Geld und den kostbaren Rückflugschein nach Deutschland enthielt, ließ sie keinen Augenblick aus der Hand. Sie wäre auch ohne ihren Koffer geflohen, wenn es hätte sein müssen.
Leila begrüßte ihre Besucherinnen strahlend. Sie war sehr blass, die bläuliche Verfärbung ihrer Nase war jetzt ganz deutlich geworden, aber aus ihren schönen dunklen Augen leuchtete Hoffnung.
Irene wartete ab, bis der erste Wirbelsturm der Begrüßung vorüber war, dann setzte sie sich auf die Bettkante, nahm Leilas Hand. »Leila«, sagte sie auf deutsch, »ich habe dir geholfen, das weißt du. Jetzt muss ich dich bitten, mich zu unterstützen.«
»Ich tue alles, was du willst«, entgegnete Leila ohne zu zögern.
»Bitte, dann lächle weiter, tu so, als wenn wir nur plaudern würden. Die beiden anderen verstehen zwar zum Glück kein Deutsch, aber sie könnten an unseren Mienen, an unserem Tonfall merken, dass wir ein Geheimnis haben!«
»Ja, ich verstehe«, sagte Leila leichthin. Ihre Augen glänzten, sie brächte sogar ein helles kleines Lachen zu Stande. Wie alle orientalischen Frauen hatte sie eine angeborene Freude an Intrigen.
»Ich muss fort, Leila«, sagte Irene.
Leila gelang es, ihr Erstaunen zu verbergen. »Du willst Hassan verlassen?«
»Ja. Und du weißt auch warum. Nicht wahr, du weißt, dass schon jetzt die zweite Frau für ihn bestimmt ist... und dass sie hier im Zimmer ist!«
Irene hatte es bewusst vermieden, Buthanias Namen auszusprechen, um sie nicht aufmerksam zu machen. Aber Leila verstand auch so. Sie nickte. »Ich habe nichts gegen dieses Mädchen«, sagte Irene, »sie ist sehr schön, und sie meint es gut. Aber ich will den Mann, den ich liebe, nicht mit einer anderen teilen.«

»Wir alle müssen das«, sagte Leila.
»Ihr seid so erzogen, dass ihr es selbstverständlich findet, Leila. Aber für uns Europäerinnen, für uns Christinnen, gibt es nur die Einehe... zwei Menschen, die füreinander auf der Welt sind, bis der Tod sie scheidet.«
»Das klingt schön.«
»Du verstehst, dass ich fort will?«
»Du musst es wohl. Aber Hassan wird sehr, sehr traurig sein.«
Irene strich der kleinen Prinzessin sanft über das Haar. »Ich bin es auch, Leila, glaub nur nicht, dass es mir leicht fällt.«
»Vielleicht weiß Hassan gar nichts von... von der anderen?« Leila warf einen scheuen Blick auf Buthania.
»Wenn ihr es alle wisst?«, fragte Irene ungläubig.
»Das hat nichts zu bedeuten. Der Harem wahrt seine Geheimnisse.«
Eine Sekunde lang wurde Irene schwankend, dann straffte sie die Schultern. »Auch wenn er es jetzt noch nicht weiß«, sagte sie entschlossen, »ändert das nichts. Er kann sich seinem Vater gegenüber nicht durchsetzen. Es hat es nie gekonnt.«
»Es ist die Pflicht des Sohnes, dem Vater zu gehorchen.«
»Ich weiß«, sagte Irene, »ich verurteile Hassan auch gar nicht. Alles ist meine Schuld, ich habe die Warnungen meiner Familie in den Wind geschlagen. Ich habe mir Illusionen gemacht.«
»Es tut mir so leid, Irene!«
»Lächle, Liebes, vergiss nicht zu lächeln! Du hast ja keinen Grund, traurig zu sein. Du fährst ja auch nach Deutschland, dort wirst du ganz gesund werden... und wir werden uns wiedersehen!«
»Wirst du mich besuchen?«
»Ganz bestimmt. Das verspreche ich dir. Deshalb lass uns jetzt auch keinen großen Abschied nehmen. Das könnte Verdacht erregen.« Irene stand auf.
»Willst du jetzt schon fort?«, fragte Leila.
»Ja. Von hier aus. Ich habe keine andere Möglichkeit.«
»Aber wie willst du es schaffen?«
»Darüber möchte ich dir nichts erzählen. Je weniger du weißt, desto besser. Versuch Samia und Buthania solange wie möglich festzuhalten, das ist alles, um was ich dich bitte... sag ihnen, dass ich jetzt Dr. Nahdi aufsuche...«
Leila übersetzte diesen letzten Satz, und Samia zeigte lächelnd und arglos ihr Einverständnis.
Von der Tür her winkte Irene den dreien noch einmal zu.
»Ich bin gleich zurück«, sagte sie auf englisch.

Als Irene draußen auf dem Gang stand, atmete sie tief durch. Sie wusste, jetzt musste sie all ihre Kraft und ihren Verstand zusammennehmen, um ihr Ziel zu erreichen.
Ihr eigener Koffer stand oben auf den anderen Gepäckstücken. Sie sah das als ein günstiges Zeichen, eilte, nicht zu schnell, um kein Aufsehen zu erregen, dem Ausgang zu.
Aber dort erwartete sie eine böse Überraschung. Der weiße Cadillac Scheich

Mustafas stand unübersehbar neben der Auffahrt. Der Sklave Hamid lehnte dagegen und rauchte eine Zigarette. Gerade noch im letzten Moment konnte sich Irene zurückziehen.
Das Herz klopfte ihr vor Schreck bis zum Hals. Zum Glück hatte er sie nicht gesehen.
Was nun? Sie überlegte, ob sie Dr. Nahdi ins Vertrauen ziehen sollte, verzichtete aber doch darauf, weil sie ihn nicht in Schwierigkeiten bringen wollte.
Sie war sicher, dass es in der Klinik noch einen Nebenausgang geben musste, aber sie fürchtete, sich auffällig zu machen, wenn sie ihn suchte. So verschwand sie in der Toilette im Erdgeschoss.
Das Fenster führte in einen Hof. Irene vergewisserte sich, dass weit und breit kein Mensch zu sehen war. Sie warf ihren Koffer hinaus, schwang sich auf das Fensterbrett, sprang nach.
Niemand hatte sie dabei beobachtet. Sie band sich ihren Gesichtsschleier um - um keinen Preis hätte sie es noch einmal gewagt, unverschleiert durch die Straßen dieser frauenfeindlichen Stadt zu gehen - und marschierte los.
Als sie die Straße, die an der Rückfront der Klinik entlangführte, erreicht hatte, sich unter die Passanten mischen konnte, war sie erleichtert. Trotzdem war es auch jetzt noch wie ein Spießrutenlaufen. Sie fühlte die misstrauischen und neugierigen Blicke der Araber fast körperlich.
Erst als es ihr gelungen war, ein Taxi anzuhalten und dem Chauffeur den Befehl gegeben hatte, sie zum Flughafen zu fahren, begann sie sich sicherer zu fühlen.
Durch das Fenster beobachtete sie noch einmal das bunte orientalische Treiben, an dem sie nun nie wieder teilhaben durfte.
Aber es tat ihr nicht leid, im Gegenteil. Wenn sie an Deutschland, an Hannover, an das klare geordnete Leben ihrer Familie dachte, wurde sie fast krank vor Sehnsucht.
Bald hatten sie das Zentrum der Stadt durchquert und hinter sich gelassen, fuhren über die breite moderne Straße zum Flughafen hinaus. Irene umkrampfte ihre Reisetasche und dachte voll Dankbarkeit an den Vater, der ihr in weiser Voraussicht den Rückflugschein in die Hand gedrückt hatte. Bald, bald würde sie wieder zu Hause sein.
Der Wagen hielt. Irene entlohnte den Fahrer, stieg aus und eilte, den Gepäckträger ablehnend, durch die feuchte Hitze auf den Eingang des Flughafengebäudes zu.
Eine Enttäuschung erwartete sie. Als sie am Schalter der Lufthansa ihr Anliegen vorbrachte, erfuhr sie, dass die nächste Maschine erst in drei Stunden abflog und dass es zudem noch fraglich war, ob ein Platz frei sein würde.
Damit hatte Irene nicht gerechnet. Sekundenlang fühlte sie sich dem Zusammenbruch nahe.
Die Stewardess war ganz betroffen über Irenes Erregung. »Tut mir wirklich leid«, sagte sie, »doch ich kann Ihnen beim besten Willen nicht helfen!«
»Aber ich muss fort«, erklärte Irene, »es ist so wichtig für mich, ich kann Ihnen gar nicht erklären, wie wichtig!«
Die Stewardess lächelte beruhigend. »Vielleicht haben Sie Glück, und es wird

noch ein Platz frei. Ich würde Ihnen raten, fahren Sie ins Hotel zurück. Ich rufe Sie an, sobald sich eine Möglichkeit ergeben hat.«
»Nein«, sagte Irene, »ich werde hier warten.«
»Aber wenn es nicht klappt... wir sind voll belegt... können Sie erst morgen früh fliegen.«
»Ich warte trotzdem hier«, erklärte Irene entschlossen.
Um keinen Preis in der Welt wäre sie noch einmal in diese fremde, feindliche Stadt, die ihr so viel Böses gebracht hatte, zurückgekehrt. Selbst der Gedanke an die gepflegten Räume des Kantare-Hotels erfüllte sie mit Schaudern.
Während sie sich auf der Bank gegenüber dem Flugkartenschalter niederhockte und alle Kraft daran setzte, sich zur Ruhe zu zwingen, bereute sie, dass sie dem Rat ihres Vaters nicht gefolgt war. Hätte sie sich gleich damals, bei ihrer Ankunft in Dschidda mit der Deutschen Botschaft in Verbindung gesetzt, dann hätte sie von ihren Landsleuten Hilfe erwarten können. Aber diese Möglichkeit war vertan. Oder ob sie doch noch versuchen sollte, dort anzurufen?
Wahrscheinlich schon jetzt, in diesem Augenblick, würden Buthania und Samia bemerkt haben, dass sie verschwunden war.
Sicher würden sie sofort in den Harem zurückeilen und ihre Flucht melden. Was würden Khadija und Scheich Mustafa unternehmen? Irene zitterte bei dem Gedanken, dass man sie finden und zurückholen würde.
Sie sah sich um. Außer der Stewardess war kein europäisches Gesicht zu sehen. Wo würde sie Hilfe finden?
Die Stewardess telefonierte, jetzt hängte sie den Hörer auf und winkte Irene lächelnd zu. Irene sprang hastig auf, dass sie beinahe gestolpert wäre, und eilte zum Schalter.
»Sie haben wirklich Glück gehabt«, sagte das deutsche Mädchen, »gerade jetzt ist durchgesagt worden, dass noch zwei Plätze frei geworden sind ...«
»Gott sei Dank!«
Irene reichte ihr den Rückflugschein, die Stewardess nahm die nötigen Eintragungen vor. Irenes Koffer wurde gewogen, und sie bekam ihre Flugkarte. An der Sperre reichte sie klopfenden Herzens dem arabischen Beamten ihren Pass - aber nein, es ging alles gut. Er ließ sie ohne weiteres passieren, wünschte ihr sogar noch einen guten Flug.
Als Irene den Warteraum für Auslandsreisende betrat, fühlte sie sich fast sicher. Aber im gleichen Augenblick, da ihre innere Anspannung nachließ, überfiel sie eine tiefe Erschöpfung - die schlaflose Nacht, die tiefe menschliche Enttäuschung, die Angst der letzten Stunden, all das führte sie nahe an den Rand eines körperlichen und seelischen Zusammenbruchs. Nur Stolz und Scham hielten sie davon zurück, ihren Tränen freien Lauf zu lassen.
Mit zitternden Händen zündete sie sich eine Zigarette an. ›Leb wohl, Hassan‹, dachte sie, ›leb wohl du Traum von Glück und Liebe!‹

Scheich Mustafa war nicht allein, als ihn die Nachricht von Irenes Verschwinden erreichte. Sein Freund, Scheich Abbas, war bei ihm. Die beiden Herren saßen, mit überkreuzten Beinen, auf dicken Kissen in dem prunkvoll ausgestatteten Zimmer Scheich Mustafas, tranken zahllose Tassen des grünen, parfümierten Kaffees, plauderten über Politik und Geschäfte, als der Sklave Hamid hereinstürzte. Er warf sich seinem Herrn zu Füßen.

Scheich Mustafa runzelte die Stirn. »Was gibt es?«, fragte er.

»Oh, Herr, sei mir gnädig ... die Fremde ist entwichen!«

»Steh auf«, sagte Scheich Mustafa gelassen, »berichte! Wie konnte das geschehen?«

Hamid richtete den Oberkörper auf, sodass er jetzt kniete, und sah Scheich Mustafa an, während er sprach.

»Die Herrin Khadija erteilte mir den Auftrag, einige Damen des Harems, darunter auch die Fremde, in die Klinik zu fahren. Sie wollten von Prinzessin Leila Abschied nehmen. Diese Gelegenheit benutzte die Fremde, um zu fliehen. Ich habe das Portal die ganze Zeit im Auge behalten. Sie muss einen Hinterausgang benutzt haben.«

Scheich Mustafa hob abwehrend die Hand. »Es ist gut so!«

»Sie kann noch nicht weit gekommen sein«, sagte der Sklave Hamid, »wahrscheinlich hat sie den Weg zum Flughafen eingeschlagen. Wenn du es mir befiehlst, werde ich sie suchen und zurückholen.«

»Ich sage dir... es ist gut so!«, wiederholte Scheich Mustafa mit Nachdruck. »Verlass uns, wir haben Wichtigeres zu tun, als uns mit Weibergeschichten zu befassen.«

Der Sklave erhob sich und blieb zögernd stehen. Es war ihm deutlich anzumerken, dass er noch etwas auf dem Herzen hatte.

Scheich Abbas legte sich ins Mittel. »Was gibt es noch, Hamid?«, fragte er. »Sprich ohne Scheu!«

»Prinz Hassan weiß es«, sagte Hamid, »er ist in die Klinik gefahren, um mit Prinzessin Leila zu sprechen. Er war sehr erregt.«

In Scheich Mustafas Gesicht bewegte sich kein Muskel. »Führe ihn sofort zu mir, wenn er zurückkommt!«

Der Sklave verbeugte sich tief, mit übereinander gekreuzten Armen. »Wie mein Herr befiehlt, so wird es geschehen!«

Scheich Mustafa winkte auch den beiden anderen Sklaven, die bisher bedient hatten, sich zu entfernen. Er hatte das Bedürfnis, mit seinem Freund allein zu sein.

Die beiden Herren saßen lange schweigend und schmauchten ihre Wasserpfeifen. Scheich Abbas vermied es, eine Frage zu stellen, weil das gegen die gute Sitte verstoßen hätte.

»Mir ist wohl«, gestand Scheich Mustafa endlich, »sehr wohl. Allah sei Dank, dass er mir diese Sorge vom Herzen genommen hat.«

Scheich Abbas konnte ein Lächeln nicht unterdrücken. »Bist du sicher, dass es Allah war?«

»Nichts auf dieser Welt geschieht ohne den Willen des Höchsten, sein Name sei gelobt!«

»Du hast recht«, sagte Scheich Abbas, »aber bei manchen Dingen hat auch Sheitan, der Teufel, seine Hand im Spiel. Sorgst du dich nicht, wie dein Sohn Hassan es aufnehmen wird?«

»Er wird einsehen, dass es so kommen musste.«

»Ich wünsche es dir«, sagte Scheich Abbas ruhig, »erlaubst du, dass ich mich jetzt zurückziehe? Mich ruft die Pflicht ...«
Mit einer ungewöhnlich hastigen Geste legte Scheich Mustafa die Hand auf das Knie des Freundes. »Ich bitte dich, bleib! Ich möchte, dass du da bist, wenn mein Sohn kommt. Du hast immer Einfluss auf ihn gehabt, auf dich wird er hören. Hilf mir!«
»Welche Erklärung willst du ihm für das Verschwinden seiner Braut geben?«
Scheich Mustafa hob die Augenbrauen. »Seit wann bin ich meinem Sohn eine Erklärung schuldig? Ich habe mit der Flucht des Mädchens nichts zu tun. Wie konnte ich wissen, dass man sie einsperren muss wie eine Dirne!«
Scheich Abbas schwieg.
Er begriff, dass all seine Worte nutzlos sein mussten. Scheich Mustafa war nicht bereit, auch nur einen Finger breit von seinem vorgefassten Standpunkt abzuweichen.

Hassan saß auf Leilas Bett und hielt ihre beiden Hände mit schmerzhaftem Druck. »Du weißt, warum Irene fort ist«, sagte er, »du musst es mir berichten, Leila!«
Dem jungen Mädchen stiegen die Tränen in die Augen. »Lass mich los«, sagte sie, »du tust mir ja weh!«
Er lockerte seinen Griff, hielt aber die glänzenden Augen zwingend auf ihr blasses kleines Gesicht gerichtet. »Du musst mir die Wahrheit sagen, Leila!«
»Ich habe Irene versprochen ...«
»Aber dieses Versprechen kann doch nicht gegen mich gerichtet sein! Sie kann dir nicht verboten haben, mit mir zu sprechen! Leila, bitte, hilf mir... hilf mir und Irene! Warum ist sie fort?«
Leilas Widerstand brach zusammen. »Wegen Buthania«, sagte sie leise.
Hassan erinnerte sich nicht, diesen Namen je gehört zuhaben. »Wer ist das?«, fragte er erstaunt.
»Eine Sklavin. Sie ist schön, sie ist reizend, und sie ist gebildet. Sie würde dir sicher gefallen.«
»Was redest du da für einen Unsinn? Was geht mich diese Buthania an?«
»Unser Vater hat sie dir zur Nebenfrau bestimmt.«
Hassan wurde so blass, dass seine glatte braune Haut plötzlich gelblich und krank wirkte. »Nein«, stieß er tonlos hervor, »das kann nicht wahr sein... das kann er mir nicht angetan haben!«
Aber Leilas trauriger Blick bestätigte ihm deutlicher, als jedes Wort es vermocht hätte, dass sie nicht gelogen hatte.
»Und das hat Irene erfahren? Und sie hat auch wohl noch geglaubt, dass ich es gewusst habe? Bei Allah, das wird sie mir nie verzeihen!« Er schlug sich mit der Hand vor die Stirn.
»Ich habe ihr gesagt, dass du sicher gar nichts davon weißt«, erklärte Leila, »ich habe versucht, sie zurückzuhalten. Aber sie... sie sagte, es hätte keinen Zweck. Du hättest dich immer deinem Vater gefügt und würdest es auch diesmal tun.«
Hassan erhob sich; er taumelte leicht.

»Such sie, Hassan«, sagte Leila, »sie hat mir nicht anvertraut, was sie vorhatte, aber sicher ist sie zum Flughafen gefahren. Du kannst sie noch erreichen, wenn du dich beeilst.«
Er sah sie an, und sie erschrak vor der Qual in seinen Augen.
»Und dann?«, fragte er. »Was dann?«
»Du kannst sie zurückholen.«
»Nein, Leila, das kann ich nicht. Irene ist nicht wie ihr. Sie lässt sich nicht zwingen. Sie wird nie etwas tun, was sie nicht selber für richtig hält. Sie hat mich aus freiem Willen geliebt, und jetzt... jetzt ist alles verdorben.«
»Du willst sie aufgeben?«
»Nein«, sagte Hassan, »niemals. Ich will ihr beweisen, dass ich sie liebe, dass ich der Mann bin, den sie in mir gesehen hat... ich muss es ihr beweisen!«

Als Hassan das Prunkzimmer seines Vaters betrat, erfüllte ihn eine seltsame, fast steinerne Ruhe, und diese Ruhe erschreckte und beeindruckte Scheich Mustafa mehr, als es jeder laute Vorwurf vermocht hätte.
Trotzdem bewahrte er seine gelassene Haltung. »Da bist du ja, mein Sohn«, sagte er, »ich habe dich erwartet!«
Hassan verbeugte sich kurz vor Scheich Abbas. »Ich möchte allein mit dir sprechen, Vater!«
»Scheich Abbas ist auch dein Freund, Hassan, seine Ohren sind offen, aber sein Mund verschwiegen, lass dich durch ihn nicht stören... oder wird das, was du mir zu sagen hast, Schande über dich und unsere Familie bringen?«
»Was ich dir zu sagen habe, Vater, wird morgen ganz Dschidda wissen! Ich verlasse die Heimat! Ich gehe fort.«
Scheich Mustafa verbarg seinen Schrecken. »Es geziemt sich nicht, solche Worte zu deinem Vater zu sprechen!«
»Wäre es dir lieber, ich würde dich belügen? Das kann ich nicht, und ich will es auch nicht. Ich gehe fort, denn hier ist kein Platz mehr für mich.«
Scheich Mustafa straffte die Schultern und richtete sich in seiner vollen Größe auf. »So geh!«, sagte er mit starker Stimme. »Aber nimm den Fluch deines Vaters mit in die Fremde! Du bist nicht mehr mein Sohn, du hast keinen Anspruch auf mein Vermögen und mein Erbe... geh bettelarm, so wie du aus dem Schoß deiner Mutter gekommen bist!«
»Ich brauche dein Geld nicht, Vater, ich habe gelernt zu arbeiten, und dafür danke ich dir. Ich kann auf jedem Platz dieser Welt das Geld für meinen Lebensunterhalt verdienen. Dein Fluch aber, Vater, trifft mich nicht, denn ich habe ihn nicht verdient. Bis zu dieser Stunde habe ich mich immer bemüht, ein guter Sohn zu sein. Leb wohl!«
Hassan wollte das Zimmer verlassen, als Scheich Abbas ihn zurückhielt.
»Da ihr mich zum Zeugen gewählt habt«, sagte er, »sei mir auch erlaubt, ein Wort zu äußern. Ich bin sicher, Hassan, dass du nicht gerne die Heimat verlässt... sicher auch, dass du, Mustafa, ihn nur mit schwerem Herzen ziehen lässt ...«
Er wartete die Wirkung seiner Worte ab, fuhr erst fort, als beide sich nicht überwinden konnten zu sprechen. »Nur Toren schütten das Kind mit dem

Bade aus. Sag deinem Vater, unter welchen Bedingungen du bereit sein würdest zu bleiben!«
Hassan stand schweigend.
»Ich höre«, sagte Scheich Mustafa.
»Es muss mir erlaubt sein, die Frau, die ich liebe, zu heiraten und mit ihr zu leben, wo es uns gefällt. Niemand wird mich zwingen, eine zweite Frau neben ihr zu heiraten.«
»Und wenn die Fremde keine Kinder zur Welt bringt?«, fragte sein Vater. »Oder nur Mädchen?«
»Auch dann würde sie für mich die einzige Frau auf der Welt bleiben.«
Scheich Mustafa verlor die Beherrschung. »Du bist ein Narr«, schrie er, »und du versündigst dich gegen das Gesetz!«
Hassan blieb ganz ruhig. »Ich hatte es nicht anders erwartet«, sagte er, »ich wusste, dass du mich nicht verstehen würdest. Leb also wohl, und Friede sei deinen alten Tagen geschenkt!« Er verbeugte sich und verließ das Zimmer, diesmal endgültig.
Scheich Abbas eilte ihm nach. »Hassan«, mahnte er, »geh nicht im Zorn!«
»Ich muss es. Es geht um meine Liebe und um das Wort, das ich verpfändet habe.«
Scheich Abbas legte ihm die Hand auf die Schulter. »Nun denn, versprich mir, dass du nicht für immer gehst, dass du zurückkommen wirst, wenn die Verhältnisse sich hier geändert haben... es kann nicht mehr lange dauern, wir gehen einer neuen Zeit entgegen. Man sagt in den Basaren, dass König Ibn Saud abgesetzt werden und sein Bruder Faisal die Regierung übernehmen wird... er ist ein Mann des Fortschritts. Dann wird alles anders werden.«
»Ich hoffe es mit dir«, sagte Hassan, »und ich werde zurückkommen, wenn man mich ruft, aber keine Stunde eher, denn jetzt ist hier noch kein Platz für mich und meinesgleichen.«
Scheich Abbas sah ihm nach, wie er die Treppe hinunterschritt, sehr aufrecht und mit hoch erhobenem Kopf. Dann seufzte er leicht und kehrte in das Zimmer seines Freundes zurück.
»Ich fürchte, Mustafa«, sagte er, »ich fürchte, du hast heute den besten deiner Söhne von dir gestoßen... mögest du es nie bereuen!«
In diesem Augenblick taumelte Omar herein. Sein hübsches Gesicht wirkte aufgedunsen, und auf seinen Wangen brannten rote Flecken.
»Ist er fort, mein ehrenwerter Bruder?«, rief er vergnügt. »Ich höre, es hat Krach gegeben, er will die schöne Buthania nicht nehmen! Gib sie mir, Vater, ich brauche schon lange eine Frau!«
Er war seiner Stimme nicht ganz mächtig, und beide Herren begriffen im selben Augenblick, was sie schon lange geahnt hatten: Omar trank. Sie starrten ihn voll ehrlicher Abscheu an.
»Na, was guckt ihr denn so?«, rief Omar. »Etwas nicht in Ordnung? Krawatte verrutscht? O je, ich habe ganz vergessen, dass ich ja mal wieder als Muselmann verkleidet bin.«
»Geh auf dein Zimmer«, befahl Scheich Mustafa.
»Warum?« Omar sah ihn aus verwunderten Augen an.

»Weil ich es dir befehle! Geh!«
»Na, das nenn' ich aber mal eine feine Begrüßung«, lallte Omar und torkelte hinaus.
Scheich Mustafa verbarg sein Gesicht in den Händen; er stöhnte auf. »Hätte ich meine Söhne doch nie in die Fremde geschickt... Europa hat sie verdorben, alle beide, Europa hat sie mir genommen!«
»Nein, Mustafa«, sagte Scheich Abbas, »so ist es nicht. Ich kenne viele junge Männer, die nie die Grenzen unseres Landes überschritten haben und doch so wenig taugen wie dein Sohn Omar. Nicht die Fremde ist schuld. Sie bringt die Frucht zum Reifen, die schlechte zur Fäulnis!«
»Warum«, fragte Scheich Mustafa verzweifelt, »warum musste mir das passieren?«
»Deine Söhne haben in der Fremde viel gelernt, Gutes und Böses. Sie sind erwachsen geworden. Aber du wolltest sie immer weiter wie kleine Jungen behandeln. Das konnte nicht gut gehen. Sie haben sich geändert, aber unsere Welt ist die alte geblieben... wir müssen uns ändern, wenn wir unsere Söhne nicht verlieren wollen. Willst du es nicht versuchen?«
Aber Scheich Mustafa sagte nichts. Er stand gebeugt, in tiefer Verzweiflung und schien in der letzten Stunde um Jahre gealtert.
»Du wirst es eines Tages«, sagte Scheich Abbas, »weil du es musst. Und dann wird dein Sohn Hassan zu dir zurückkehren... du glaubst mir nicht, ich fühle es ... aber ich weiß, dass es so kommen wird. Denk an meine Worte... es wird alles wieder gut werden!«

Das Flugzeug nach Deutschland wurde aufgerufen. Irene drängte mit den anderen Passagieren, fast ausschließlich orientalische Studenten, zur Sperre. Die dunklen Augen der jungen Männer verfolgten sie mit begehrlichem Interesse, aber ihr starres, verschlossenes Gesicht nahm ihnen den Mut zu einem Annäherungsversuch.
Die Stewardess, die sie an der gläsernen Tür in Empfang nahm, lächelte ihr zu wie eine Freundin. Aber Irene war außer Stande, dieses wohlgemeinte Lächeln zu erwidern.
Draußen brach zum letzten Mal die schwere feuchte Hitze über sie herein. Die Sonne, schon im Untergang, stach immer noch so hell, dass sie für Sekunden die Augen schließen musste. Sie taumelte hinter den anderen her zum Flugzeug.
Dann hörte sie ihren Namen. »Irene!«
Es war wie ein Schrei.
Sie zuckte zusammen, aber sie drehte sich nicht um. Sie wusste, dass nur Hassan sie so rufen konnte, aber es konnte kein Zurück mehr für sie geben. Mit zusammengebissenen Zähnen schritt sie weiter, während es ihr war, als ob ihr das Herz in der Brust entzweigeschnitten würde.
»Irene!«
Seine Stimme kam näher, jetzt war er bei ihr, packte sie am Arm. Sie sah starr geradeaus, konnte und wollte ihm keinen Blick schenken. »Ich liebe dich, Hassan«, sagte sie mühsam, »aber ich kann nicht bleiben!«

»Das sollst du auch gar nicht, Irene! Bitte, sieh mich doch an! Ich komme mit dir... nach Deutschland zurück!« Sie blieb stehen, sah zu ihm auf, sah in sein schönes, dunkles Gesicht und war unfähig, ein Wort hervorzubringen. »Ich habe nichts von Buthania gewusst«, sagte er beschwörend, »du musst mir glauben... ich habe nichts von diesem Plan meines Vaters geahnt. Ich erfuhr es erst ...«

»Bitte, beeilen Sie sich!«, mahnte die Stewardess.

»Ich glaube dir«, sagte Irene, »ich bin so froh, dass ich dir glauben kann!«

»Ich hatte eine furchtbare Auseinandersetzung mit meinem Vater. Alles wäre ganz anders gekommen, wenn nicht Omar... ich bin sicher, dass er Vater gegen uns aufgehetzt hat ...«

»Und dein Vater, er hat dich so einfach fortgehen lassen?«

Hassans Lachen klang bitter. »Er hat mich enterbt. Bitte, mach nicht so ein trauriges Gesicht, das ist doch das Beste, was uns passieren konnte... wir sind frei, Irene! Wir dürfen leben, wie und wo wir wollen! Niemand kann uns jetzt mehr trennen!«

»Wirst du es nie bereuen?«

»Nicht, solange du mich liebst ...«

Da erst löste sich ihre Verkrampfung ganz. Sie warf sich in seine Arme. Sie küssten sich, mitten auf der Rollbahn, ohne darauf zu achten, dass die anderen Passagiere längst eingestiegen waren und sie mit neugierigen Blicken beobachtet wurden.

Sie fuhren erst auseinander, als die Stewardess dicht neben ihnen stand.

»Ich störe ungern«, sagte sie lächelnd, »aber ich nehme doch an, dass Sie das Flugzeug nicht verpassen wollen?«

Irene strich sich das blonde Haar aus der Stirn. »Entschuldigen Sie«, sagte sie, »ich... wir hatten, glaube ich, ganz vergessen, wo wir waren ...«

»Darf ich gratulieren?«

Hassan zog Irenes Arm durch den seinen. »Ja, das dürfen Sie! Wir sind das glücklichste Paar unter der Sonne!«

Und dann eilten sie im Lauf schritt auf die wartende Maschine zu.

Später, als das Flugzeug über die Rollbahn fuhr, um sich dann in die Lüfte zu erheben, saßen sie nebeneinander, Hand in Hand, beide ganz erfüllt von dem Gefühl, endlich wieder beisammen sein zu dürfen.

Aber selbst in diesem Augenblick des unerwarteten, nahezu unfassbaren Glücks war sich Irene bewusst, wie groß das Opfer war, das Hassan ihr gebracht hatte.

Er hatte Vaterland, Familie, Sicherheit und Reichtum für sie aufgegeben. Irene gelobte sich, alles daran zu setzen, ihn für diesen Verlust zu entschädigen, Hassan ein ganzes Leben lang glücklich zu machen.

In einem weiten Bogen flog das Flugzeug jetzt über das blaue Meer. Immer tiefer sank die Hafenstadt Dschidda mit ihren weißen Häusern hinter ihnen zurück.

Irene presste ihr Gesicht an die Scheibe. »Wie schön ist das«, sagte sie, »wie ein Traum aus Tausendundeiner Nacht!«

Hassan drückte ihre Hand. »Vielleicht«, sagte er, »vielleicht kehren wir eines Tages zurück. Ein Freund sagte mir, dass sich vieles ändern wird. Auch meine Heimat wird den Anschluss an die neue Zeit finden.«

»Ja, wir werden wiederkommen«, sagte Irene, »wenn wir erst verheiratet sind und Kinder haben. Meinst du, dass ein Enkelsohn deinen Vater versöhnen könnte?«

Er sah lächelnd in ihr helles, kluges Gesicht. »Ganz bestimmt«, sagte er.

Sie schmiegte sich an ihn und fühlte sich geborgen wie nie zuvor. Alle Zweifel und bösen Erinnerungen hatten jetzt schon ihre Kraft verloren, und leuchtend, wie der unendlich blaue Himmel, den sie jetzt durchflogen, breitete sich die Zukunft vor ihnen aus.